Der Kleine Buch Verlag

Das Buch

Der Kriminalhauptkommissar und überzeugte Konsument von Biolebensmitteln Chris Weidner trainiert für den Halbmarathon in Freiburg. Die halb verweste Leiche, die mitten in Emmendingen ausgegraben wird, scheint diese Vorbereitungen wenig zu stören. Anders sieht es bereits am folgenden Tag aus: ein neuer Toter. Und ausgerechnet jetzt interessiert sich eine überregionale Zeitung für die kriminalistische Arbeit der örtlichen Kripo. Entsprechend dezidiert ist der Wunsch von Weidners patriarchalischem Vorgesetzten, den Fall schnellstmöglich zu klären. Für die Ermittlungen befragen der Kommissar und seine Assistenten die Insassen eines Altenheims, die Arbeitskollegen des Opfers im Planungsamt, seine dubiosen Freunde, seine Noch-Frau, seine Ex-Freundin und die Hätte-es-werden-können. Dabei zeigt sich, dass der Tote zu Lebzeiten wohl mehr als unbeliebt war. Was ist ihm passiert? Und gibt es möglicherweise eine Verbindung zur ersten Leiche?

Der Autor

Johannes Diez (*1959) ist Sonder- und Theaterpädagoge und lebte zehn Jahre in Emmendingen, bevor es ihn nach Freiburg zog. Als Kind las er in der Zeitung zuerst die Meldungen über Verbrechen, Unfälle und Katastrophen (heute ist das anders). Seit einigen Jahren veröffentlicht er Kurzgeschichten, meist Krimis, wovon eine in der Anthologie »MordsSchule« (2014) bei Der Kleine Buch Verlag erschien. Neben dem Schreiben gilt seine Leidenschaft dem Improvisationstheater. Johannes Diez ist verheiratet und hat drei erwachsene Kinder.

JOHANNES DIEZ

FÜR DAS SCHWEIGEN BEZAHLT

KRIMINALROMAN

DER KLEINE BUCH VERLAG

Die deutsche Nationalbibliothek verzeichnet diese Publikation in der Deutschen Nationalbibliografie; detaillierte bibliografische Daten sind im Internet unter www.dnb.de abrufbar.

Projektmanagement & Lektorat: Julia Barisic
Korrektorat: Tatjana Weiß
Umschlaggestaltung: röger & röttenbacher GbR, r² | Büro für Gestaltung, www.roeger-roettenbacher.de
Umschlagabbildung: chhmz | photocase.com
Satz & Layout: Beatrice Hildebrand
Druck: TZ-Verlag & Print GmbH, Roßdorf

ISBN: 978-3-7650-8812-4
Dieser Titel erscheint auch als E-Book:
ISBN: 978-3-7650-2135-0

www.derkleinebuchverlag.de
www.facebook.com/DerKleineBuchVerlag

FASTNACHTSSONNTAG

Dies war der Höhepunkt der fünften Jahreszeit für die Emmendinger, deren Lebenselixier das bunte Treiben mit all seinen Freuden und manchmal auch Leiden ist. Die Große Kreisstadt rüstete sich zum großen Fastnachtsumzug. An vielen Stellen wurden die letzten Vorkehrungen getroffen. Verkaterte und Ausgeschlafene, Berufsnarren und Gelegenheitsfastnachtler, Mitläufer und Zuschauer, Hexen und Geister, Guggenmusiker und Politiker, Voyeure und Sich-zur-Schau-Steller freuten sich auf das Highlight der Saison.

Das Wetter spielte glücklicherweise mit. Die Nacht war sternenklar und frostig gewesen, aber nun stand die Sonne am blauen und wolkenlosen Himmel. Auch in einer Sackgasse gleich hinter dem Bahnhofsparkplatz begann der Endspurt. Ein großer Handwagen wurde von einer Plane befreit. Darunter spannte sich eine Polyethylenfolie dachförmig auf. Weiß auf Blau war darauf zu sehen, wie Emmendingen von Studentenhorden überrollt wurde, die im benachbarten Goethepark ständig Feten feiern und Müll produzieren und damit der Beschaulichkeit des Viertels ein Ende setzen würden. Denn gemäß dem Plan eines Investors sollten nach Freiburger Vorbild am Nordwestzipfel des Bahnhofareals 150 gutbetuchte Studierende eine noble Bleibe finden, für fünfzehn Euro pro Quadratmeter. Aus Sicht der Befürworter würde das einen Kaufkraftschub für die nahe Emmendinger Innenstadt bedeuten, und deshalb konnte die Realisierung gar nicht schnell genug gehen. Die Anwohner dagegen fürchteten sich vor einer Blechlawine, da die Zahl der vorgesehenen Parkplätze ihrer Meinung nach deutlich zu niedrig angesetzt war. Pessimistische Visionäre gingen noch weiter.

Sie vermuteten, dass schon bald darauf das altehrwürdige, aber sanierungsbedürftige Minigefängnis auf der anderen Seite des Gewerbekanals geschleift werden würde, um dort ein zweites Wohnheim zu erbauen. »Zuglärm ist genug Lärm« nannte sich die Bürgerinitiative. Die Mitglieder gehörten zu einer in Emmendingen eher seltenen Sorte von fastnächtlichen Gesinnungstätern, denn sie griffen ihr ganz persönliches Reizthema politisch auf.
Ein Jogger kam die Rheinstraße entlang. Es war Kriminalhauptkommissar Chris Weidner, der sich kurzfristig entschlossen hatte, eine Runde durch das fastnächtliche Emmendingen zu laufen. Zwar konnte er einer aktiven Teilnahme an Sitzungen und Umzügen nichts abgewinnen, aber ein wenig Atmosphäre schnupperte er gerne. Das gute Wetter kam ihm gerade zupass, denn er hatte eine Wette abgeschlossen - eine Wette mit Kollegen, aber vor allem mit sich: Am ersten Aprilwochenende würde er am Freiburger Marathon teilnehmen, und er wollte für die Halbdistanz eine neue eigene Bestzeit laufen. Dafür musste er die Strecke in weniger als 1:35 Stunden zurücklegen. Er hatte bereits eine vielversprechende Frühform, was auch an seinem neuen Trainingsplan mit dem Namen »Take the challenge, for lame ducks and drips«, frei übersetzt »Wie selbst lahme Enten den Wanderpokal bekommen«, lag. Den hatte ihm ein Kollege empfohlen. Laut diesem Plan stand zurzeit die »relax week«, mit nur gut fünfzig Kilometern Pensum, an. Heute war eine Stunde »slowjog« auf dem Programm, das konnte man auch innerhalb der Ortsgrenzen. In ein paar Tagen würden die »smashing days« beginnen, die Intensivphase mit sechs Stunden reiner Laufzeit. Er konnte nur hoffen, dass ihm kein arbeitsreicher Fall in die Quere kommen würde.

ROSENMONTAG

Die Fastnacht näherte sich ihrem Ende. Es war Montagnachmittag und das Wetter war weiterhin schön geblieben. An der Ecke von Neu- und Rheinstraße trat ein Wagenlenker auf die Bremse. Er kommentierte mit deutlichen Worten die Art und Weise, wie hier ein für Abbieger wie ihn kaum zu sehendes, kleines Schild Schrittgeschwindigkeit vorschrieb. Das Fahrzeug vor ihm, der Autonummer nach ein Einheimischer, beschleunigte und fuhr mit schätzungsweise fünfzig Sachen die Rampe am Straßenende hoch. Er, Dr. med. Ewald Ehrlich, zurzeit als Tourist wohnhaft in Biederbach, würde sich aber an die StVO halten. Und die schrieb in verkehrsberuhigten Zonen nun einmal maximal sieben Kilometer pro Stunde vor. Langsam schob sich sein ausgebauter VW-Bus die Rheinstraße entlang.

Da überholte ihn ein kleiner Roller mit Vollgas. Der unbehelmte Fahrer zeigte dem Langsamfahrer den Stinkefinger, womit er Dr. Ehrlich ein entsetztes Schnauben entlockte. Der Tourist steuerte seinen Kleinbus die Rampe hoch auf den fast vollen Parkplatz. Zwischen einem großen Bagger und einem Unimog mit Tiefbohrvorrichtung am Heck stellte er sein Fahrzeug ab. Er stieg aus, öffnete die Schiebetür und ließ seinen Hund herausspringen. Dabei handelte es sich um eine mittelgroße Promenadenmischung mit dem Rufnamen Siegmar, den er der politischen Überzeugung seines Herrchens zu verdanken hatte. Das erfreute Tier schnupperte hier, schnupperte da und lief dabei vom befestigten Teil des Parkplatzes auf den unbefestigten. Zur Freude seines Besitzers, der ihm wohlwollend zuschaute, machte er schon nach kurzer Zeit sein Geschäft. Danach trottete er schnüffelnd weiter und verschwand plötzlich hinter dem flachen Erdhügel in der Vegetation. Dr. Ehrlich pfiff und rief, aber ein vorbeifahrender Güterzug machte es dem Vierbeiner unmöglich, die Befehle seines Herrn zu hören. Als der Lärm abgeebbt war, rief und pfiff das Herrchen erneut, aber Siegmar kam nicht. Er könnte inzwischen schon weit nach hinten gelaufen sein oder sich gar in Gleisnähe befinden, sorgte sich der Arzt. Ehrlich setzte sich widerwillig in Bewegung, denn er hasste es, die Hinterlassenschaften fremder Hunde von seinen Schuhen entfernen zu müssen.

»Siegmar!« rief er, als er das Tier ungefähr dort fand, wo er es hatte verschwinden sehen. »Komm!« Aber der Mischling gehorchte nicht, sondern grub mit großer Energie am Fuß des Hügels weiter. Auch ein zweites, schärferes »Siegmar!!« und ein drittes sehr autoritäres »Siegmaaar!!!« ließen ihn nicht von seinem Vorhaben abweichen. Also sah sich der Doktor genötigt, sehr vorsichtig ein paar Schritte ins Gelände zu gehen, um seinem unfolgsamen Hund die Leine am Zugstopphalsband zu befestigen. Aber so weit kam es nicht. Er hatte sich gerade gebückt und seine Hand nach dem Halsband ausgestreckt, als sein Blick auf etwas fiel, das sein medizinisches Interesse weckte. Er hob einen Stock auf und schob das Etwas ein wenig zur Seite. Wenn er noch einen Funken medizinischen Sachverstand hatte, dann war dieses Objekt die skelettierte Hand eines Menschen.

Minuten später streckten die Anwohner der Rheinstraße und des Mühlbachs die Köpfe aus den Fenstern. Mit Blaulicht und Martinshorn war ein grüner Kombi auf den Parkplatz gerast. Ein Polizeieinsatz auf dem hinteren Teil des Bahnhofsparkplatzes - was hatte das zu bedeuten? Hatte sich wieder einer vor den Zug geworfen? In dieser unerfreulichen Beziehung war es lange ruhig gewesen.

Einer der Anwohner führte ganz zufällig schnell mal seinen Hund aus, um ganz zufällig einen Blick zu erhaschen. Zwei Fahrradfahrer blieben stehen und schauten aus sicherer Entfernung. Und drei Parkplatzsuchende schalteten am Beginn der Rheinstraße in den ersten Gang zurück, als sie das Einsatzfahrzeug am Ende der verkehrsberuhigten Zone wahrgenommen hatten. Die Polizisten aber hatten kein Auge für solche Kleinigkeiten. Da hatte doch, am zweitletzten Fastnachtstag, ein angeblicher Dr. med. Ewald Ehrlich angerufen und behauptet, sein Hund hätte gerade einen menschlichen Unterarm einschließlich Hand ausgebuddelt. Zweifel waren da angebracht. Als sie dann den alten Mann mit Hund oben auf der Rampe winken sahen, wurde die Sache auf einmal sehr viel wahrscheinlicher. Eine knappe Minute später gaben sie der Einsatzzentrale die Bestätigung: Aus dem flachen Hügel ragte ein skelettierter Unterarm. Und es bestand der Verdacht, dass der Rest des Toten noch daran hängen könnte.
Die Sonne ging gerade unter, als der Wagen der Spurensicherung eintraf. Mit einer professionellen Ruhe gingen die beiden Spezialisten zum Fundort und besprachen sich mit den Kollegen der Streife. Diese hatten bereits einige Bilder aufgenommen und den Platz weiträumig abgesperrt. Die Spurensucher gingen nun vorsichtig umher, um einen Eindruck vom Fundort zu bekommen. Nach einigen Minuten ohne bemerkenswerte Erkenntnisse holten sie aus ihrem Wagen Lampen, Grabwerkzeug und weitere Utensilien.

Chris Weidner setzte sich in den Fernsehsessel, öffnete den Bügelverschluss der braunen Flasche und schenkte sich das Emmerbier vorsichtig in sein einziges Bierglas ein. Er hatte diese Biersorte im Regal des Bioladens gesehen und war wegen des Schildchens »Neu im Sorti-

ment« neugierig geworden. Da stand es nun mit schöner Schaumkrone vor ihm. Er schaltete das Gerät ein und wartete auf die Tagesschau. Da klingelte das Telefon.
»Hallo. Hier Peter!«, meldete sich sein Assistent und Kollege.
»Private oder dienstliche Einladung, Herr Fritz?«, kam Weidner gleich zur Sache.
»Leider letzteres«, bedauerte die Stimme und legte dann eine kurze Pause ein.
»Also?«, beendete Weidner die Stille im Hörer.
»Leichenfund! Auf dem hintersten Teil des Bahnhofsparkplatzes wird gerade ein Skelett ausgegraben. Schädelverletzungen.«
»Skelett heißt, der Körper liegt da schon länger, oder?«
»Genau, es kommt nicht auf fünf Minuten an. Trink also in Ruhe dein Bier aus ...«
»... und komm mit 0,6 Promille im Privatwagen zum Einsatzort«, ergänzte Weidner ironisch.
Die Anspielung bezog sich auf ein Vorkommnis einige Monate zuvor. An jenem Tag hatte das Telefon in einer ähnlichen Situation geklingelt. Chris Weidner hatte bis dahin bereits sein viertes kleines Fläschchen getrunken, was ungewöhnlich für ihn war. Zuvor hatte er einem Bekannten beim Isolieren des Dachs geholfen – für solche ökologischen Vorhaben war er immer zu haben. Die Altpapierflocken des Dämmmaterials und der Staub waren für seinen Durst verantwortlich gewesen, den er natürlich erst nach der Heimfahrt stillte. Als Fritz damals angerufen hatte, musste Weidner ihm erklären, dass er nicht mehr fahrtauglich sei, was der Kollege allerdings für einen Witz hielt, denn der Hauptkommissar war als Wenigtrinker bekannt. Dass dieser sich daraufhin hatte abholen lassen müssen, war Anlass für gelegentliche Frotzeleien in der Direktion geworden.

»Bis gleich!", sagte Fritz, dann kam ein Klicken aus dem Hörer.
Weidner legte das Handgerät auf die Station, drückte in Gedanken versunken auf die Fernbedienung und wunderte sich. »Viel Spaß bei der diesjährigen Wahl der Miss Rio de Janeiro!«, kommentierte eine leicht ausgelassene Moderatorenstimme das strahlende Lächeln einer braunen Schönheit mit Idealmaßen und einem mit Strasssteinen besetzten Tanga. Das war wohl der falsche Knopf gewesen. Bis zu seiner Rückkehr wäre die Übertragung sicher vorbei. Beim zweiten Mal traf er den OFF-Knopf.
Weidner legte einen Bierdeckel auf das Glas und stellte es in den Kühlschrank. Wegschütten wollte er es nicht, das passte nicht zu seiner Lebensphilosophie der Nachhaltigkeit. Er holte seine Schuhe, zog einen Mantel an und schimpfte leise vor sich hin. Ein Skelett könnte sich doch auch zu einer passenderen Zeit finden lassen. Wer seit Monaten oder Jahren unentdeckt geblieben war, könnte dies doch noch ein paar weitere Stunden bleiben. Andererseits, das Wetter war trocken und nicht kalt, also hätte es auch viel schlimmer kommen können.
Die Fahrt von seiner kleinen Zweizimmerwohnung in Reute zum Fundort war lang genug, um sich innerlich auf den Einsatz vorzubereiten. Es gab immerhin keine blutüberströmte Leiche mit vom Todeskampf verzerrten Gesicht und keine sexuellen Perversitäten oder was er sonst noch besonders wenig an seinem Beruf schätzte. Aber er machte sich Sorgen bezüglich seines Trainingsplanes. Gut, dass er heute bereits Überstunden abgebaut und fünfzig Minuten lockeren »smoothjog« mit Wahrnehmungstraining hinter sich gebracht hatte. Das Ergebnis war für ihn sehr befriedigend gewesen: Sein Laufstil war top.
Als er am Fundort ankam, waren die Kollegen der Spurensicherung dabei, vorsichtig zu graben. Den Schädel

hatten sie schon freigelegt, und der wies Spuren auf, wie sie bei einer Gewalttat häufiger vorkommen. Ob der eingedrückte Hinterkopf von einem gezielten Schlag hervorgerufen worden war oder durch eine unsanfte Behandlung der Leiche, das könnte erst der Obduktionsbericht klären. Eventuell. Aber auch mit dessen Hilfe würden vielleicht nur wenige Fragen beantwortet werden. Die Leiche lag hier vermutlich schon seit Jahren dicht unter der Oberfläche. Mit etwas Glück würde man verwertbare Kleiderreste finden. Da eine Leiche an diesem Ort nicht auf einen natürlichen Tod schließen ließ, rechnete Weidner nicht mit Gegenständen wie einer Tasche oder persönlichen Papieren.

»Guten Abend«, begrüßte der Kommissar die Spurensucher in ihren weißen Overalls, die daraufhin ihre Arbeit unterbrachen und den Gruß erwiderten.

»Gibt's schon was Wichtiges?«

»Nun, den eingedrückten Schädel. Das Besondere ist bisher der Fundort. So dicht an der Oberfläche, an einem Platz, an dem so viele Hunde ausgeführt werden.« Der Spurensucher zeigte auf diverse braungraue Hinterlassenschaften unterschiedlicher Größe. »Allerdings hatte der Bagger vor Fastnacht eine Plattform für die Bohrung einer Tiefensondierung angelegt. Anscheinend hat der Baggerfahrer zufällig gerade aufgehört, bevor er mit der Schaufel die Leiche aufgenommen hätte.«

Weidner gruselte es bei der Vorstellung, wie an einem Zahn der Schaufel die aufgespießte Leiche gebaumelt und der Fahrer dann augenblicklich gestoppt hätte. Das makabre Setting wäre so lange für jeden Neugierigen zu sehen gewesen, bis die Spurensicherung das Einverständnis gegeben hätte, den Arm der Baumaschine zu bewegen. Dafür wäre auch eine Titelseite bei der Bildzeitung drin gewesen.

Der Spurensucher streckte Weidner seine Hand entgegen, auf der etwas Erde lag.
»Dem Geruch nach wurde hier Diesel ausgeschüttet, das mögen die meisten Vierbeiner nicht. Das Körpergewebe ist schon ziemlich zersetzt. Der Tote scheint ein Mann zu sein, er hatte zumindest ein Männerunterhemd an. Weiter sind wir noch nicht. Bis wir ihn ganz aus dem Boden raushaben, wird es noch dauern.«
»Dann geh ich die direkten Anwohner fragen. Bis dann.«
Weidner ging zurück zum Parkplatz und sah von dort hinab auf die Kreuzung. Jenseits der Brücke standen einige Menschen, steckten die Köpfe zusammen und schauten zum Fundort. Er vermutete, dass es sich um Anwohner handeln würde. Er bemerkte, dass seine Nase auf die kühle Luft reagierte, fischte eine Packung Öko-purex aus der Hosentasche, zog ein einzelnes heraus und schnäuzte sich. Dann ging er die Rampe hinunter und über die kleine Brücke.
»Guten Abend«, eröffnete er das Gespräch. Alle erwiderten seinen Gruß. »Wohnen Sie hier in einem dieser Häuser?«
»Sie sind von der Polizei?«, kam sofort eine Gegenfrage.
»Ja, Kommissar Chris Weidner, und ich würde gerne mit den Anwohnern sprechen.«
»Wir wohnen alle in der Straße«, sagte einer, drehte sich halb um und zeigte in die Sackgasse hinter ihnen.
»Sie möchten natürlich wissen, was da oben vor sich geht.« Aufmerksame Blicke waren auf ihn gerichtet. »Die Kollegen von der Spurensicherung graben gerade eine skelettierte Leiche aus. Sie dürfte schon seit Längerem dort liegen.« Während einer kurzen Pause schaute er reihum in die Gesichter und erblickte Überraschung und Betroffenheit.
»So in die Richtung habe ich es schon vermutet«, äußerte einer. »Ich meine, wenn so viel Aufwand betrieben wird.«

»Ich würde gerne zuerst mit denen sprechen, die einen guten Blick auf den Fundort haben oder die ihren Hund regelmäßig dort ausführen.«
Zwei Minuten später saß Weidner an einem Tisch mit den Eigentümern des einen Eckhauses, einem Ehepaar Ende vierzig. Auf dem Tisch lag die heutige Ausgabe der Regionalzeitung mit einem kleinen Artikel über den bisher so ruhigen Verlauf der Fastnacht.
»Nun«, begann er vorsichtig, »ich habe keine Ahnung, wie die Leiche auf den Parkplatz gekommen ist. Sie war schon einige Zeit vergraben, vielleicht sogar einige Jahre. Deshalb kann ich auch noch keine konkreten Fragen stellen. Aber eventuell fällt Ihnen irgendetwas in diesem Zusammenhang ein. Gab es vor längerer Zeit einen besonderen Vorfall, der Ihnen nun im Nachhinein verdächtig vorkommt? Ich wäre dankbar für jede Information. Auch darüber, wer auf dem Areal des Fundorts regelmäßig seinen Hund Gassi führt oder früher geführt hat. Ob Kinder an dieser Stelle gespielt oder Jugendliche sich dort getroffen haben.«
Er machte eine kurze Pause und schaute seine beiden Gesprächspartner an. Der Mann nahm die Gelegenheit wahr und begann.
»Ein Spielplatz oder Treffpunkt ist dort nie gewesen, ein Hundekackplatz aber schon immer und seit dem Bau des Parkplatzes verstärkt. Die Böschung am Nordende wurde zur Rampe umgebaut. Auf der Fläche zwischen der Auffahrt und den Gleisen wurde die nach dem Planieren übriggebliebene Erde gelagert, ansonsten gab es dort keine Erdbewegungen, denn das war bereits abseits des Parkbereichs.«
»Ich kann mich im Moment an nichts Verdächtiges erinnern«, erklärte die Frau. »Du etwa?«
Der Mann schüttelte den Kopf. »Ich stelle mir gerade vor,

wie jemand mit einer Schaufel ein Loch gräbt, die Leiche hineinlegt und wieder zuschaufelt. Das ist doch auffällig an so einem Platz. Das würde fast sicher entdeckt werden. So was macht kein denkender Mensch.«
»Richtig. Vielleicht war der Tod aber nicht beabsichtigt und jemand stand ganz unverhofft mit einer Leiche da und wollte sie loswerden«, erwiderte Weidner.
»Hm«, sagte der Mann und seine Frau nickte.
»Ist in den letzten Jahren hier in der Gegend eine Person verschwunden?«
»Nein!«, sagte er, und »Definitiv nicht!«, bestätigte sie.
»Dann würde ich das Gespräch jetzt beenden, außer Sie haben noch eine Information, die Sie mir mitteilen möchten.«
»Ab Morgen soll da oben sondiert werden, wie gut sich der Untergrund für ein geplantes Studentenwohnheim eignet.«
»Diese Arbeiten werden ruhen müssen, bis wir den Platz freigegeben haben«, stellte Weidner klar.
»Am liebsten geben Sie ihn nie mehr frei«, schlug die Frau vor.
Weidner ignorierte diese Aussage. »Ich würde jetzt gerne routinemäßig Ihre Personalien aufnehmen. In den nächsten Tagen werde ich mich noch einmal melden. Ich wäre Ihnen dankbar, wenn Sie mir eine Liste der Hundebesitzer anfertigen könnten.« Er kramte in seiner Brieftasche. »Falls Ihnen etwas Wichtiges einfällt, hier ist meine Karte.«
Die anderen Anwohner trafen ähnliche Aussagen. Überall war eine Betroffenheit über den Fund deutlich zu spüren, aber keine Panik. Es waren die üblichen Reaktionen von letztendlich Unbeteiligten. Da der Tote noch keine Identität hatte, und auch sonst nichts bekannt war, konnten sich die Gefühle noch nicht konkretisieren. Nach einer knappen Stunde stand Weidner wieder auf der Straße

und schaute zum Fundort hinüber. Er gab den Anwohnern recht: Ein vorsätzlicher Mord würde wohl nicht an einer so einsehbaren Stelle geschehen. Woraus man unter anderem schließen könnte, dass die Leiche hierher geschafft worden war. Aber wer würde ein so leicht zu entdeckendes Grab für sein Opfer wählen? War es am Schluss ein vertuschter Unfall?

Weidner kam spät nach Hause, schließlich musste die Vorgehensweise in dem neuen Fall schnell organisiert werden. Und das war, gemäß einer klaren Äußerung des Leiters der Polizeidirektion, sein Job. Der Fall schien auf den ersten Blick weder spektakulär noch sehr dynamisch zu werden, keine ausufernden Dienstzeiten und Ähnliches. Denn bei allem Berufsethos, den Marathon in Freiburg wollte Weidner unbedingt mit Erfolg laufen. Um für andere Eventualitäten gerüstet zu sein, checkte er aber noch den Bestand im Kühlschrank und seinem Vorratsfach und notierte sich die Einkäufe für den morgigen Tag. Danach ging er ins Bad und schnitt seine Fingernägel. Beim Blick in den Spiegel stutzte er! War da ein graues Haar an der Schläfe? Er ging etwas näher an das Glas und fuhr sich mit den Fingern vorsichtig durch die verdächtige Stelle im Haar. Das war aber nur in Grenzen möglich, denn wenn er sich der gläsernen Oberfläche zu sehr näherte, wurde das Spiegelbild leicht unscharf. Schließlich überredete er sich, nichts Verdächtiges gesehen zu haben und beschloss, die Sache zu vergessen. Graue Haare hatten noch jenseits der Fünfzig Zeit zu wachsen. Da blieb, wohlmeinend betrachtet, noch rund ein Jahrzehnt. Nachdem er seine Zähne geputzt hatte, legte er sich ins Bett und las noch ein wenig in einem Roman, den ihm seine Kollegin Olga Grammelspacher geliehen hatte. Schon bald schlief er ein ...

FASNACHTSDIENSTAG

... und wachte am nächsten Morgen erholt auf. Als er im Bad stand, überkam ihn eine vage Erinnerung. Er hatte in der Nacht geträumt, vor einigen Tagen mit einer graumelierten Perücke auf dem Hemdglunkerball gewesen zu sein. Außerdem hatte er beim Bezahlen eine Brille aufgezogen, um den Wert der Münzen in seinem Geldbeutel erkennen zu können. Aber genauer kamen die Bilder nicht mehr in sein Gedächtnis. Er schüttelte den Kopf und richtete sich sein Frühstück sowie ein Vesper: Sonnenblumenkernbrot mit Tomatenpaste und den letzten ungespritzten, leicht schrumpeligen Apfel aus dem Garten seiner Mutter.

Mysteriöser Leichenfund auf dem Bahnhofsparkplatz!, titelte die Badische Zeitung im Regionalteil. Endlich mal was los in der nachfastnächtlichen Saure-Gurken-Zeit, dachte der Hauptkommissar. Weidner las den Artikel aufmerksam und fand alle wichtigen Schlagworte: 17 Uhr, Hund, Tourist, skelettierte Hand, eingedrückter Schädel, Unterhemd, Mann, Obduktion abwarten. Gut, wahrheitsgetreu und neutral, stellte er fest und legte die Zeitung neben seinen Frühstücksteller.

Theofil Holzer saß am Fenster und schaute sich den Vorfrühling an. Vorfrühlingsgefühle hatte er dabei keine. Viel-mehr drückte ihm die erwachende Natur aufs Gemüt. Nur allzu gerne wäre er aufgestanden und hätte einen Waldlauf gemacht. Waren das noch Zeiten, als er viermal wöchentlich trainiert hatte. Und nach so einem Zwanzig-Kilometer-Lauf war es ihm immer richtig gut gegangen. Bei einigen kleinen Regionalläufen hatte es sogar bis aufs Treppchen gereicht. Er hatte sich vorgenommen, den Halbmarathon in Freiburg in 1:20 Stunden zu schaffen und deshalb mit einem Kumpel eine Wette laufen. Wenn er es schaffen würde, bekäme er von ihm sein Lieblingsfoto zugemailt. Und Hugo hatte gute Fotos, das wusste man in der Szene. Aber es war anders gekommen. Irgendwo im Netzwerk war ein Loch gewesen. Statt der Fotos hatte er einen Tag vor dem Lauf Besuch bekommen, mit einer Einladung ins »Café Fünfeck« in Freiburg, bei freier Kost und Logis sowie durch Fenstergitter gefilterter Luft. Bis zum Abschluss der Ermittlungen hatte er sich mit der engen Zelle zufriedengeben müssen. Diese waren schnell vorangeschritten, schließlich hatte er nie große Sicherheitsvorkehrungen getätigt. Und so war er, auf eindringlichen Wunsch des untersuchenden Psychologen und aufgrund des Urteils eines Richters, in die Forensik des Zentrums für Psychiatrie in Emmendingen gekommen.

Pädofil – so verulkten sie dort seinen Namen. Wenigstens nicht offen in der Station, da waren seine 1,85 Meter Länge und die neunzig Kilogramm ein wirksamer Schutz. Aber hinter seinem Rücken wurde er so genannt. Einer hatte es nicht hinter seinem Rücken gemacht. Der hatte Glück, dass die anderen dazwischen gegangen waren. So war es bei einem gebrochenen Nasenbein und einem ausgeschlagenen Schneidezahn geblieben. Seitdem hatte sich niemand mehr an das falsche Wort getraut. Aber sie mochten ihn nicht, sie schnitten ihn. Hätte sich eine Gelegenheit ergeben, dann hätten sie ihm eine Lektion erteilt, da war er sich sicher. Und das konnte jederzeit passieren.

Mit solch trüben Gedanken im Kopf saß er am Fenster und schaute durch die Gitterstäbe. Sein Blick wanderte von dem übersichtlichen Garten, der zu seiner Station gehörte, durch den neuen Stahlzaun hinaus in die mit

riesigen Bäumen gespickte Parkanlage. Wenn man lange genug träumte, dann verschwammen die Zäune und man konnte sich in die Freiheit denken. Nun sah Theofil einem Lkw zu, der mit einem vollen Container bepackt zurücksetzte. Direkt an diesem Zaun, diesem Symbol der Unfreiheit, hielt er an: fast drei Meter senkrecht, darauf noch einmal fast einen Meter nach innen abgewinkelt. Selbst für ihn unüberwindbar. Scheißding.
Plötzlich machte der Laster einen Satz nach hinten und landete im Zaun. Der Fahrer hatte sich wohl verschaltet. Gottverdammter Anfänger, dachte Theofil. Der Lkw rollte einen Meter nach vorne, der Fahrer stieg aus, um den Schaden zu begucken, zog am beschädigten Zaun und ging wieder zum Führerhaus. Gerade als der Containerlader um die Ecke gebogen war, fiel bei Theofil der Groschen. Er zog seine Jacke an und ging zum Aufseher. Der war jung und neu hier, das war gut.
»Da draußen ist ein Unfall passiert!«
Sofort eilte der Mann los. Theofil folgte ihm und zeigte auf die beschädigte Abgrenzung.
»Dort ist ein Loch im Zaun, der Containerlader ist hängengeblieben.« Der Aufseher wollte sich gerade umdrehen und ins Haus zurückeilen, als Theofil die Bombe platzen ließ: »Der Frank ist unten durch und getürmt.«
Entsetzen auf dem Gesicht seines Gegenübers. »Scheiße!!« Und schon war er auf den Weg ins Haus. Wann er wohl merken würde, dass Frank mit Durchfall auf der Toilette saß? Theofil machte nun das, was Frank angeblich getan hatte. Er rannte zu der beschädigten Stelle. Der Lkw hatte gute Arbeit geleistet. Gute Arbeit für ihn, Theofil, den Freiheitsliebenden. Er schaute sich kurz um. Niemand war zu sehen. Also warf er sich auf den Boden und rollte mit aller Kraft gegen den Zaun. Einen Moment glaubte er, hängen zu bleiben. Doch dann war er durch, sprang auf

und rannte los. Um die Ecke saß ein Insasse der Anstalt auf einer Bank und sonnte sich. Neben ihm hing seine Jacke über der Lehne. Im Vorbeirennen schnappte sich Theofil die Jacke des verdutzten Sonnenanbeters. Hinter dem nächsten Busch tauschte er die Jacken und versteckte seine so gut es ging. Nach einigen hundert Metern, der Lauf war für seinen kaum mehr trainierten Körper bereits anstrengend, hatte er das mehrstöckige Wohnheim für Angestellte des Zentrums für Psychiatrie erreicht und bog nach links zum Brettenbach ab. Er verlangsamte sein Tempo und verließ das parkähnliche Psychiatriegelände in Richtung Innenstadt. Die erste Hürde war geschafft!
Über dem Gelände des Zentrums für Psychiatrie kreiste ein Polizeihubschrauber. In den Straßen der Stadt fuhren mehrere Fahrzeuge mit ungewöhnlich langsamem Tempo, besetzt mit jeweils zwei Männern, die sich suchend umschauten. Für die Einheimischen war das ein sicheres Zeichen, dass es einer geschafft hatte. Das Leben aber ging seinen gewohnten Gang. Nur so ein Gefühl war da, so ein dumpfes, beunruhigendes Gefühl. Ein Was-wäre-wenn-Gefühl. Deshalb schlossen sie die Haustür heute lieber zweimal ab. Oder ein Besser-nicht-daran-denken-Gefühl. Bei manchen war es stärker, bei manchen schwächer. In ein, zwei Tagen würde es weg sein, so wie immer. Denn dann wäre der Ausbrecher entweder geschnappt oder über alle Berge.
Für die Polizeiführung und die Spitze der Stadtverwaltung war die Aufregung ein wenig größer. Denn vor nicht allzu langer Zeit hatten sich die Gemeindeoberen zu spät informiert gefühlt: Ein Freigänger war nicht pünktlich zurückgekommen und daraufhin hatten die üblichen Mechanismen gegriffen. Aus der sofort eingeleiteten europaweiten Fahndung hatte man auf die ungeheure Gefährlichkeit des Gesuchten geschlossen. Dabei wurde

übersehen, dass diese Art der Suche in jedem Fall ausgelöst wird, wenn ein Freigänger seine Ausgehzeit überzieht, auch wenn er sich aus einem plausiblen Grund etwas verspätet. Der Oberbürgermeister hatte für die Zukunft eine bessere Informationspolitik angemahnt - öffentlich - und war damit auf breite Zustimmung in der Stadt gestoßen. Nun würde sich zeigen, ob die damals vorgenommene Aussprache - nicht öffentlich - den gegenseitigen Umgang wieder normalisiert hatte.
Natürlich wusste die Rathausspitze diesmal umgehend Bescheid. Denn einige Mitmenschen ließen es sich nicht entgehen, den Informationsfluss sofort in Gang zu bringen, sei es aus echter Betroffenheit, sei es aus falsch verstandener Bürgerpflicht oder aus kaum verhohlener Freude, eine Rechnung begleichen zu können. Als der offizielle Anruf dann kam, betont sachlich bezüglich der Fakten und betont vorsichtig bezüglich der Spekulationen, lagen dem OB bereits drei Varianten zum Ablauf des Ausbruchs vor, die sich in durchaus wesentlichen Details unterschieden.

ASCHERMITTWOCH

In der Regionalzeitung stand nur ein kurzer Bericht:

Am gestrigen Tag gelang einem der Insassen des Zentrums für Psychiatrie die Flucht aus einer geschlossenen Abteilung. Bei dem Flüchtigen handelt es sich um einen Mann von 35 Jahren, 185 cm groß und von kräftiger Statur. Er ist vorbestraft sowie gewaltbereit und deshalb als gefährlich einzustufen. Eine umgehend eingeleitete Fahndung mit mehreren Fahrzeugen und einem Hubschrauber blieb erfolglos. Die Stadtverwaltung und die Polizeibehörde stehen in dieser Angelegenheit in regelmäßigem Kontakt. Sachdienliche Hinweise nimmt jede Polizeidienststelle entgegen. Es wird davor gewarnt, Anhalter mitzunehmen.

Chris Weidner kam früh in sein Büro, ging Kollegengesprächen aus dem Weg und machte sich gleich an die Arbeit. In einigen Minuten würde er mehr über den Knochenfund wissen. Sein Gefühl sagte ihm, dass dieses Skelett gute Chancen hatte, eine Karteileiche zu werden. Einer jener Fälle, den die Polizei nie lösen würde. Oder einer, der nach Jahrzehnten durch einen Zufall geklärt wird. Nach einem ersten vergeblichen Anruf - besetzt - nahm er sich eine Fachzeitschrift und begann zu lesen. Der zweite Artikel passte zu seinen Gedanken. Zehn Jahre nach der Tat war ein Mord aufgeklärt worden, weil in einer Kiste ein Tagebuch gefunden wurde, das die entscheidenden Hinweise lieferte.

Er wählte ein zweites Mal. Aus Gründen des Gedächtnistrainings benutzte er nicht die Wiederholtaste, sondern tippte die Zahlen erneut ein. Es erwies sich manchmal als nützlich, spontan auf diesen Fundus an Nummern

zurückgreifen zu können, zum Beispiel wenn man sein Adressbuch vergessen hatte. Außerdem rieten namhafte Hirnforscher zu Alltagstraining wie diesem.
»Guten Morgen, Kommissar Chris Weidner aus Emmendingen. Ich wollte nachfragen, was es zu dem gestrigen Skelettfund bisher an Erkenntnissen gibt.«
Die Rechtsmedizin Freiburg hatte noch keine Zeit gefunden, sich um die Leiche zu kümmern. Als Altlast würde sie im Zweifelsfall immer aktuellen und eiligen Fällen Vorrang einräumen müssen. Weidner hoffte, dass ihr dieses Schicksal nicht zuteilwerden würde. Denn ohne Hinweise durch die Spezialisten hätte sich seine Arbeit fürs Erste in ein paar Interviews der Anwohner erschöpft. Es gab keine Anhaltspunkte für eine Richtung. Derlei Fälle empfand er als furchtbar zäh und kräfteraubend. Man musste sich ausschließlich über den Willen oder sein Pflichtbewusstsein motivieren. Aber vielleicht hatten die Kollegen von der Spurensuche noch etwas zu berichten. Er erhob sich, ging in das Untergeschoss des Gebäudes und klopfte an den Rahmen der halb geöffneten Tür, hinter der ihm der gesuchte Kollege Herrmann Bilfinger den Rücken zudrehte.
»Guten Morgen, schon ausgeschlafen?«, begrüßte er den Mann, der gerade durch ein Mikroskop schaute und sich durch den Besucher nicht unterbrechen ließ.
»Hallo und guten Morgen«, kam es nach wenigen Sekunden zurück. Der Mikroskopierer trennte sich von seinem Gerät und drehte sich nun zu Weidner um. »Ja, einiges können wir schon sagen«, begann er seinen kleinen Bericht. »Wir haben den gesamten Körper ausgegraben – hat bis Mitternacht gedauert. Er lag lang ausgestreckt unter dem Hügel, einen Arm über den Kopf nach vorne gerichtet, das hast du gestern gesehen, der andere Arm war an den Körper angelegt. Keine weiteren auffälligen

Knochenverletzungen. Der Tote ist ein Mann, vermutlich mittleren Alters, schwarze kurze Haare, 172 cm groß. Es gab noch viele Kleiderreste, aber keine Papiere. Er trug ein ärmelloses weißes Unterhemd, Feinripp, eine blaue Jeans und schwarze Arbeitsschuhe mit Stahlkappen, Größe 42. Es war eine Flüssigkeit über ihn geschüttet worden, dem Geruch nach könnte es Diesel sein, das hat die Verwesungsvorgänge verändert und wahrscheinlich verlangsamt. Die Angaben zum Todeszeitpunkt werden dadurch sehr ungenau und damit die Datierung der Befunde schwierig. Wir haben Stoffproben, Haarproben und Gewebeproben genommen. Die Erdreste in den Schuhsohlen sind gering, denn die Schuhe waren alt und das Profil schon stark abgelaufen, übrigens sehr gleichmäßig an beiden Sohlen. Da konnte sich kaum Fremderde festsetzen, falls er irgendwo ganz anders herumgelaufen sein sollte als am Fundort. Und eine Erdprobe haben wir genommen. Vielleicht lässt sich etwas über das Diesel herausfinden oder was immer über den Toten geschüttet worden ist.« Er schwieg und lächelte Weidner kurz an. »Das war es fürs Erste.«

Der Kommissar bedankte sich und wendete sich zum Gehen.

»Hast du eigentlich neue Schuhe?«, fragte Bilfinger gerade, als Weidner in der Tür stand.

»Gut beobachtet. Nagelneu, Ökogerbung.«

»Je länger ich mit Spurenanalytik zu tun habe, desto mehr Verständnis bringe ich dafür auf. In meinem Job heißt viel Chemie meist viele Spuren. Aber sonst verzichte ich zunehmend drauf.« Er zeigte auf sein Hemd. »Ökobaumwolle«, sagte er und grinste. »Übrigens, wir gehen jetzt gleich noch mal raus zum Parkplatz am Bahnhof. Wir lassen den Hügel abtragen.«

Chris Weidner entschloss sich, die Kollegen der Spurensi-

cherung bald vor Ort aufzusuchen. Er versprach sich keine konkreten Ergebnisse davon, aber eine solche Ortsbesichtigung machte einen Fall in seinem Kopf präsenter. Überdies konnte er zurzeit wenig anderes tun. Die Nachbarschaft würde das Thema durchkauen – wer etwas wüsste, würde sich bei ihm melden. Als er die Rheinstraße entlangging, musste er schmunzeln. Auf dem Parkplatz oberhalb der Rampe fand gerade ein Kurs der Hundeschule statt. Einige Hundehalter standen in einem Kreis, andere kamen vom geteerten Teil des Areals, die Tiere an einer sehr kurzen Leine direkt am Fuß führend. Es sah seltsam aus, wenn ein zweibeiniger Leitwolf ohne ersichtlichen Grund plötzlich die Richtung wechselte und von seinem vierbeinigen Zögling erwartete, dass er unverzüglich kapierte und reagierte. Zu lange Reaktionszeiten hatten ernsthafte Ermahnungen zur Folge, schließlich wollte man sich vor den anderen Kursteilnehmern nicht blamieren. Weidner fand, dass diese Schulung für Mensch und Tier nicht einer gewissen Komik entbehrte. Aber nun, da der übliche Kackplatz durch eine Sperre nicht zugänglich war, waren die Hunde verwirrt. Manche bellten und wurden dann zurechtgewiesen. Dabei waren die Herrchen und Frauchen sicher genauso neugierig wie ihre Vierbeiner.
Weidner begrüßte die beiden Spurensucher, die vorsichtig in der Erde gruben. Sie erklärten ihm, dass sie weitere Erdproben nähmen, um die stark riechenden Substanzen, womöglich Dieselkraftstoff, im Labor analysieren zu lassen. Eventuell könnte man Beimischungen oder Verschmutzungen identifizieren, die Rückschlüsse auf die Herkunft oder Verwendung ermöglichten. In einer halben Stunde käme der Baggerfahrer und würde Schicht für Schicht den Hügel abtragen. Vielleicht ließen sich noch irgendwelche Gegenstände finden, die für die Aufklärung

von Nutzen sein könnten. Daran glaubte Weidner nicht, aber zu einem professionellen Vorgehen gehörten nun mal solche ausgedehnten Untersuchungen des Tatortes.
»Oder es sind noch mehr Leichen verbuddelt«, flachste einer der Spurensucher.

Yvonne Müller-Meckel stellte ihr Rad vor dem Einfamilienhaus aus den 50er-Jahren ab. Wieso war er nicht da gewesen und wieso war er nicht erreichbar? Sie bückte sich, um das Rad abzuschließen, und schaute dabei flüchtig zum Haus. Nichts Besonderes. Schnell steckte sie ihren Schlüssel ein und ging die wenigen Schritte zum Gartentor. Dabei sah sie kurz zum Altenheim auf der anderen Straßenseite. An einem Fenster bemerkte sie zwei betagte Frauen, die sie beobachteten. An der Haustür angekommen, drückte sie ungeduldig den Klingelknopf. Dann zog sie rasch den Finger zurück. So lange klingelt man nicht beim ersten Mal, dachte sie leicht schuldbewusst. Rührte sich da etwas? Nein.
»Bleib ruhig und zähl bis zehn«, sagte sie zu sich. Doch dann hörte sie die Klingel und bemerkte, dass sie ihren Finger schon wieder auf den Knopf presste. Dieses Mal durfte er lange draufbleiben. Dass sich aber auch niemand meldete! War da nicht etwas? Wieso musste gerade jetzt ein Auto vorbeifahren? Nichts, niemand öffnete.
Yvonne Müller-Meckel war ratlos. Heute wollten sie einiges besprechen. Mit ziemlicher Sicherheit würden sie essen gehen, vielleicht würde auch mehr daraus. Sie hatte sich dazu entschlossen, die Dinge auf sich zukommen zu lassen. Und ausgerechnet heute war er nicht bei der Arbeit gewesen, aber auch nicht krank gemeldet. Er hatte ihr mit einem Augenzwinkern seine Handynummer aufgeschrieben und bemerkt, dass er sie nur Menschen gebe, mit denen er gerne telefonieren würde. Aber bei ih-

rem Versuch hatte sich nur die Mailbox gemeldet. Hatte er ihr etwas mitgeteilt, was sie vergessen hatte? Im Amt war weder Urlaub noch Dienstreise eingetragen. Was sollte sie also anderes tun, als bei ihm vorbeischauen?
Sie drehte sich um und ihr Blick fiel wieder auf die beiden Alten, die noch genauso aus dem Fenster schauten wie vor einer Minute. Nämlich genau auf sie. Ihr Arm wollte sich strecken, ihre Finger wollten eine Faust formen, aus der sich dann der Mittelfinger hochklappen würde. Doch sie beherrschte sich. Aus der Ferne hörte sie einen Krankenwagen herannahen. Vielleicht ist er gestürzt und kann nicht aufmachen, schoss es ihr durch den Kopf. Unsinn, er ist doch kein seniler Greis, kommentierte sie sich selbst. Sie hastete die Haustreppe hinab und ging zur Rückseite des Hauses. Zu ihrer Überraschung war die Hintertür nur angelehnt! Sie stieg die wenigen Stufen hoch und lauschte. Nichts. Dann gab sie der Tür einen leichten Schubs mit dem Zeigefinger. Stille.
»Tobias?«, fragte sie mit leiser Stimme durch den Spalt. Keine Antwort. »Tobias?«, wiederholte sie etwas lauter. »Tobias, bist du hier?«
Sie nahm ihren Mut zusammen, schob die Tür auf. Alles schien normal zu sein. Rechts stand eine Tür offen. Vorsichtig schaute sie um die Ecke ... und sah ihn! Er lag auf dem Boden. »Tobias!?«, halb fragend, halb geschrien. Keine Regung. Sie stürzte auf ihn zu, bückte sich und erstarrte. Sein Hinterkopf war blutverkrustet. Sie berührte seine Wange und war erschrocken über die Kälte seiner Haut. Was tun? Wieder war ein Krankenwagen zu hören, und das Geräusch des Martinshorns brachte sie in Gang. Sie wollte sich aufrichten ... und wäre beinahe hingefallen. Die Beine versagten ihr den Dienst. Ein Zittern machte sich in ihrem Körper breit. Sie setzte sich auf den Boden und lehnte sich an den Türrahmen. Kleine Schweißperlen

bildeten sich auf ihrer Stirn. Nach einigen Sekunden der totalen Konfusion bekam der Verstand langsam wieder die Oberhand. Sie bekam den Reißverschluss ihrer Handtasche erst im zweiten Anlauf geöffnet. Das Handy fiel ihr aus der Hand. Wie lautete ihre PIN? War am Schluss eine 10 oder eine 01? Endlich, geschafft. Es gelang ihr, die Notrufnummer sofort richtig einzugeben, aber dann drückte sie auf die rote statt die grüne Taste. »Scheiße!«, entfuhr es ihr. Noch einmal von vorne.

»Frau Müller-Meckel?« Ihre Augen starrten den Polizisten an, dann nickte sie. Der Beamte ging auf Tobias zu. Er beugte sich über ihn, berührte die kalte Wange und fühlte den Puls, zuerst am Handgelenk, dann am Hals. »Ich glaube es ist zu spät!«, sagte er mit leiser Stimme. Zu spät, echote es in ihrem Kopf. Aber bevor sie die Bedeutung dieser Worte realisierte, hörte sie eine andere Stimme.

»Ich schaue noch einmal nach«, meldete sich ein Sanitäter und betrat den Raum. Er wiederholte die Schnelluntersuchung des Polizisten und bestätigte dessen Vermutung. »Tut mir leid«, sagte er und schaute die Frau mitfühlend an. »Darf ich bei Ihnen den Puls fühlen?«, fügte er mit einem besorgten Gesichtsausdruck hinzu. »Sie sehen nämlich aus, als ob Sie gleich ganz umkippen.« Sie nickte kaum merklich. »Legen Sie sich hin und versuchen Sie, langsamer zu atmen«, riet er ihr eine halbe Minute später.

»Ein Mordverdacht? Jetzt geht' s aber los!«, kommentierte Kommissar Weidner die Meldung der Stimme aus dem Telefon. Erst gestern der Tote auf dem Bahnhofsparkplatz und nun sollte schon wieder ein Gewaltverbrechen die kleine Große Kreisstadt im Breisgau in Atem halten. »Ich komme gleich!«

Wenige Minuten später war er vor Ort. Er parkte seinen Wagen in einiger Entfernung des Tatorts, stieg aus und schaute sich um. An den Fenstern des Altenheimes waren viele Gesichter zu sehen. Lauter Zeugen, dachte er halb belustigt in sich hinein, wenn ich die alle befragen muss.
»Guten Abend«, sagte Weidner zu dem Sanitäter, der rauchend im Hinterhof stand. »Was macht ihr noch hier?«, wollte er wissen. Er kannte den Rotkreuz-Mann vom Sehen. Der Angesprochene blies den Rauch in den Himmel.
»Hallo, Herr Kommissar«, erwiderte er und überreichte den Totenschein des Notarztes. »Der Mann ist zwar tot. Aber die Frau, die ihn gefunden hat, ist mit den Nerven fertig. Ich dachte, sie kippt um und braucht eine Schockversorgung. Ich glaube, sie hat sich wieder etwas erholt.«
»Sieht der Tote schlimm aus?«, wollte Weidner wissen.
»Für Sie und mich nicht, aber wer so etwas zum ersten Mal erlebt ...«
Der Kommissar stieg die Treppe hinauf, betrat leise den Flur und blieb im Türrahmen des Raums stehen, in dem die Leiche auf dem Boden lag. Sie hatte deutliche Blutspuren am Hinterkopf, sah aber ansonsten nicht besonders spektakulär aus. Die Frau lag ebenfalls auf dem Boden und hielt ihre Augen geschlossen. Ihre Brust hob und senkte sich so schnell wie nach einer schweren körperlichen Arbeit. Der zweite Sanitäter kniete neben ihr und fühlte gerade ihren Puls. Der Streifenpolizist stand dahinter. Als er den Kommissar erblickte, weiteten sich seine Augen ein kleines bisschen. Ich gehe jetzt gleich, damit Sie ungestört die Spuren aufnehmen können, drückte sein Blick aus. Weidner überlegte, ob dieser einen Anschiss von ihm erwartete, weil er die beiden anderen bis jetzt im eventuellen Tatzimmer gelassen hatte.
»Guten Abend«, sagte Weidner leise. Der Sanitäter wandte den Kopf und erwiderte den Gruß mit einem stummen Ni-

cken. Die am Boden liegende Frau öffnete ihre Augen, um den Neuankömmling anzuschauen. Der ging in die Knie.
»Kommissar Weidner«, stellte er sich vor. Die Berufsbezeichnung Kriminalhauptkommissar wählte er nur bei Menschen, die er beeindrucken wollte. »Geht es Ihnen schon wieder besser?«
Sie hob leicht den Kopf und nickte.
»Sie haben den Toten gefunden?«, fragte er.
Erneutes Nicken. »Ja«, hauchte sie.
»Sind Sie seine Frau?«
»Nein.« Dieses Mal kommentierte sie ihre Aussage mit einem deutlichen Kopfschütteln. »Wir sind Arbeitskollegen. Ich wollte ihn besuchen.«
Er winkte den Schutzpolizisten zu sich und gab ihm den Auftrag, die Bewohner der beiden Nachbarhäuser zu befragen. Dann wandte er sich wieder an die Frau.
»Fühlen Sie sich stark genug für ein Gespräch?«
Sie setzte sich mühsam hin: »Ich werde es versuchen.«
»Wäre es Ihnen möglich, in zwei Minuten auf der Innentreppe zu sitzen? Dann könnte hier mit der Spurensicherung weitergemacht werden.« Sie nickte. »Gut, ich schaue kurz nach, ob wir dort keine Spuren verwischen.«
Um keine Fingerabdrücke zu hinterlassen, knipste Weidner das Licht im Flur mit seinem Fingernagel an. Sein Blick wanderte über den Fußboden. Mit bloßen Augen konnte er in dem trüben Licht wenig Besonderes erkennen. Es gab keine Erdkrümel oder Haarbüschel, keine Holzsplitter oder abgefallenen Hemdknöpfe, in den Ecken jedoch viel Staub. Am Kleiderrechen hingen drei Jacken. Zwei davon zeigten im Strahl seiner kleinen Taschenlampe eine sichtbare Staubschicht auf den Schultern. Die oberste Jacke passte zur Jahreszeit und zeigte keine größere Verstaubung. Dann schaute er sich vor und auf der Treppe zum Obergeschoss um. Er sah nichts Bemerkens-

wertes, keine Flecken oder größeren Partikel. Er richtete den Lichtstrahl seiner Taschenlampe parallel zu den Stufen aus. Es musste vor Kurzem gefegt worden sein, wenngleich auch nicht besonders gründlich. Am Geländer entdeckte er an zwei Stellen längere Haare. Er fischte sich zwei Tütchen aus seiner Jacke und verfrachtete die potentiellen Beweisstücke hinein. Nach dem Beschriften steckte er sie in seine Tasche.

»Sie können kommen.« Er versuchte sich mit einem sanften und beruhigenden Tonfall. Langsam begab sie sich auf alle Viere, ebenso langsam ging sie danach in die Hocke und mit Hilfe des Sanitäters, der mit festem Griff ihren Oberarm hielt, stand sie schließlich auf.

»Bitte berühren Sie die Jacken an den Kleiderhaken nicht, gehen Sie nicht über den Schuhabtreter und fassen Sie nicht an das Geländer«, bat der Kommissar. Die Frau schaute ihn mit großen, roten Augen an und ging dann gemäß seiner Angaben zur Treppe. Dort ließ sie sich auf die dritte Stufe sacken. Weidner war froh über die Anwesenheit der Sanitäter, denn sie konnte seiner Meinung nach immer noch jeden Moment kollabieren.

»Darf ich zuerst Ihren Namen erfahren?«, fragte Weidner mit ruhiger Stimme.

»Yvonne Müller-Meckel«, hauchte sie.

Der Kommissar belehrte sie über ihre Rechte, dann begann er. »Wie sind Sie in das Haus gekommen?«

»Durch die Hintertür, sie war nur angelehnt.«

»Können Sie mir möglichst genau sagen, was Sie ab diesem Zeitpunkt taten?«

»Ich rief seinen Namen und als keine Antwort kam, ging ich hinein. Vom Flur aus sah ich ihn liegen. Ich ging zu ihm hin und dann sah ich das Blut. Als ich einen Krankenwagen hörte, kam ich auf den Gedanken, dass er sofort Hilfe brauchte und habe mit dem Handy angerufen.«

»Haben Sie irgendetwas berührt oder verändert?«
»Ich habe ihn an der Wange berührt, er war sehr kalt. Aber ich habe noch nicht an Tod gedacht.« Ihre Stimme zitterte und war kaum verständlich. »Ich bin an der Tür zusammengesackt, meine Beine wollten nicht mehr. Ich habe dort gelehnt, bis ihr Kollege gekommen ist.«
»Das heißt, Sie haben außer dem Toten nichts angefasst?«
Sie nickte noch einmal. »Können Sie mir den Namen von Ihrem Bekannten sagen und was Sie sonst noch über ihn wissen?«
»Er heißt Tobias Deck. Er wohnte allein hier. Seine Frau ist vor ungefähr einem Jahr ausgezogen. Er arbeitete auf dem Rathaus im Planungsamt. Genügt das?«
»Erstmal ja. Ich werde Sie bei nächster Gelegenheit weiter befragen, aber zuerst muss ich mir noch Informationen aus dem Computer beschaffen und abwarten, was die Kollegen von der Spurensicherung finden. Wenn Sie wollen, können Sie jetzt gehen. Wir fragen den Sanitäter, inwieweit Sie dazu in der Lage sind. Aber nur, wenn sich zu Hause jemand um Sie kümmert. Manchmal kommt der Tiefpunkt etwas verzögert.«
Sie schaute ihn mit großen Augen an. »Ich wohne allein, aber ich kann bei meiner Mutter übernachten. Sie wohnt in Kollmarsreute.«
»Gut, rufen Sie an, ob jemand zu Hause ist. Ich lasse ein Taxi kommen.«
Während sie telefonierte, informierte der Kommissar seinen Assistenten, dass er vorbeikommen müsse. Dann sprach er die Sanitäter an, die die Frau nach einem kurzen Pulsfühlen für stabil erklärten.
Bis zur Ankunft des Taxis führte er seine Vernehmung fort. Er fragte in welcher Beziehung sie zu dem Toten stand und ob sie irgendeinen Verdacht hätte. Aber sie hatte keine Informationen, die er für wichtig erachtete.

War sie eigentlich selbst verdächtig? Seiner derzeitigen Einschätzung nach nicht.
Als ihr Taxi abgefahren war, kam der Schutzpolizist zurück und meldete, dass in den beiden Nachbarhäusern niemand aufgemacht hätte. Weidner entließ nun die Kollegen von der Streife. Dann erinnerte er sich an die Alten. Er schaute zum Seniorenheim, wo er immer noch einige Neugierige stehen sah. Sicher gab es in der nächsten Umgebung weitere Kiebitze, die sich aber besser versteckt hatten. Erfahrungsgemäß würden sich manche von selbst melden und ihr Wissen preisgeben, und sei es nur, um durch Weitergabe höchst wichtiger Nichtigkeiten höchstpersönlich an der Aufklärung dieses höchst dramatischen Verbrechens in ihrer direkten Nachbarschaft beteiligt sein zu dürfen.
Im Hinterhof sprach er die Kollegen von der Streife an, die sich dort umgeschaut hatten, solange es die Helligkeit zuließ. Sie hatten nichts Besonderes bemerkt. Also ging Weidner in das Haus zurück. Das Wohnzimmer war nicht übermäßig ordentlich, aber es hatte keinen Kampf gegeben. Zumindest nicht hier. Der Kommissar schaute sich flüchtig im Erdgeschoss um – auch hier war nichts, was auf eine körperliche Auseinandersetzung hindeutete. Deshalb ging er fürs Erste davon aus, dass Tobias Deck seinen Mörder entweder hereingelassen und vielleicht sogar gekannt hatte. Oder dieser hatte sich durch die offene Hintertür geschlichen und sein ahnungsloses Opfer von hinten erschlagen. Als er wieder am Türrahmen des Wohnzimmers stand, hörte er Schritte.
»Guten Abend«, meldete sich die Spurensicherung.
»Hallo Herrmann«, erwiderte Weidner den Gruß.
»Was gibt es für uns zu tun?«, wollte Herrmann Bilfinger wissen. Der Kommissar machte mit seinem Kopf eine Bewegung in das Wohnzimmer hinein. »Sieht ja recht ordent-

lich aus«, kommentierte der Spurensucher den Zustand des Raumes nach einem kurzen Rundumblick. Gleich darauf begannen die beiden in weiße Kunststoffoveralls eingehüllten und mit Überschuhen versehenen Spezialisten mit ihrer Arbeit. Geübten Blickes suchten sie von der Tür ausgehend den Boden ab, um sicher zu sein, dass sie beim Betreten des Raums keine Spuren zerstören würden. Der Kommissar meldete, dass schon einige Personen im Wohnzimmer gewesen waren. Dann entließ er die Kollegen von der Streife und gesellte sich wieder zu Bilfinger und seinem Mitarbeiter. So vergingen einige Minuten, in denen Weidner sich anhörte, welche Entdeckungen und Erkenntnisse die beiden sich mitteilten. Sie fanden keine Blutspuren außer am Kopf und darunter auf dem Fußboden, was darauf schließen ließ, dass das Opfer direkt nach dem Schlag zu Boden gefallen war und sich dort nicht mehr bewegt hatte. Am Türrahmen hing ein Haar, das deutlich länger war als die Haare des Toten, und unter der Tür kam ein verpackter Tampon zum Vorschein. Beides kam in je ein kleines Plastiktütchen und wurde beschriftet.

»Die zwei Objekte könnten von der Frau sein, die Deck gefunden hatte«, schaltete sich Weidner ein. »Sie ist hier zusammengesackt und hat uns mit ihrem Handy angerufen. Vielleicht ist dabei das Haar am Holz hängengeblieben und der Tampon herausgefallen und unter die Tür gerollt. Ich werde sie morgen noch einmal vernehmen und dies abklären.« Er holte sein Notizbuch heraus und hielt diesen Gedanken darin fest. »Und dann habe ich noch etwas für euch«, sagte er, nachdem ihm die Tütchen in seiner Jackentasche wieder eingefallen waren. Er reichte sie dem Spurensucher. »Gibt es einen Hinweis auf die Tatzeit?«

»Gefühlsmäßig heute am Vormittag.«

Weidner hörte erneut Schritte, es war sein Assistent Jens Armbruster. Die Begeisterung über den fremdorganisierten Abend war dem athletischen Mittdreißiger deutlich anzusehen. Aber sein Vorgesetzter wusste, dass die genervte Miene in wenigen Minuten der beruflichen Neugier weichen würde. Sollte durch den Einsatz ein Date mit einer attraktiven Frau geplatzt sein, dann würde es etwas länger dauern, bis Armbruster voll einsatzbereit wäre. Mit wenigen Sätzen setzte Weidner den Neuankömmling ins Bild. Dann beauftragte er ihn, im Computer nach Tobias Deck zu suchen und, nachdem die Spurensicherung dort eine erste Sichtung durchgeführt hatte, ins Obergeschoss zu gehen. Die Sucher waren eifrig am Sammeln – Zigarettenstummel aus dem Aschenbecher: rein in die Tüte, Aschenbecher selbst: rein in die Tüte, Glas mit Mundabdruck, lange Haare vom Sofa, kurze Haare vom Sofa, Papiertaschentuch aus dem Papierkorb, jeder Fussel vom Teppich, DVD-Hülle auf dem Fernseher: rein in die Tüte. Weidners Blick fiel auf die kleine Hausbar im Vitrinenschrank. Es gab dort einige Flaschen mit hochprozentigem Inhalt.
»Ich würde gerne wissen, ob er zur Zeit der Tat nüchtern gewesen ist«, dachte Weidner laut vor sich hin. Eigentlich erwartete er keinen höheren Blutalkoholwert. So wie Frau Müller-Meckel ihn beschrieben hatte, war er kein Alkoholiker, der schon morgens seine Dosis brauchte, um die Finger ruhig zu bekommen. »Ich würde mich gerne in der Küche umschauen, könnte mal jemand mitkommen? Und Jens könnte oben reinschauen, wenn er endlich darf.« Die Spurenspezialisten kamen Weidners Bitte nach und warfen einen ersten Blick in die anderen Räume.
Die Küche war wie das Wohnzimmer nur mäßig aufgeräumt. An der Spüle türmten sich einige unordentlich gestapelte Teller, Gläser und Tassen. Eine offene Tüte Müs-

li lag daneben. Auf dem Tisch stand ein Schälchen, der pampige Inhalt bestand wohl aus in Milch eingeweichten Cornflakes. An der Decke krabbelte eine Raupe und am Kühlschrank saß ein kleiner brauner Falter. Weidner beugte sich vor und identifizierte das geflügelte Insekt als Dörrobstmotte, einen Lebensmittelschädling, den er aus seinen eigenen vier Wänden kannte. »Das kommt davon, wenn man keine Frau hat«, war einmal der Kommentar seiner Mutter bei einem Besuch in seiner Wohnung gewesen. Er konnte ihr damals überzeugend erklären, dass sein Lebenswandel berufsbedingt nicht sehr regelmäßig sei und er seinen Haushalt deshalb manchmal sehr vernachlässigen müsse. Dennoch kaufte er seit dieser Bemerkung sporadisch im Bioladen einen Klebestreifen mit Lockstoff, um sich eine Wiederholung der wohlmeinenden Worte zu ersparen.

Inzwischen hatte sich Herrmann Bilfinger umgeschaut, Fotos gemacht und die Küche schließlich freigegeben. Er reichte Weidner einen Overall, Einmalhand- sowie Überschuhe.

»Die brauchst du trotz Ökogerbung.« Der Kommissar zog sich an, stellte sich in die Küchentür und schaute sich in aller Ruhe um. Gerade als er mit der genaueren Inspektion beginnen wollte, kam sein Assistent zurück und meldete, dass Tobias Deck ein unbeschriebenes Blatt in der Computerkartei sei. Weidner antwortete mit einem Kopfnicken.

»Kann ich hochgehen?«, wollte Armbruster nun wissen.

»Geht«, antwortete Bilfinger, der gerade von oben runterkam. »Dich lass ich rein«, fuhr er fort und übersah bewusst den Leiter der Untersuchung. »Aber dem Weidner hätte ich das nicht erlaubt, den hätte ich höchstens die Küche machen lassen«, beendete er seinen Satz und zwinkerte dem Assistenten zu.

Der nahm den Ball an. »Dann geh ich mal schnell nach oben, bevor der Weidner es merkt und selbst nach oben will. Ich bitte, mir den Overall und die Hausschuhe zu reichen.«
Der leitende Ermittler sah sich zu einem Konter gezwungen, wobei er nun seinerseits den Spurensucher übersah und Armbruster zuzwinkerte: »Weißt du Jens, ich schätze den Herrribert Bulfinger wegen seiner Menschenkenntnis!« Sie lachten. Danach wurde der Spurensucher wieder ernst: »Aber ich habe nur oberflächlich geschaut, also bitte mit Zurückhaltung und Sachverstand.«
Sie wandten sich nun wieder ihrer Arbeit zu. Die Kücheneinrichtung bestand aus billigen Schränken, deren resopalweiße Türen einige Dellen und kleine Löcher in der Kunststoffbeschichtung hatten. Der Herd war, ebenso wie die Fenster, schlecht geputzt. Die Tischdecke wies Flecken auf. Weidner öffnete vorsichtig den Kühlschrank und fand mehrere Tiefkühlpizzen, eine angebrochene H-Milch vom Discounter, eine Butterdose mit abgesplitterter Ecke und ohne Deckel, ein Restchen Marmelade in einem klebrigen Glas und zwei Flaschen billiges Pils. Tobias Deck schien kein Koch gewesen zu sein, und die Lebensmittel waren wohl alle wegen ihres geringen Preises gekauft worden. Der Eindruck bestätigte sich beim Blick in die beiden Vorratsschubladen. Wenig Inhalt, alles von Billigketten und zwei lange kleine Krabbler auf dem Weg zu einem ruhigen Platz, um sich dort zu verpuppen. Das wenige Geschirr im benachbarten Schrank war schlecht gestapelt. Eine klassische Junggesellenküche.
Mittlerweile hatten die Spezialisten die Spuren gesichert, sodass der leitende Ermittler erneut ins Wohnzimmer durfte, um sich dort nun detaillierter umzuschauen. Gerade wurde die Leiche aus dem Raum gebracht und es blieb nur noch der Kreideumriss auf dem Boden zurück.

Die Einrichtung des Wohnzimmers war ähnlich wie die der Küche: billig. Neben einer Vitrine aus Pressspan mit Buchenimitatfurnier gab es ein Bücherregal, das Weidner von dem blauen Möbelhaus am Freiburger Flugplatz kannte, denn er hätte es selbst beinahe gekauft. Das Sofa war relativ klein, daneben, und offenbar beim Umfallen des Erschlagenen verrutscht, stand ein ebenfalls kleiner Tisch. Beim genauen Hinschauen sah der Kommissar die Eindrücke der Tischbeine auf dem Teppich. Daraus ließen sich möglicherweise Rückschlüsse ziehen, wie das Opfer gegen das Möbelstück gefallen war. Gegenüber standen der große Flachbildschirm, die Spielkonsole und der DVD-Player als dominierende Einheit. Daneben war eine kleine Stereoanlage, flankiert und überragt von einem metallisch glänzenden Turm zur Aufbewahrung der CDs. Außerdem gab es einen quadratischen Esstisch mit zwei Stühlen. Weidner schaute sich das Bücherregal genauer an. Auf zwei Brettern standen ausnahmslos Bände von Reader' s Digest. Von Weitem sahen sie wegen des gleichen Einbandes aus wie ein vielbändiges Lexikon und verbreiteten, ganz für sich betrachtet, das Flair von Bildung. Es konnte aber auch sein, dass sie nie gelesen worden waren und ausschließlich repräsentativen Zwecken dienten. Dieser Verdacht wurde bestätigt, als der Kommissar eines herausnahm und es vorsichtig öffnete. Es knackte so wie nur ungelesene Bücher beim Auseinanderbiegen knacken. Die nebensächliche Rolle der gebundenen Druckerzeugnisse in diesem Haus drängte sich ihm außerdem angesichts der vier Bretter mit Videos und DVDs auf. Er schaute sich die Rücken der Hüllen an: Hauptsächlich bekannte Actionfilme und einige Horrorstreifen. Das unterste Regal war nur zu zwei Dritteln mit Discs bestückt. So bemerkte der Kommissar, dass hinter den Hüllen noch ein Spalt blieb. Er nahm seine kleine LED-Taschenlampe und

leuchtete hinein. Richtig vermutet. Vorsichtig nahm er einige Hüllen heraus und fand zwei querstehende DVDs. Auf beiden stand in schwarzer Schrift »K.K.«.
Weidner schaute sie an, zögerte eine Sekunde und nahm die versteckten Scheiben an sich. Es fanden sich noch weitere Hüllen in der zweiten Reihe. Den handgeschriebenen Titeln nach zu urteilen handelte es sich um Kopien von Sexfilmen. Unter den CDs fanden sich auf den ersten Blick keine Besonderheiten, die meisten Interpreten kannte Weidner zumindest dem Namen nach aus dem Radio. Massenware, Durchschnittsgeschmack. Sofern die Beschriftung stimmte.
Armbruster kam die Treppe herunter, woraufhin die Spurensucher kurz ihre Arbeit unterbrachen.
»Keine Auffälligkeiten im Hinblick auf die Tat, zumindest nicht auf den ersten Blick«, resümierte er. »Das Bett ist nicht gemacht, im Bad liegen einige Kleider in der Wanne und wollen gewaschen werden. Der Boden ist an manchen Stellen schon lange nicht mehr gesaugt worden, zum Beispiel unter dem Bett oder dem Schrank. Das Waschbecken ist fleckig, Junggesellenhaushalt eben. An verschiedenen Stellen liegen Sachen herum. Ich habe fast nichts angerührt und wenn, dann mit professioneller Vorsicht. Aber ein paar Aufnahmen habe ich gemacht. Ich glaube nicht, dass der Täter oben war und nach etwas gesucht hat. Erwähnenswert ist noch ein PC mit Internetanschluss. Hier was Aufregendes?«
»Zu einem Junggesellen passt auch die Küche«, bestätigte Weidner. »Nichts Aufregendes.«
»Ich schau jetzt mal in die Schränke und Schubladen«, sagte Armbruster und ergänzte mit einem Blick auf Bilfinger: »Mit aller professionellen Vorsicht natürlich!« Schon war er wieder auf dem Weg nach oben, bewusst nur in der Mitte der Stufen auftretend, wo kein Staub lag. Wäh-

rend die Spurensucher immer noch mit der direkten Umgebung des Leichenfundortes beschäftig waren, begutachtete Weidner nun die Schubladen im Wohnzimmer. Er öffnete sie vorsichtig, wobei er sie trotz Handschuhen an den Stellen zu berühren versuchte, wo normalerweise niemand hinfasste. Der Inhalt war erwartungsgemäß, soviel Vorurteil gönnte er sich gegenüber dem Toten, nicht ordentlich sortiert. Aber insgesamt gab es keine Anzeichen dafür, dass jemand etwas gesucht hätte. Insofern musste man wohl wenig Sorge haben, dass wichtige Spuren verwischt würden. Ah ja, da war ein Ordner mit Kontoauszügen. Der oberste zeigte ein Soll von 3500 Euro! Er blätterte die Papiere oberflächlich durch und registrierte die seit Monaten in annähernd gleicher Höhe bestehenden Schulden. Außerdem lagen einige unbezahlte Rechnungen neueren Datums daneben.
»Herrmann, ich nehme mir die zwei DVDs, die Kontoauszüge und diese Rechnungen mit, sofern du es erlaubst.« Weidner streckte ihm die Objekte entgegen.
»Lass sie mich kurz anschauen«, sagte dieser und musterte sie ausgiebig. »Okay, ich hab' s notiert«, sagte er schließlich. »Aber die DVDs gibt' s erst morgen, wenn ich sie auf Fingerabdrücke untersucht habe. Ich bringe sie dir rüber.«
Jens Armbruster kam erneut die Treppe herunter. »Keine besonderen Klamotten im Schrank, alles Katalogware, schätze ich. Aber das scheint mir interessant. Es lag neben dem PC«, erklärte er und zeigte ein stoffgebundenes kleines Notizbuch. »Darin stehen jede Menge teilweise verschlüsselte Einträge.«
Wieder warf Bilfinger einen kurzen Blick darauf, inspizierte das Objekt und gab das Buch anschließend frei.
»Behandle es so, dass man es noch genauer nach äußeren Spuren untersuchen kann.«

»Gut, für heute ist Feierabend hier«, stellte Weidner fest und schaute Armbruster an, »und für uns gibt es schon einiges zum Auswerten.«
Der Assistent nickte und signalisierte damit sein Einverständnis für eine Spätschicht in der Polizeidirektion. Sie verabschiedeten sich von den Kollegen der Spurensicherung und fuhren zur Karl-Friedrich-Straße.
Die Uhr zeigte 19:45 Uhr, als sie mit einer Tüte Schneckennudeln, Apfelsaft, Cola und Sprudel - aus dem Kaufland zur Versüßung ihrer unerwarteten Spätschicht - Weidners Büro betraten.
»Der Apfelsaft ist für dich«, stellte Armbruster fest und platzierte die Flasche auf dem Schreibtisch seines Kollegen. Dass er selbst naturtrüben Apfelsaft verabscheute, behielt er für sich.
»Weiß schon, dass du lieber verdünnte Phosphorsäure trinkst«, gab Weidner mit Blick auf die Cola zurück. Bevor er die Arbeit einteilte, legte er die leicht fettige Tüte auf einen Teller und zog sich den Stuhl heran. »Ich nehme die Kontoauszüge, du das Büchlein, okay?« Dann betrachtete er den ersten Auszug. So ganz konnte er ihn nicht entziffern. Er hielt das Papier dicht ans Licht.
»Bei so schlechten Ausdrucken hilft manchmal eine Lesehilfe«, sagte sein Assistent so beiläufig als irgend möglich.
»Ich brauche keine Brille!«, stellte Weidner klar.
»Deshalb sprach ich ja auch von Lesehilfe«, erwiderte Armbruster mit einem breiten Grinsen.
Weidner versuchte, diese seiner Meinung nach unpassende Bemerkung schnell zu vergessen. Aber das Lesen ging nur in der Nähe der Lampe, und als er einen Moment nicht aufpasste, verbrannte er sich die Finger an der heißen Birne. Sie war eine der letzten ihrer Art. Die Umstellung auf die kühlen Energiesparleuchtmittel war

in der Direktion fast abgeschlossen, aber ausgerechnet der grünste Polizist Emmendingens hatte noch eines der energiefressenden Exemplare. Er hätte schon immer gerne gewusst, wer das verbrochen hatte. Nachdem er kurz an seinem schmerzenden Finger gelutscht hatte, fuhr Weidner mit der Arbeit fort.

Die Auszüge waren in der richtigen Reihenfolge und vollständig. In einem zweiten Durchgang legte er sein Augenmerk auf die Ausgaben und Einnahmen. Die Ratenzahlungen für das Haus und einige Kleinigkeiten waren offensichtlich zu groß für das Einkommen. Außerdem hatte Tobias Deck in unregelmäßigen Abständen relativ hohe Summen abgehoben. Der Mann hatte massive Geldprobleme. Die älteren Auszüge zeigten ein weniger dramatisches Bild, denn bis vor gut einem Jahr kam der Lohn seiner Frau noch auf dieses Konto. Da gäbe es einiges in Erfahrung zu bringen, dachte sich Weidner.

Bei seinem Kollegen lief es nicht so rund. Erstens musste er mit Handschuhen arbeiten und sehr vorsichtig sein, um keine Spuren zu verwischen. Zweitens zeigte die Handschrift von Tobias Deck ein krakeliges Schriftbild und war deshalb schwer zu lesen. Die Einträge in das Büchlein waren nur gelegentlich mit einem Datum versehen. Das älteste war rund ein Jahr alt. Vieles war in Stichworten notiert und es tauchten immer wieder unterschiedliche Abkürzungen auf, wie beispielsweise ND und KK. Auf der letzten Doppelseite fehlte KK und dafür gab es mehrfach MM. Ob diese Art der Verschlüsselung eine tiefere Bedeutung hatte?

Nach einiger Zeit tauschten sich die beiden aus. Der Hauptkommissar hatte Mühe, die mit Bleistift gefertigten Einträge zu entziffern, selbst wenn er das Büchlein nah an die Augen und gleichzeitig dicht an die Lampe hielt. Bei diesem Anblick fiel seinem Assistenten wieder eine spitze Bemerkung ein, doch dieses Mal hielt er sich zurück und beließ es bei einem Schmunzeln. Weidner erinnerte sich an den Namen der Frau, die den Toten aufgefunden hatte: Yvonne Müller-Meckel. Wenn es sich bei der einen Abkürzung um ihre Initialen handelte, dann standen die beiden anderen Kürzel vielleicht auch für Frauennamen. Nun, morgen war auch noch ein Tag. Für heute war es spät genug.

Als Weidner nach Hause kam, schmiss er sich zuerst mal auf sein Bett. Dieser Fall kam fünf Wochen zu früh! Wie sollte er seinen Trainingsplan einhalten? Für morgen war ein »speedtraining« von 17,6 Kilometern vorgesehen, inklusive zwei mal drei Minuten Intervalltraining. Vielleicht gäbe es eine schnelle Lösung. Aber zunächst musste er seine Abende umplanen. Plötzlich fiel ihm siedend heiß ein, dass er heute verabredet gewesen war. Er ging zum Telefon und sah, dass der Anrufbeantworter blinkte.

»Hallo Chris, wo bleibst du? Wir warten seit einer halben Stunde auf dich. Wenn du noch kommst, dann ruf mich bitte an, sonst gehen wir gegen zehn woanders hin. Tschüss.« Das war das Treffen zum Billard spielen gewesen. Immerhin wussten seine Freunde, dass er gelegentlich spontan beruflich unabkömmlich war und trugen ihm das nicht nach. Aber der AB hatte noch mehr Anrufe.

»Guten Abend, Chris. Hier spricht der grüne Oskar. Kommst du zur Mitgliederversammlung vom BUND? Und machst du dieses Jahr wieder beim Aufstellen der Krötenzäune mit? Das müsste bald sein. Gib mir Bescheid. Bis dann.«

Einen dritten Anruf hatte der Datenspeicher noch auf Lager. Er war von Frank, mit dem er letzte Woche unterwegs gewesen war.

»Jetzt wollte ich den richtigen Chris und bekomme nur seinen elektronischen Lakaien. Also lieber AB, hör mal zu: Ich wollte mich erkundigen, wie es deinem Herrn so geht nach dem Hemdglunkerball im Speziellen und nach Fastnacht im Allgemeinen. Ich bin wieder einigermaßen bei Sinne und Stimme. Chris, du warst plötzlich weg, gerade, als die Stimmung so richtig gut wurde. Die beiden Mädels haben dich vermisst, nachdem du sie mit deinem Humor überschüttet hattest, nur um sie dann einfach sitzen zu lassen. Ich habe dich kaum wiedererkannt, so gut wie du drauf warst. So viel Schlagfertigkeit gegenüber Frauen hätte ich dir gar nicht zugetraut. Ich hoffe, du bist auch gut erholt und wir können in der nächsten Woche wieder zusammen laufen gehen. Aber erst muss ich die Fastnacht ganz aus den Knochen haben. Bis die Tage mal.«

Irgendwie war der auf einer anderen Veranstaltung gewesen, dachte sich Weidner und schüttelte den Kopf. Dann schob er die Enttäuschung über die zu erwartende Arbeit in den kommenden Tagen beiseite und sagte die Termine für die nächsten Abende ab. Er hatte die Leitung der Ermittlungsgruppe übertragen bekommen und konnte sich sein geplantes Training an den Hut stecken.

In dieser Nacht träumte er, dass beim Langstreckenlauf alle anderen an ihm vorbeizogen und die Tribüne bereits abgebaut war, als er ins Ziel kam.

DONNERSTAG

Nach dem Fund einer Leiche auf dem Bahnhofsgelände am späten Montag wurde die Kriminalpolizei gestern am Abend zu einem Haus im Stadtteil Bürkle-Bleiche gerufen. Dort war der Hausbesitzer von einer Arbeitskollegin tot aufgefunden worden. Die erste Untersuchung ergab, dass der Mann mit einem stumpfen Gegenstand erschlagen worden war. Die vermutete Tatzeit ist Mittwochvormittag. Genaueres wird die Obduktion in der Freiburger Gerichtsmedizin ergeben, deren Bericht bei Redaktionsschluss noch nicht vorlag. Nach den ersten Untersuchungen geht die Polizei davon aus, dass es keinen Kampf gegeben hat. Anscheinend wurde auch nichts gestohlen, denn das Haus war nicht, wie bei Raubmorden oft üblich, durchsucht worden. Über ein Motiv kann derzeit noch keine Aussage gemacht werden. Das Opfer war 35 Jahre alt und Angestellter bei der Emmendinger Stadtverwaltung. Der Oberbürgermeister war am gestrigen Abend nicht mehr für eine Stellungnahme zu erreichen. Sein Stellvertreter zeigte sich über die Tat entsetzt und sprach den Angehörigen im Namen der Verwaltung sein Beileid aus.

Auch der unbekannte Tote auf dem Bahnhofsparkplatz war durch eine Kopfverletzung ums Leben gekommen, teilte die Polizei gestern mit. Der Todeszeitpunkt lässt sich wegen der langen Zeit zwischen Tat und Fund nur sehr ungenau rekonstruieren, er dürfte aber Jahre zurückliegen. Am heutigen Abend wird die Polizei Weiteres zu den beiden Mordfällen bekannt geben.

Weidner hob den Hörer ab und wählte. Tut … tut … tut … tut … »Guten Morgen, Seniorenwohnanlage Bürkle-Bleiche, Görke am Apparat.«

»Guten Morgen, Chris Weidner, könnte ich bitte die Leiterin sprechen?«
»Einen Moment, sie müsste schon hier sein, ich verbinde.«
Eine ihm bekannte Musik begann zu dudeln. Mozart? Vivaldi? Er glaubte sie aus der Werbung zu kennen. Hipps Bio-Babykost? Egal. Nach der dritten Wiederholung brach der Ohrwurm ab.
»Fabienne von der Heiden, guten Morgen«, sagte eine freundliche Frauenstimme.
»Guten Morgen, Chris Weidner, Kriminalpolizei Emmendingen ...«
»Ah ja, Ihren Anruf habe ich schon erwartet, nur nicht schon kurz vor acht«, wurde er unterbrochen. »Es handelt sich sicher um das Verbrechen im Haus gegenüber?«
Das habe ich gern, wenn die Leute schon Bescheid wissen, bevor man ihnen sagt, worum es geht, dachte Weidner. »Genau, wir müssen bei Kapitalverbrechen jeder Spur nachgehen und alle befragen, die vielleicht etwas zur Lösung beitragen können. Auch unter den Bewohnern des Altenheims oder dem Personal könnten Zeugen sein.«
»Versprechen Sie sich nicht zu viel davon. Die Betreuten gucken zwar oft zum Fenster raus, aber viele sind nicht mehr im Vollbesitz ihrer geistigen Kräfte. Sie erinnern sich an wenig und interpretieren dazu.«
»Nichtdestotrotz muss ich das tun. Wann kann ich kommen? Ich vermute, dass es schon die Runde gemacht hat und ein Gesprächsthema bei Ihnen ist. Deshalb wäre mir so schnell wie möglich am liebsten. Ich hätte jetzt Zeit.«
»Kommen Sie gleich, dann haben wir es hinter uns.«
»Gut, ich bin spätestens in einer halben Stunde bei Ihnen.«
»In Ordnung. Aber bitte in Zivil und ohne Blaulicht und Sirene. Wir haben schon jede Menge Aufregung wegen

der Sache. Und bitte nur eine Person! Bis gleich.« Damit hatte sie auch schon aufgelegt.
Was hatte diese Frau für Vorstellungen von seinem Auftreten? Weidner legte den Hörer weg und lehnte sich in seinem Stuhl zurück. Sie hatte »dann haben wir es hinter uns« gesagt. Diese Antwort kam ihm etwas distanzlos vor. Wäre ihre Stimme nicht so sympathisch gewesen ... Jetzt war er gespannt auf das Zusammentreffen. In einem Altenheim hatte er noch nie Vernehmungen durchgeführt. Durfte er alleine dorthingehen? Er beschloss, die Dienstvorschriften stark zu dehnen. Im Zweifelsfall könnte man immer noch einen Kollegen hinzuziehen. Würde es chaotische Unterhaltungen mit dementen Senioren geben? Vielleicht wollten alle etwas gesehen haben und er würde nach einem Gesprächsmarathon völlig geschafft und mit fünf verschiedenen Beschreibungen des mit jeweils eigenen Augen gesehenen Täters abziehen? Zumindest für den Stammtisch würde etwas abfallen.
Eine halbe Stunde später stand er vor der Seniorenanlage. Das Gebäude machte einen freundlichen Eindruck. Die dreigeschossige Fassade erstreckte sich über sicher fünfzig Meter entlang der Nordseite des Rosenwegs, gegenüber der Häuserreihe, in der sich auch das Decksche Anwesen befand. Die lange Fläche wurde von einem Dach überragt, das im Hochsommer vor der Sonnenstrahlung schützen sollte. Es wurde getragen von einer Vielzahl metallener Stangen, die sich zwischen den Fenstern nach oben reckten. In der Mitte war das Untergeschoss unterbrochen. Leicht zurückversetzt lag die Glasfront der Eingangshalle. Während er auf den Eingang zuging, zählte er die Fenster. Wenn er nicht durcheinander gekommen war, dann waren es vierzig Stück. Vierzig mögliche Zeugen? Im günstigen Fall war die Hälfte der Zimmer gar nicht belegt. Aber er erinnerte sich auch an eine Fernseh-

sendung, in der die Menschen zu zweit in einem Zimmer lagen. Lass diesen Kelch an mir vorübergehen, kam ihm ein Bibelzitat aus seiner Ministrantenzeit in den Sinn.
Weidner ging durch die Glastür und schaute sich um. Es war niemand zu sehen und entsprechend ruhig. An einem Schwarzen Brett hingen allerlei Blätter und warben für eine Reihe von Veranstaltungen. Besonders häufig kam Gedächtnistraining vor. Also hätten seine Befragungen sogar therapeutischen Charakter! Auf einem Tisch lag die neuste Ausgabe der Emmendinger Wochenzeitung ET, und daneben der Lokalteil der Regionalzeitung, in dem über *das* Thema berichtet wurde. Nach wenigen Minuten hatte er genug Atmosphäre geschnuppert. Er sah ein Schild, das den Weg zum Büro der Leiterin anzeigte und machte sich auf den Weg nach oben. Gerade als er an ihre Bürotür klopfen wollte, wurde diese von innen geöffnet und er stand einer Frau in den Dreißigern gegenüber, relativ groß und schlank. Die braunen Haare fielen bis über die Schultern. Sie trug einen weinroten Pullover, dunkelblaue Jeans - beides figurbetont, aber schlicht - und Turnschuhe.
»Sind Sie Frau von der Heiden?«, fragte er.
»Und Sie sind sicher Herr Weidner«, empfing sie ihn mit fast leiser Stimme. »Treten Sie ein und nehmen Sie Platz.« Frau von der Heiden wies mit einer einladenden Handbewegung auf einen Stuhl. Sie bot ihm einen Kaffee an, den er aber für den Moment ablehnte. Kaffee drückte ihm nach einiger Zeit auf die Blase und er wollte die Gesprächsserie nicht unterbrechen müssen. Außerdem gab es ökologische Argumente. Kaffeepflanzen benötigen sehr viel Wasser - in machen Anbaugebieten ein großes Problem. Für Weidner Grund genug, um den Konsum zu reduzieren. Die Leiterin schaute ihm in die Augen und ein Lächeln stand plötzlich auf ihrem Gesicht.

»Ich muss mich für vorhin entschuldigen. Ich war Ihnen gegenüber etwas zu direkt.«
Sie schlug die Augen nieder, was ihm sehr gefiel. Sie wirkte viel sympathischer, als er sich das nach dem Telefonat vorgestellt hatte. Das entspannte die Lage, zumindest fürs Erste. »Natürlich gibt es heute nur ein Thema hier. Da wurde ich von der allgemeinen Aufregung angesteckt, obwohl wir noch nicht genau wissen, was vorgefallen ist. Oder gerade deswegen«, eröffnete sie das eigentliche Gespräch. »Wie dem auch sei, vielleicht können Sie mir kurz etwas dazu sagen?«
»Ein Mann wurde tot aufgefunden, der Obduktionsbericht liegt noch nicht vor.«
»Man erzählt sich, dass in dem Haus jemand ermordet worden sei, was Ihrer Beschreibung nach durchaus möglich wäre. Ich habe einmal vorsichtig nachgefragt. Von den Betreuten, deren Zimmer Blick auf den Rosenweg haben, liegen einige dauernd im Bett, zwei waren gestern nicht da. Es bleiben circa sechs oder sieben. Einige sitzen viel am Fenster, manchmal kommen Besucher und schauen mit hinaus. Aber glauben Sie bitte nicht jedes Wort. Schließlich sind manche unserer Betreuten hochbetagt und dement. Die Tagesform kann sehr unterschiedlich sein. Sie könnten völlig chaotische Unterhaltungen haben. Vielleicht wollen plötzlich alle etwas gesehen haben und spielen sich auf. Wenn Sie Pech haben, verfügen Sie in wenigen Stunden über mehrere ganz unterschiedliche Täterbeschreibungen. Und jeder Zeuge würde auf seine Beobachtung einen Eid schwören.« Sie lächelte aufmunternd. »Ich wünsche Ihnen viel Glück.« Er ertappte sich, dass er zurücklächelte. Dabei hatte sie doch gerade seine düsteren Vorahnungen bezüglich der bevorstehenden Gespräche bestätigt.
Sie gingen den Gang entlang. Die erste Befragung sollte

mit Frau Weber durchgeführt werden. Frau von der Heiden klingelte. Nach kurzem Warten klingelte sie ein wenig länger. Schließlich wurde die Tür geöffnet. Eine alte Frau mit einem Hörgerät am rechten Ohr stand im Türrahmen. Ihre Füße steckten in riesigen Plüschhausschuhen und wirkten dadurch überproportioniert. Über ihrer Bluse trug sie eine Kittelschürze von der Art, wie sie Weidner noch von seiner Großmutter kannte. Die alte Frau schaute die Leiterin an und lächelte. Dann wanderte ihr Blick zu dem unbekannten Mann und ihr Gesicht nahm einen fragenden und beinahe abweisenden Ausdruck an.
»Guten Tag, Frau Weber. Darf ich Ihnen Herrn Weidner vorstellen?«
»Aber des isch koiner vo da Versicherung?«, fragte die Seniorin schnell.
»Nein, er kommt wegen des Unglücks auf der anderen Straßenseite«, erklärte von der Heiden.
»Wieso?« Frau Weber zog ihre Augenbrauen zusammen.
»Haben Sie den Krankenwagen und die Polizeifahrzeuge nicht gesehen?«
Frau Weber schaute von einem zum anderen und wieder zurück. »I hab nix gsäh! Was isch do bassiert?" Ihre Neugier war erwacht.
»Nun ja, in dem Nachbarhaus ist jemand zu Tode gekommen«, erläuterte die Heimleiterin und deutete dabei aus dem Fenster. In einem Sekundenbruchteil war aus der Neugier Entsetzen geworden. Aber dann: »Was, ond i hab nix mitgriegt? Do muss i glei zur Rosa ond se froge!"
Weidner schaltete sich schnell ein, bevor die Dinge außer Kontrolle gerieten.
»Frau Weber, das ist meine Aufgabe. Ich wäre Ihnen dankbar, wenn Sie erst zu Ihrer Freundin gingen, nachdem ich mit ihr gesprochen habe.«
»Aber d' Rosa woiß vielleicht no von gar nix.«

Weidner fühlte, wie sich eine Spannung seines Körpers bemächtigte.
»Frau Weber, ich glaube Sie bekommen gleich Besuch von der Krankengymnastin«, sprang Frau von der Heiden dem Kommissar zur Seite. »Da sollten Sie besser in Ihrem Zimmer bleiben.« Frau Weber wollte widersprechen, sah aber Frau von der Heidens bedauerndes Kopfschütteln und fügte sich ihrem Schicksal.
»Jetzt habe ich was bei Ihnen gut«, sagte die Heimleiterin einige Sekunden später auf dem Flur. Er sah sie fragend an.
»Es war ...« Sie stockte und schaute auf den Boden. »Also, eigentlich war es eine Notlüge.« Sie blickte ihn etwas unsicher an, ohne dabei den Kopf zu heben. Ein bisschen schlechtes Gewissen steht ihr gut!, dachte Weidner.
»Ach so.« Mehr konnte er nicht sagen, sie hatte ihn mit diesem Geständnis überrascht.
»Wenn sie jetzt auf dem schnellsten Weg zu ihrer Freundin wäre ...« Sie ließ das Satzende offen und grinste den Kommissar dabei schelmisch an.
»Dann sollten wir das nun tun«, nahm Weidner den Faden auf. Sie stiegen ein Stockwerk höher.
Rosalia Erna stand in schwarzen Buchstaben an der Klingel, auf die Frau von der Heiden nun drückte. Sie erschraken beide ein wenig, denn es wurde augenblicklich nach ihrem Läuten aufgemacht. Auch Frau Erna war zumindest überrascht. Im Gegensatz zur ersten Gesprächspartnerin trug sie frisch geputzte Straßenschuhe mit leicht erhöhtem Absatz und über ihrem Arm hing ein Mantel.
»Guten Tag, Frau Erna«, sagte von der Heiden überrascht. »Sie haben aber schnell geöffnet.«
»Ja, ich wollte gerade zu Frau Weber.«
»Oh, da hätten Sie Pech, denn jeden Moment kommt die Krankengymnastin zu Ihrer Freundin.« Jetzt musste

Weidner schelmisch grinsen, aber von der Heiden sah es nicht. Der Zweck heiligt manchmal die Mittel, nicht nur bei der Polizei. Frau Erna schaute mit wachen Augen auf den fremden Mann.

»Und wer sind Sie?«

»Das ist Herr Weidner. Er kommt wegen des Unglücks, das gestern auf der anderen Straßenseite geschehen ist.«

»Ich habe es mitbekommen. Was ist denn da eigentlich passiert?«

»Ich glaube, wir sollten zuerst einmal eintreten«, sagte Frau von der Heiden mit einem bestimmenden Unterton und machte demonstrativ einen kleinen Schritt in Richtung der Wohnung.

»Kommen Sie«, sagte Frau Erna und ließ die Gäste vorbei. Sie schloss die Wohnungstür und folgte ihnen ins Zimmer, wo sie umgehend einen Platz anbot. Nachdem sie ihren Mantel an der kleinen Garderobe der Wohnung aufgehängt hatte, setzte sie sich ebenfalls und war dann gleich beim Thema. »Also, was ist denn da nun passiert? Habe ich recht gesehen, es kam der Leichenwagen?«

»Richtig, es ist jemand zu Tode gekommen«, schaltete sich der Kommissar ein.

»Und wie kommt es zu so was?« Unverhohlene Neugier brach sich Bahn.

»Der Tote hatte eine schwere Kopfverletzung.«

»Wieso hatte er ein Loch im Kopf?« Ihre Augen funkelten vor Neugier.

»Das wissen wir noch nicht.« Bis wann würde er das Wort Mord zurückhalten können? Sie war ja jetzt schon ganz aufgeregt. Hoffentlich ist ihr Herz einigermaßen in Ordnung, dachte Weidner.

»Und weil Sie noch so wenig wissen, fragen Sie bei mir, ob ich etwas gesehen hätte? Dann wäre ich ja eine Zeugin?«

Weidner nickte bestätigend mit dem Kopf. »Und vielleicht

sogar eine wichtige Zeugin!« Sie schaute ihn an, kratzte sich die schlohweißen Haare und schüttelte leicht den Kopf. Die alte Dame dachte offensichtlich nach und er gab ihr ein paar Sekunden dafür. Schließlich verlor er die Geduld. War sie mit ihren Gedanken überhaupt noch beim Thema? »Vielleicht haben Sie etwas gesehen oder gehört, das mir weiterhilft?«
»Also, meine Schwester ist vor ein paar Jahren einmal von der Leiter gefallen, aber sie hatte nur eine Gehirnerschütterung.«
»So ähnlich ist es hier auch, nur war die Verletzung schwerer«, wiegelte Weidner ab.
»Aber wenn jemand von der Leiter fällt, dann fragt man doch nicht die Nachbarn. Also bei meiner Schwester kam keine Polizei.«
»Der Tote ist nicht von der Leiter gefallen.«
»War da etwa jemand beteiligt, der jetzt gesucht wird?«
Wer stellt denn hier die Fragen?, dachte sich der Kommissar, als er den Rollentausch bemerkte und sich gleichzeitig deutlich »Ja« sagen hörte.
»Dann sind Sie am Ende von der Polizei?« Zwei große Augen schauten ihn an. Begleitet von dem aufmerksamen Augenpaar entschied er sich zu einem Nicken.
»Dann suchen Sie einen Mörder?« Ihre Augen wurden nochmal ein bisschen größer.
Da war doch tatsächlich ein deutlich wahrnehmbarer Schuss Abenteuerlust in diesem letzten Wort zu hören.
»Genau!«
Ihre Augen wurden zuerst noch weiter, dann entspannte sich das Gesicht der Greisin. »Und Sie glauben, dass ich ihn gesehen habe?«
»Das ist unwahrscheinlich, aber nicht unmöglich. Vielleicht haben Sie irgendetwas gesehen, das mir bei der Aufklärung helfen könnte?«

»Wann war das noch mal?«
»Gestern, Frau Erna.«
»Natürlich, aber eher am Vormittag oder eher am Nachmittag?«
»Das wissen wir noch nicht so genau«, sagte er, während er sich seiner Rolle als Antwortgeber wieder bewusst wurde. »Eher am Vormittag«, präzisierte er seine Aussage.
»Ich versuche mich zu erinnern. Was habe ich denn morgens gemacht?«
Sie grübelte einige Sekunden, und Weidner war sich erneut nicht sicher, ob sie mit ihren Gedanken zu einem anderen Thema gewechselt hatte.
»Hatten Sie vielleicht Krankengymnastik, Frau Erna?«
Richtig, Frau von der Heiden war ja auch noch da. Durfte sie bei einer solchen Befragung überhaupt dabei sein? In ihrer Position könnte sie Einfluss nehmen auf die Schutzbefohlenen. Der Kommissar kramte in seinem Gedächtnis und konnte den passenden Paragrafen auf Anhieb nicht finden.
»... Mittagessen?« Schon wieder hatte seine selbsternannte Assistentin eine Frage gestellt, und er hatte vor lauter Beschäftigung mit seinem eigenen Problem den Faden im Gespräch verloren.
»Oh, ich komme nicht drauf, was gestern war. Ich kann mich einfach nicht mehr erinnern.« Frau Erna war sichtlich hilflos. »Irgendwann kommt es wieder, Herr Kommissar, und dann sage ich es Ihnen.«
»Lassen Sie sich Zeit«, sagte er mit besonders bedächtigem Tonfall und setzte bewusst ein kleines Päuschen. Sicherlich würde es zu keinem guten Ergebnis führen, wenn er sie jetzt drängte.
»Vielleicht sollten wir es später noch einmal versuchen?« brachte sich Frau von der Heiden ins Gespräch ein, gerade als er ungefähr das Gleiche sagen wollte. »Der Herr Kommissar ist doch sicher einverstanden, oder?«

Da die richtige Antwort nun schon einmal gegeben war, nickte er artig mit dem Kopf, brummte ein »Ja« und fragte sich, wie er die Gesprächsführung wieder übernehmen könnte. Die Antwort kam prompt.

»Dann ist das Gespräch nun zu Ende und wir gehen jetzt«, erklärte die Heimleiterin.

Noch bevor er tief durchgeatmet hatte, leistete er unverzüglich Folge und stand auf. Einen kurzen Moment dachte er über seine Urlaubsreife nach.

»Also, Frau Erna, ich schließe mich Frau von der Heiden an. Wenn es Ihnen wieder einfällt, dann lassen Sie es mich wissen. Ansonsten schaue ich demnächst wieder bei Ihnen rein.« Sie sah ihn mit einem treuen Blick an, als wolle sie sich für ihre Vergesslichkeit entschuldigen.

»Wir besuchen Sie einfach noch einmal«, versicherte seine selbsternannte Assistentin der alten Frau. Wir, hatte sie gesagt, wir!, durchzuckte es ihn. »Also seien Sie ganz beruhigt, wir kommen wieder«, wiederholte sie.

»Ich hatte mit meiner Warnung leider recht«, sagte sie kurz darauf im Flur zu Weidner.

»Ja, die Gesprächsverläufe sind ungewöhnlich«, erwiderte er mit versteckter Doppeldeutigkeit.

»Wir haben noch einige Kandidatinnen und Kandidaten vor uns«, sagte sie und schaute ihn aufmunternd an.

»Da müssen wir durch, das gehört zu unserem Job.« Er betonte das Wort wir etwas, gerade so stark, dass es sich noch nicht aufdringlich anhörte. Ob sie diesmal die dezente Anspielung verstand?

»Also, machen wir unsere Arbeit«, versuchte sie ihn aufzumuntern. Hatte sie das wir auch betont? Äffte sie ihn am Schluss etwa nach? Er entschied sich gegen diese Möglichkeit und beschloss, ihre Art positiv zu sehen. Ein leichtes Schmunzeln lag nun auf seinem Gesicht. Schon wieder hatte sie dieses kumpelhafte Personalpronomen

benutzt, seine Möchtegernassistentin. Sie hatte hier ein Heimspiel, das war eindeutig.
Frau Kehl machte nach dem dritten Läuten Anstalten zu öffnen. Sie öffnete aber nur so weit, dass sie mit einem Auge durch den Spalt linsen konnte. Misstrauisch schaute sie den Mann vor ihrer Tür an.
»Guten Tag, Frau Kehl, dürfen wir eintreten?«
Der Blick der Angesprochenen wanderte von Weidner zur Heimleiterin, die ein gewinnendes Lächeln aufgesetzt hatte, und wieder zurück zu dem fremden Besucher.
»Dürfen wir reinkommen?« Der Blick wanderte denselben Weg, ohne auch nur ein wenig von seiner Skepsis eingebüßt zu haben. »Ich stelle Ihnen den Herrn drinnen vor.«
Weidner fragte sich schon, ob die alte Dame die Aufforderung überhaupt verstanden hatte, als sie sich endlich rührte und die Tür öffnete. Durch eine etwas theatralische Geste zeigte sie an, dass die beiden Besucher eintreten könnten, und wandte sich um.
»Früher war sie Sängerin«, flüsterte von der Heiden ihm zu, bevor sie eintraten. »Ihr Spitzname war Goldkehlchen. Sie kann sehr gesprächig sein. Ihr Mann war Kommissar.«
Nachdem sie Platz genommen hatten, stellte Weidner sich vor.
»Aha, dann war das da drüben doch etwas Kriminelles!«, stellte Frau Kehl fest. »Wissen Sie, früher hatte ich regelmäßig mit Verbrechen zu tun, denn mein Mann war bei der Kripo wie Sie. Da erzählte er mir von seinen Fällen. Diese Schweigepflicht macht einen ja kaputt«, stellte sie fest und fuhr dann fort: »Da drüben, das hab ich kommen sehen.« Der Kommissar war plötzlich hellwach. Er setzte sich etwas aufrechter hin, fokussierte die Bewohnerin, versuchte aber gleichzeitig, einen ganz ruhigen Eindruck zu machen.

»Erzählen Sie.«
»Also, der da drüben hatte keinen soliden Lebenswandel! Vor einiger Zeit ist seine Frau zusammen mit dem Töchterchen ausgezogen. Bestimmt war das wegen einer anderen, denn seither hatte er regelmäßig Damenbesuch. Immer wieder andere waren es. Gerade die von gestern kam mir verdächtig vor, die war letztens schon mal da.«
Der Kommissar war jetzt mit allen Sinnen auf Empfang.
»Die schaute so nervös, als sie ihr Fahrrad abschloss«, fuhr Frau Kehl fort. »Und als er ihr nicht aufmachte, da schlich sie sich um das Haus und kam nicht gleich wieder. Die könnte es gewesen sein!«
»Was gewesen sein?« Frau von der Heiden war wieder um einen Sekundenbruchteil schneller als Weidner gewesen.
»Na, ich hab doch den Leichenwagen gesehen, und ich weiß von meinem Mann, was das bedeutet.«
»Können Sie die Frau beschreiben?«, schaltete sich Weidner nun ein.
Sie drehte ihren Kopf und schaute ihn überrascht an, als hätte sie seine Anwesenheit erst jetzt wieder bewusst wahrgenommen. Dann beschrieb sie die von ihr verdächtigte Person.
»Frau Kehl, Sie haben sehr gut hingeschaut«, lobte sie der Kommissar. »Aber das war die Frau, die den Hausbesitzer tot aufgefunden hat. Sie war es nicht.«
»Woher wollen Sie das wissen?«, verteidigte Frau Kehl ihren Verdacht.
»Weil der Mann mit ziemlicher Sicherheit am Vormittag zu Tode kam. Für diese Zeit hat die Frau ein Alibi«, erklärte der Kommissar.
Die alte Frau starrte ihn an. Dann atmete sie hörbar aus und sackte merklich in sich zusammen: »Ach so.« Pause. Sie schaute vor sich hin. »Mehr habe ich nicht gesehen«, sagte Frau Kehl schließlich.

»Schade«, echote Weidner in sich hinein, es wäre auch zu schön gewesen.
»Was wollen Sie heute noch hören?«, fragte Frau von der Heiden zurück auf dem Gang. War da ein leicht amüsierter Unterton? Weidner war sich nicht sicher. Diese Frau verwirrte ihn. Aber irgendwie zog sie ihn auch an.
»Was haben Sie noch zu bieten?« Er wiederum versuchte, einen Unterton zu vermeiden. Mit einem Lächeln blieb sie am nächsten Zimmer stehen.
»Lassen wir uns überraschen«, sagte sie und war mit ihren Gedanken offensichtlich schon bei der Person, die sie nun befragen wollten. Während Weidner schnell eine Packung Taschentücher hervorzauberte, um sich zwischendurch einmal kurz die Nase zu putzen, klingelte die Heimleiterin bereits.
»Ja, Frieder!«, rief Frau Graddatz ins Halbdunkel des Gangs hinein, kaum dass sie Weidner erblickt hatte.
»Wer?«, fragte von der Heiden völlig überrascht, aber die alte Frau hörte ihre Frage gar nicht.
»Mein Patenkind, welch eine Überraschung!«
Und schon schob sich Frau Graddatz in den Gang hinaus und wollte ihren vermeintlichen Verwandten umarmen.

Als Weidner diesen letzten Besuch in der Seniorenwohnanlage später analysierte, bemerkte er, dass die Graddatz ihn gewaltig auf dem falschen Fuß erwischt hatte. Sekundenlang war er dagestanden wie ein personifiziertes Fragezeichen und hatte auf die Bewohnerin gestarrt. Das Gesicht der betagten Dame, als ihr Frau von der Heiden erklärte, dass es sich um einen Irrtum handelte, würde er so schnell nicht vergessen. Wie hatte eigentlich seines dabei ausgesehen? Das wollte er eigentlich gar nicht so genau wissen!
Das Gespräch hatte sich dann aber als durchaus inter-

essant erwiesen: Wie einige andere Heimbewohner verbrachte Frau Graddatz regelmäßig ihre Zeit damit, am Fenster zu sitzen und die Nachbarschaft zu beobachten. Aber leider hatte auch sie Gedächtnislücken. Immerhin rundete sich das Bild des Falls etwas ab. Die vielen Frauenbesuche wurden bestätigt, aber vermutlich waren es nicht so viele verschiedene weibliche Wesen, wie das Goldkehlchen angenommen hatte. Und dann war da ein Mann, groß und kräftig. Dieser sei am Morgen der Tat zur Haustür gegangen und hätte geklingelt. Bei den Damenbesuchen hätte sie sich nicht viel gedacht. Der Herr Nachbar sei bei ihr von Anfang an als Schürzenjäger im Verdacht gestanden. Aber bei dem Mann hätte sie ein komisches Gefühl gehabt, schließlich sei ja einer aus dem ZfP ausgebrochen. Und darüber hatte sie mit Frau Ollwitz gesprochen, ihrer Freundin hier im Heim. Die hätte am Morgen mit ihr am Fenster gesessen. Aber leider sei Frau Ollwitz für einen Tag zu ihrer Schwester nach Karlsruhe gereist und käme erst morgen wieder zurück.

Der Kommissar saß in seinem Schreibtischstuhl und hielt das Telefon an sein Ohr.
»Ah, Sie sind es«, sagte Weidner überrascht. »Geht es Ihnen besser?« Er drehte seinen Kopf etwas zur Seite und schaute seinen Kollegen Armbruster an. Während er mit der Hand die Sprechmuschel zuhielt, flüsterte er kaum hörbar »MM« zu seinem Gegenüber. »Freut mich zu hören. Sind Sie in der Lage, ein Gespräch mit mir zu führen?« Weidner schaute gespannt ein Loch in die Luft, während er ihrer Antwort zuhörte. »Gut. Soll ich zu Ihnen kommen?« Ein zweites Luftloch entstand ein Stückchen über dem anderen. Dann veränderte sich seine Miene und auf seiner Stirn tauchte eine kleine senkrechte Falte auf. »Sind Sie noch da? ... Ah schön, dann bis gleich.« Der

Kommissar legte den Hörer bedächtig auf und blickte zu seinem Kollegen. »Vernehmungsfähig, aber Olga würde sagen, ›Sie isch noch neba de Kapp‹, oder so etwas ähnliches.«
In diesem Moment klopfte es und Olga Grammelspacher schaute herein. »Mir kriege noch ein Mann Unterstützung von de Lörracher«, teilte sie in abgeschwächtem südbadischem Dialekt mit, gerade so, dass Armbruster es verstehen konnte. »Er isch scho uff em Weg.«
Weidner schnaufte tief durch. »Das hätte uns der große Vorsitzende schon mal persönlich mitteilen können.«
»Er wird es vor seiner Pensionierung noch lernen«, kommentierte Armbruster.
»Könntest du den Neuen in den Fall einführen, Olga?«
»Für dich mach ich alles, mein lieber Chris«, flötete die Polizistin.
»Danke, du Goldstück«, versuchte Armbruster sie zu necken.
»Das muss der Chris sagen, nicht du«, rügte sie ihn in übertriebenem Hochdeutsch und schloss die Tür.
»Vielleicht kommen wir schnell vom Fleck«, wechselte Weidner das Thema und dachte an seine Marathonvorbereitung. Noch war »Take the challenge« nicht geplatzt. Er drückte auf den Startknopf seines Wasserkochers und holte sich einen Beutel fair-trade-Bio-Grüntee aus dem Schrank. Noch wurde er für seinen besonderen Geschmack belächelt, aber Weidner war sich sicher, der Trendsetter in Sachen Ökologie und Nachhaltigkeit in der Direktion zu sein. Sogar Armbruster würde eines Tages bekehrt sein! Aber zurzeit bestand dessen Unterstützung nur darin, Weidner die XXL-Tasse mit der Aufschrift »Mit dem Rad zur Ortsbesichtigung« zu reichen. Über dem Schriftzug war ein Bild zu sehen, das ihn fröhlich winkend auf seinem Fahrrad zeigte. Es war ein Geschenk

von Kollegen anlässlich eines Rüffels von ihrem Chef, weil Weidner einmal sehr schnell und unkonventionell in der Auslegung der Verkehrsregeln in der Karl-Friedrich-Straße vorgefahren und dabei überraschenderweise auf seinen Dienstvorgesetzten getroffen war. Das Wasser begann zu sprudeln, als er seine Notizen auf dem Schreibtisch ausgelegt hatte. Während der Tee zog und sein zartes Aroma verströmte, bereitete er sich auf das Gespräch vor.

Eine halbe Stunde später saß Frau Müller-Meckel im Büro. Sie war bleich und hatte gerötete Augen, aber sie zeigte sich gefasst. Weidner stellte ihr seinen Assistenten Jens Armbruster vor.

»Es freut mich, dass es Ihnen besser geht«, eröffnete der Kommissar. »Ich hoffe, unser Gespräch wird nicht zu anstrengend.« Sie schaute ihm nicht in die Augen, nickte aber deutlich mit dem Kopf. »Können Sie uns noch einmal etwas ausführlicher erzählen, wie Sie gestern zum Haus im Rosenweg kamen und Herrn Deck fanden?« Nach kurzem Überlegen begann sie leise und stockend.

»Also, ich arbeitete wie immer ... na ja, genau genommen machte ich eine halbe Stunde früher Schluss. ... Also, vielleicht fange ich doch lieber beim Vormittag an. Tobias und ich hatten eine lose Verabredung gehabt. Das wollten wir noch im Rathaus genauer besprechen, vielleicht ins Kino oder in ein Restaurant gehen. Weil Tobias nicht zur Arbeit kam, fragte ich vorsichtig im Rathaus nach, aber niemand hatte ihn gesehen. Da dachte ich, mach früher Schluss und fahre bei ihm zu Hause vorbei. Schließlich war mir die Verabredung wichtig.«

Eine Träne lief ihr über die rechte Wange. Sie hielt sie nicht auf und starrte ins Leere. Eine zweite rollte auf der anderen Seite ihres Gesichtes hinab, und als sie unten am Kinn hängen blieb, hob Frau Müller-Meckel mit einem kleinen Ruck ihren Kopf, sodass beide Tränen herunterfielen. Sie schaute ihrem Gegenüber leicht erschrocken ins Gesicht, anscheinend war sie wieder geistig anwesend. Weidner beschloss nach wenigen Sekunden, das Gespräch in Gang zu halten.

»Sie sind mit Ihrem Fahrrad gefahren?«

»Ja, ich fahre fast immer mit dem Fahrrad zur Arbeit. Ich klingelte mehrmals an der Haustür, und weil er nicht aufmachte, ging ich um das Haus in den Hinterhof. Sein Auto stand nicht in der Garage, das wunderte mich. Da sah ich, dass die Hintertür nur angelehnt war. Ich glaube, ich rief zweimal. Als ich keine Antwort bekam, ging ich vorsichtig rein. Und dann sah ich ihn da liegen.« Ihr Atem ging schnell und erneut flossen Tränen und tropften von ihrem Kinn auf ihre Hose, während sie äußerlich abwesend wirkte, aber innerlich den Vorgang am gestrigen Abend nachvollzog. »Ich konnte ihm nicht einmal mehr helfen«, schloss sie ihren kurzen Bericht ab. »War er überhaupt schon tot?« Entsetzt schaute sie dem Kommissar ins Gesicht.

»Herr Deck war zu diesem Zeitpunkt schon seit Stunden tot. Den ungefähren Todeszeitpunkt wird uns der Obduktionsbericht nennen. Sie hätten ihm bestimmt nicht mehr helfen können.«

»Gott sei Dank!«, sprudelte es aus ihr heraus. Die Erleichterung war ihr ins Gesicht geschrieben. »Ich hätte mir sonst Vorwürfe gemacht!«

Nun brach sie in Schluchzen aus, das sich zu einem hemmungslosen Weinkrampf steigerte. Der Damm war gebrochen. Die beiden Polizisten sahen sich nach einer Weile hilflos an. Weidner schrieb sich ein paar Notizen auf, was aber eher eine Übersprungshandlung darstellte. Sollte er das Gespräch abbrechen? Nach kurzer Zeit beruhigte sich die junge Frau wieder. Armbruster legte

ihr ein Päckchen Papiertaschentücher hin, denn sie hatte ihre bereits aufgebraucht. Sie bedankte sich, schnäuzte einige Male, wischte mehrfach die Tränen von den Wangen und aus den Augen. Schließlich blickte sie den Kommissar wieder an.
»Sollen wir abbrechen oder geht es wieder?«
»Ich will es hinter mich bringen.« Er konnte ihren schnellen Herzschlag am Pochen der Halsschlagader sehen.
»Wollen Sie einen Tee, eine Tasse Kaffee oder ein Glas Mineralwasser?«, schaltete sich Armbruster ein.
»Kaffee, bitte«, hauchte sie als Antwort, wieder mit den Tränen kämpfend.
»In einer Minute steht er vor Ihnen«, ermunterte er sie.
»Nehmen Sie Zucker oder Milch?«
»Nur einen Schuss Milch.« Ein dankbarer Blick erreichte ihn beim Hinausgehen.
»Ist Ihnen, außer dem fehlenden Auto, irgendwas aufgefallen?«, setzte Weidner die Vernehmung fort.
»Ich war doch nur wenige Male in dem Haus. Ich kann dazu nichts sagen. Ich war so verwirrt, nachdem ich ihn gefunden hatte.«
»Haben Sie irgendjemanden gesehen, der Ihnen auffiel?«
»Im Haus war niemand ...« Doch dann blickte sie ihn schockiert an. »Denken Sie, dass der Mörder noch im Haus gewesen sein könnte, als ich Tobias fand?«
»Sicher nicht!« Er schüttelte demonstrativ und beruhigend seinen Kopf. »Vielleicht ist Ihnen auf der Straße jemand aufgefallen?«
»Nein. Ich schloss das Fahrrad ab und schaute flüchtig zum Haus, aber alles schien normal ... Ach so, die Alten im Heim gegenüber. Da haben welche zum Fenster rausgeschaut. Das hat mich in dem Augenblick ziemlich genervt.«
»Können Sie sich erinnern, welches Fenster es war?«

»Vielleicht, wenn ich vor dem Haus stehe. Es war ungefähr in der Mitte des Gebäudes. Es waren zwei Personen. Ist das wichtig?«
»Das kann ich im Moment noch nicht sagen. Vielleicht gehen wir zusammen hin und schauen noch einmal gemeinsam.«
»Aber nicht ins Haus, da will ich nicht mehr rein!«
Weidner versuchte sie zu beruhigen. »Wahrscheinlich ist das gar nicht nötig. Aber im Moment ist es für uns wichtig, viele Kleinigkeiten zu erfahren, um ein genaues Bild von der Person Tobias Deck und von seinem Umfeld zu bekommen. Das ist wie ein Puzzle. Zurzeit liegen die Teile noch fast alle mit der Rückseite nach oben, und mit Ihrer Hilfe drehe ich einige davon um. Die liegen dann immer noch ungeordnet vor mir. Je mehr Teile wir heute Vormittag umgedreht bekommen, desto früher kann ich mit dem Sortieren beginnen.«
»Der Kaffee ist da«, ließ sich Jens von der Tür her vernehmen.
»Danke.« Der Anflug eines Lächelns zeigte sich für einen Sekundenbruchteil auf ihrem Gesicht. Weidner registrierte ihn zufrieden. Sie nahm einen kleinen Schluck, während er sich bei Armbruster durch ein angedeutetes Nicken für seine Tasse bedankte.
»Wissen Sie, ich könnte mir denken, dass die Bewohner des Heims öfters aus dem Fenster schauen und vielleicht hat einer etwas Interessantes gesehen und könnte uns helfen. Außerdem waren Sie doch nicht das erste Mal in diesem Haus!« Er machte eine ganz kurze Pause und bemerkte bei ihr ein leichtes Kopfnicken. »Vielleicht ist Ihnen früher schon aufgefallen, dass hinter einem bestimmten Vorhang immer jemand schaute?«
»Nein. Ich habe mir das nicht gemerkt. Ich war ja noch nicht oft dort gewesen.«

»Wie oft?«
»Ungefähr fünf Mal, ich müsste es mir überlegen.«
»Waren Sie auch kurz vor der Tat dort gewesen?« Sie schaute ihn entsetzt an, ihr Kiefer klappte nach unten.
»Keine Angst. Aber wir untersuchen das Gebäude auf Fingerabdrücke und andere Spuren. Wir werden dabei vielleicht auch etwas von Ihnen finden, vor allem, wenn Sie kurz vor der Tat noch im Haus gewesen sein sollten.«
»Ach so.« Sie atmete erleichtert auf. »Ich war vor drei Tagen kurz dort, zum Abendessen.«
»Das heißt, wir werden Spuren von Ihnen in der Küche oder im Wohnzimmer finden, oder sonst einem Raum.« Dies war von Weidner als Brücke gedacht, falls sie entgegen dem vermittelten Eindruck doch schon in Herrn Decks Schlafzimmer gewesen sein sollte. »Vielleicht Haare oder Fussel oder eine Serviette mit Lippenstift oder sogar einen Gegenstand von Ihnen.« Während er die Möglichkeiten aufzählte, rieb Frau Müller-Meckel nervös ihre Tasse. »Übrigens fanden wir einen Tampon im Wohnzimmer unter der geöffneten Tür. Könnte er von Ihnen sein?« Ihre Blicke trafen sich und er hatte plötzlich das Gefühl, dass sie ihm nicht alles sagen wollte. »Ich meine, als Sie Ihr Handy aus der Tasche zogen, könnte er herausgefallen und darunter gerollt sein. Vielleicht haben Sie gerade einen anderen dabei, den könnten Sie uns zum Vergleich hier lassen.« Zögernd griff sie in ihre Handtasche und fand nach kurzem Suchen einen Tampon, den sie vor Weidner auf den Tisch legte. »Können Sie ihn in diese Tüte legen?« Er streckte ihr einen kleinen durchsichtigen Beutel hin. Als er ihren fragenden Gesichtsausdruck bemerkte, fügte er hinzu: »Ich möchte meine Fingerabdrücke nicht darauf hinterlassen.« Ihre Miene veränderte sich kaum merklich, als sie seiner Bitte nachkam. Er verschloss die kleine Tüte und beschriftete

sie. »In welcher Beziehung standen Sie zu Herrn Deck?« Ihr Blick war auf ihre mittlerweile verkrampften Hände gerichtet.

»Nun, wie gesagt, ich hatte ihn in letzter Zeit wenige Male besucht.«

Ein Blick zu Jens, auch er hatte Verdacht geschöpft.

»Immer zum Essen?«

»Das erste Mal habe ich ihn unangekündigt besucht, da hatte er nichts da und es gab nur Mineralwasser und Salzstängel.« Sie sprach nicht weiter.

»Ich kann Ihre Zurückhaltung angesichts der Geschehnisse nachvollziehen, aber verstehen Sie, wir werden wohl Spuren von Ihnen finden, und für die Interpretation muss ich von Ihnen wissen, wo Sie gewesen sind und was Sie gemacht haben.«

»Wir haben ein Video angeschaut.«

»Herr Deck hat ja einige im Regal. Welcher Film ist es gewesen?«

»Titanic.«

»Könnte man Ihre Beziehung zu Herrn Deck als rein freundschaftlich bezeichnen?«

»Eigentlich schon«, antwortete sie und versuchte dabei bestimmt zu wirken.

Und uneigentlich?, dachte sich der Kommissar. »Können Sie mir etwas über die familiären Verhältnisse von Herrn Deck sagen?«

»Er ist verheiratet, lebt aber getrennt von seiner Frau.«

»Wissen Sie mehr darüber?«

»Soviel ich weiß, wohnt sie seit einem Jahr mit dem gemeinsamen Kind in Freiburg. Über die Gründe der Trennung weiß ich kaum etwas und ich kannte sie auch nur flüchtig. Gelegentlich waren wir uns beim Einkaufen begegnet. Tobias hat angedeutet, dass sie ihm wegen der Unterhaltszahlungen die Hölle heiß machen würde und

nie zufrieden sei. Aber fragen Sie sie doch selbst. Sie haben bestimmt ihre Adresse. Ach ja, er hat einmal gesagt, dass sie ihn über den Tisch ziehen und ihm seine Tochter vorenthalten wolle. Er hat das aber nicht weiter vertieft und ich wollte ihn nicht weiter bedrängen. Wir waren ja noch nicht näher befreundet. Und dann hat er aus irgendeinem Grund einen Anwalt genommen. Vielleicht läuft da ja ein Scheidungskrieg. Aber Genaueres weiß ich nicht.«
Wie gesprächig sie bei diesem Thema ist, dachte sich der Kommissar. Als ob sie froh wäre, nicht mehr über ihre eigene Beziehungskiste sprechen zu müssen. War das eben ein Versprecher, dass sie »noch« nicht näher befreundet gewesen seien?
»Ich hätte noch weitere Fragen zu Ihrer Arbeit im Rathaus. Was ist dort Ihre Aufgabe?«
»Ich bin beim Sozialamt als Sachbearbeiterin beschäftigt.«
»Und in welchem Bereich arbeitete Herr Deck?«
»Er war beim Planungsamt.«
»Das heißt, Sie sahen sich nicht beruflich?«
»Nein, aber so groß ist das Gebäude auch wieder nicht. Man trifft sich einfach regelmäßig auf dem Hof oder dem Gang oder beim Essen. Ich denke, ich kenne sämtliche Mitarbeiter des Rathauses vom Sehen.«
»Das heißt, dass Sie Tobias Deck schon länger kannten?«
»Ja. Seit ich vor fünf Jahren im Sozialamt angefangen habe, habe ich ihn immer mal wieder gesehen. Damals holte ihn manchmal seine Frau ab, die Ehe war wohl noch in Ordnung. Gelegentlich sprach ich mit ihm, aber eher selten. Vor Kurzem saßen wir beim Mittagessen im Asia-Restaurant Kaisergarten – das ist an der Fußgängerunterführung gegenüber vom Bahnhof – zufällig nebeneinander. Wir unterhielten uns gut. Daraufhin waren wir ab und zu zusammen essen und schließlich trafen wir uns auch so.«

»Aber zufällig im Gebäude trafen Sie sich nur selten?«
»Das war jeden Tag anders. Mal gar nicht, an einem anderen Tag mehrfach.«
»Wieso bemerkten Sie sein Fehlen gestern bei der Arbeit so früh?«
»Ich wollte wissen, ob wir uns am Abend treffen und ging deshalb um 9 Uhr in sein Büro. Dort hatten sie wegen einer Besprechung auf ihn gewartet.«
»Sie sagten vorhin, dass Sie vorsichtig nach ihm gefragt haben? Warum vorsichtig?«
»Sie wissen ja, wie schnell man etwas nachgesagt bekommt. Und es gibt auch Arbeitskolleginnen und -kollegen, die ihn nicht mögen ... oder mochten.« Die Tränen rollten wieder über ihre Wangen und Weidner befürchtete schon eine weitere Unterbrechung, aber sie hatte sich dieses Mal schnell wieder gefangen. »Ich wollte nur keine Gerüchte.«
»Hatte er Feinde?« Sie zeigte wieder den erschrockenen Gesichtsausdruck.
»So war das nicht gemeint, es war bestimmt niemand aus dem Rathaus!«
»Warum wurde er von einigen nicht gemocht? Kennen Sie Gründe?«
»Nun, also, man mag eben nicht jeden. Und es gibt Kolleginnen, die sagen ihm nach, dass er nach jedem hübschen Rock schaut. Aber ich glaube, die sind nur neidisch! Ich finde ... fand ihn nett.«
»Hätten Sie sich vorstellen können, dass Ihre Beziehung zu ihm enger oder intensiver werden könnte?«
Sie zuckte mit den Achseln. »Vielleicht schon.«
Da war es wieder, Weidners Gefühl von vorhin. Er war sich sicher, dass sie noch mehr hätte sagen können.
»Ich glaube, für den Moment weiß ich genug.« Ihre Augen hatten sich einen Sekundenbruchteil geweitet, aber

es war ihm nicht entgangen. »Wie lange werden Sie der Arbeit fernbleiben?«
»Ich denke bis zum nächsten Montag.«
»Ich weiß nicht, ob ich Sie noch einmal zu einem Gespräch bitten muss.« Das war schon fast gelogen, dachte er bei sich, und ein kurzer Blick auf seinen Assistenten zeigte ihm, dass der genauso dachte. Die Skepsis stand ihm geradezu auf die gerunzelte Stirn geschrieben. »Ich gehe davon aus, dass ich Sie dann zu Hause erreichen kann?«
»Ja, oder Sie sprechen mir etwas auf den AB.«
Der Kommissar erhob sich, begleitete Frau Müller-Meckel hinaus und verabschiedete sie mit einem festen Händedruck.
»Bei der Frau gibt es noch was zu holen«, kommentierte Armbruster das Gespräch, als Weidner zurückgekommen war.
»Ja, aber für heute war es genug«, stellte er fest.
Der Hauptkommissar holte sein Drittrad aus dem Keller der Polizeidirektion. Er hatte sich entschlossen, das gute Wetter auszunutzen und auf seinem uralten Drahtesel in die Emmendinger Innenstadt zu strampeln. Vor der Karl-Friedrich-Schule überquerte er die Hauptstraße gleichen Namens. Und weil gerade niemand zu sehen war, fuhr er bei Rot über die Ampel, denn Warten entsprach gerade überhaupt nicht seinem Gemütszustand. Er hoffte, dass er diesen Fall schnell abschließen und dabei eine gute Figur vor seinem Vorgesetzten machen konnte. Dies hatte auch mit dem zuletzt nicht ganz problemlosen Verhältnis zwischen Rathaus und Polizeidirektion zu tun. Aber vor allem wollte er das Lauftraining wieder voll aufnehmen, es intensivieren, seine gute Frühform ausbauen und auf den Punkt genau topfit sein. 1:35! Er wollte es allen zeigen, die gegen ihn gewettet hatten!

Vor dem Stadttor bog er nach links, warf einen Blick auf das Treibgut am Rechen des kleinen Wasserkraftwerks, fuhr zügig über den gepflasterten Platz vor der Stadtbibliothek und bog hinter dem Schlosserhaus nach rechts ab. Er ließ das Rad ausrollen und stoppte es links vor dem Eingang des Rathauses. Am liebsten wäre er weitergefahren, eine halbe Stunde Bewegung hätte ihm jetzt gut getan. Stattdessen schloss er den Drahtesel ab, zog die Fahrradklammer vom Bein, knöpfte seinen Mantel auf und betrat durch die Drehtür das Gebäude. Komm runter, sagte er sich. Er verweilte bewusst einen Moment, schaute sich um und versuchte, die Atmosphäre des Verwaltungszentrums aufzusaugen. »Ökologische Gesprächsführung«, witzelten manche Kollegen in Anspielung auf seine Ansichten. Wenn die erst einige seiner Bekannten aus der Emmendinger Öko-Szene kennen würden!
Ein Blick auf seine Uhr sagte ihm, dass er noch etwas schnuppern konnte. Also betrachtete er sich die Umgebung etwas genauer. Das Sozialamt lag im Erdgeschoss des Nordflügels. Er schlenderte hin, um das Zimmer von Frau Müller-Meckel zu suchen. Es lag nach hinten raus in Richtung des Mühlbachs. An der Tür hing ein Schild, auf dem die Klienten darum gebeten wurden, am Raum rechts daneben anzuklopfen. Langsam ging Weidner zurück zum Eingang, sah sich die dort ausgehängten Bilder an. Es waren Werke von Emmendinger Hauptschülern. Nach wenigen Minuten kam auch der Lörracher Kollege durch die gläserne Drehtür, der ihn bei den Vernehmungen im Rathaus begleiten würde. Er hieß Philip Scheu. Der Nachname war anscheinend Programm, denn Scheu war ein sehr zurückhaltender Typ. Die Grau in Grau gehaltene Kleidung unterstützte seine graumausige Erscheinung. Weidner hätte gerne gewusst, warum die Lörracher gerade diesen etwas seltsamen Menschen nach

Emmendingen geschickt hatten. Er war gespannt, ob sein Kollege überhaupt eine Frage stellen würde.
Nachdem er Scheu begrüßt hatte, gingen sie mit langsamen Schritten die Stufen zum Planungsamt hoch. Weidner hatte sich telefonisch dort angemeldet, um zuerst den Vorgesetzten und dann die Arbeitskollegen von Tobias Deck zu befragen.
Eine Stunde später saßen der Kommissar und sein Begleiter in der Kinderspielecke, denn die Erwachsenenplätze waren alle besetzt. Wieso gab es hier eigentlich keinen Tisch? Leise ließen sie die Gespräche Revue passieren. Der Leiter des Amtes, Camillus Däschner, hatte ihnen Tobias Deck als gewissenhaften Arbeiter geschildert, mit dem es keine wesentlichen Probleme gegeben hätte. Was denn unter wesentlichen Problemen zu verstehen sei, hatte Weidner wissen wollen. Als Antwort erhielt er: Unpünktlichkeit, fachliche Inkompetenz, Unzuverlässigkeit, Alkohol, Drogen und häufige Krankheit. Auf seine Frage nach dem Verhältnis zu den Kollegen oder nach Frauengeschichten hatte sein Gegenüber geantwortet: »Wir haben, Verzeihung, wir hatten kein solches Problem!« Anschließend hatten die Ermittler noch etwas über Decks Verhältnis zu seiner Frau wissen wollen und sogar Scheu hatte die Gelegenheit genutzt und zwei Fragen gestellt. Er als sein Vorgesetzter wisse vom Privatleben des Verstorbenen eigentlich nur, dass er seit einiger Zeit getrennt leben würde – mehr erfuhren die beiden Ermittler darüber nicht.
Die Fragen nach finanziellen Problemen waren reine Routine, ebenso die nach Feinden im Rathaus. Alles andere als erneute »Eigentlich-Antworten« wären eine Überraschung gewesen. Nur eine Formulierung war bemerkenswert: »In seinem Zuständigkeitsbereich hatte es Gott sei Dank keine zwischenmenschlichen Schwierigkeiten ge-

geben, welche die tägliche Arbeit signifikant beeinflusst hätten.« Auch bei dem Mann würde noch etwas zu holen sein, da war sich Weidner sicher.
Bei den Arbeitskollegen wurde die Einschätzung bezüglich der Arbeitstugenden bestätigt. Es ging weniger distanziert zu als bei ihrem Vorgesetzten, aber über Andeutungen hinaus kamen sie nicht. Decks Ärger mit seiner Frau war ihnen bekannt, er hatte sich gelegentlich in Nebensätzen abfällig über sie geäußert. Ansonsten wussten sie recht wenig über sein Privatleben, es gab niemanden, der engeren Kontakt mit ihm gepflegt hätte. Das Verhältnis zu Frau Müller-Meckel konnten oder wollten sie nicht genauer schildern, jedoch bestätigten sie die Behauptung der jungen Frau, am Todestag im Planungsbüro nach dem Kollegen gefragt zu haben. Die Ermittler spürten, dass auch die Mitarbeiter des Planungsamtes mehr wussten, als sie gesagt hatten.
Im Sozialamt klopfte Weidner an die Tür, deren Schild sie als den Eingang zu Frau Müller-Meckels Büro auswies. Es öffnete ihm eine Frau Anfang fünfzig. Sie verkündete ihnen, noch bevor sie sich hätten namentlich vorstellen können, bereits die heutige Abwesenheit der Büroinhaberin und stellte sich als Traudel Rahic vor. Dann lotste sie die beiden Besucher ins benachbarte Zimmer, wo sie ihnen einen Platz anbot. Während sie ihren nicht mehr ganz schlanken Körper mit einem erstaunlich eleganten Hüftschwung um den Tisch bewegte, um sich ihrerseits zu setzen, ergriff sie einen Stift und legte sich ein Notizblatt zurecht.
Nun endlich kam Weidner zu Wort. Er stellte sich und seinen Begleiter vor und sah mit großer innerer Belustigung, wie ihre Gesichtszüge beim Wort Kriminalhauptkommissar zu entgleisen begannen. Er legte eine Pause ein, um ihr etwas Zeit zum Begreifen zu geben. Nach dem Satz

»Ich komme wegen des traurigen Vorfalls, bei dem gestern ein Mitarbeiter des Rathauses eines gewaltsamen Todes starb«, begann auch ihre Gesichtsfarbe, unkontrollierbare Wege zu gehen. Zu dem entsetzten Blick gesellten sich ein offenstehender Mund und in erstaunlicher Geschwindigkeit auftretende rote Flecken am Hals. Er war sich sicher, vor einer Minute hatte die Perlenkette noch auf heller Haut gelegen, jetzt kontrastierten die strahlend weißen, kleinen Kugeln deutlich mit den roten Hautpartien. Als er gerade fortfahren wollte, vernahm er ein leises Klappern. Sein Blick wanderte von ihrem Gesicht in Richtung des Geräusches und er sah, wie ihre zitternde Hand den Stift rhythmisch gegen ihre Kaffeetasse hämmerte.
»Ich glaube, Sie brauchen sich keine Notizen zu machen.« Er versuchte dies väterlich-beruhigend zu sagen, dabei war sie ungefähr fünfzehn Jahre älter als er. Erschrocken richtete sie ihren Blick auf den wippenden Stift und legte ihn umgehend weg.
»Darf ich beginnen?«, fragte der Kommissar. Ihr Kiefer klappte nach oben, dafür fiel der Kopf nach unten und sie nickte etwas abgehackt. »Es handelt sich um Tobias Deck.« Wieder klappte ihr Kiefer nach unten, dann schüttelte sie leicht den Kopf und es entfuhr ihr ein betroffenes »Oh Gott! Sonst erfahre ich immer schnell von so etwas, aber heute habe ich verschlafen.«
»Sie kannten ihn?«, wollte Weidner wissen.
»Natürlich! Ich arbeitete schon im Rathaus, als der noch in den Kindergarten ging. Also, seit er vor einigen Jahren hier beim Planungsamt anfing, kannte ich ihn vom Sehen. In den letzten Wochen kam er öfter zu Frau Müller-Meckel. Ich glaube, sie findet ihn ganz nett. Aber wie ist das denn passiert?«
»Wenn ich das wüsste, dann säße ich nicht hier«, entfuhr es ihm etwas herablassend.

»Aber warum kommen Sie zu mir? Ich weiß doch nichts darüber.«
»Natürlich, gute Frau.« Er musste aufpassen, dass das Väterlich-Beruhigende an ihm sich nicht verselbständigte. Aber irgendwie reizte ihn sein Gegenüber zu diesem Verhalten.
»Es ist so, dass Ihre Kollegin« – dabei machte er eine Geste auf das verwaiste, rechte Nachbarzimmer – »den Toten gefunden hat.« Ihre Augen weiteten sich noch mehr. »Sie können verstehen, dass sie davon ziemlich mitgenommen ist. Deshalb frage ich nun im Umfeld und erhoffe mir davon wichtige Informationen. Vielleicht können Sie mir etwas Interessantes sagen?«
Frau Rahics Gesichtsausdruck veränderte sich, sie straffte ihren Körper, ruckelte sich noch im Stuhl zurecht, dann sah sie ihn erwartungsvoll an.
»Darf ich beginnen?«, fragte sie, obwohl ihre Körpersprache die Antwort bereits gegeben hatte.
Angebissen!, freute sich Weidner, sagte aber sehr neutral: »Natürlich!«
»Also, er arbeitet…«, Frau Rahic stockte und machte eine nervöse Handbewegung. »Entschuldigung, er arbeitete seit einigen Jahren im Planungsamt. Ich glaube, er kam regelmäßig hier herunter, weil es dort oben kaum Frauen gibt. Hier hat er gerne mit den jüngeren und hübscheren geschäkert. Allerdings war er verheiratet und deshalb hatte das seine Grenzen.« Sie zögerte und warf den beiden Ermittlern einen kurzen, fragenden Blick zu.
»Haben Sie keine Angst, wir unterliegen der Schweigepflicht. Wählen Sie Ihre Worte mit Bedacht, aber denken Sie daran, dass es sich hier um ein abstoßendes Verbrechen handelt und wir die Wahrheit finden wollen!«
»Nun gut«, sagte sie und ›nun gut!‹, dachte er.
»Also letztes Jahr, da hatte er was mit der Kubischek. Ihr

Zimmer war auf der anderen Seite, da habe ich zwangsläufig viel mitgekriegt.«

»Entschuldigung«, schaltete sich Scheu ein, »nur zur Klarstellung, ich wollte Ihre Ausführungen nicht unterbrechen, aber meinten Sie das Zimmer links von Ihnen?«

Sie nickte und fuhr fort.

»Die Kubischek hat so lange mit den Wimpern geklimpert und den Deck umgarnt, bis sie ihn hatte. Manchmal musste ich sogar mit rotem Kopf die Tür schließen. Angeblich hatte es beim Hemdglunkerball im letzten Jahr angefangen. Nach Fastnacht war es dann ruhiger, aber er war jeden Tag mindestens einmal im Nebenzimmer. Yvonne, ich meine Frau Müller-Meckel, wir sind per du, und ich haben uns gerne darüber lustig gemacht. Yvonne war mehrfach rübergegangen, wenn die beiden so wild am Flirten waren und hatte gefragt, ob schon Feierabend sei. Das hatte ihr die Kubischek übel genommen und machte auf eifersüchtig. Yvonne ließ das kalt und sie stichelte immer wieder. Einmal klebte sie ein offizielles Schild mit der Aufschrift »Besprechung« an die Tür, als die beiden während der Dienstzeit miteinander zu Gange waren und draußen die Kundschaft wartete. Als nächstes stand darauf »Persönliches Meeting, bitte nicht stören«, wobei die Striche auf den beiden Os die Form von Herzen hatten. Obwohl Yvonne dabei nicht gesehen worden war, machte ihr die Kubischek eine Szene, da musste ich eingreifen. Und dass nicht die Tassen flogen, war eher Glück. Danach sagte Yvonne zu mir, dass sie dieser dummen Ziege den Tobias ausspannen werde.«

»Dann war hier ja richtig was los«, kommentierte Weidner.

»Oh ja, ich könnte Ihnen da Sachen erzählen ... Nun, Yvonne musste nicht viel machen, und die Kubischek wurde so rasend eifersüchtig, dass sie ihr die Fahrradreifen zerstach. Daraufhin wurde sie zum Chef zitiert. Nachdem er den beiden Rivalinnen die Auflage gegeben hatte, sich nicht mehr zu begegnen, wurde es ruhiger. Die unvermeidbare Kommunikation lief über mich. Das waren anstrengende Wochen, kann ich Ihnen sagen. Es gab dann noch einen anderen Zwischenfall. Kurz nach dieser Angelegenheit hat die Kubischek aufgehört hier zu arbeiten. Ob freiwillig oder nicht, ist mir nicht bekannt. Auf jeden Fall hatte sie einen furiosen Abgang. Sie ging zu Yvonne ins Zimmer und kippte ihr die Blumenvase über den Kopf. Was sie dabei auf Russisch gesagt hat, konnten wir nur ahnen.«

»Haben Sie Frau Kubischek danach noch einmal gesehen?«

»Nein, sie wohnt in Freiburg, aber ich weiß nicht genau wo.«

»Und was wurde mit dem Ausspannen von Herrn Deck?«

»Für eine Weile wurde er nicht mehr hier gesehen, aber seit Kurzem kam er wieder öfter.«

»Und besuchte nun Frau Müller-Meckel?«, spann Weidner den Faden fort.

»Hm, zuerst schaute er sich die Nachfolgerin von Frau Kubischek an.« Frau Rahic vergewisserte sich, ob die Verbindungstür zu deren Zimmer geschlossen war und beugte sich leicht vor. Ihre Stimme wurde leise und bekam einen verschwörerischen Unterton. »Die ist auch nicht von schlechten Eltern, rein äußerlich gesehen. Aber ihr Freund spielt Rugby. Es wird gemunkelt, er sei eines Tages im Planungsamt aufgetaucht, hätte sich Herrn Deck als ihr Freund vorgestellt und ihn eingeladen, mit ihm zum Training zu gehen. Dabei ist, äh, war Tobias eher ein halbes Hemd. Eine lustige Vorstellung, wie diese beiden zusammen ausgesehen haben müssen, als sie sich gegenüberstanden. Das habe ich aber erst später erfah-

ren. Ich habe nur bemerkt, dass er ab diesem Zeitpunkt nicht mehr rechts von mir auftauchte, sondern links.« Sie zeigte auf die jeweiligen Zimmer.
»Und hat sie ihn nun gekriegt oder er sie?«
»Ich glaube schon, aber sie war nicht mehr so gesprächig bei diesem Thema. Vielleicht war sie ernsthaft in ihn verliebt. Über wichtige private Dinge haben wir wenig gesprochen. Auf jeden Fall gab sich der Herr von der Planung redlich Mühe und zeigte sich von seiner charmanteren Seite. Er machte ihr Komplimente und brachte ihr mindestens zwei Mal eine Rose.«
»Und sein Verhältnis mit der Kuh... wie war noch ihr Name?«
»Kubischek« half ihm Frau Rahic augenzwinkernd über die Gedächtnislücke hinweg. »Also Frau Kubischek.« Kaum gesagt wurde ihm die Zweideutigkeit des nur halb ausgesprochenen Namens bewusst und darüber verpasste er ihre Antwort. Er musste sich entschuldigen und um eine Wiederholung bitten. Sie wusste nichts über das Verhältnis der beiden nach dem denkwürdigen Abgang der ehemaligen Kollegin. Weidner spürte plötzlich, dass sein Gesicht zu prickeln anfing. Wie peinlich, hoffentlich hatte sie nichts gemerkt.
»Könnte man Tobias Deck als Schürzenjäger bezeichnen?«
»Schon. Anscheinend konnte er es nicht lange ohne eine Frau aushalten.«
Weidners Gesicht war nun ganz warm. Ob sie den Farbwechsel beobachtet hatte? Scheu zumindest ließ sich nichts anmerken, sofern er es überhaupt wahrgenommen hatte.
»So, wir müssen nun leider gehen. Vielen Dank für Ihre Auskünfte, jetzt wissen wir schon einiges mehr.« Er erhob sich und Scheu folgte seinem Beispiel augenblicklich.
»Ach, gern geschehen. Sie waren zwei geduldige Zuhö-

rer. Wenn Sie noch mehr Fragen haben, dann wissen Sie ja, wo Sie mich finden. Übrigens haben Sie jetzt eine gesündere Gesichtsfarbe als vorhin. Auf Wiedersehen.«
Vor der Tür war Weidner froh, dass sein Begleiter zur Toilette musste. Da auf dem Gang niemand war, der ihn sehen konnte, hatte er jetzt die Möglichkeit, sich noch zwei Minuten lang farblich zu normalisieren, bevor sie dem direkten Vorgesetzten von Frau Müller-Meckel einen Besuch abstatten würden.
Eine halbe Stunde später saßen sie wieder in der Spielecke und machten sich Notizen. Der Leiter des Sozialamtes hatte, nach einer kurzen Erschrockenheitsbekundung über den Mord, den Zickenkrieg in wohlgesetzten Worten bestätigt. Und er hatte die Adresse von Frau Kuh.
Da Konstanza Kubischek nur ungefähr eine Viertelstunde entfernt in Freiburg wohnte, hatte Weidner sich, einer spontanen Eingebung folgend, zu einem Überraschungsbesuch entschlossen. Um sicherzugehen, dass sie auch zu Hause war, hatte er angerufen und nach einer schnellen Entschuldigung wieder aufgelegt. Scheu hatte sich nicht zu diesem eher ungewöhnlichen Vorgehen geäußert. Komischer Typ, dachte Weidner über seinen Begleiter.
Die beiden Polizeibeamten hofften, dass die junge Frau in den wenigen Minuten, die sie für den Weg nach Freiburg benötigten, nicht weggehen würde, denn sie wollten das Überraschungsmoment auszunutzen und sie überrumpeln. Wie geplant betraten sie kurz darauf ein etwas heruntergekommenes Reihenhaus in der Offenburger Straße in Zähringen.
Das freudige Lächeln auf dem Gesicht von Frau Kubischek ging, noch während sie die Tür öffnete, in einen ängstlich fragenden Gesichtsausdruck über. Offensichtlich hatte sie jemand anderen erwartet. Der Kommissar stellte sich und seinen Begleiter vor und zeigte ihr seinen Dienstaus-

weis. Sie schlug eine Hand vor den offenen Mund. In den billigen Krimis schauen die leichten Mädchen so, wenn der Killer vor der Tür steht, dachte Weidner.
Er erklärte, dass er ein Gespräch mit ihr führen wollte und bat um Einlass. Zögernd öffnete sie die Tür vollständig und ließ die unerwarteten Besucher eintreten. Sie war etwa 160 cm groß und schlank. Ihr Haar war schwarz gefärbt und lockig. Weidner tat einen tiefen Atemzug und nahm die Gerüche der Wohnung auf: Kaffee, Zigarettenrauch und vor allem ein billiges Deo, frisch aufgetragen und in berauschend hoher Konzentration. Scheu tat es ihm gleich und verzog sein Gesicht. Sie bat die beiden, ihr in die Küche zu folgen. In knallengen Jeans und hochhackigen Stiefeln aus schwarzem Lack ging sie die wenigen Schritte vor ihnen her. Als sie sich umdrehte, um ihnen einen Stuhl anzubieten, bemerkte Weidner, dass ihr Push-up-BH ganz schön viel zu pushen hatte. Die Beschreibung ihrer ehemaligen Arbeitskollegin passte gut zum Original.
»Sie haben jemand anderen erwartet?«, begann er das Gespräch.
»Ja, eine Freundin wollte mich in wenigen Minuten abholen«, antwortete sie mit leiser Stimme und deutlichem russischem Akzent.
»Ich werde Ihnen gleich erklären, warum wir zu Ihnen gekommen sind, und dann einige Fragen stellen. Falls Ihre Freundin klingelt, dann sagen Sie ihr, dass Sie jetzt keine Zeit haben. Sie soll in einer Stunde wiederkommen.«
Sie wirkte verängstigt. In ihrer Unsicherheit schob sie den Aschenbecher mehrfach an einen anderen Platz. Ihre Augen sprangen schnell von einem Ermittler zum anderen. Die Überraschung war ihnen anscheinend fürs Erste geglückt. Weidner glaubte nicht, dass sie nur spielte. Er versuchte ihr in die Augen zu schauen, doch sie wich sei-

nem Blick aus. Sie fühlte sich offensichtlich sehr unwohl in ihrer Haut. Schließlich fragte sie leise: »Was wollen Sie von mir?«

»Sie kennen Tobias Deck?«, und ohne eine Antwort abzuwarten fuhr er fort: »Er wurde gestern ermordet!«

Sie atmete tief durch und Weidner glaubte, Alkohol zu riechen. Er beobachtete, wie sich ihr Brustkorb immer schneller hob und senkte. Wenige Augenblicke später bestätigte seine Nase den Verdacht und sein Blick fiel auf eine Flasche hinter ihr, die er aus den Werbespots für Wodka kannte.

»Es tut mir leid, Ihnen das sagen zu müssen«, unterbrach er die Stille nach einigen Sekunden. Sie war schon bleich gewesen, aber nun wurde sie kalkweiß. »Er wurde gestern Abend erschlagen in seinem Haus gefunden«, erläuterte Weidner.

»Und was habe ich damit zu tun?«, fragte sie zwischen zwei tiefen Atemzügen.

Der Kommissar belehrte sie über ihre Rechte, dann begann er die Vernehmung: »Sie waren einige Monate eng miteinander befreundet.«

»Aber schon seit zwei Monaten nicht mehr.« In ihrer Stimme schwang eine unterdrückte Erregung mit.

»Haben Sie sich von ihm getrennt?«, hakte er nach.

»Nein, er war es.« Die Erregung wurde stärker.

»War es wegen einer anderen Frau?« Wann war er in einem Gespräch jemals so schnell bei so persönlichen Fragen angelangt?

»Ja!«, kam es kurz und hart.

»Hatte er Sie mit ihr betrogen?«

Ihr knallroter Mund war zu einer schmalen roten Linie geworden. »Sie hat ihn mir weggenommen!« Frau Kubischek konnte ihren Zorn nur noch mühsam unterdrücken.

»Sie meinen Yvonne Müller-Meckel?«

Ihre Hände, die sich zuvor an ein Glas mit der Aufschrift »Wodka Gorbatschow« geklammert hatten, flogen zu den Seiten des Tisches und krallten sich dort fest. Der Vulkan explodierte.

»Diese Schlampe!«, schrie sie. »Diese Schlampe!!!« Ihr Gesicht war zu einer Fratze verzerrt. Sie atmete schwer.

»Und Sie haben auch noch Ihre Arbeit dabei verloren.«

»Diese gottverdammte Hure hat ihn mir weggenommen!!« Mit beiden Fäusten schlug sie mehrmals hintereinander aus aller Kraft auf den Tisch, dann rang sie nach Atem. Innerlich triumphierte Weidner, äußerlich blieb er ganz ruhig. Er war überrascht, wie leicht sie sich aus der Ruhe bringen ließ. Hoffentlich klingelte jetzt nicht die Freundin oder ein aufgeschreckter Nachbar.

»Was haben Sie danach getan?«

»Ich hätte es gleich wissen müssen!« Ihre dunklen Augen funkelten. Hatte sie seine Frage überhaupt vernommen?

»Was haben Sie ...« Aber weiter kam er mit seiner Wiederholung nicht.

»Ich könnte sie umbringen dafür!« Ihr Mund war wieder so zusammengepresst wie vorhin.

»Haben Sie versucht, ihn zurückzugewinnen?«, setzte er nach und ignorierte ihre Äußerung erstmal.

»Natürlich habe ich das. Aber er faselte immer nur davon, dass wir nicht wirklich zueinanderpassen würden. Dabei sehe ich zehn Mal besser aus als diese Fotze und bin fünf Jahre jünger. Wie konnte er nur bei ihr bleiben?!« Ihre Augen wurden feucht.

»Haben Sie ihn nach der Trennung noch einmal besucht?«

»Ein paar Mal habe ich es versucht ... Beim letzten Mal hat er mir nicht einmal mehr aufgemacht.« Nun kamen ihr die ersten Tränen die Wangen herabgerollt.

»Wann war das?«

»Vor ungefähr zwei Wochen.«
»Da waren Sie sehr wütend auf ihn?«
»Dieser Idiot! Wie oft habe ich ihm gesagt, dass ich ihn liebe.«
»Sie waren so wütend, dass Sie ihn hätten umbringen können.«
»Ja!!!«, schrie sie aus vollem Hals. Weidner wechselte einen Blick mit seinem Begleiter, der ein sehr beeindrucktes Gesicht machte. Plötzlich Totenstille. Sie hatte in ihrer Bewegung innegehalten, selbst ihr Atem stockte, und nun starrte sie ihre Besucher mit weit aufgerissenen Augen an. Das personifizierte Entsetzen! Wie eine Autofahrerin, die begreift, dass sie nicht mehr bremsen kann. Weidner wusste nicht, wie viele Sekunden sie sich so Auge in Auge gegenüber gesessen hatten, wie lange die Stille angedauert hatte, wie lange die Zeit zu stehen schien. Er war ziemlich überrascht, wie sich dieses Gespräch entwickelt hatte. Und in dieser Überraschung saß er nun da und schaute sie an. Das Martinshorn eines Einsatzfahrzeugs war zu hören, und sie erwachte aus ihrer Erstarrung.
»Ich war es nicht!«, brach sie das Schweigen. Und noch einmal, aber nun lauter: »Ich war es nicht!« Sein Blick haftete an ihr. »Sie glauben mir doch?« Er schwieg. »Sie glauben mir doch?!« Sie war aufgesprungen und stand, den Oberkörper nach vorne gebeugt, die Hände auf den Tisch gestützt, und schaute zuerst Scheu und dann Weidner mit einem flehenden Blick an. Weidner schwieg weiter, während sich die Gedanken in seinem Kopf überschlugen. Sah so das Beinahe-Geständnis einer Mörderin aus? Irgendwie nicht.
Sie begann zu zittern und rettete sich auf den Stuhl zurück, bevor die Beine einknicken konnten. »Ich war es nicht, glauben Sie mir!« Das Zittern nahm zu. Noch ein-

mal wiederholte sie ihre Unschuld, und er verstand sie nur noch, weil er den Inhalt schon kannte. Sie steuerte auf einen bedrohlichen Zustand zu. Mussten sie medizinische Hilfe holen? Ein Klingeln an der Türe riss ihn aus diesen Gedanken.
»Ich mache auf«, sagte Scheu und erhob sich.

Auf der Straße fischte Weidner plötzlich seine Öko-purex aus der Tasche. Schon in der Wohnung hatte es ihn mehrfach in der Nase gekitzelt. Nun hatte er ohne Vorwarnung niesen müssen. War er allergisch auf Konstanzas hochdosiertes Duftwasser? Oder waren dies die ersten Anzeichen einer Erkältung? Alles bloß das nicht! Schnupfen, Husten, Heiserkeit - das bedeutete noch mehr eingeschränkte Trainingsmöglichkeiten und diese würden seinen Rekordversuch zu einem Witz degradieren! Hoffentlich hatte er Medikamente zu Hause. Sicherheitshalber lieber noch schnell in die Apotheke da vorne. Aber die von ihm gewünschten Globuli waren nicht vorrätig. Scheu schaute wegen der hektischen Betriebsamkeit des leitenden Ermittlers ein bisschen irritiert drein. Schließlich meinte Weidner, dass es schon nicht so schlimm werden würde, und seine eigene Bemerkung brachte ihn wieder ins Berufsleben zurück. Er hatte Scheu völlig vergessen. Eigentlich kein Wunder, so zurückhaltend wie dieser Leihermittler sich aufführte. Trotzdem hätte er als leitender Ermittler seine Führungsqualitäten besser einsetzen müssen. Um sein schlechtes Gewissen zu beruhigen, lud Weidner den schweigsamen Kollegen in die Bäckerei an der nächsten Straßenecke ein. Während er sich eine leckere Bio-Vollkorn-Schneckennudel einpacken ließ, zuckte sein Kollege bei Bio mit dem Mundwinkel und bestellte dann eine ordinäre Butterbrezel.
Wieder auf der Straße nahm Weidner sein Handy aus der

Tasche und berichtete seinem Kollegen Peter Fritz in wenigen Sätzen von seinem Ausflug nach Freiburg und den überraschenden Ergebnissen. Aber auch von der anderen Seite der Leitung kamen neue Nachrichten. Das Auto von Tobias Deck war weg. Das war schon Frau Müller-Meckel aufgefallen, aber nun war es sozusagen amtlich. In der Nachbarschaft war es nirgends abgestellt. Sicherlich konnte das Verschwinden des Autos hundert Gründe haben, die mit der Tat nichts zu tun hatten. Aber ein Nachbar hatte die brisanteste Begründung bereits geäußert: Das sei bestimmt der Ausbrecher aus dem ZfP gewesen, um sich ein Fluchtfahrzeug zu besorgen! Ob sich diese bloße Vermutung nun erhärten ließ oder als falsch herausstellen würde – Ausbrecher waren ein heikles Thema in Emmendingen. Und nach der vermeintlichen Informationspanne bei der letzten »Flucht« auch politisch ein heißes Eisen.
Mit diesem Verdacht hatte der Nachbar eine Lawine ins Rollen gebracht, denn ohne Zweifel würde er die Runde machen – der Nachbar genauso wie der Verdacht – nur dass Letzterer sich außergewöhnlich schnell fortpflanzen und mutieren würde. Das roch sehr nach Stress für die Ermittler.
»Habt ihr Decks Frau eigentlich schon erreicht?«, wollte Weidner wissen.
»Ich frag mal. Ich kam gerade von außerhalb und bin nicht auf dem Laufenden.«
Während der Kollege die Antwort suchen ging, schossen bei Weidner die Stichwörter zu dieser neuen Situation durch den Kopf: schwierige Pressekonferenzen, überregionales Aufsehen, Boulevardpresse, Anrufe vom Rathaus, ein völlig genervter Chef, Überstunden, Wochenendarbeit. Halleluja! Beinahe wäre ihm das Wort »Scheißmord« über die Lippen gekommen.
»Chris? Also, wir hatten ihr eine Rückrufbitte eingewor-

fen und sie hat vor fünf Minuten geantwortet. Ich hätte mich jetzt also sowieso gleich bei dir gemeldet oder wäre selbst hingefahren.«

»Gut, dann treffen wir uns dort vor ihrem Haus. Gib mir ihre Adresse.« Er zückte seinen Notizblock und schrieb. »Ich bin in einer Viertelstunde dort. Bis dann.«

Genau dreizehn Minuten später stand er vor dem Haus in Denzlingen. Eine Minute danach fuhr Fritz vor. Weidner winkte ihn an den Straßenrand und stieg ein.

»Wie viele Punkte in Flensburg wären das bei einer Privatfahrt?«

Der Befragte zuckte nur mit den Schultern. So quirlig wie der Mann war auch sein Fahrstil. Zumindest, wenn Weidner nicht daneben saß. Aber sonst war der drahtige und zupackende Fritz meist trotzdem bedächtig und insofern eine gute Ergänzung zum athletischen und draufgängerischen Armbruster.

»Parke hinter dem Block«, wies Weidner ihn an, »wir machen eine kurze Besprechung.«

Scheu hatte sich in der Zwischenzeit mit dem anderen Wagen bereits auf dem Weg nach Emmendingen gemacht, um die geführten Vernehmungen zu digitalisieren. Auf dem Parkplatz begann Fritz zu erzählen. Die Nachbarin von Deck auf der einen Seite war am Tattag nicht zu Hause gewesen. Sie machte einige allgemeine Angaben und erwähnte das Auto nur am Rande. Der Nachbar im Haus auf der anderen Seite war zur Tatzeit ebenfalls nicht zu Hause gewesen. Er wies Blockwartqualitäten auf: Stets Informationen sammeln und gleich in gut und böse unterscheiden. Außerdem war er sehr gesprächig. Da war die Rede von Decks Frau, die dieser angeblich rausgeworfen hatte, nur um schon nach wenigen Tagen eine Freundin zu haben. Zuerst hätte der Nachbar gemeint, das sei eine, die es für Geld machen würde, so wie die ausgese-

hen hatte. Aber da sie häufig gekommen sei, könnte es wohl nicht so gewesen sein, schließlich hätte der Ermordete bei der Stadt gearbeitet und da würde man ja nicht so viel verdienen.
»Von der besagten Dame komme ich wohl gerade«, unterbrach Weidner seinen Kollegen und dachte dabei an knallenge Jeans, schwarze Lackstiefel, schwarz gefärbte Locken und einen XXL-Push-up.
»Und, passt die Interpretation?«, wollte Fritz wissen.
»Er liegt nicht ganz daneben.«
»Seit Kurzem hätte er wohl eine andere Bekanntschaft – du hättest hören sollen, wie er diese Worte aussprach –, die sähe etwas weniger prollig aus, aber so enge Hosen hätte die auch. Sie sei am Tattag gekommen, kurz bevor der Krankenwagen eintraf. Die Beschreibung passt auf Yvonne Müller-Meckel. Und dann unterbrach ihn seine Gattin, die bisher nur stumm danebengesessen hatte, und berichtete ganz lapidar, dass vor einigen Tagen wohl seine Frau da gewesen sei, am Morgen, so in der Dämmerung. Auf den Tag wollte sie sich nicht festlegen, entweder sechs oder sieben Tage vor der Tat, war die erste Angabe. Aber dann datierte sie alles eine Woche zurück.«
»Da bin ich mal gespannt, ob die uns das bestätigt!«, kommentierte Weidner. »Weiter.«
»Überhaupt sei der Tobias ein blöder Hund gewesen.«
»War das der Originalton?«, wollte Weidner wissen.
»Nicht ganz. Er sagte, der Deck hätte eine ›schlechte Kinderstube und keinen Anstand‹ gehabt. Begründung: Weil er seine Kehrwoche meist nicht richtig wahrgenommen hätte, weil er sein Auto, diesen Angeber-Geländewagen, regelmäßig falsch geparkt hätte und weil es bei seinem Gartenfest zu laut war. Aber er, der Nachbar, sei ja kein Unmensch und hätte keinen Ärger gewollt. Dagegen hätte Tobias mit dem Nachbar hinten raus richtig

Zoff gehabt! Wegen der Deckschen Brombeeren, die immer in den anderen Garten hineingewachsen seien, dem Bambus mit seinen Ablegern, den Brennnesseln am Zaun und den faulenden Äpfeln. Es hätte sogar eine juristische Auseinandersetzung gegeben.«

»Irgendwie hatte es der Tobias raus, sich Feinde zu machen«, kommentierte Weidner. »Nun zu meinen Erkenntnissen: Die Dame, von der wir kommen, sagte Bemerkenswertes, nämlich, dass sie den Tobias hätte umbringen können. Originalton! Sie ist eine aufgetakelte Puppe, die denkt, Yvonne Müller-Meckel hätte ihr den Beinahe-Ehemann weggenommen und dabei ihr ganzes Leben ruiniert. Sie war völlig außer sich! Aber einen dringenden Tatverdacht sehe ich noch nicht, deshalb beließ ich es bei diesem Gespräch. Außerdem ist sie beinahe kollabiert, da habe ich mir die Frage nach dem Alibi für heute gespart.«

Weidner bemerkte, dass er plötzlich in Ich-Form gesprochen hatte, als sei Scheu nicht dabei gewesen. Er war froh, den seltsamen Lörracher nach Emmendingen geschickt zu haben und das nächste Gespräch mit dem eingespielten Teampartner führen zu können.

Frau Deck öffnete sofort nach dem Klingeln. Sie war schlank, mittelgroß und hatte kurzgeschnittene blonde Haare. Sie schaute ernst, begrüßte die beiden Fremden förmlich, las die Namen auf den hingehaltenen Dienstausweisen laut vor und führte sie ins Wohnzimmer ihrer kleinen Wohnung, wo sie den Besuchern einen Platz anbot. Ihre Hand war schweißfeucht gewesen, doch ansonsten zeigte sie keinerlei Nervosität.

»Warum besuchen Sie mich, und dann gleich zu zweit?«, eröffnete sie das Gespräch.

»Es geht um Ihren Mann«, sagte der Kommissar und deutete auf die Badische Zeitung, die auf dem Tisch lag. »Haben Sie die schon gelesen?«

»Nur zum Teil, warum?«
»Es geht um den Mordfall in Emmendingen!«
»Oh Gott!«, sagte sie und drückte die Oberarme gegen ihren Körper.
»Tobias Deck ist gestern Morgen von einer noch unbekannten Person bei sich zu Hause erschlagen worden.«
Sie schloss die Augen, senkte ihren Kopf und atmete tief durch. Sie presste die Oberarme weiter gegen ihren Körper und verharrte sekundenlang in dieser verkrampften Haltung, ohne sich zu bewegen oder einen Ton zu sagen.
»Es tut uns leid, Ihnen das sagen zu müssen«, beendete Weidner schließlich das Schweigen.
»Schon gut.« Sie schaute vor sich auf den Tisch. Ihr Blick wanderte unstet hin und her und ihre Hände ergriffen sich gegenseitig, als wollten sie sich abwechselnd stützen. Immer wieder schüttelte sie leicht ihren Kopf. Schließlich schaute sie mit feuchten Augen zu Weidner. Dann wich sie seinem Blick wieder aus, bevor er etwas sagen konnte. Sie presste ihre Lippen aufeinander und jetzt liefen die ersten Tränen über ihre Wangen. Sie rang sichtlich nach Worten, aber es gelang ihr nicht, auch nur eines herauszubringen. Sie knöpfte sich die Jacke zu, verschränkte die Arme und presste sie erneut gegen ihren Oberkörper.
»Meine arme Tochter«, war das Erste, was sie sagen konnte. Ihre Stimme war leise und stockend. »Arme Roberta. Wie sage ich es ihr? Wie sage ich das meinem Kind?« Nun liefen die Tränen in schneller Folge, tropften auf die Jacke und bildeten dort dunkle Flecken, die schließlich miteinander verschmolzen. Weidner und Fritz trauten sich nicht, sich zu rühren. Die Minuten nach einer solchen Nachricht waren oft die schwierigsten in ihrem Beruf: Die Uhr schien nur noch in Zeitlupe voranzugehen. Man wusste nicht, was man sagen sollte, schließlich kann-

te man die Adressaten der Katastrophennachricht erst seit Minuten. Frau Deck biss auf ihre Unterlippe, so fest, dass es wehtun musste.

»Bin ich, ... bin ich verdächtig?«, sagte sie schließlich. Weidner war überrascht, einen solchen Gesprächseinstieg hatte er in entsprechenden Situationen selten erlebt.

»Eigentlich wollten wir etwas über Ihren Mann erfahren. Wie steht es um seine Familie? Hatte er Geschwister?«

»Sein Bruder lebt mit seiner Frau und den beiden Kindern in Norddeutschland bei Bremen. Aber es bestand wenig Kontakt. Gelegentlich haben sie telefoniert. Das letzte Mal sind wir vor ungefähr zwei Jahren dort gewesen, kurz nachdem Tobias den Geländewagen gekauft hatte. Den wollte er natürlich vorführen. Der Vater ist vor einigen Jahren gestorben. Tobias' Mutter lebte einige Zeit bei ihrem anderen Sohn und wurde dort pflegebedürftig. Sie ist jetzt in einem Heim untergebracht. Mit anderen Verwandten hatte Tobias keinen Kontakt.« Die beiden Ermittler waren weiterhin überrascht. Frau Deck wirkte überraschend gefasst und machte aus eigenem Antrieb klar strukturierte Angaben, fast wie vorbereitet.

»Sie leben getrennt?«, fragte Weidner.

»Ja, vor ziemlich genau einem Jahr nahm ich meine Tochter und zog hierher.«

»Dürfen wir uns nach den Gründen erkundigen?«

»Also, ich lernte ihn vor ungefähr sieben Jahren im Rathaus in Emmendingen kennen, wo wir beide arbeiteten. Am Anfang schien er mir sehr nett und charmant, besuchte mich regelmäßig in meinem Arbeitszimmer im Passamt und machte mir mit Komplimenten und Kleinigkeiten den Hof. Das war eine schöne Zeit, ich dehnte sie aus und ließ ihn sehr lange zappeln. Wir haben nach ungefähr einem Jahr geheiratet, zumal ich schwanger wurde. Ja, es war eine schöne Zeit damals ... Entschuldigung.« Sie kramte nach einem Taschentuch und putzte sich die Nase. Dann saß sie zusammengesackt in ihrem Sessel und hing vermutlich ihren Erinnerungen nach. Gerade als Weidner das Gespräch wieder in Gang bringen wollte, nahm sie den Faden von allein wieder auf.

»Wir schauten uns nach einer Wohnung um, aber schließlich kauften wir doch das kleine Einfamilienhaus. Es war ein Schnäppchen, die Vorbesitzerin musste es schnell verkaufen. Meine Mutter steuerte einen Bausparvertrag bei. Eigentlich hätte ich mir eine andere Farbe gewünscht, aber es gefiel uns ansonsten und ein eigenes Haus, das war ein Traum. So billig es auch war, für uns war es dennoch ein Kraftakt. Ich dachte aber, Tobias würde bald aufsteigen und besser verdienen. Er sagte immer wieder, er sei auf dem Weg, ein wichtiger Mitarbeiter des OB zu werden. Manchmal bekäme er Sonderaufgaben von ihm, aber die seien geheim, das dürfte er nicht einmal mir sagen. ›Der Chef hat versprochen, mich bei Gelegenheit dafür zu befördern‹, beteuerte er immer wieder. Das schien mir einleuchtend und hätte nach meiner Einschätzung zum alten OB gepasst. Dann kam unsere Tochter zur Welt, und danach war es irgendwie anders zwischen uns. Als sei er eifersüchtig auf sie. Er verstand nicht, dass ich sie so lange stillen wollte, und mäkelte an meiner Figur herum, denn ich hatte ein paar Kilo mehr als vor der Schwangerschaft. Er meinte, dass ich für einige Zeit zu Hause bleiben sollte, anstatt als Teilzeitkraft weiterzuarbeiten. Dabei hätte meine Mutter zweimal die Woche auf die Kleine aufgepasst. Aber Tobias wollte sie nicht so viel im Haus haben. Ich wünschte mir ein zweites Kind, doch er hatte Angst, ich würde dadurch noch dicker werden. Ich habe abgespeckt und wieder mein altes Gewicht erreicht. Allerdings trug das kaum dazu bei, dass unsere Beziehung so wurde wie früher. Bei anderen läuft es auch nicht immer rund, versuchte ich mich zu beruhigen. Ich stürzte mich in die Hausarbeit und hielt den Haushalt wirklich gut in Schuss, aber er erkannte das nicht an. Stattdessen gab es immer wieder Seitenhiebe, wie gut ich es hätte mit der vielen Freizeit, während er auf dem Rathaus schwer arbeiten würde. Dann trat der alte OB überraschend nicht mehr zur Wiederwahl an und damit waren die Aussichten auf einen Aufstieg plötzlich weg – sofern sie überhaupt jemals bestanden hatten und nicht nur eine Erfindung waren, um sich aufzuspielen.« Ihre Stimme bekam einen scharfen Ton. »Da begann ich mich zu fragen, wie wir die Raten für das Haus auf Dauer zahlen sollten. Wir kamen gerade so mit dem Geld hin, aber es hatte bis dahin keine größeren Reparaturen gegeben. Sollten wir für Jahre auf einen Urlaub verzichten? Darüber haben wir uns immer wieder gestritten.«

»Und deshalb trennten sie sich schließlich?«

»Unter anderem.« Sie machte eine lange Pause.

»Und was waren die anderen Gründe?«, insistierte Weidner.

»Nun ja, wenn der Streit einmal in einer Beziehung Fuß gefasst hat, dann überträgt er sich auf alle anderen Bereiche. Dann stört es einen, wie der andere sein Brot streicht und wie viel Marmelade er darauf tut. Dann wird das ganze Zusammenleben unerfreulich.«

»Wovon leben Sie jetzt?«

»Ich habe den Schritt von ihm weg erst getan, als ich eine neue Arbeit im Freiburger Rathaus sicher hatte.«

»Wie reagierte er?«

»Es war mir ein Vergnügen sein Gesicht zu sehen, nach all den Beschimpfungen und Anschuldigungen!« Die Schadenfreude war ihr auch nach einem Jahr noch anzumerken.

»Bezahlte er etwas für seine Tochter?«

»Das hatte ich mir so gedacht, schließlich bezeichnete er sie immer wieder als seinen Liebling, aber er zierte sich. Er holte sie gelegentlich ab, verwöhnte sie und meinte deshalb, er hätte seine finanzielle Schuld abgeglichen. Aber im Falle einer Scheidung hätte er viel mehr bezahlen müssen.«

»Dachten Sie daran, diesen Schritt zu tun?«

»Ich schon. Ich sah keine Perspektive mehr für uns. Aber er hatte Angst vor den finanziellen Folgen.«

»Was hätte das für ihn bedeutet?«

»Nun, das Haus wäre unter den Hammer gekommen, vielleicht hätte er seinen geliebten Geländewagen abstoßen müssen. Und das hätte ihn besonders getroffen. Im Detail habe ich keine Ahnung. Ich weiß auch nicht, wie er sich die Kiste überhaupt noch leisten konnte, ohne mein Geld. Vielleicht hat er seinem Bruder was abgeschwatzt.«

»Ihrer Meinung nach müsste er verschuldet gewesen sein?«

»Ich kann es mir nicht anders vorstellen, aber genau weiß ich es nicht.«

»Hat er Sie in diesem Zusammenhang um Nachsicht gebeten?«

»Natürlich! Er erzählte etwas von Fehlern seinerseits und dass es sich schon wieder einrenken würde. Ich müsste ihm nur eine Chance geben. Als ob es an mir gelegen hätte. Er behauptete, das Haus sei seine und meine Altersvorsorge, da müsse ich doch wohl auch zahlen. Dieser Dummschwätzer! Ich bin gerade mal dreißig.«

»Wie weit ist die Scheidung?«

»Er bekam vor ungefähr drei Wochen einen Brief von meinem Anwalt.«

»Wie hat er reagiert?«

»Das sagte ich gerade, er versuchte, mir den angeblichen Fehler auszureden.«

»Hat er Sie dazu angerufen?«

»Mehrfach, und als das nichts nützte, kam er vorbei. Aber ich hatte keine Lust auf Streit und außerdem war meine vierjährige Tochter noch anwesend. Sie sollte von der ganzen Angelegenheit so wenig wie möglich mitbekommen.«

»Waren Sie nach dem Umzug noch einmal bei ihm im Rosenweg gewesen?« Sie stockte. Es entstand eine kleine Pause.

»Glauben Sie, ich hätte dafür einen Grund gehabt?«, fragte sie schließlich zurück.

»Nun ja, er bezahlte Ihnen nicht so viel, wie Sie wollten.« Wieder eine kleine Pause, gerade groß genug, um Weidner Verdacht schöpfen zu lassen. Ein Blick zu Peter Fritz, gerade lang genug, um zwischen zwei eingespielten Ermittlern eine Einschätzung auszutauschen. In der Miene seines Assistenten sah er Bestätigung.

»Es zog mich nichts zu ihm zurück.«

Diese wachsweiche Antwort war für eine spätere Nachfrage gut. Aber bis dahin wollte Weidner noch mehr über diesen Mann wissen, der wohl ein ziemlich rücksichtsloser Egoist gewesen war.

»Warum haben Sie ihn vorhin als Dummschwätzer bezeichnet?«

»Er sprach von seinen Fehlern und einer neuen Chance für unsere Ehe, dabei war er schon seit Monaten mit dieser blöden Gans zusammen. Das war kein unüberlegter, einmaliger Seitensprung, wie er an Fastnacht eben manchmal passiert!« Ihre Stimme bekam nun wieder Emotion.

»Kannten Sie diese Person?«

»Natürlich, sie arbeitete auch auf dem Rathaus, im Sozialamt. Meine Freundinnen trugen mir die Annäherungsversuche von Tobias zu. Er besuchte sie angeblich ständig in ihrem Zimmer. Und blind war ich schließlich auch nicht. Er verhielt sich zu Hause anders. Wir stritten nicht mehr so viel, weil er mir regelmäßig auswich, statt Öl ins Feuer zu kippen wie vorher.«

»Kannten Sie Frau Kubischek näher?«

»Haben Sie diese Person schon einmal gesehen? Die will doch nur mit einem Mann ins Bett. Aufgedonnert bis zum Gehtnichtmehr. Mit so einer betrogen zu werden, ist für eine normale Frau eine absolute Erniedrigung!« Ihre Stimme war nun kalt und abweisend und unterstrich den Inhalt ihrer Worte aufs Beste.

»Wären Sie zu ihm zurückgekehrt, wenn er Frau Kubischek gleich nach Fastnacht wieder weggeschickt hätte?«

»Was wäre wenn? Er hat es nicht getan und angeblich hatte er seit Kurzem schon wieder eine Neue. Inzwischen halte ich ihn für ein egoistisches Machoschwein! Er redete schön daher und strich einem den süßesten Honig um den Mund, versprach den Himmel, und dann zahlte er nicht mal richtig für seine Tochter.«

»Hatte er Feinde?«

»Nun, wer sich so daneben benimmt, der hat Feinde.«

»Kennen Sie jemanden, den Sie als solchen bezeichnen würden?«

»Da wäre sicher diese Kubischek, diese Schlampe, der er nun den Laufpass gegeben hat. Die ist doch die Eifersucht in Person. Ich habe die Szene miterlebt, die sie Tobias' Vorgänger vor allen Leuten auf dem Marktplatz gemacht hat. Und dann der Nachbar hinter unserem Haus. Der hatte so eine fiese Ausstrahlung, dass ich schon fast ein bisschen Angst vor ihm hatte. Weil dieser sich aber so leicht ärgern ließ, war es Tobias eine Freude, es gelegentlich zu tun. Und wenn er auf dem Planungsamt so nett und zuvorkommend war wie am Ende zu mir, hat er auf seinem geplanten Karriereweg sicher nicht nur Freunde gewonnen!«

»Kennen Sie seine ehemaligen Arbeitskollegen?«

»Nicht näher. Die sind alle eher treue Familienväter in den Vierzigern oder älter, die kommen nicht so oft in die Abteilungen mit dem Frauenüberschuss. Da fiel Tobias sehr aus dem Rahmen, zumindest wenn er auf Brautschau war.«

»Sie sprachen von quasi geheimen Aufträgen, die er für den OB zu erledigen hatte?«

»Nun, der alte OB benutzte anscheinend manchmal solche Arbeitsformen. Zumindest wurde das so erzählt. Einmal erfuhr ich zufällig mehr davon. Ich hatte Tobias im Büro besucht, er telefonierte gerade mit dem Alten und hatte mich nicht bemerkt. Es ging um die Rheinstraße, diesen lokalpolitischen Dauerbrenner. Das war ein Steckenpferd des alten Oberbürgermeisters - manche sagen ihm nach, dass er sich mit der Durchgangsstraße ein Denkmal setzen wollte. Es ging um die Nutzungsrechte für das Gebiet des Bahnhofsparkplatzes, dort wo heute geparkt werden darf. Ich hatte so gut wie nichts von dem Gespräch mitbekommen, aber als Tobias den Hörer aufgelegt hatte und mich bemerkte, da schalt er mich in völlig überzogener Weise wegen meines angeblichen Lauschens. Dabei hatte ich das nie beabsichtigt und dachte, er hätte mich hereinkommen gehört. Als er seinen Ärger an mir ausgelassen hatte, beschwor er mich, mit niemandem darüber zu sprechen. Nicht einmal sein Chef wisse davon, denn der sei dem Alten zu brav und deshalb hätte er ihn, also Tobias, damit beauftragt.«

Für einen kurzen Moment schweifte Weidner ab. Rheinstraße! Da war ja noch der andere Fall, den er innerlich fürs Erste erfolgreich abgelegt hatte. Er hoffte, dass dies für einige Tage so bleiben könne. Denn dieser aktuelle Fall ließ sich wohl nicht so schnell erledigen, sondern mutierte allmählich zu einem Halbmarathonkiller. Scheißmord!, schoss es ihm erneut durch den Kopf. Sein Assistent hatte wohl Weidners Abschweifen bemerkt und sprang ein.

»Können Sie uns etwas Genaueres über seine oder Ihre Finanzen sagen und auch etwas zu diesem Geländewagen?«
»Tobias hatte darauf bestanden, das Haus zu kaufen und die Verträge alleine zu unterschreiben. Ich war dumm genug, das mitzumachen. Seine Begründung kann ich nicht mehr nachvollziehen, angeblich sei es langfristig finanziell günstiger. Ich habe keine Ahnung, wie er den Kredit bekommen hat. Auf jeden Fall brachte ich mein Sparbuch ein, musste mir von ihm aber ganz förmlich das Haushaltsgeld geben lassen, eigentlich darum bitten. Meine Mutter gab auch jeden Monat etwas dazu, damit ich nicht arbeiten bräuchte und bei der Kleinen bleiben konnte. Aber anstatt schnell abzuzahlen, musste er unbedingt diesen Geländewagen kaufen. Er war richtig verrückt danach. Wochenlang bekniete er mich, bis ich ihm das Sparbuch meiner Oma gab. Das war einmal als eiserne Reserve gedacht gewesen. Und wie er die Karre dann hegte und pflegte und mit ihr angab. Wehe Roberta aß auf dem Kindersitz einen Keks oder wollte mit unsauberen Schuhen einsteigen. Ich habe es lange verdrängt, aber irgendwann war mir klar: Dieser Mann ist ein Arschloch, und wenn ich mich nicht von ihm trenne, dann ruiniert er mein Leben!« Nach dieser Zusammenfassung ihrer gescheiterten Beziehung sackte sie ein wenig in sich zusammen. Jetzt sah Weidner die Zeit gekommen.
»Ich weiß nicht, ob ich es schon gefragt habe, waren Sie nach dem Auszug noch einmal bei ihm im Rosenweg?« Wie beim ersten Mal machte sie eine kleine Pause, bevor sie antwortete. Da war etwas, auch wenn er es noch nicht genauer beschreiben konnte.
»Das haben Sie schon einmal gefragt und meine Antwort ist dieselbe. Was hätte ich für einen Grund gehabt?«
»Nun, so wie Sie Ihr Verhältnis beschreiben, wäre die

Scheidung keine einfache Sache geworden, und eine längere juristische Auseinandersetzung ist teuer. Da könnte man doch auf den Gedanken kommen, im direkten und persönlichen Gespräch schneller und billiger ans Ziel zu gelangen.«

Sie holte tief Luft und er bemerkte, dass der Atemvorgang nicht harmonisch ablief, sondern in kleinen Stößen, verursacht durch ein leichtes Zittern.

»Es zog mich nichts zu ihm zurück.« Auch ihre Stimme ließ ein leichtes Zittern vernehmen.

»Es tut mir leid, Frau Deck, aber da muss ich jetzt ein klares Ja oder Nein von Ihnen hören.«

Wieder ließ sie sich mit ihrer Antwort etwas Zeit, aber schließlich brachte sie ein deutliches »Nein« heraus.

»Ich wiederhole sinngemäß: Sie sind in den letzten Wochen nicht in Ihrem alten Haus im Rosenweg gewesen.«

Alarmiert schaute sie ihn an. Wieso kam keine sofortige Bestätigung? Er wiederholte seine Frage.

»Glauben Sie mir nicht?« Sie rang um Fassung. Er schaute sie unverwandt an und blieb die Antwort schuldig. »Glauben Sie mir nicht?« Sie schrie ihn an und schlug dann mit der Hand auf den Tisch.

»Frau Deck, wo waren Sie gestern Morgen?« Sie starrte ihn mit weit aufgerissenen Augen an. Wie ähnlich war sie damit ihrer Konkurrentin Konstanza Kubischek. Innerhalb einer guten Stunde fast die gleiche Reaktion einer potentiell Verdächtigen. Wieder saß Weidner Auge in Auge mit einer jungen Frau, die begriffen hatte, dass sie eines Mordes verdächtigt werden könnte. Dann kam Bewegung in sie, zuerst wandte sie ihre Augen von ihm ab, dann wrang sie ihre Hände und schließlich antwortete sie.

»Ich war seit Wochen nicht im Rosenweg.« Er schwieg und schaute sie weiter an, bis sie ihre Augen wieder auf ihn richtete.

»Frau Deck, wo waren Sie gestern Morgen?«
»Sie glauben doch nicht etwa, dass ich es war?«
Sein Blick blieb auf sie geheftet und er ließ für sein Gegenüber fast unerträglich lange Sekunden vergehen, bevor er antwortete.
»Mit einem Alibi wäre die Frage eindeutig zu klären. Also, wo waren Sie gestern Morgen?«

»Na, das läuft ja wie am Schnürchen«, sagte Fritz, als sie kurz darauf die Wohnung verlassen hatten und wieder auf der Straße waren.
»Kann man wohl sagen«, pflichtete ihm Weidner bei. »Wir haben eine rasch wachsende Auswahl an Verdächtigen. Die Noch-Ehefrau nennt ihn ein Schwein, sagt ansonsten wohl nicht die ganze Wahrheit und hat kein Alibi. Die Exgeliebte erklärt aus freien Stücken, dass sie ihn hätte umbringen können und hat ebenfalls kein Alibi. Der eine Nachbar ist sehr schlecht auf ihn zu sprechen und verweist auf einen anderen Nachbarn, mit dem der Ermordete immer wieder im Streit lag. Die Oma aus dem Heim meint, dass zur vermuteten Tatzeit ein großer Mann an der Tür geklingelt habe. Und dann schickt uns das ZfP noch einen Ausbrecher, der den fehlenden Geländewagen für seine Flucht gut hätte brauchen können. Was fehlt uns noch in unserer Sammlung?«
»Vielleicht der Autohändler, der seinen unbezahlten Geländewagen zurückholen wollte?«
»Ich wäre für den Alt-OB, der Angst vor der Enttarnung seiner Geheimaufträge hatte.« Fritz musste lachen. Sie waren am Auto angekommen.
»Wie sollen wir jetzt weitergehen?«
»Also ich würde lieber weiterfahren«, sagte Weidner mit bierernster Miene.
»Wie sollen wir jetzt weiter vorgehen, wollte ich sagen?«

»Wenn du so deine Verhöre durchführst, dann lasse ich dich nur noch unter Aufsicht ...«

»Herr Hauptkommissar Weidner!«, spielte Fritz den Entrüsteten.

»Also, im Ernst. Ich schicke dich erst einmal ... auf eine Fortbildung zur Vermeidung von Anfängerfehlern.«

Weidner saß nach diesem langen Arbeitstag der Schalk im Nacken. Der Anspannung wurde durch Albernheit, einem bewährten Prinzip zum Stressabbau, begegnet. Aber Fritz konterte: »Spitze, dann kann ich deine Fehler endlich fundiert kritisieren. Ich glaube, ich nehme dein Angebot ohne nähere Prüfung dankend an.«

»Nun ohne Witz«, fuhr Weidner fort, aber sein Tonfall sagte Fritz klar, wie es wirklich gemeint war. »Wir müssen seine finanzielle Situation durchleuchten. Dabei graben wir dann sicher einen Kredithai aus, der über Leichen geht.«

»Hast du einen Abstellknopf?«, wollte der nun leicht genervte Fritz wissen. Sie grinsten sich an und kamen durch einen kurzen Blickwechsel überein, dass sie ihren weiteren Tag nun ernsthaft besprechen wollten.

»Was schlägst du vor?«, wollte Fritz wissen.

»Wir sollten uns mal den Nachbarn ansehen«, begann Weidner. »Und die Omas sind noch nicht alle bedient worden. Außerdem wären die Arbeitskollegen einen zweiten Besuch wert, in den umliegenden Werkstätten müsste man sich nach dem Geländewagen erkundigen und seine Bankunterlagen wären zu sichten.«

»Nicht zu vergessen: sein Schriftwechsel, handschriftlich und elektronisch«, ergänzte Fritz. »Der PC könnte noch viel Arbeit machen.«

»Alles Routine«, wiegelte Weidner ab. »Aber wer entscheidet, was bei diesem potentiell politischen Fall an die Presse geht? Und wer glättet die Wogen zwischen Rathaus und

Direktion? Und was tun wir, wenn die Bildzeitung kommt und ein Interview ausgerechnet von mir will?«
»Du bist der Chef! Aber nach einem geglückten Interview springt bestimmt etwas Positives für deine Personalakte raus«, meinte Fritz mit einem ironischen Unterton.
»Schluss!«, bestimmte Weidner. »Du gehst jetzt als Erstes zu diesem Nachbarn auf der Rückseite, und ich besuche noch mal die Omas für ein Zweitgespräch.«
»Aye, aye, Sir! Ich werde mich umgehend auf die Socken machen«, skandierte Fritz, salutierte kurz, lief um sein Auto herum, setzte sich ans Steuer und ließ den Motor an, während Weidner auf dem Beifahrersitz Platz nahm.

»So, auf zur zweiten Runde«, begrüßte Fabienne von der Heiden den Hauptkommissar mit einem gewinnenden Strahlen.
»Ja, ich bin gespannt und auf fast alles gefasst«, entgegnete Weidner.
»Wir haben unser Möglichstes getan. Ich habe den Mitarbeitern einen Brief geschrieben und sie um ihre Hilfe gebeten. Ich hoffe, das war in Ihrem Sinn.«
»Nun, eine Rücksprache über die Formulierung wäre eventuell sinnvoll gewesen.« Er hoffte, dass sie den Wink verstand. »Kann ich den Brief einmal sehen?«
Sie reichte ihm ein Blatt, und er las es bewusst langsam und ohne äußere Regung. Dann schaute er sie an, ohne sofort zu antworten. Erst als er dachte, sie würde nun gleich ganz kleinlaut nach seinem Urteil fragen, gab er seinen Kommentar in sehr dienstlichem Tonfall ab: »Der Inhalt geht in Ordnung.«
Man sah ihr an, dass sie diese Äußerung nicht sofort einsortieren konnte, was Weidner mit Befriedigung registrierte. Jetzt war sie auch einmal verwirrt. Gut!
»Ich bringe Sie jetzt zu Frau Ollwitz«, sagte sie schließ-

lich. »Sie kam vor einer halben Stunde von ihrer kleinen Reise zurück. Wir haben sie noch abgeschirmt, damit sie nicht mit den anderen reden kann. Sonst kommt alles durcheinander. Später erwarte ich Sie wieder hier. Trinken Sie noch einen Kaffee um diese Zeit?« Sie schaute ihn freundlich an.

»Gerne«, gab er leicht abwesend zur Antwort, denn er wiederholte innerlich ihren zweitletzten Satz. »Später erwarte ich Sie wieder hier« – diesen Wortlaut kannte er von seinem Chef. Allerdings in einem anderen Tonfall und nicht in Zusammenhang mit Kaffee.

»Aber nun los«, sagte sie und zwinkerte ihm zu. Was für strahlende Augen, dachte Weidner. Sie stand auf und ging voraus. Wieder fiel ihm ihre Art zu gehen auf. Für eine Frau ihrer Größe waren die Bewegungen sehr harmonisch. Fast laufsteghaft, aber dennoch ungekünstelt. Lange konnte er sich leider nicht an dem Anblick erfreuen, denn der Weg zu der alten Dame war recht kurz. Außerdem machte er sich klar, dass er dienstlich hier war. Wenngleich die Uhrzeit eher eine After-Work-Party nahe legte, denn seine Armbanduhr zeigte bereits 20:00 Uhr. Frau Ollwitz saß in ihrem Sessel gegenüber einer Pflegerin, die sich mit ihr unterhielt. Daneben stand ein noch nicht ausgepackter kleiner Koffer.

»Guten Tag, Frau Ollwitz«, begrüßte sie Frau von der Heiden fast überschwänglich. »Ich hoffe, die Reise zu Ihrer Schwester war schön?«

Die alte Dame lächelte sie an. Sie war Weidner auf den ersten Blick sympathisch.

»Ja, es war ein guter Besuch. Meine Schwester hat sich sehr gefreut.«

»Und mit Frau Pfeiffer haben Sie sich auch schon unterhalten?«

»Ja, Frau Pfeiffer hat sich heute einmal richtig viel Zeit

für mich genommen.« Sie schenkte der Pflegerin einen wohlwollenden Blick. »Das könnte öfter so sein.«
»Ist schon in Ordnung«, antwortete diese.
Frau von der Heiden löste die Situation auf: »Vielen Dank, Frau Pfeiffer.« Diese verstand den Wink, stand auf, verabschiedete sich förmlich per Händedruck von der alten Dame und ging hinaus. Nicht ohne zuvor Frau von der Heiden einen leicht verschwörerischen Blick zugeworfen zu haben. Professionelle Abschirmung, dachte der Kommissar.
»Sie haben sich sicher schon gewundert, wer da mit mir gekommen ist?« Frau Ollwitz schaute Weidner freundlich lächelnd an.
»Sie werden es mir bestimmt gleich erklären.«
»Nun, das ist Herr Weidner von der Emmendinger Polizei.« Die Augen von Frau Ollwitz wurden geringfügig größer, ansonsten schien sie ungerührt. Aber ihr Ausdruck war wach, hellwach, und sie ließ den Fremden keine Sekunde aus den Augen. Hätte sie bewegliche Ohren wie ein Pferd, dann würde sie diese in meine Richtung drehen, dachte Weidner und fand diese Vorstellung sowohl albern als auch lustig. »Also, in der Nachbarschaft, auf der anderen Straßenseite, sind schlimme Dinge passiert. Herr Weidner soll deshalb Informationen über die Vorgänge zusammentragen, um der Sache auf den Grund zu gehen.« Das unerfreuliche Wort Mord hatte sie umgangen. Weidner begrüßte die alte Frau mit einem leichten Händedruck und nahm die Einladung sich hinzusetzen an.
»Sie kommen also aus Karlsruhe, Frau Ollwitz. Da habe ich vor vielen Jahren einen Teil meiner Ausbildung gemacht. Es ist eine interessante Stadt.«
Die Greisin lächelte bestätigend. »Ich gehe seit Langem immer wieder hin.«
»Damals war ich mit meinen Freunden oft im Schloss-

park. Wir spielten Fußball oder Frisbee. Oder wir lagen einfach nur in der Sonne und haben den Tag genossen. Das waren noch Zeiten.«
»Im Schlosspark war ich dieses Mal leider nicht, dafür war die Zeit zu knapp.«
»Steht die Pyramide noch?«, wollte Weidner wissen.
»Natürlich. Aber jetzt stellen Sie mal Ihre richtigen Fragen. Sie wollten sich doch nicht mit mir über Karlsruhe unterhalten. Oder haben wir alle Zeit der Welt?« Innerlich musste Weidner über diese direkte Art des Umgangs lachen. Er unterdrückte seinen Impuls, Fabienne von der Heiden anzuschauen. Wieso lebte eine Frau von solcher Schlagfertigkeit überhaupt in einem Heim?
»Also, Frau Ollwitz, wenn Sie aus Ihrem Fenster auf den Rosenweg hinausschauen, dann sehen Sie auf der anderen Straßenseite mehrere Häuser. Ich interessiere mich für das mit den grünen Dachziegeln.«
»Eine scheußliche Farbe!«, kommentierte die alte Dame prompt. »Wie kann man so etwas auf sein Dach tun? Ich verstehe das nicht.«
»Sie schauen doch sicher manchmal aus dem Fenster hinaus.«
»Ist das eine Unterstellung, dass ich nichts Besseres zu tun hätte?« Sie sah ihn streng an und er wusste nicht, wie ernst sie ihre Aussage gemeint hatte, bis er sah, dass sich Frau von der Heiden mit einem unterdrückten Schmunzeln abwandte. Die Alte hatte es ja faustdick hinter den Ohren. »Eigentlich haben Sie das nett gesagt.« Frau Ollwitz grinste ihn schelmisch an. War da wieder das Kribbeln in seinem Gesicht?
»Möchten Sie mir davon berichten? Speziell von dem Haus mit dem scheußlichen Dach?«
Sie schaute ihn noch kurz an, dann senkte sie ihren Kopf leicht nach unten und blickte vor sich auf den Tisch.

»Wo fange ich an?« Sie kratzte sich am Kopf. »Also, ich bin jetzt seit ungefähr fünf Jahren hier. Damals waren die Besitzer gerade frisch eingezogen. Die Frau hatte ein ganz kleines Kind. Ich sah sie regelmäßig mit dem Kinderwagen spazieren gehen. Äußerlich fand ich sie etwas zu modisch für eine verheiratete Mutter. Ich meine, sie hatte doch schon einen Mann, da hätte sie sich weniger aufreizend anziehen können. Aber wollen Sie das überhaupt hören?« Sie schaute den Fremden an.

»Machen Sie weiter, ich höre Ihnen gerne zu«, erwiderte er und hoffte, dass seine Gesichtsfarbe nicht allzu auffällig war. Zumindest ließ das Kribbeln auf seinen Wangen nach.

»Aber dann habe ich gelegentlich mit ihr gesprochen. Wissen Sie, ihre Tochter war ein so süßes Kind, da konnte ich einfach nicht vorbeigehen. Mit der Mutter konnte man sich ganz gut unterhalten, und sie ging immer so lieb mit der Kleinen um. Der Vater war mir dagegen unsympathisch, ein Angeber. Und sehr unduldsam, wenn seine Tochter seinem geliebten Auto zu nahe kam, ohne picobello sauber zu sein. Ich denke, so alle zwei bis drei Wochen hatten die Frau Deck und ich ein Schwätzchen. Eines Tages zog sie dann aus. Wahrscheinlich hielt sie es mit dem Mann nicht mehr aus. Aber im letzten Winter, vor dem Auszug, war immer so viel Schnee auf der Straße. Da ging ich nicht mehr oft nach draußen und deshalb habe ich sie in dieser Zeit auch nicht mehr gesprochen. Ein wenig traurig war ich schon, dass sie weggezogen sind.« Sie machte eine kleine Pause und war für einige Sekunden mit ihren Gedanken weit weg. Weidner schaute zu Frau von der Heiden und erwartete ein Signal von ihr, ob die alte Frau weitererzählen würde. Aber da redete diese bereits weiter.

»Seither habe ich sie nur noch einmal gesehen. Ich saß am

Fenster«, Frau Ollwitz stand auf, zog ihren Stuhl hinter sich her, setzte sich dicht hinter den Vorhang und schaute hinaus, »so wie jetzt, da sah ich sie vom Kaufland kommen. Sie ging an die Haustür und klingelte. Er machte ihr auf, die Begrüßung war distanziert, das konnte man deutlich sehen. Sie ging hinein und kam nach kurzer Zeit wieder heraus. Sie musste sehr wütend gewesen sein, denn sie warf die Tür heftig zu. Am Gartentor drehte sie sich um und zeigte mit dem gestreckten Mittelfinger auf das Haus zurück. Stellen Sie sich das einmal vor, eine erwachsene Frau und Mutter, am helllichten Tag. Dann stampfte sie davon. Er kam aus dem Haus, blickte ihr nach, streckte ihr dann die Zunge heraus und lachte schließlich. So ein unerhörtes Benehmen in der Öffentlichkeit. Was sind denn solche Menschen für Vorbilder?!«

»Wann war das?«, unterbrach sie Weidner.

»Lassen Sie mich einmal nachdenken. Es ist noch nicht lange her, es war, als die Nachbarin gerade gestorben war, ich meine die Frau aus dem Nebenzimmer. Vielleicht vor zwei Wochen oder einem Monat.«

Jetzt war der Ermittler hellwach.

»Sind Sie sich Ihrer Sache sicher, Frau Ollwitz?«

»Zweifeln Sie an meinem Verstand, junger Mann?«, kam es messerscharf zurück.

»Nein, nein!«, beeilte er sich klar zu stellen. »Aber sind Sie sicher, dass es sich um Frau Deck gehandelt hat?«

»In die Ferne sehe ich noch wie ein Adler. Ich zeige Ihnen den Bericht vom Augenarzt.« Ihr Tonfall ließ keine Zweifel offen.

»Ich finde es sehr interessant, was Sie bisher gesagt haben«, versuchte er die Wogen zu glätten. »Haben Sie noch mehr beobachtet?«

Einen Moment noch schaute sie ihm scharf in die Augen und verunsicherte ihn erneut. »Ich habe sie danach nicht mehr gesehen, aber meine Freundin, Frau Graddatz. Ich erzählte ihr natürlich davon und sie fand das Verhalten genauso verfehlt wie ich. Auf jeden Fall kam sie am folgenden Tag zu mir und berichtete, dass auch sie Frau Deck gesehen hätte, sie sei zwei Stunden vorher, also mitten am Tag, zu dem Haus gegangen. Sie hätte einen Schlüssel gehabt. Sie sei mindestens eine halbe Stunde nicht mehr herausgekommen. Dann musste Frau Graddatz aber ihr Zimmer verlassen, deshalb weiß sie nicht, wann Frau Deck das Haus verlassen hat.«

Das waren überraschende Neuigkeiten! Aber konnte man den beiden Alten überhaupt trauen? Frau von der Heiden würde es ihm nachher sagen.

»Sagen Sie mal«, riss ihn die Stimme von Frau Ollwitz aus seinen Gedanken. »Ich vergaß, Sie zu fragen, warum Sie das alles wissen wollen. So viel Zeit haben Ihresgleichen doch nur, wenn es sich um etwas Größeres handelt. Das weiß ich vom Fernsehen, vom Tatort.«

Weidner schaute ihr in die Augen. »Frau Ollwitz, Sie haben recht. Vorgestern ist Herr Deck, der Besitzer des Hauses und Vater des Kindes, ermordet worden.«

Ihre Augen weiteten sich ruckartig und sie schlug ihre rechte Hand vor den Mund, bevor ihr ein »Oh Gott! Wie schrecklich!« entfuhr. Mit abgewandtem Blick rieb sie sich über ihre Oberschenkel und Knie. Schließlich gab sie sich einen Ruck und schaute den Kommissar an. »Und ich könnte den Mörder gesehen haben?«, fragte sie wieder gefasst.

»Es wäre nicht auszuschließen«, antwortete Weidner.

»Da fällt mir etwas ein. Kurz vor meiner Abreise nach Karlsruhe, also am Aschermittwoch, es war vielleicht kurz vor neun Uhr morgens, sah ich vom Fenster im Foyer aus einen Mann zu dem Haus gehen und klingeln. Ich hätte ihn nicht weiter beachtet, wenn er mich nicht an meinen

Bruder erinnert hätte. Er war groß und kräftig und hatte einen leicht gebückten Gang. So habe ich meinen Sebastian in Erinnerung. Jetzt ist er schon 26 Jahre tot. Er ist an Krebs gestorben. Kein Wunder bei dem vielen Rauchen, aber er wollte ja nie etwas von der Gesundheitsgefährdung hören.« Sie war mit ihren Gedanken weit weg, kam aber schnell wieder in die Gegenwart zurück.
»Was erzähle ich Ihnen denn da, das wollen Sie doch gar nicht wissen. Also, wo war ich stehen geblieben? Irgendwie waren der Hausherr und dieser Mann wohl keine Freunde, denn ihre Begrüßung sah etwas seltsam aus, irgendwie gezwungen. Aber Herr Deck ließ ihn hinein.« Sie schaute Weidner an. »Ich habe darüber übrigens mit Frau Graddatz gesprochen, sie stand nämlich neben mir. Sie kann das alles bezeugen!« Sie schaute ihn an, als wollte sie überprüfen, ob er ihren Worten Glauben schenken würde. Nur nicht den Hauch eines Zweifels ausstrahlen, dachte sich Weidner und checkte innerlich alle möglichen Körperpartien darauf ab, während er gleichzeitig um einen gespannten Gesichtsausdruck bemüht war. Aber da schaute sie zurück auf ihre Hände und fuhr fort.
»Wo war ich stehen geblieben? Wir gingen einkaufen. Dabei überholte uns der fremde Mann, der es sehr eilig hatte. Er stieg in ein Auto, schlug kräftig die Tür zu und fuhr rückwärts aus der Parklücke heraus, um zu drehen. Dabei hätte er mich beinahe überfahren. Ich klopfte mit meinem Stock an seine Autoscheibe, aber er schimpfte nur und zeigte mir seine Faust. Da war ich so wütend, dass ich mir die Autonummer aufschrieb!«
Weidner stutzte. Hatte sein Herz für einen Schlag ausgesetzt? »Haben Sie den Zettel noch irgendwo?« Er konnte seine Aufregung nur mühsam unterdrücken. Hatte er etwa den Mörder schon halb an der Angel? Sofort schweifte er ab und dachte an seinen Trainingsplan. »Take the

challenge« gab für morgen einen »longjog« an. Das wäre dann ja kein Problem!

»Wo hab ich nur den Zettel?«, brachte ihn ihre Stimme wieder zurück. Weidner schaute zu Frau von der Heiden hinüber und sah in ihrem Gesicht keinerlei Zweifel am Wahrheitsgehalt der Äußerungen. Durch eine Geste deutete sie ihm an, dass er sich ruhig verhalten solle. Derweil schaute Frau Ollwitz hierhin und dahin, kratzte sich am Kopf, schüttelte denselben, zupfte sich am Ohrläppchen. Dann hob sie den Zeigefinger und gleich darauf ihre Brauen, so als hätte sie den entscheidenden Einfall, sprach kurz lautlos vor sich hin, um dann mit einem letzten Kopfschütteln in ihren Sessel zurückzusinken. Sie schaute geistesabwesend irgendwohin. Sekunden vergingen, zäh wie Spachtelmasse. Frau von der Heiden blickte wohlwollend zu ihr, anscheinend bereit, ihr alle Zeit der Welt einzuräumen. Sie strahlte dabei so viel Selbstsicherheit aus, dass er beschloss, entgegen seiner gewaltigen inneren Unruhe geduldig zu bleiben.

Plötzlich kam Leben in Frau Ollwitz. Sie stand auf, wobei sie sich zuerst an die Heimleiterin und dann an Weidner wandte: »Ich schaue mal nach.« Sie ging an ihre Kommode und kramte in der obersten Schublade. »Wo hab ich den Zettel bloß hin?«

Der Kommissar beobachtete sie mit zunehmender Hilflosigkeit und ließ seinen Blick wieder zur Heimleiterin wandern. Diese lächelte ihn beruhigend an, dann schloss sie ihre Augen für einen ganz kurzen Moment. Es war einen Tick länger als ein normaler Lidschlag und schien wie ein vertrautes Zwinkern zwischen zwei Menschen, die aufeinander eingespielt waren. Es war ja immerhin schon das vierte gemeinsame Gespräch mit einer Heimbewohnerin gewesen. Aber er war zu aufgeregt, um auf gleiche Weise zu erwidern. Wenn die Alte nur diese verflixte Autonummer endlich fände! Doch ihr Kramen zog sich ergebnislos in die Länge. So bekam der Pessimist in ihm langsam Oberwasser. Bei Licht betrachtet hatte er von ihr kaum verwertbare Informationen erhalten, und ob dieser Autofahrer etwas mit dem Fall zu tun hatte, war noch nicht einmal erwiesen. Den Trainingsplan konnte er in der Pfeife rauchen. Bis er nach Hause kommen würde, könnte er gerade noch die sechs Minuten Trabpause absolvieren. Take the challenge. Die Herausforderung würde wohl aus erfolgreichem Frustabbau bestehen.

»Es tut mir leid!«, hörte er sie sagen, dann schloss sie die Schublade, drehte sich um und schaute ihn mit einem sichtlichen Bedauern an. »Ich erinnere mich nicht mehr, wo ich ihn hingesteckt habe.« Stille. »Ich hoffe, Sie sind nicht zu sehr enttäuscht.«

»Nein, nein«, versicherte er wider der Wahrheit. »Vielleicht finden Sie ihn noch.«

»Sollen wir in einer Stunde oder später noch einmal vorbeischauen?« Frau von der Heiden hatte sich eingeschaltet. »Dann könnten Sie darüber nachdenken oder noch einmal in Ruhe suchen. Oder einen Erholungsschlaf halten und entspannen, auf dass es Ihnen hinterher wieder einfällt.«

»Nein, nein, ich bin viel zu aufgeregt, ich könnte jetzt nicht schlafen«, stellte sie klar.

»Dann machen wir es einfach so, dass Sie sich bei mir melden, wenn Sie ihn gefunden haben.«

»Soll ich voll machen?«, fragte Frau von der Heiden und stoppte ihre Bewegung, bevor sich der Kaffee in seine kleine Tasse ergießen konnte.

»Lassen Sie bitte Platz für Milch.«

»Nehmen Sie Zucker?«

»Nein, danke.«

»Einen Keks mit Schokolade? Oder einen ohne? Oder mit Marmelade und einer Mandel?«
Er schaute sie überrascht an, soviel Auswahl hatte er nicht erwartet. Von einem Lächeln begleitet gingen ihre Brauen leicht nach oben, während sie den Kopf ein wenig kokett auf die Seite legte: »Oder vielleicht Schokolade ohne Keks? Übrigens Vollmilch.«
Ihr Lächeln war gewinnend. Flirtete sie etwa mit ihm? Es kribbelte in seinem Bauch. Er vergaß vorübergehend sogar die 1:35.
»Am liebsten von allem, aber ich weiß nicht, ob ich so viel auf Spesen abrechnen kann.« Weidner sagte das sehr ernst und mit dem unschuldigsten Gesichtsausdruck dessen er fähig war. Einen kurzen Moment stutzte sie, dann musste sie lachen. Fröhlich darüber, dass er sie auch überraschen konnte, setzte er ein spitzbübisches Grinsen auf. Aber dieses angenehme Gefühl währte gerade mal zwei Sätze lang. Nachdem sie ihm erklärt hatte, dass sie wegen der vielen Diabetiker alles Süße unter Verschluss haben müsse, kam der Satz! »Wie sollen wir weiter vorgehen?«
Selbst Fritz, der eigentlich nur formal unter ihm stand, fragte in solchen Situationen: »Was schlägst du vor?« Während Weidner versuchte, eine eindeutige und trotzdem freundliche Klarstellung zu formulieren, hatte sie seinen irritierten Gesichtsausdruck bemerkt.
»Ich meine, wir könnten natürlich wirklich alle Bewohner befragen, die ihr Zimmer zum Rosenweg hin haben, oder?!« Gerade als er Luft holte für seine Entgegnung, klingelte das Telefon und sie nahm ab.
»Frau Ollwitz?«, sagte sie mit freudig erregter Stimme. Möglicherweise würde das alles gleich keine Rolle mehr spielen!, durchzuckte es Weidner. Morgen die große Strecke. Und mit ein paar freien Überstundenabbau-Trai-

nings-Nachmittagen sowie der Euphorie des schnell gelösten Falls im Rücken wären vielleicht 1:30 drin! Gleich würde er den Zettel in seiner Hand halten!

»Schade, ich werde es ausrichten. ... Keine Aufregung. ... Sie finden den Zettel bestimmt noch. Tschüss.« Fabienne von der Heiden zuckte bedauernd mit den Schultern, während er im endlosen Fall die Eiger-Nordwand hinabstürzte! Er versuchte, sich seine Enttäuschung nicht anmerken zu lassen. Nicht vor ihr!

»Ich könnte Ihnen ...«, sagte sie und in seiner Fantasie beendete er den Satz mit »ein paar Gespräche abnehmen«, aber da vernahm er das Wort »machen« und musste sie unterbrechen.

»Entschuldigung, was sagten Sie?«

»Ich sagte, ich könnte Ihnen eine Liste machen, wer eventuell etwas gesehen haben könnte, und dann könnten wir die Angestellten, die zur Tatzeit gearbeitet haben, im Speisesaal versammeln. Bis Sie alle der Reihe nach einzeln interviewt haben, würden Tage vergehen.«

»Ihr Vorschlag trägt der Realität Rechnung«, sagte er etwas gestelzt. »Ich schicke Kollegen, die werden das übernehmen.« Irgendwie war ihm nach diesem pragmatischen Vorschlag nicht mehr nach Klarstellung. 1:40 – wäre immerhin so gut wie im letzten Jahr. Er nahm sein Notizbuch aus der Tasche, war sich aber sehr bewusst darüber, dass dies eher mal wieder eine Übersprungshandlung war als eine Notwendigkeit. Wieder lächelte sie ihn an – dieses Mal allerdings entschuldigend, fast schon mitleidig. Er wollte nicht, aber er musste wenigstens kurz hinschauen. Wieso hatte sie ihn nun schon mehrfach auf dem falschen Fuß erwischt? Woher nahm sie diese Selbstsicherheit, ihm so charmant das Heft aus der Hand zu nehmen? Hätte er nicht in diesem Augenblick wieder auf sein Notizbuch geschaut, dann hätte er bemerkt, wie sie ihre feuchten Handflächen unauffällig an ihrer Hose abwischte.

Chris Weidner wäre nun gerne nach Hause gefahren. Stattdessen ging er an seinen Schreibtisch, um zu schauen, ob er den morgigen Tag schon planen konnte. Er müsste unbedingt einen längeren Trainingslauf absolvieren, die Vorbereitung für den Freiburger Marathon ging in die alles entscheidende Endphase. Da er aber nur bei Helligkeit laufen konnte, brauchte er einen freien Nachmittag. Die Berichte würde er auch am späteren Abend in aller Ruhe tippen können und, wenn alle Kollegen weg sein sollten, sogar mit guter Musik im Ohr. Aber sollte er nicht zuerst seinen Vorgesetzten anrufen und einen kurzen Bericht abgeben?
Mit dem Klingeln des Telefons wurde ihm die Entscheidung abgenommen - der Leiter der Direktion meldete sich am anderen Ende der Leitung! In wenigen Sätzen hatte der leitende Ermittler die Sachlage erklärt. Aber seinen Gesprächspartner interessierte nur der mögliche Zusammenhang zwischen dem Mord und dem Ausbrecher aus dem Zentrum für Psychiatrie.
»Was ist der Stand in dieser Beziehung?«, wollte der Anrufer ungeduldig wissen. Weidner erläuterte, dass eine Bewohnerin des Altersheims einen großen und kräftigen Mann gesehen hatte, der zur vermuteten Tatzeit in das Haus gelassen worden war. Die Beschreibung sei zwar vage, würde soweit aber auf den Flüchtigen passen. Außerdem würde der Geländewagen fehlen, und der wäre für den Ausbrecher ein ideales Fluchtfahrzeug. Andererseits sei der besagte Mann in einem anderen Geländewagen weggefahren.
»Langer Rede kurzer Sinn: Die Bürger und die Stadtverwaltung sind ungeduldig. Ich erwarte bald konkretere

Aussagen zu diesem Thema.« Danach relativierte er seine Forderung etwas, lobte Weidner für die bereits getane Arbeit und wünschte ihm noch einen schönen Abend. Weidner wusste, wie der Alte sein konnte, wenn wichtige Ermittlungen nicht vorankamen. Innerlich hakte er den für Freitag verabredeten Kinobesuch mit Oskar, einem Bekannten vom BUND, bereits ab. Und am Sonntag hatte er geplant, mit einem alten Schulfreund zum Spiel des SC Freiburg zu gehen. An diesem kollektiven Wir-Gefühl würde er in drei Tagen anscheinend nicht teilhaben. Das Telefon riss ihn aus seinen Gedanken.

»Hallo, da ist einer mit einem russischen Akzent dran, der hat wohl etwas ganz Wichtiges für dich.«

»Keine Ahnung, ich erwarte keinen Anruf. Stell durch.« Er setzte sich in seinem Schreibtischstuhl zurecht und nahm den Hörer ab. »Guten Abend, Hauptkommissar Weidner am Apparat.«

»Guten Abend, Maxim Kubischek. Ich bin Bruder von Konstanza.« Das war eine Überraschung. Weidner nahm einen Kugelschreiber in die Hand. »Sie haben meine Schwester besucht heute. Meine arme Schwester ist ganz durcheinander jetzt. Aber sie hat nix zu tun mit Mord. Sie ist ganz nervös jetzt. Sie kann nicht gewesen sein. Konstanza war mit mir zusammen.« Der Kommissar unterbrach ihn.

»Entschuldigung, Herr Kubischek. Das möchte ich nicht am Telefon mit Ihnen besprechen.«

»Aber ich kann am Telefon sagen, Konstanza nix zu tun mit Mord. Sie haben verstanden, Konstanza unschuldig. Konstanza war bei mir.« Weidner schaute auf dem Display nach der Nummer des Anrufers.

»Herr Kubischek, Sie telefonieren aus Freiburg. Wohnen Sie auch dort?«

»Ja, ich wohne in Weingarten.«

»Können Sie morgen früh vorbeikommen?« Der Kommissar machte einen Termin aus und erklärte dem Anrufer den Weg zur Polizeidirektion.

Chris Weidner kam ziemlich erschöpft zu Hause an und schlurfte zum Kühlschrank. Der Ziegenkäse war noch nicht ganz aufgegessen und bei genauem Hinsehen zeigte er wenigstens keine Stellen mit Schimmel. War überhaupt noch Brot da? An normalen Tagen hätte er sich zu erinnern versucht, was er am Morgen nach dem Frühstück verpackt hatte. An Tagen wie heute schaute er der Einfachheit halber nach. Es waren noch einige Scheiben Körnerbrot in der Plastikdose. Auf der Suche nach Vitaminen stieß er auf eine Salatgurke mit einem weißen, pelzigen Fleck. Schade, etwas Rohkost wäre der Fitness des Langstreckenläufers zuträglich gewesen. Er versuchte sich nicht zu ärgern. Gerade als er den ersten Bissen im Mund hatte, klingelte nun auch hier das Telefon. Mit halbvollen Backen schickte er ein undeutliches »Weidner« in den Hörer.

»Hallöchen«, kam eine zuckersüße Stimme aus dem Lautsprecher. Schnell schluckte er das Gekaute hinunter, was ihm nur relativ hörbar gelang.

»Wer ist dran?«

»Hallöchen«, kam es erneut aus dem Gerät, aber von einer anderen zuckersüßen Stimme. Während er seine Frage wiederholte, überkam ihn eine Idee bezüglich der Identität seiner Gesprächspartnerinnen. Allerdings keine sehr erhebende.

»Kennst du uns nicht mehr?« Er erkannte nun die Stimme und fand seinen Verdacht bestätigt. Das hatte ihm gerade noch gefehlt! Vor wenigen Tagen war er mit Freunden beim Hemdglunkerball in Denzlingen gewesen, etwas Besseres hatte sich kurzfristig zerschlagen. Einer aus der Gruppe traf dort zwei Mädels aus seiner Nachbarschaft:

nett zum Ansehen, aber naiv im Auftreten. Weidner hatte sich einen Spaß daraus gemacht, die beiden etwas auf den Arm zu nehmen. Aber sie hatten das missverstanden und sehr reges Interesse an ihm gezeigt, rückten immer näher und flirteten, was das Zeug hielt. Bevor die Peinlichkeit, gepuscht vom Alkoholkonsum der Grazien, ins Unermessliche gestiegen wäre, hatte er sich verabschiedet, ohne den Damen irgendwelche Kontaktdaten zu überlassen. Die beiden aufgekratzten Frauenzimmer hatten sich um den Lohn ihrer Bemühungen geprellt gesehen und demonstrativ beleidigte Schmollmünder gezogen. Nun nahm er sich vor, jemandem für die Weitergabe seiner Telefonnummer die Ohren lang zu ziehen.

»Ich fürchte, ich habe euch identifiziert.« Intelligenteres fiel ihm gerade nicht ein.

»Und wie heißen wir?«

»Hanni und Nanni.« Ein »Ihr seid die Geschwister Fürchterlich!« verkniff er sich.

»Also, guten Abend Chris. Was bist du so wahnsinnig unterhaltsam?«

»Ich habe einen anstrengenden Tag mit mehreren Überstunden hinter mir.«

»Und nun suchst du Entspannung und hängst zu Hause ab?«

»Ja.«

»Wir hätten da einen Vorschlag.« Er atmete hörbar ein, aber bevor er antworten konnte, fuhr die Stimme fort.

»Also wir beide würden gerne zur Glimpenheimer Fasnet in die Wassermer Festhalle«, sagte die eine, »und dich hätten wir gerne dabei«, flötete die andere.

»Da muss ich euch leider einen Korb geben.« Er versuchte seine Erleichterung zu verbergen.

»Spielverderber!«, sagte Hanni, gefolgt von einem »Stimmungskiller!« durch Nanni.

»Ihr zwei Hübschen findet doch bestimmt jemanden, der mit euch geht«, versuchte er abzuwiegeln.
»Aber wir hätten uns dich gewünscht.«
»Danke für die Ehre, aber es geht beim besten Willen nicht. Vielleicht ein anderes Mal.«
»Jetzt sind wir beleidigt!«
»Aber richtig!«
»Mädels, ich muss morgen früh raus und würde gerne fertig zu Abend essen und dann schnell in die Falle. Ich wünsche euch einen schönen Restabend und viel Spaß in Wasser. Gute Nacht.«
Er hielt den Hörer sofort weit vom Ohr entfernt, denn er hatte keine Lust auf die Antwort. Nach zwei Sekunden legte er auf. Dass er so einen Eindruck auf die beiden gemacht hatte! Ein bisschen gebauchpinselt fühlte er sich schon. Aber letztlich waren die zwei nicht nach seinem Geschmack. Und außerdem lag seine Priorität gerade anderswo: Take the challenge!

FREITAG

Um halb acht saßen Weidner und Fritz sowie mehrere andere Kollegen wieder im Büro. Die Brisanz des Falls, oder, je nach Sichtweise, der dringende Wunsch aus der Chefetage nach Ergebnissen, war ein Garant für lange Arbeitszeiten und die schnelle Anhäufung von Überstunden. Es würde heute sicher wieder bis in den späten Abend gehen. Fritz saß am Telefon und rief weitere Autowerkstätten in Emmendingen und Umgebung an, in der Hoffnung dabei auf den verschwundenen Geländewagen zu treffen. Natürlich konnte der an jemanden ausgeliehen worden sein, auch wenn Tobias Deck sicher nicht freigiebig sein heiliges Blechle an andere gab. Oder er konnte bei irgendjemandem auf eine private und damit billige Reparatur warten. In diesem Fall könnte eine Fahndung per Radiodienst weiterhelfen.

In der Regionalzeitung war an diesem Tag folgender Artikel erschienen:

Wie ein Sprecher der Polizeidirektion gestern Abend mitteilte, gibt es im Mordfall Tobias D. keine heiße Spur. Eine genauere Untersuchung des Hauses, in dem der Ermordete gefunden wurde und das ihm seit Jahren gehörte, ergab keine Hinweise auf einen Raubmord. Allerdings wird nach dem silbermetallic lackierten Geländewagen des Opfers gesucht. Es handelt sich um ein Fahrzeug der Marke Honda mit dem Kennzeichen EM-TD 700. Ein Zusammenhang mit der Flucht eines Insassen des ZfP konnte bisher weder bestätigt noch dementiert werden. Indessen zeigte sich der Oberbürgermeister entsetzt über die Vorgänge in der Großen Kreisstadt (siehe Interview im grauen Kasten).

Weidner legte die Zeitung auf den Tisch. Bisher war die Berichterstattung noch kein Problem. Er hoffte sehr, dass dies so bleiben würde, denn eine schlechte Presse wirkte sich sehr nachteilig auf die Laune seines Vorgesetzten aus.
Wie verabredet kam Maxim Kubischek um Viertel nach acht in die Polizeidirektion. Er erklärte, er sei während des relevanten Zeitraums mit Konstanza zusammen gewesen. Auf die Frage, warum seine Schwester dies nicht bei ihrer Vernehmung gesagt hätte, entschuldigte er sie mit ihrer Verwirrtheit wegen des Todes ihres Exfreunds.
Der Kommissar ließ seinen Gast reden. Herr Kubischek erläuterte, wie mies sich Tobias Deck ihr gegenüber benommen hätte. Sie sei so ein liebes und gutes Mädchen und wünsche sich nichts sehnlicher als einen guten und treuen Mann und ein Kind. Tobias hätte ihr so wehgetan, dass ihre Familie sich ernsthafte Sorgen um Konstanza machen würde. Schließlich sei sie nicht nur persönlich stark enttäuscht worden, sondern hätte durch diesen bösen Menschen auch ihre Arbeit verloren. Ihre arme Mutter verginge fast vor Sorge um die einzige Tochter.
Hätte Weidner das liebe und gute Mädchen nicht schon kennengelernt, er hätte sich eine jener russlanddeutschen Frauen vorgestellt, die einen dunkelblauen, wadenlangen Rock tragen, ihr Haar zu einem Dutt zusammenstecken und regelmäßig einen Gottesdienst besuchen. Der Kommissar tippte das Alibi gerade in seinen PC, um es danach Konstanzas Bruder zur Unterschrift vorlegen zu können, als Fritz hereinplatzte.
»Komm mal schnell rüber!«, sprudelte es aus ihm heraus, und »Oh. Entschuldigung!« als er den Gast in Weidners Büro sah. »Ich muss dir was zeigen.«
»Das ist der Bruder von Frau Kubischek«, stellte Weidner den jungen Mann vor. Fritz reagierte überraschend. Zuerst gingen seine Mundwinkel nach oben, doch dann

musterte er seinen Vorgesetzten. Nein, der scherzte nicht. Er schaute den Gast an.
»Guten Morgen« sagte dieser. Nun stand Fritz da wie vom Donner gerührt. Auch Weidner war verwirrt. Fritz' Blick blieb förmlich an dem Mann kleben, bis er schließlich in betont sachlichem Ton sagte: »Guten Morgen, Herr Kubischek.« Dann drehte er seinen Kopf. »Chris, du musst sofort kommen, noch bevor du hier weitermachst!«
Wenige Sekunden später kehrte Weidner in sein Zimmer zurück. Was sein Kollege ihm auf dem Flur angedeutet hatte, machte ihn sprachlos, das musste er mit eigenen Augen sehen.
»Herr Kubischek, ich muss tatsächlich sofort zu meinem Assistenten gehen und bin in wenigen Minuten wieder bei Ihnen. Ich kann Sie so lange leider nicht in meinem Raum lassen. Ich bitte um Ihr Verständnis. Könnten Sie bitte hier draußen Platz nehmen?« Sein Ton war bestimmend, und Herr Kubischek leistete seiner Bitte unverzüglich Folge und setzte sich in den Wartebereich.
Nach einem kurzen Gespräch mit Fritz ging der leitende Ermittler grinsend vor die Tür, setzte im Flur eine dienstliche Miene auf und rief Armbruster ebenfalls in Fritz' Büro.
»Könntest du die Tür hinter dir schließen?«, sagte Fritz ernst, nachdem der Gerufene eingetroffen war. »Jens, was wir jetzt tun ist eigentlich nicht richtig«, fuhr er fort.
»Genauer gesagt, ist es gegen die Dienstvorschrift!« Auch Weidners Ton war ernst.
Jens Armbruster schaute verdutzt. »Also, Alkohol ist beispielsweise im Dienst verboten«, erläuterte der Hauptkommissar.
»Das weiß ich doch. Aber was hat das mit mir zu tun?«
»Und du weißt, was passiert, wenn man Dienstvorschriften verletzt?« Fritz setzte die ernsteste Miene auf, zu der er fähig war.

»Ich verstehe nicht, was das soll.«
Jens' Gesicht war nun ebenfalls ernst geworden.
»Aber nicht nur Alkohol ist tabu, auch Pornos dürfen im Dienst nicht angeguckt werden.«
Jetzt sagte Jens zunächst einmal nichts mehr, sondern schaute von einem zum anderen und wieder zurück.
»Alles klar bei euch?«, wollte er schließlich wissen. Aber Weidner ging nicht auf die Frage ein.
»Jens, ich habe zu Fritz gesagt, dass wir in zehn Minuten mit Sicherheit wissen werden, dass du im Dienst ein Sexvideo angeschaut hast!«
»Sag mal, spinnt ihr eigentlich?« Armbrusters Gesichtsfarbe ging allmählich in ein helles Rot über. Es war an der Zeit, das böse Spiel mit ihm zu beenden.
»Keine Angst«, sagte Weidner und machte eine beschwichtigende Geste. »Wir werden jetzt das schier Unmögliche tun und den Kreis quadrieren. Im Klartext, wir schauen uns jetzt gemeinsam ein solches Video an.«
»Habt ihr noch alle Ziegel auf dem Dach?« Jens Armbruster war sehr erregt. »Wenn ihr mich verarschen wollt, find ich den Scherz ziemlich blöd!« Weidner hielt ihm eine CD-Hülle vor die Nase.
»Kennst du das?« Jens stutze, schaute seinen Vorgesetzten an und dachte einen Moment nach.
»Die hast du doch aus dem Rosenweg mitgenommen.«
»Richtig, und nun schauen wir mal rein und beurteilen danach, ob wir dich verarschen wollten oder nicht.«
»Soll das etwa heißen, dass auf dieser CD-ROM kompromittierende Bilder sind?«
»Ich habe noch nicht reingeschaut, aber unser Kollege Fritz. Und der will, dass wir uns das sofort anschauen, sogar noch bevor ich das Gespräch mit Herrn Kubischek fortsetze! Der sitzt nämlich auf dem Flur und will gleich das Alibi für seine Schwester unterschreiben.«

Jens ging um den Tisch, sodass er auf den Monitor schauen konnte. »Das war aber ein derber Scherz«, stellte er fest.
»Wohl war, dafür werden wir dir noch einen ausgeben. Versprochen!«
»Aber keinen ungefilterten Bio-Apfelsaft.«
»Der neue fair-trade-Bananennektar wurde mir vom Ladeninhaber ans Herz gelegt.«
»Los jetzt«, drängte Fritz. »Die Kundschaft wartet.«

Die vollen Lippen leuchtend rot, das lange, schwarze Haar gelockt, mit leicht zusammengekniffenen Augen schaute sie in die Kamera. Langsamer Zoom auf die Lippen, zwischen denen nun die Zungenspitze hervorkam und sich langsam von einem Mundwinkel zum anderen bewegte. Eine eindeutige Geste. Schnitt.
Ihr Oberkörper, und mehr war nicht zu sehen, war mit einer kurzen und schwarz glänzenden Strickjacke bekleidet, deren Reißverschluss so weit offen war, dass man einen mit Spitzen verzierten roten BH zu sehen bekam, der die füllige Oberweite hielt. Langsamer Zoom auf den Ausschnitt. Ein eindeutiger Appetitmacher. Schnitt.
Die dritte Einstellung zeigte einen breiten schwarzen Lackgürtel mit zwei Reihen quadratischer silberner Nieten und einer riesigen runden Schnalle in Form einer zusammengerollten Schlange, der in den Laschen einer hautengen roten Cordhose steckte.
Langsamer Zoom in die Totale. Und da stand sie nun, in hochhackigen schwarzen Lackstiefeln, die Hände energisch in die Hüften gestemmt, reglos, beinahe lauernd: Konstanza Kubischek in Tobias Decks Wohnzimmer! Fritz stierte auf den PC-Monitor, und bei Jens stand der Mund offen.
»Ich werd verrückt!«, entfuhr es Weidner. Seine Hand griff zur CD-Hülle. »KK bedeutet Konstanza Kubischek!«

Schnitt.
Nun war rhythmische Musik zu hören, irgendein bekannter Ohrwurm. Nach wenigen Takten kam Bewegung in Konstanza. Sie ließ ihre Hände langsam über die Hüften nach unten wandern. Als die Arme ausgestreckt am Körper lagen, spreizte sie die Finger leicht nach außen ab und begann mit einer kreisenden Bewegung der Zunge über die Lippen. Nun legten sich die Finger wieder an die rote Hose und glitten von den Oberschenkeln über die Hüfte langsam den Konturen des schlanken Körpers folgend nach oben, um schließlich mit einer Drehbewegung jeweils eine Brust von unten zu umfassen. Wieder kreiste die Zunge über die Lippen. Jetzt begann der Körper im Takt zu wippen, erst nur wenig, dann immer stärker. Konstanza verlagerte ihr Gewicht auf die Zehenspitzen und ließ sich auf die Fersen zurückfallen. Dann rutschten die Hände ruckartig nach unten bis auf den Bauch hinab, sodass die Brüste, nun ungestützt, mitzuwippen begannen. Gerade als sie das Becken zuerst nach rechts wandern ließ und dann die Richtung wechselte, klingelte das Telefon. Weidner nahm die Unterbrechung zum Anlass für einen Kommentar.
»Das da draußen ist ihr Bruder«, er deutete mit seinem linken Zeigefinger nach draußen, »und der verschafft ihr ein Alibi. Er erzählte mir vor fünf Minuten, was für ein liebes und gutgeratenes Mädchen seine Schwester sei, das sich nichts sehnlicher wünsche als eine kleine nette Familie ...«
Rrriiing.
»... während die Eltern und Brüder sehr besorgt seien um die einzige Tochter des Hauses, weil der böse Tobias sie so schändlich verlassen hätte.«
Rrriiing.
Nun hob er den Zeigefinger der anderen Hand. »Dienst-

liche Anweisung an meine Untergebenen!«, verkündete er in übertrieben ernsthaftem Ton. »Dieses wichtige Beweisstück müssen wir uns noch genauer ansehen. Bis dies geschehen kann, nehme ich es in Verwahrung.« Mit einer ironisch-dramatischen Handbewegung ergriff er die leere Hülle und steckte sie ein.
Rriiing.
»Bis später, Männer.« Weidner erhob sich. Er war gerade um die Ecke gebogen, als Fritz den Hörer abnahm und sich, noch immer grinsend, meldete.
»Guten Morgen, Peter Fritz am Apparat.«
Eine Sekunde später veränderte sich sein Gesichtsausdruck schlagartig. Er stellte das Telefon laut und Jens vernahm die Stimme ihres Vorgesetzten.
»Bei Weidner ist niemand zu kriegen, aber Sie können mir bestimmt auch sagen, ob es neues Beweismaterial im aktuellen Mordfall gibt?«
Fritz und Jens warfen sich einen Blick zu, dann verließ letzterer fluchtartig den Raum. Fritz antwortete mit einem dem Ernst der Frage entsprechenden Tonfall, während er von draußen Jens' lautes Lachen hörte.

Hauptkommissar Weidner schwang sich auf sein Fahrrad und radelte in Richtung Innenstadt. Ziel war wieder das Rathaus. Nachdem er die Person Tobias Deck nun etwas besser kannte, war es an der Zeit, dort gezielter nachzufragen. Die Arbeitskollegen und der Vorgesetzte hatten noch nicht alles ausgepackt, da war er sich sicher. Dieses Mal parkte er sein Rad unter dem Südflügel, wo er es in einen freien Radständer stellte und abschloss. Da kam auch schon sein Begleiter. Scheu war den Weg vom Präsidium hierher gelaufen. Weidner hatte sie telefonisch angemeldet, und so waren die Anwesenden beim Eintreten der beiden nicht überrascht. Er fragte nach dem Mitarbeiter, der

am meisten mit Tobias Deck zu tun gehabt hatte, und ließ sich zu einem freien Raum bringen, wo sie ungestört mit dem Mann sprechen konnten. Nachdem sie Platz genommen hatten, holte Scheu sein Notizbuch aus der Jackentasche. Weidner schaute seinen Gesprächspartner freundlich an, nickte sachte mit dem Kopf und begann.
»Sagen Sie mir bitte Ihren vollständigen Namen.«
»Albrecht Höffner. Höffner mit zwei f.«
»Herr Höffner, gestern war ich hier, um mir ein erstes Bild zu machen. Meine Fragen waren noch recht allgemein. Mittlerweile habe ich mehrere Gespräche geführt und einiges über Herrn Deck und die Menschen seiner Umgebung erfahren. Dieses Puzzle möchte ich nun um ein paar Teile ergänzen. Sie wissen, dass alles, was wir hier besprechen, vertraulich ist?« Höffner nickte und schaute den Polizisten ernst an. »Fangen wir mit der beruflichen Situation an. Woran arbeitete Herr Deck in den letzten Wochen?«
»Er war mit den Arbeiten für das geplante Studentenwohnheim beschäftigt. Im Mai soll das ganze Projekt der Öffentlichkeit vorgestellt werden.«
»War nur Herr Deck mit dieser Arbeit beschäftigt?«
»Nein, auch andere waren einbezogen, zum Beispiel ich.«
»Wie war Herr Deck als Arbeitskollege?« Höffner zögerte. Der Sachbearbeiter fühlte sich sichtlich unwohl in seiner Haut. Mit einem Mord zu tun zu haben, passte nicht in sein kleinbürgerliches Lebenskonzept. »War er unzuverlässig oder war er pedantisch? Hatte er eine gute Fachkompetenz? Arbeitete er langsam oder schnell?«
»Seine Fachkompetenz war in Ordnung.« Das war ein neutraler Einstieg.
»Aber so richtig gerne arbeitete man nicht mit ihm zusammen?«
Ein vielsagender Blick erreichte den Kommissar, bevor Höffner dann antwortete: »So in die Richtung ging es.«

»Und woran lag das?«, hakte Weidner nach.
»Nun, manchmal war er eigen.«
»Gab es auch Auseinandersetzungen zwischen ihm und anderen Mitarbeitern?«
»Hin und wieder schon.«
»Und was war der Auslöser dafür? Worum ging es in solchen Fällen?«
»Es waren eher Kleinigkeiten. Meist ging es um Zuverlässigkeit. Er kam manchmal zu spät zu einem Termin oder vergaß etwas auszurichten. Es waren keine großartigen Sachen, so was passiert anderen auch. Aber er ging ungeschickt damit um. ›Entschuldigung‹ war nicht sein Lieblingswort.«
»Gab es vor Kurzem eine Auseinandersetzung?«
Zuerst ein scheuer Blick, dann ein zögerliches Nicken.
»Waren Sie es?« Sofortiges Kopfschütteln.
»Ihr Vorgesetzter?« Höffner verschränkte die Arme und presste sie mit hochgezogenen Schultern gegen seine Brust. Eine Körpersprache wie im Bilderbuch, dachte Weidner und baute seinem Gegenüber eine Brücke. »Sie haben ja nichts gesagt, oder?« Höffner schaute den Kommissar mit großen Augen an, bis er schließlich begriff.
»Ich weiß also nicht von Ihnen, dass der Betriebsfrieden beeinträchtigt und das Verhältnis von Tobias Deck zu seinem direkten Vorgesetzten angeknackst war.«
»Danke.«
Weidner schrieb etwas in sein Notizbuch, aber mehr, um seinem Gegenüber einige Sekunden zur Sammlung zu geben.
»Gab es sonst noch jemanden, mit dem er über Kreuz gewesen war?«
»Nicht so, dass mir eine solche Tat möglich scheint.« In diese Richtung hatte der Kommissar wohl alles abgegrast. Er musste dem Gespräch einen neuen Impuls geben.

»Es wurde gemunkelt, dass es Spezialaufträge gab, die Herr Deck ohne Wissen von anderen Mitarbeitern des Planungsamtes für den alten OB erledigt haben soll. Ist da etwas dran?«
»Ich habe einmal davon gehört, aber es gab nie konkrete Hinweise. Ich kann mir nicht vorstellen, wieso das so gewesen sein soll. Auch wenn der Alte manchmal sehr umstrittene Methoden hatte.«
»Könnten Sie sich vorstellen, dass Herr Deck so etwas gemacht hätte?«
»Ich glaube, er hätte keine Skrupel gehabt, sondern sich geschmeichelt gefühlt.«
»Könnte man sich durch eine erfolgreiche Geheimarbeit für eine Beförderung qualifizieren?« Jetzt entwickelte der biedere Mann plötzlich Temperament. Er richtete sich in seinem Stuhl auf und rang sichtlich mit seiner Beherrschung.
»Das wäre ja noch schöner, wenn Geheimniskrämerei vor Fachwissen käme! Solche Zustände mag es anderswo geben, bei uns in Emmendingen Gott sei Dank nicht. Und überhaupt war der Herr Deck von seinem Auftreten her nicht für Führungsaufgaben geeignet!« Herr Höffner lehnte sich wieder zurück. Weidner gab ihm noch zwei Sekunden zur Beruhigung. Scheu schwieg und machte Notizen.
»Wie war es im privaten Bereich? Hatte er Freunde hier?«
»Ich glaube, hier im Rathaus hatte er keine.«
»Wie war sein Verhältnis zu den Mitarbeiterinnen?« Höffner setzte zur Antwort an, schloss aber gleich wieder den Mund. Er schaute dem Kommissar in die Augen und gab sich einen Ruck.
»Manche behaupten, er hätte jedem hübschen Frauenzimmer hinterhergeschaut und sich dann an die herangemacht, die am schnellsten zu kriegen war.«
»Und was glauben Sie, Herr Höffner?«

»Das entsprach meiner Wahrnehmung.«
»Redete er hier im Büro auch über Frauen?« Weidners Nase kribbelte.
»Am Anfang, als er hier zu arbeiten begonnen hatte, erzählte er manchmal stolz von seiner Freundin, also seiner späteren Frau. Und die war nicht zurechtgemacht wie ein Heimchen am Herd. Aber irgendwie klangen seine Geschichten auch nach Frau als Vorzeigeobjekt. Später wurde es stiller um Frau Deck. Sonst haben wir hier nichts von seinen Eheproblemen mitbekommen. Dann machte er sich an die schwarzhaarige Russin ran. Das hat im Rathaus damals die Runde gemacht, und ihre Eifersuchtsattacke gegen die Kollegin vom Sozialamt war für ein paar Tage das wichtigste Klatschthema.«
»Hatte er weitere Affären?«
Höffner zuckte kurz mit den Schultern: »Das kann ich nicht sagen.«
»Ganz direkt gefragt.« Weidner musste unterbrechen um ein Niesen zu unterdrücken. »Könnte sich über seine Frauengeschichten ein Tatmotiv finden lassen?«
»Außer der Russin weiß ich niemanden, der eifersüchtig gewesen wäre. Aber sie arbeitet seit mehreren Wochen nicht mehr im Rathaus.«
»Herr Deck besaß seit einiger Zeit einen silbernen Geländewagen. Erzählte er von seinem Fahrzeug?«
»Natürlich, er gab damit an wie sonst noch was, fürchterlich! Aber die anderen hier fahren Golf, Polo, Astra, Passat oder Kangoo. Die haben einen anderen Bezug zu ihrem Wagen, als er das hatte. Und keiner würde sich mit seinem Fahrzeug so profilieren. Deshalb war unser Interesse an seinem Auto gering, und er redete bald nicht mehr davon. Er fuhr täglich von seinem Häuschen im Rosenweg hierher, damit es jeder sehen konnte. Da würde ich doch das Fahrrad nehmen, für die zwei Kilometer.«

»Man könnte also sagen, als Mensch war Tobias Deck hier ein Außenseiter?« Höffner antwortete mit einem sofortigen Nicken, und Weidner kämpfte mit einem Niesen.
»Eine ganz andere Frage: Gibt es hier einen Platz, wo die Mitarbeiter persönliche Dinge aufbewahren können?«
»In den Schreibtischen gibt es abschließbare Schubladen. Die sind zwar eigentlich nicht für Privatangelegenheiten gedacht, aber man kann natürlich eine Kleinigkeit dort deponieren.«
»Wissen Sie, ob Herr Deck von dieser Möglichkeit Gebrauch gemacht hat?«
»Wir redeten nicht über persönliche Dinge. Ich weiß es nicht.«
»Manchmal sieht man zufällig etwas.«
»Nein, ich erinnere mich nicht an etwas Besonderes. Aber Sie können sicher einen Nachschlüssel bekommen und selbst nachschauen.«
»Herr Höffner, ich danke Ihnen für dieses Gespräch. Mein Bild von Herrn Deck ist ein Stück präziser geworden.« Sein Gesprächspartner nickte bescheiden und wollte sich höflich von den beiden Ermittlern verabschieden. »Falls Sie noch etwas mitteilen wollen, rufen Sie mich umgehend an. Zurzeit bin ich über alle Informationen froh, also haben Sie keine Hemmungen. Und wie gesagt, ich unterliege der Schweigepflicht, auch gegenüber Ihrem Vorgesetzten. Hier ist meine Karte.« Kaum hatte Höffner die kleine Pappe ergriffen, da drehte sich Weidner blitzartig um und ein Niesen zerriss die Stille.
Der Kommissar ging nun zum Leiter des Planungsamtes und wünschte, den Schreibtisch des Ermordeten durchsuchen zu können. Im Beisein des Chefs öffnete der Hausmeister das Schloss, sodass Weidner mit der Sichtung beginnen konnte. Unter anderem fand er einen Prospekt des vermissten Geländewagens, ein Büchlein, einen klei-

nen, geschlossenen, braunen Briefumschlag und einen großen, unverschlossenen, grauen Umschlag. Er öffnete den kleineren und ließ den Inhalt – einen Stapel Fotos – langsam und vorsichtig herausgleiten, schob ihn aber schnell wieder zurück. Für die Rathausmitarbeiter, die ihn beobachteten, sah es so aus, als ob er seine Hand benötigen würde, um rasch ein Papiertaschentuch aus der Hose zu fischen. Aber das war nur die halbe Wahrheit. Weidner drehte seinen Kopf zu Camillus Däschner und sagte dem Ressortleiter in einem Ton, der keinen Widerspruch duldet: »Das Büchlein und den Umschlag nehme ich mit. Ich denke, beides sind private Dinge und für die Arbeit hier nicht von Belang.«

Er drehte den Kopf wieder zurück und schaute nach weiteren interessanten Dingen. Der graue DIN-A4-Umschlag lag ganz unten in der Schublade. Während er mit der einen Hand unauffällig einen Tropfen von der Nasenspitze abwischte, zog er die Papierhülle heraus. Er öffnete ihn und fand darin Notizzettel, Zeitungsausschnitte und Kopien von Briefen. Zum Beispiel einen Artikel des Wochenblattes Emmendinger Tor. Er überflog ihn und erinnerte sich daran, dass er diese Meldung damals mit einiger Überraschung gelesen hatte. Nach einer verlorenen Abstimmung bezichtigte der Alt-OB der Kreisstadt darin den Gemeinderat, gegen das Wohl der Stadt verstoßen zu haben. Starker Tobak für ein Stadtoberhaupt. Thema war wieder einmal die Öffnung der Rheinstraße gewesen. Was ihn an seinen anderen Fall erinnerte, aber auch an die Gerüchte über geheime Arbeitsaufträge.

»Den nehme ich auch noch mit.« Das letzte Wort ging in einem Niesen unter. Ansonsten war im Schreibtisch nichts mehr, was dem Kommissar für seine Aufklärungsarbeit wichtig erschien. Er beschloss, keine weiteren Gespräche mehr zu führen, sondern sich mit seinem wortkargen Be-

gleiter zu besprechen. Entweder an einem der Tische im Foyer oder notgedrungen wieder in der Spielecke.
Sie hatten sich gerade zwischen dem Kinderspielzeug niedergelassen, da kam die gesprächige Dame aus dem Sozialamt vorbei: Traudel Rahic. Als sie den Hauptkommissar sah, ging sie sofort auf ihn zu. Sie begrüßte ihn und näherte sich dann in konspirativer Körperhaltung.
»Kommen Sie gleich mal schnell bei mir vorbei.« Dann setzte sie ihren Weg fort, auffällig unauffällig. Weidner nutzte die Zeit, um mehrfach zu schnäuzen. Und er kontrollierte seine Öko-purex Vorräte.
Wenige Minuten später saß er auf dem Stuhl vor Traudel Rahics Schreibtisch, daneben Scheu. Die Sachbearbeiterin schloss die Türen und das gekippte Fenster. Dann setzte sie sich ebenfalls, beugte sich so weit nach vorne bis ihr üppiger Busen auf dem Tisch lag und blickte sich um, als ob es noch irgendwo Mithörer geben könnte. Weidner hätte sich nicht gewundert, wenn sie auch noch unter den Tisch geschaut hätte.
»Ich habe etwas erfahren, das Sie vielleicht interessiert. Ich meine in Zusammenhang mit Herrn Deck.« Weidner war gespannt, was für Tratsch es sein würde. »Also, gestern habe ich folgendes über den Herrn gehört: Er war abends in der Disco. Dort sah er eine junge Frau, die er prompt anbaggerte. Ich habe Ihnen ja erzählt, wie der ranging. Irgendwie überschätzte er seinen Charme und schließlich scheuerte ihm die Dame eine. Das wäre vielleicht nicht weiter erwähnenswert, wenn es nicht die Tochter seines Chefs gewesen wäre. Und die erzählte es dem Vater. Er soll ziemlich sauer gewesen sein. Sie ist nämlich gerade erst volljährig geworden und der Papa will sie noch sehr behüten. Weil sich die junge Dame aber nicht bevormunden lassen will, gibt es öfter Krach bei denen.« Sie stoppte ihren Redefluss und schaute erst ihn

und dann seinen Begleiter mit großen Augen an. Weidner wusste, dass sie nun ein Lob hören wollte. Wenngleich er auf solche Informanten wie Frau Rahic angewiesen war, waren sie ihm im Allgemeinen wegen ihrer Neigung zur Indiskretion nicht sympathisch.
»Woher wissen Sie das alles?«, wollte der Kommissar ihre Quelle erfahren.
»Das hat mir eine Freundin von der Mutter der jungen Frau erzählt. Aber bitte sagen Sie nicht, dass es von mir stammt.«
»Verschwiegenheit gehört in meinem Beruf dazu«, beruhigte sie der Kommissar.
»Ich dachte, das interessiert Sie vielleicht«, sagte sie zum Abschied, und Weidner pflichtete ihr wohlmeinend diplomatisch bei. Zu mehr Lob als einem »Danke« konnte er sich bei dieser geschwätzigen und ihm unsympathischen Person nicht durchringen. Außerdem hatte er schlechte Laune wegen seiner Triefnase. Dafür bedankte sich Scheu, der auch dieses Mal bei dem Gespräch nur still dabeigesessen hatte, fast überschwänglich. Auf jeden Fall hatte sich der Besuch im Rathaus gelohnt.

Im Büro lag eine Nachricht des Gerichtsmediziners: Tobias Deck war an den Folgen eines Schlages auf den Schädel gestorben. Tatwerkzeug vermutlich vierkantig. Alkohol war nicht im Spiel. Weitere Untersuchungen, beispielsweise auf Betäubungsmittel, würden folgen.
Chris Weidner schaute auf die Uhr, die zeigte 10:45. Er war zufrieden, denn es bewegte sich etwas in seinem aktuellen Fall. Der schien keiner nach gängig einfachem Strickmuster zu sein, sondern eher einen sehr individuellen Verlauf zu nehmen. Spannender als eine mehrere Jahre alte Leiche, dachte er sich. Weidner war neugierig, was die Durchsicht seiner Mitbringsel aus dem Rathaus

ergeben würde. Er hatte im Planungsamt mehr geahnt, als gesehen, was auf den Bildern sein könnte.
Er nahm eine bequeme Sitzposition ein und nippte an seinem frisch aufgebrühten Kräutertee. Zu seiner Freude hatte sich im Schrank noch ein in Vergessenheit geratener Beutel »Nasenwohl« gefunden, den ihm die besorgte Olga schon vor einiger Zeit geschenkt hatte. Weidner genoss den ersten Schluck und ließ ihm einen zweiten folgen. Schneller als gedacht, vergaß er den Event am ersten Aprilwochenende. Er begann, den Umschlag zu inspizieren und ließ langsam die Bilder herausrutschen. Er warf einen Blick auf das oberste. Sein Eindruck war richtig gewesen. Auf einem IKEA-Holzstuhl saß eine schlanke Frau. Ihre nackten Beine waren nach rechts und links abgespreizt, die Füße zierten goldene Schuhe mit dünnen Riemchen und Pfennigabsätzen. Der Oberkörper war weit nach vorne gebeugt, die Ellenbogen stützten sich auf die Oberschenkel. Das Gesicht schaute nach unten, sodass man nur die langen blonden Haare sah, die vom Kopf bis über ihre Hände herabfielen.
Weidner schaute sich dieses Foto ausführlich an. Es gefiel ihm, es war erotisch im besten Sinne. Der Fotograf verstand etwas von diesem Metier. Ihr Gesicht war verdeckt und man sah nicht, ob das Model irgendetwas an Kleidung trug. Das blieb der Fantasie überlassen und weckte die Neugier auf das nächste Bild. Auf diesem hatte sich die Frau erhoben und stand mit gespreizten Beinen hinter der Lehne, den Oberkörper nach vorne abgewinkelt und die ausgestreckten Arme auf dem waagrechten Holm der Stuhllehne aufgestützt. Das erste Geheimnis des vorherigen Bildes wurde gelüftet, sie trug einen knallroten Lederslip. Die langen Haare, die vom gesenkten Kopf nach vorne fielen, waren so drapiert, dass weitere Fragen blieben. Auf dem dritten Foto hatte sie sich aufge-

richtet, die Arme schräg nach oben, den Kopf im Nacken, sodass die Mähne nun über den Rücken fiel. Das zweite Geheimnis war nun ebenfalls gelüftet. Sie trug kein Oberteil, sondern zeigte einen wohlgeformten Busen. Weidner bemerkte, dass diese Bilder den Kommissar in ihm sehr interessierten, den Mann in ihm aber sehr ansprachen! Auf dem vierten Foto blickte sie direkt in die Kamera und zeigte mit dem ausgestreckten linken Finger auf den Betrachter, während die rechte Hand auf der Hüfte aufgestützt war. Das dritte gelüftete Geheimnis, das Gesicht des Models, beachtete Weidner zunächst kaum. Aber dann erkannte er die Frau.

In diesem Moment platzte Fritz herein. Sein Klopfen war noch nicht verklungen und schon gar nicht mit »Herein!« beantwortet worden, da stand er schon im Raum, und Weidner sah sofort, dass er aufregende Neuigkeiten mitgebracht hatte.

»Unser Russenmädel sitzt ganz schön im Schlamassel!«, war sein erster Satz.

»Hat sie angerufen und gestanden?«

»So einfach lösen wir den Fall leider nicht. Aber ihr Alibi ist geplatzt!«

»Interessant. Und ich hatte gerade eine ganz neue Idee, wie es weiter gehen könnte.«

Fritz guckte ihn ungläubig an. »So, da bin ich aber gespannt!«

»Du erzählst zuerst«, bestimmte der Hauptkommissar. »Wenn du schon ohne Gruß hier hereinrennst und mit der Tür ins Haus fällst, dann musst du auch beginnen.«

»Okay. Du hattest ja Zweifel an der Erklärung von Maxim Kubischek. Auf deinen Riecher ist Verlass. Ich habe, kaum dass du mir vorhin den Auftrag gegeben hattest, bei der Spedition angerufen. Und weil die nur ungefähr zwanzig Minuten von hier ihre Zentrale haben, bin ich schnell hingedüst. Nachdem ich den Inhaber überzeugt hatte, dass meine Fragen nichts mit ihm zu tun hätten - und ich bin mir sicher, bei dem geht es nicht nur legal zu, so wie der sich angestellt hat - also, nachdem er sich selbst in Sicherheit wähnte, gab er mir Akteneinblick. Maxim ist dort als Lkw-Fahrer angestellt. Er kam um 11:02 Uhr von seiner Tour zurück. Also war er allerfrühestens eine Viertelstunde später bei seiner Schwester. Im Alibi hatte er aber ungefähr neun Uhr angegeben. Und die Tatzeit ist laut Gerichtsmedizin nicht nach elf Uhr. Erstens hat der Kerl gelogen und zweitens hat seine Schwester kein Alibi!«

»Was noch nichts heißen muss«, wiegelte Weidner ab. »Aber nun zu meinen Erkenntnissen. Schauen Sie sich diese Fotos einmal an, Herr Kollege.« Fritz nahm die Bilder entgegen, warf einen Blick auf das oberste, schaute grinsend den leitenden Ermittler an und sagte spitzbübisch: »Also Herr Weidner, wir wussten schon lange, dass Sie im Dienst gerne Sexfotos anschauen. Sie wissen, was passiert, wenn Sie die Dienstvorschriften wiederholt und vorsätzlich verletzen?«

»Hast du noch alle Ziegel auf dem Dach?«, zitierte Weidner, ebenfalls grinsend, den Kollegen Armbruster.

»Schau sie dir an, Fritz!« forderte er dann seinen Assistenten zum Weitermachen auf.

»Gerne«, erwiderte dieser. Er schaute sich die ersten Motive an und pfiff dann durch die Zähne.

»Chris, wie kriegst du deine Freundinnen nur immer dazu, dass du solche Fotos von ihnen machen darfst?« Fritz duckte sich und wich dem Telefonbuch aus, das Weidner nach ihm geworfen hatte.

»Blickst du schon durch?«, wollte Letzterer wissen.

Fritz guckte seinen Vorgesetzten an. »Wo kauft man so etwas? Sind die teuer? Sieht aus wie aus dem Playboy.«

»Richtig, die Qualität stimmt. Aber dieses Playmate ist das von Tobias.«
Fritz hob den Kopf und sah sein Gegenüber überrascht an. Jetzt fällt der erste Groschen, dachte Weidner. »Hat der Deck so etwas verkauft?«, wollte Fritz wissen.
»Das kann ich im Moment nicht bestätigen, gut genug wären die Motive. Sie würden sich aber auch für eine Erpressung eignen, oder was meinst du?«
Fritz hob erneut den Kopf und sah sein Gegenüber wieder überrascht an. Jetzt der zweite Groschen, dachte Weidner. »Fragt sich nur, wen ...«, spann er den Gedanken nun laut weiter.
»Schau das nächste Bild an.«
Fritz studierte das vierte Foto, aber er konnte den Faden nicht finden.
»Die Haare sind heute nur noch schulterlang, und ein paar Kilo mehr hat sie auch.«
Fritz schaute verdutzt auf: »Seine Frau?«
Groschen Nummer drei – Jackpot!, dachte Weidner.
»Denk mal laut«, forderte Fritz seinen Vorgesetzten auf.
»Du erinnerst dich, dass Frau Deck sehr ausweichend auf die Frage antwortete, ob sie noch einmal im Haus am Rosenweg gewesen sei. Auf mein Drängen sagte sie nein, aber wir waren beide sehr skeptisch. Eine der Omas behauptet, sie sei vor Kurzem dort gewesen und hätte sich mit ihm gestritten. Die andere Alte sah sie einen Tag später, wie sie am Vormittag mit einem Schlüssel ins Haus ging. Ihr Noch-Mann zahlte ihr fast nichts für die gemeinsame Tochter, sie wollte aber alles, was ihr zugestanden hätte. Und ihm stand das Wasser bis zum Hals. Da fielen ihm die Bilder ein.«
»Daraus lässt sich ein Motiv basteln!«, resümierte Fritz.
»Und für wen entscheiden wir uns jetzt?«, fragte Weidner.
»Bevor ich dir antworte, sichte ich erst noch das restliche

Beweismaterial.« Er blätterte weiter in den Fotos. »Für den Playboy fast zu freizügig«, kommentierte Fritz.
Jens Armbruster klopfte an die Tür. Noch während des Eintretens bemerkte er, dass etwas im Busch war. »Ihr guckt so unauffällig. Was ist los?«
»Wir dachten nur, wenn jetzt unser Vorgesetzter hereinkäme, dann könnte er einen falschen Eindruck bekommen.« Und mit einer übertrieben ausladenden Bewegung nahm Weidner die Fotos aus Fritz' Hand und ließ sie in der Schublade verschwinden.
»Ihr wollt nur, dass ich jetzt frage, was du da gerade versteckt hast.«
»Aber Jens.« Fritz tat leicht pikiert und schüttelte demonstrativ den Kopf.
»Erst die Arbeit, dann das Vergnügen«, fügte Weidner hinzu.
»Den Gefallen tu ich euch nicht! Bevor ich bitte, bitte sage, leite ich ein dienstliches Ansichtsverfahren ein und ihr müsst mir das Material auf dem Silbertablett servieren.«
»Ich glaube, davor haben wir Angst und geben klein bei! So ein Ansichtsverfahren wollen wir unter keinen Umständen!« Weidner schüttelte demonstrativ den Kopf und sah den schelmisch dreinschauenden Fritz an, der nun ebenfalls den Kopf hin- und herbewegte. Der Kommissar setzte sich in seinem Sessel zurecht, legte die Unterarme auf den Tisch und schaute Jens an. »Genug geblödelt. Was gibt es zu berichten?«
»Nun, ich besuchte heute diesen Rentner, dessen Garten an den vom Deckschen Haus grenzt.« Armbruster fischte sein Notizbuch heraus.
»Er heißt Adolf Bury und der Vorname ist Programm.« Schon beim Öffnen, berichtete Jens, sei ihm das misstrauische und berechnende Gesicht aufgefallen. Das Haus hätte eine genauso kalte Ausstrahlung wie der Hausherr

gehabt: der Hund ein deutscher Schäfer, aufs Wort gehorchend, die Frau verkniffen und reserviert, vermutlich ebenso aufs Wort gehorchend. Die Wohnzimmereinrichtung: dunkle Eiche. Das erste Bild im Flur: Adolf Bury als Mitglied einer schlagenden Studentenverbindung in der Chargierten-Uniform, den Degen vor sich, mit grimmig-entschlossenem Blick, das dreistreifige Band mit den Verbindungsfarben am Bilderrahmen hängend. Das zweite Bild: das Brautpaar Bury, steif und ernst vor einem großen Kirchenportal, die vielstufige Treppe vor sich, auf der seine Bundesbrüder, jeder mit Band und Kappe, Spalier standen. Auf dem Kaminsims: das Modell eines deutschen Schlachtschiffes aus der Zeit des Tausendjährigen Reichs und daneben das Portrait eines Marineoffiziers namens Bury mit schwarzem Schrägband, allem Anschein nach der den Heldentod gestorbene Vater. Im Bücherregal oberste Reihe: der Zweite Weltkrieg in zwanzig Bänden, mittlere Reihe: Biografien berühmter Militärs, untere Reihe: der erste Weltkrieg in Text und Bild. Wandschmuck Nummer eins: ein großes Ölgemälde mit dem Titel »Die Zugspitze, Deutschlands höchster Berg«. Wandschmuck Nummer zwei: eine Vitrine mit mehreren Orden und militärischen Abzeichen.
»Soll ich noch mehr ins Detail gehen?«, fragte Armbruster. Weidner schüttelte den Kopf.
»Der Hausherr wies mir einen Platz zu. Er setzte sich mir gegenüber vor das große helle Fenster, sodass ich hauptsächlich seine Silhouette sehen konnte. Pensionierter Geheimdienstler, war meine Assoziation, wahrscheinlich vom BND nach dem letzten Krieg wegen guter Fachkenntnisse von der Vorgängerorganisation übernommen. Ich teilte dem Ehepaar den Grund meines Besuches mit und Bury kam schnell und klar zur Sache. Ein Mensch wie dieser Herr Deck sei ein dauernder Unruheherd in

einer anständigen Gemeinschaft, ohne die Fähigkeit, sich in eine Gruppe einzugliedern und nur auf seinen Vorteil bedacht. Zum Beispiel seien Recht und Gesetz in der Sache mit den überhängenden Ästen des Apfelbaums klar auf seiner Seite. Früher hätte die Polizei in so einem Fall von Asozialität durchgegriffen. Heute müsse man sich von den ungehobelten Kerlen auch noch beschimpfen lassen. Auf Nachfrage bestätigte er mir, einen Streit mit Tobias Deck gehabt zu haben, der sich aber auf ein heftiges Wortgefecht beschränkt hätte. Das könnten die anderen Nachbarn sicher bestätigen, denn es sei laut genug gewesen. Er hätte daraufhin einen Anwalt beauftragt, um seine Interessen wahrzunehmen, anstatt es wie früher selbst zu regeln, von Mann zu Mann.«

Armbruster boxte mehrmals leicht in die Luft und machte entsprechende Geräusche.

»Das hat er fast wörtlich so gesagt!«, bekräftigte er und fuhr fort.

Ein einziges Mal habe sich Burys Frau eingeschaltet, die während des Gesprächs nicht mit am Tisch, sondern auf einem Sessel im Hintergrund gesessen hatte. Früher sei es undenkbar gewesen, dass ein solcher Lackel ehrbare Bürger unflätig hätte beschimpfen können. Da man sie von ihrer Ausstrahlung her eigentlich eher als zurückhaltende graue Maus eingeschätzt hätte, überraschte sie Ambruster mit ihrer aufbrausenden Art. Ihr Gatte hätte sie dann darauf hingewiesen, dass sie sich wegen ihres Herzens nicht so aufregen solle, und fortan sei sie bei den weiteren Auslassungen ihres Mannes mit grimmigem Gesicht schweigend auf ihrem Sessel gehockt. Schließlich hätte der Hausherr als Resümee gezogen, er sei froh, diesen Unmenschen nicht mehr zum Nachbarn haben zu müssen.

»Seine Brandrede beendete er mit ›Noch Fragen?‹. Ich traute mich tatsächlich, ihm eine zu stellen, nämlich, ob

er zur vermuteten Tatzeit zu Hause gewesen sei und vielleicht etwas Verdächtiges bemerkt hätte. ›Wir waren zu dieser Zeit einkaufen im Edeka in Teningen, so wie jeden Mittwoch um diese Zeit, stimmt's Adelheid?‹ Natürlich bestätigte sie seine Aussage, aber ich denke, sie würde alles bestätigen, was er sagt. Widerspruch gibt es in dieser Ehe sicher nie. Meine Einschätzung: Adolf Bury wäre zu so einem Verbrechen fähig. Wenn der von einer Sache überzeugt ist, geht er über Leichen! Übrigens, einen Kassenzettel als Alibi hatten sie nicht.«
Während Weidner auf der Toilette war und danach in einem anderen Zimmer mit einem Kollegen sprach, war Fritz einen Kaffee holen gegangen und schäkerte nun mit einer Kollegin. Derweil durfte sich Jens Armbruster für die getane Arbeit belohnen und sah sich die Bilder an, die Weidner wieder aus der Schublade geholt hatte. Die Abzüge stammten von einem Film mit 24 Belichtungen, und mindestens die Hälfte der Motive wies eine gute Qualität auf. Die ersten waren in der Küche entstanden, auf den restlichen war immer ein Bett zu sehen. Die Darstellerin stehend, sitzend, kniend, liegend, auf dem Boden oder dem Bett, mit knappen Textilien bekleidet oder nackt, von einer Decke mehr oder vor allem weniger verhüllt, mit geschlossenen Augen, verträumtem Schlafzimmerblick oder mit auffordernd einladender Miene. Das ist keine Frau, die man von der Bettkante stößt, dachte sich der Betrachter. Nach intensivem Studium der Vorderseiten wandte sich Armbruster den Rückseiten der Bilder zu, und nach wenigen Sekunden sagte er halblaut: »Aha!« Dann holte er sich ebenfalls einen Kaffee.
»Kommt Jungs, Lagebesprechung. Zusammenfassung und strategischer Ausblick. Ich gebe den ersten Bericht bekannt.« Der leitende Ermittler drängte. »Sicher ruft unser Vorgesetzter bald an und will wieder einen Zwischenrap-

port«, sagte er, nachdem er die Tür des Besprechungsraums geschlossen hatte. Er machte es sich auf einem Stuhl bequem. Olga Grammelspacher kam herein, schaute sich um und besetzte geistesgegenwärtig den leeren Stuhl an seiner Seite. Sie strahlte Weidner an, sichtlich zufrieden, neben ihm sitzen zu können.
»Mensch Olga, da wollte ich jetzt hin«, ließ sich Armbruster vernehmen.
Fritz setzte nach: »Erkläre uns mal, warum gerade du neben dem Chris sitzen musst.« Weidner verdrehte die Augen, jeder wusste den Grund.
»Ich habe dem Chris einen Anti-Erkältungstee aufgebrüht«, schwindelte sie, ohne mit der Wimper zu zucken. Schnell schob sie ihre mitgebrachte Tasse Kräutertee vor ihn. »Damit er seine Wette beim Marathon gegen euch gewinnen kann.« Sie schaute ihn mit einem süßen Lächeln an und klimperte mit den Wimpern.
»Brave Olga«, kommentierte Fritz. Und Armbruster sagte mit gespielter Beiläufigkeit: »Und ich dachte schon …«, weiter kam er nicht, denn ein zusammengeknülltes Papier traf ihn am Kopf. Der Absender war Weidner.
»Wir fangen an und zwar jetzt!«, rief er leicht genervt. So wie immer, wenn Olgas öffentliche Annäherungsversuche derartige Wellen schlugen. »Ich habe gerade den ersten Bericht der Spurensicherung bekommen, und den aus der Gerichtsmedizin habe ich auch schon überflogen. Es steht in etwa Folgendes drin: Wir haben einen Toten, am Mittwoch zwischen neun und elf Uhr in seinem Wohnzimmer von einer unbekannten Person erschlagen, keinerlei Hinweise auf einen Kampf. Das Tatwerkzeug war ein stumpfer länglicher Gegenstand aus Holz, vermutlich vierkantig. Es fand sich ein kleiner Splitter an der Wunde, rohes Buchenholz. Deck war zur Zeit seines Todes nüchtern, bisher gibt es keine Hinweise auf Medikamente

oder Drogen. Auch keine Spuren eines Einbruchs. Entweder wurde das Opfer überrascht oder es kannte den Täter und ließ ihn selbst in das Haus. Es wurden Gespräche mit vier Personen geführt, deren Beziehung zum Opfer nicht nur oberflächlich war. Der Tote wurde von einer Arbeitskollegin gefunden, die nach eigener Angabe kein intimes Verhältnis mit Herrn Deck, aber ihn in letzter Zeit mehrere Male zu Hause besucht hatte. Das muss noch einmal überprüft werden, denn die Kollegen von der Spurensicherung fanden Haare von verschiedenen Personen im Haus, deren Länge eine Frau als Trägerin nahe legt. Und sie fanden auf dem Teppich im Wohnzimmer Spermaspuren, wahrscheinlich vom Opfer, die erst wenige Tage alt waren. Wir lassen einen genetischen Fingerabdruck von Sperma und Haaren machen. Es könnte wichtig sein, den eventuellen Partner zu identifizieren.«

Armbruster unterbrach ihn: »Wenn es einen gibt.«

»Prinzipiell richtig, aber ich denke nicht, dass jemand wie Tobias Deck auf dem Wohnzimmerboden onaniert«, ließ sich Olga Grammelspacher mit süffisantem Unterton und fast dialektfrei vernehmen.

»Das glaube ich auch nicht«, pflichtete ihr Armbruster bei.

»Ich fände es sinnvoll, bei Yvonne Müller-Meckel nachzufragen. Angenommen die beiden haben sich auf dem Wohnzimmerboden vergnügt: War sie dabei alkoholisiert? Bereut sie den Vorfall inzwischen? Könnte der ungeplante Beischlaf zu einer Schwangerschaft geführt haben, was sie belastet? Gibt es da vielleicht einen eifersüchtigen Mann? Wir haben sie uns bisher nicht genauer angeschaut. Aber weiter. Als zweites gibt es Tobias Decks ehemalige Geliebte, Frau Kubischek. Sie verlor als Folge ihrer Eifersucht den Lover und den Job und äußerte mir gegenüber in erregtem Zustand, dass sie ihn dafür hätte

umbringen können. Damit nicht genug – es meldete sich ihr Bruder, beschrieb seine Schwester als armes, verlassenes Opfer des bösen Liebhabers und gab ihr ein Alibi, das sich bei Überprüfung als falsch herausstellte. Warum versuchte er sie so stümperhaft zu entlasten?«
Weidner delegierte die Vernehmung der russlanddeutschen Familie an Fritz.
»Die Konstanza scheint mir nicht immer sehr überlegt zu handeln.« Fritz schaltete sich ein. »Vielleicht muss man sie an die Hand nehmen, um das Alibi zu bekommen.«
»Behalte das im Gedächtnis, Peter«, forderte ihn Weidner auf und fuhr dann fort: »Die DVD mit dem Strip lässt uns auf ein gelegentlich ausschweifendes Sexleben von Deck schließen. Das galt für die Ehefrau wie für die Kubischek. An seinem Arbeitsplatz fand sich in einer verschlossenen Schublade eine delikate Fotoserie, die die Noch-Frau des Opfers, Nadine Deck, in kompromittierender Weise zeigt. Die Bilder könnten möglicherweise sogar für einen guten Preis verkauft werden, aber auf jeden Fall ließe sich damit jemand erpressen. Vielleicht finden wir noch mehr Aufzeichnungen dieser Art und müssen den Kreis der Verdächtigen erneut ausweiten. Die Geldprobleme des Opfers und seine geringe Feinfühligkeit gegenüber Frauen lassen so etwas realistisch erscheinen.«
»Der Deck ließ wohl nichts anbrennen«, kam es von Grammelspacher, wobei sie ein klein wenig das zweite Wort betonte. Fritz schaute zu Armbruster und dieser grinste. »Der nicht, andere leider schon«, formten seine Lippen lautlos und er ließ seine Augen in Richtung Weidner wandern. Fritz musste sich sehr beherrschen.
Der Ermittlungsleiter bekam davon nichts mit, er schaute in die Runde und nahm Zustimmung wahr.
»Vielleicht sind die Fotos die Verbindung zu seiner Noch-Frau, zu der das Verhältnis angesichts finanzieller Strei-

tigkeiten im Rahmen der Scheidung sehr angespannt war. Wenn sie ihre Forderungen durchgebracht hätte, wären ihm schmerzhafte Einschnitte bevorgestanden, wie der Verkauf seines geliebten Statussymbols auf vier Rädern oder des Eigenheims. Beim Gespräch war ihre Aussage, das Haus in letzter Zeit nicht mehr betreten zu haben, alles andere als überzeugend, und gleichzeitig wird von einer Frau aus dem Altersheim behauptet, dass sie sehr wohl kurz vor der Tat dort gewesen war, mit einem Schlüssel und zu einer Zeit, zu der Tobias Deck aller Wahrscheinlichkeit nach im Rathaus bei der Arbeit gewesen sein müsste. Diese belastende Aussage ist Frau Deck aber noch nicht bekannt. Ein Alibi für die Tatzeit hat sie keines. Als vierten Verdächtigen gibt es einen Nachbarn, der unumwunden zugibt, dass er froh sei, Herrn Deck los zu sein. Sein Auftreten passt zu einem Menschen, der ohne Skrupel über Leichen gehen würde. Zwar lieferte ihm seine Frau ein Alibi, aber Jens denkt, sie würde ihn auch wider besseres Wissen bis zum eindeutigen Beweis der Täterschaft decken. Die fühlen sich sicher, deshalb werden wir diesem Verdacht nicht vorrangig nachgehen. Und dann ist da noch der fünfte Verdächtige, dieser Ausbrecher.«
Kaum hatte Weidner seinen Satz zu Ende gebracht, klingelte das Telefon. Mit gemischten Gefühlen hob er den Hörer ab und hatte den Gesprächspartner an der Strippe, den er sich am wenigsten gewünscht hatte. Er rollte die Augen kurz nach oben, und seine Assistenten wussten Bescheid.
»Guten Tag … Nein. … Nicht wirklich! … Wir haben Gespräche mit vier Personen aus seinem Umfeld geführt, gegen die alle ein Anfangsverdacht besteht. … Natürlich will ich sie nicht auf den Arm nehmen!« Armbruster und Fritz warfen sich einen empörten Blick zu und schüttelten ihre Köpfe. Was bilden sich Vorgesetzte manchmal

ein?! War der nie selbst Ermittler gewesen? ... »Nein, der Verdacht gegen den Flüchtigen hat sich nicht konkretisiert!« Weidner drückte auf den Knopf mit dem Lautsprecher und ließ die anderen mithören.
»... alles in Ihrer Macht stehende. Wie stehen wir in den Augen der Öffentlichkeit da, wenn wir statt eines Täters fünf Verdächtige liefern? Ich will umgehend informiert werden, wenn sich etwas tut. Sagen Sie das auch Ihren Assistenten. Ich rufe spätestens morgen Abend wieder an. Auf Wiederhören.« Klick! Weidner legte den Hörer auf und tat so, als hätte das Gespräch nie stattgefunden.
»Es wurde von einer Insassin des Altenheimes ein Mann gesehen, auf den die Beschreibung des Ausbrechers passen könnte. Falls diese Frau den Aufschrieb seines Autokennzeichens wiederfindet, wären wir einen Schritt weiter. Und – last but not least – fehlt uns der Decksche Geländewagen. Wir wissen nicht, ob er gestohlen wurde. Hat die Fahndung etwas ergeben?« Fritz schüttelte den Kopf und ergänzte, dass auch über den Radiodienst gesucht werde.
Weidner beugte sich nach vorne, stellte die Ellenbogen auf, umfasste mit der rechten Hand die linke Faust, stützte sein Kinn darauf ab und stülpte die Lippen nach innen. Schließlich fragte er: »Jungs, was habt ihr am Wochenende alles nicht vor?«
Fritz murmelte: »Ich bin zum Essen verabredet.« Armbrusters Mund blieb geschlossen, aber sein Gesicht sagte: Date. Weidner sagte auch nichts, er dachte an den langen Lauf, den ihm sein Trainingsplan vorgegeben hatte.
»Mir ist da noch was aufgefallen«, ließ Jens Armbruster hören. »Es gibt 24 Negative, aber nur 22 Bilder. Die Nummern 17 und 20 fehlen, obwohl die zugehörigen Negative mit dem bloßen Auge betrachtet gut ausschauen.«
»Also verteilen wir die Aufgaben. Du, Jens, lässt die Bil-

der nachentwickeln. Wie steht es mit Familienangehörigen? Gibt es außer seinem Bruder noch jemanden aus dem näheren Umkreis, der wichtig sein könnte?«
Armbruster schüttelte den Kopf. »Den anderen Bruder in Lilienthal bei Bremen konnte ich noch nicht erreichen. Weitere nahe Verwandte gibt es nicht. Die Mutter ist in einem Heim in Norddeutschland und stark dement.«
»Du bleibst dran, Jens. Was weiß ich, vielleicht können wir unserem Boss ja bald noch eine Spur nach Norddeutschland präsentieren. Das würde ich aber gerne persönlich tun, denn sein Gesicht dürfte dann völlig außer Kontrolle geraten und das will ich nicht verpassen. Wie sieht es mit einem Testament oder einer Lebensversicherung aus?«
»Keine Hinweise auf ein Testament. Eine Lebensversicherung muss es natürlich geben, das wollen die Banken bei einem Hauskauf als Sicherheit. Die Raten wurden abgebucht, aber die Police kenne ich nicht. Bekommt seine Frau dadurch Geld? Auch deine Aufgabe, Jens.«
»Wie sieht es mit dem Freundes- und Bekanntenkreis aus?«, wollte Fritz wissen.
»Auch da gibt es wenig zu berichten. Da er an seinem Arbeitsplatz zu den Männern keinen Anschluss fand und die Frauen hauptsächlich nach ihrer sexuellen Ausstrahlung eingruppierte, gibt es wenige Menschen, die auf den ersten Blick wichtig erscheinen. Er hatte wohl noch Bekannte und Freunde außerhalb dieses Personenkreises, aber da er diese nicht mit den anderen zusammenführte, ist uns kaum etwas bekannt. Ich bleibe dran. Ich hoffe, die beiden Frauen können und wollen uns weiterhelfen.«
»Den PC aus seinem Schlafzimmer haben wir noch nicht ausgewertet, unser Spezialist ist leider krank«, fügte Fritz hinzu.
»Das Notizbuch werde ich mir anschauen.« Weidner machte bewusst eine kleine Pause, um die Aufmerksamkeit sei-

ner Assistenten zu erhöhen. »Und dann wäre da noch unsere neueste und vielleicht heikelste Spur. Das habe ich euch noch nicht erzählt. Deck hat in einer Disko die Tochter seines Vorgesetzten angemacht, ohne zu wissen, dass es sich um diese handelte. Sie ist erst achtzehn, und der Papa hat davon Wind bekommen und sich eingeschaltet. Wie weit das ging, weiß ich noch nicht. Außerdem werde ich noch mal in den Rosenweg gehen und das Haus anschauen. Mit dem etwas differenzierteren Bild von Herrn Deck im Kopf lässt es sich besser suchen und vielleicht kann eine nochmalige penible Durchsuchung etwas zu Tage fördern, zum Beispiel die Lebensversicherung.«

Beobachtet von mehreren greisen Augenpaaren, betrat Weidner das Haus im Rosenweg. Ob sich auch seine beiden Hoffnungsträger Graddatz und Ollwitz unter den Neugierigen befanden? Er wollte sich noch einmal umsehen. Da noch keine Klarheit darüber bestand, was aus dem Haus werden sollte, und es zur Zeit von niemandem bewohnt oder benutzt wurde, wurde es durch ein Austauschschloss geschützt und konnte jeder Zeit von ihm untersucht werden. Immerhin war dadurch etwas Zeitdruck von den Ermittlern genommen, brauchte man doch nicht sofort alles bis ins Letzte zu durchstöbern, um das Gebäude anschließend wieder freizugeben. Vielleicht fand sich doch noch etwas, das eine der Frauen ent- oder belastete. Es grauste ihm allerdings vor der Vorstellung, dass er noch weitere visuelle Nachweise für das kreative Intimleben des Verstorbenen finden könnte und so zusätzliche Personen ins Spiel kämen. Schon eine DVD mit Yvonne Müller-Meckel in der Hauptrolle wäre ihm deutlich zu viel.
Weidner schloss die Eingangstür und nahm einen tiefen Atemzug. Das unbewohnte Haus war seit Tagen nicht ge-

lüftet worden. Von draußen kam gerade kein Geräusch herein, und so war es für einen sehr kleinen Zeitraum völlig still. Gespenstisch still? Er fand das nicht. Aber er musste an die Menschen denken, die nach dem unfreiwilligen Tod eines Angehörigen alleine waren, täglich konfrontiert mit dem Tatort in den bisher so vertrauten Wänden. Immerhin war es im Haus bei diesem Wetter noch hell, und in die hinteren Zimmer schien die Sonne und verbreitete eine unter anderen Umständen warme Atmosphäre. Da niemand etwas verändert hatte, war auch die Heizung wie bisher gelaufen und die Temperatur betrug um die zwanzig Grad. Weidner zog seine Jacke aus und legte sie auf die Treppe zum Obergeschoss. Er streifte die Hand- und Schutzschuhe über und betrat das Wohnzimmer. Zunächst stand die Sichtung der Discs aus dem Regal an. Sie könnte Stunden dauern, und sie müsste keineswegs so unterhaltend sein wie bisher. Er dachte an einen Kollegen, der bei einem anderen Fall einen kleinen Koffer voll Bildträger untersucht und sich dabei durch viele Stunden Urlaubsfilme gequält hatte, nur um schließlich festzustellen, dass die einzige aufschlussreiche Sequenz überspielt worden war.
Weidner zückte seine Digitalkamera und hielt das gesamte Wohnzimmer Stück für Stück im Bild fest. Er wollte die genaue Anordnung aller Gegenstände dokumentieren, auch wenn Bilfinger das schon gemacht hatte. Manchmal brachte eine andere Perspektive neue Ideen. Dann begann er damit, eine Hülle nach der anderen aus dem Regal herauszuholen und zu öffnen. Die meisten Scheiben waren Originale und der jeweilige Titel stimmte mit dem der Hülle überein. Einige waren nicht im Handel erworben worden, sie hatten handgeschriebene Titel wie »Im Garten der Versuchung« oder »Evas Äpfel« oder »Mach's noch einmal, Sam«. Handelte es sich um Raubkopien oder um

weitere selbst gemachte Streifen? Insgesamt legte er sich sieben Discs zum Mitnehmen bereit. Dann fiel sein Blick auf den DVD-Player. Ob eine Scheibe im Laufwerk steckte? Er nahm die Fernbedienung und drückte auf »open«, und tatsächlich beförderte der ausfahrende Schlitten eine CD-ROM mit der Aufschrift »Rhstr« ans Licht. Das hatten die Kollegen bei ihrer Spurensicherung offenbar übersehen. Die zugehörige Hülle war im Regal und in ihr war auch eine zweite Scheibe. Er legte die CD vorsichtig in die Hülle und verstaute diese dann in einem Beutel.
Zufällig fiel Weidners Blick auf das Telefon. Ein rotes Licht blinkte auf. Er überlegte wie der Anrufbeantworter zu bedienen sei und drückte die Knöpfe. Vor einer guten Stunde war eine Nachricht eingegangen, deren Inhalt ihn elektrisierte.
»Hallo Tobias. Ich komme morgen um zehn Uhr vorbei, um die Spielschulden abzuholen. Du hast den Zaster doch organisiert, oder? Ich komme aber nicht allein.« Klick.

»Sie sehen aber müde aus« sagte der betagte Nachbar, als Weidner in Reute aus seinem alten Citroen Berlingo gestiegen war.
»Das sehen Sie richtig«, antwortete dieser.
»Das kommt sicher vom Mordfall in Emmendingen, gell?«
»Manchmal gibt es bei mir halt Überstunden«, war die ausweichende Antwort. Aber der Alte ließ nicht locker. Es kostete Weidner einiges an Energie, den neugierigen Nachbarn abzuwimmeln, ohne ihm die gewünschten Informationen zu geben. Dann schaute er in den Briefkasten. Immerhin keine Rechnungen, aber auch sonst nichts. Siedend heiß fiel ihm ein, dass er nichts mehr zu essen hatte, noch nicht einmal Brot. Noch bevor er seinen Mantel ausgezogen hatte, warf er einen Blick in den Kühlschrank. Die Milch in der Flasche könnte im güns-

tigsten Fall noch trinkbar sein. Beim Herausschütten in eine Schale belehrten ihn die Klumpen eines Besseren. Wenigstens ein Glas Joghurt war noch drin. Bei näherem Hinschauen entpuppte sich das Mindesthaltbarkeitsdatum zwar als seit Wochen überschritten, aber bei Joghurt war das nicht wichtig. Im Schrank fand sich auch noch eine offene Packung Bio-Müsli. Waren das etwa Fäden? Er bewegte die Packung näher und weiter weg. Bei fast einer Armlänge Abstand war sie am schärfsten. Ob er sich doch mal eine Lesehilfe kaufen sollte? Aber nur wegen einer Dörrobstmotte? Nein! Er fand den geschlüpften, aber mittlerweile toten braunen Schmetterling, an einem Fruchtstück klebend, woraufhin ihm ein leises Fluchen entfuhr. Plötzlich hatte er die Küche von Tobias Deck vor Augen, wo sich ebenfalls die Dörrobstmotten erfolgreich auf die Suche nach offenen Verpackungen gemacht hatten. Er dachte nach.
Erstens: Die kleinen Schädlinge sind nicht giftig!
Zweitens: Insektenprotein ist nachweislich gesund, viel gesünder als beispielsweise Schweinefleisch!
Und drittens: Er hatte ziemlich Hunger!
Dann traf er eine mannhafte Entscheidung. Aber die Milch würde er sich beim Vermieter leihen müssen. Fünfzehn Minuten später war es vollbracht, der Magen meldete ein wohliges Sättigungsgefühl – sein Kopf hingegen ein schlechtes Gewissen. Er hatte nicht trainiert! Nun galt seine Aufmerksamkeit dem eigenen Anrufbeantworter. Wenigstens hatte die Welt ihn nicht vergessen. Höchstwahrscheinlich war es seine Mutter.
»Hallo Chris«, war Hanni zu hören. »Wenn du schon nicht mit uns beiden nach Wasser gehst, vielleicht würdest du lieber nur mit mir nach Freiburg? Ich kenne da eine kleine Disko, die spielen Musik aus deiner Jugend. Also wenn du Lust hast …«

Weidner drückte den Löschen-Knopf, stützte seinen Kopf auf die rechte Hand und stieß einen lauten Seufzer aus. Er startete den zweiten Anruf.
»Hallöchen, dass du nicht mit nach Wasser kommst, habe ich dir verziehen. Es wäre sicher nicht so spannend geworden. Aber ich könnte mir gut vorstellen, dass du mit mir nach Kenzingen in eine kleine Disko gehst. Enttäusch mich nicht«, schnurrte Nanni.
Weidner drückte sich beide Hände seitlich gegen den Kopf und stieß ein lautes und langgezogenes »Neeeiiin!!!« aus. Kaum hatte er seinen weiteren Kommentar beendet, da klingelte es an seiner Tür. Der Hausbesitzer, welcher über ihm wohnte, hatte einen Schrei gehört und wollte mal nachschauen, ob alles in Ordnung sei. Nun beschloss der Kommissar außer Dienst, sich ein Bad einlaufen zu lassen. In Momenten höherer seelischer Not griff er auf dieses bewährte Mittel zur Entspannung zurück, Wasserverbrauch hin oder her.
Und so lag er dann ein halbe Stunde in der warmen Wanne mit Latschenkiefernadelgeruch in der Nase und las mehrere Artikel der »Zeit«, bevor er sich mit einem leicht kratzigen Handtuch abrieb und dann mit gut durchbluteter Haut in seinen Schlafanzug stieg. Sofort schlief er ein.

SAMSTAG

Zwischen acht und neun Uhr fuhren im Abstand weniger Minuten ein roter Berlingo, ein Peugeot Cabrio und ein alter VW-Bus auf den Parkplatz beim Einkaufszentrum im Stadtteil Bürkle-Bleiche. Kurz darauf betraten zuerst Weidner, dann Armbruster und später auch Fritz das Haus im Rosenweg. Sie überprüften, ob man von außen gesehen werden konnte und schlossen soweit notwendig die Vorhänge. Auf dem Wohnzimmertisch lag ein kleines Walkie-Talkie, mit dem sie die Verbindung zu Olga Grammelspacher draußen im Auto aufrechterhielten. So konnten sie bei Bedarf von ihr vorgewarnt werden. Die drei Kriminalpolizisten hatten keine Ahnung, mit wem und mit wie vielen »Besuchern« sie es zu tun haben oder zu was die Schuldeneintreiber fähig sein würden. In mafiösen Kreisen wurde man diesbezüglich schnell handfest. Deshalb betrieben sie einen relativ großen Aufwand, Vorsicht war die Mutter der Porzellankiste. Mit Handschuhen gewappnet suchten sie zuerst einen guten Platz für ein Gerät zum Aufnehmen des Gesprächs. In der restlichen Zeit bis zum Eintreffen des Besuchs wollten sich die drei noch einmal genau umschauen, vielleicht gab es noch mehr Verstecke. Fritz nahm die Küche unter die Lupe. Er räumte Schrank um Schrank aus, schaute zwischen allen Tellern, hob alle Topfdeckel, öffnete alle Dosen. Er nahm den Besteckeinsatz heraus und inspizierte den Inhalt der angebrochenen Zuckertüte. Gott sei Dank ein Junggesellenhaushalt, dachte er. Denn für die genaue Untersuchung der üppig ausgestatteten Küche einer typischen Mittelschichtfamilie hätte er Stunden benötigt. Außer mäßig sauberem Geschirr und teilweise vermotteten Lebensmitteln fand er nichts. Er entfernte die

Blenden unter den Schränken, aber im Lichtkegel seiner Taschenlampe sah er nur Staub und die Bauwerke fleißiger Spinnentiere. Im Kühlschrank wurde nur sehr wenig aufbewahrt, und die restliche Pizza im Backofen hatte zu schimmeln begonnen. In der Müslipackung wurde er dann fündig. Als er den angebrochenen Beutel herausgezogen hatte, kam eine CD zum Vorschein. Aber seine schlagartig einsetzende Aufregung endete schon nach zwei Sekunden mit einem langgezogenen und enttäuschten »Ooch!«. Die Disc war eine Werbebeigabe! Kurz vor zehn Uhr begann er die Schränke wieder einzuräumen.
Währenddessen hielt sich Armbruster im Schlafzimmer auf und durchsuchte die Taschen der wenigen Hosen und Jacken. Alle Hemden und T-Shirts faltete er vorsichtig auseinander und legte sie nach der Begutachtung wieder sorgfältig zusammen. Wer hatte sie überhaupt so ordentlich hergerichtet? Doch nicht etwa Deck selbst?! Der Schrank war ein billiges Pressspanteil und deshalb unverdächtig bezüglich Geheimfächern. Um aber nichts durchrutschen zu lassen, prüfte er in jedem Fach die Tiefe nach – mit dem erwarteten negativen Ergebnis. Da er einen Eindruck von der Oberseite des Möbelstücks bekommen wollte, machte der Spurensucher einen kleinen Hüpfer: Nichts als jede Menge Staub. Nun rückte er den etwas wackligen Zweitürer von der Wand weg und fand mehrere dahinter gerutschte Zeitschriften, verstaubt und von Spinnweben überzogen. Die Unterwäsche war in zwei Schubladen gestopft. Er warf den Inhalt auf den Boden und legte, nachdem er Wäschestück für Wäschestück ausgeschüttelt hatte – ein komisches Gefühl, in fremden Unterhosen zu wühlen – alles wieder zurück. Um kurz vor zehn Uhr hob er die Matratze hoch.
In der Zwischenzeit hatte sich Weidner den Vitrinenschrank im Wohnzimmer vorgenommen. Die verschiede-

nen Wein-, Whiskey- und Cognacgläser hatte er am Platz gelassen, alles andere wanderte auf den Tisch. Was ihn besonders interessierte, waren die Fotoalben, weshalb er die anderen Dinge - ohne nennenswerte Funde - zügig wieder einräumte und sich dann auf den Sessel setzte. Er legte das vermeintlich älteste auf seine Oberschenkel und schlug es auf. Innerhalb von fünf Minuten hatte er sich durch die Kindheitsbilder von Tobias Deck geblättert, ohne etwas Besonderes zu entdecken.
Das nächste Album enthielt Zeugnisse aus der Jugendzeit, es wurde viel gefeiert und vermutlich auch getrunken: Tobias mit diesem oder jenem Mädchen auf dem Schoß, aber liebevolle Zuneigung schimmerte nirgends durch. Es gab auch einige Aufnahmen beim Kartenspielen, manchmal lagen Münzen auf dem Tisch und einmal stand als Erläuterung neben einem Foto, dass Tobias 35 DM abgezockt hätte. Die Krönung war ein Bild, auf dem er zwei Hundertmarkscheine hochhielt.
Der dritte Band startete mit wenigen Motiven von der Hochzeitsfeier. Dann kamen viele Familien- und Urlaubsbilder sowie Aufnahmen des stolzen Vaters mit seiner Tochter. Die meisten Fotos strahlten wenig Spontaneität und Selbstverständlichkeit aus, sondern wirkten unnatürlich und gestellt: die Dokumentation eines geltungssüchtigen Spießers. Den Höhepunkt bildete ein Shooting mit dem neuen Geländewagen. Der Mensch Tobias Deck war dem Menschen Chris Weidner mehr als unsympathisch. Der Kommissar wusste, dass man bei einer solchen Gefühlslage sehr aufpassen musste, nicht unprofessionell zu werden. Das hatten sie während der Ausbildung und bei diversen Seminaren immer wieder eingebläut bekommen. Auf den letzten Seiten waren einige Bilder wieder entfernt worden. Ganz hinten lag eines in einem anderen Format, das keine Klebstoffspuren auf der Rückseite aufwies. Es

stammte unter Umständen von einem Betriebsausflug, denn zwei Plätze neben dem Hauptdarsteller erkannte Weidner den früheren OB der Stadt Emmendingen. Auf diesem Abzug war auch eine junge Dame mit langen braunen Haaren und einer üppigen Oberweite zu sehen, der Tobias Deck gerade die Hand küsste. Das Gesicht der Schönheit war mit einem Kugelschreiber verkritzelt und durch ein Loch unkenntlich gemacht. Weidner beschloss es mitzunehmen und Frau Deck zu zeigen. In diesem Moment meldete sich krächzend das Walkie-Talkie.

»Hallo, ein Mann geht zur Haustür, ein anderer sitzt im Auto fünfzig Meter weiter«, informierte sie die Kollegin auf dem Aussichtsposten. »Ich wiederhole, ein Mann geht zur Haustür.«

Noch bevor Weidner geantwortet hatte, klingelte es. Er schaltete das Aufnahmegerät in seiner Tasche und das im Regal an. Von oben hörte er ein leises »Bereit.« und aus der Küche ein »Ich auch!«. Weidner lief zur Tür, atmete tief ein, öffnete sie sehr schwungvoll und stand dann einem verblüfften Mann gegenüber.

»Treten Sie ein, Sie werden erwartet.« Der Mann, eher klein und ziemlich korpulent, blieb verdattert stehen. »Wollen Sie jetzt Ihr Geld?«, provozierte Weidner den Neuankömmling.

»Natürlich!«, beeilte sich dieser zu sagen.

»Dann treten Sie ein.« Der Kommissar wies ihn mit einer einladenden Handbewegung ins Hausinnere, doch der Fremde zögerte.

»Wer sind Sie eigentlich?«, wollte er wissen.

»Chris Weidner ist mein Name. Kommen Sie herein. Ich erkläre Ihnen dann, warum ich Sie empfangen habe und nicht Tobias. Sie werden es verstehen.« Mit sichtlichem Unbehagen watschelte der Besucher in den Flur und schaute sich unsicher um. Seine Mundwinkel zuckten.

»Legen Sie ruhig ab«, forderte Weidner ihn auf, doch der Schuldeneintreiber machte keine Anstalten, seine Jacke auszuziehen.

»Eigentlich wollte ich nur das Geld und dann wieder gehen.« Er bemühte sich nicht zu stottern. Seine Hände zupften an seiner Hose, als wollten sie etwas Kleines entfernen.

»Gehen wir ins Wohnzimmer.« Weidner lief voraus. Dieser Besucher schien ihm so ungefährlich, dass der Kommissar ihm - ohne darüber nachzudenken - für einen Moment den Rücken zuwandte. Im Wohnzimmer drehte er sich um und schaute zurück. Der Gast war ihm nicht gefolgt, sondern im Flur stehen geblieben und schaute sich im Raum um, bevor er dann wieder zu dem ihm fremden Mann sah. Er hatte den Kopf zwischen die Schultern gezogen und hielt nun mit einer Hand die andere fest. Weidner bemerkte, wie ihm selbst die Sache Spaß zu machen begann.

»Wo ist Tobias, und wie heißen Sie noch mal?« Die Stimme zitterte leicht.

»Ich bin Kriminalhauptkommissar Chris Weidner.« Der Mann zuckte zusammen wie von einer Schlange gebissen und zog seine Hände schützend vor die Brust.

»Keine Bewegung! Hände hoch und nicht in die Jacke fassen!« Fritz stand mit gezogener Dienstwaffe im Flur. Aus seiner Perspektive hatte es so ausgesehen, als könnte der Besucher eine Pistole aus seiner Jacke ziehen. Dieser stand den beiden Polizisten mit weit aufgerissenen Augen und offenem Mund gegenüber. Als könnte er nur so das Allerschlimmste verhindern, hatte er die Hände so weit nach oben gestreckt wie ein Kleinkind beim Vorschulturnen, nur dass die Kids meist großen Spaß an ihrem Tun haben. Die Situation entbehrte nicht einer gewissen Komik und Weidner erinnerte sich an die Erzählung eines

Kollegen, bei dem ein Händehochhalter in einer solchen Situation plötzlich einen dunklen Fleck vorne auf seiner Hose hatte, der schnell nach unten hin größer geworden war. Unwillkürlich musste der Ermittler auf die Jeans des Besuchers schauen, dahin, wo ein solcher Fleck sich zuerst zeigen würde, aber er sah nichts Verdächtiges. Weidner suchte den Besucher vorsichtshalber nach einer Waffe ab, fand aber keine. Der Mann bekam die Erlaubnis seine zitternden Arme zu senken.

»Setzen Sie sich!«, befahl der Kommissar, und wandte sich dann zu Fritz. »Du kannst die Waffe wieder einstecken.«

»Ich dachte, die Hand könnte zu einer Waffe unter der Jacke gehen«, rechtfertigte sich Weidners Assistent und verstaute seine Dienstpistole.

»Hier ist mein Ausweis.« Weidner hielt ihm das Dokument unter die Nase, obwohl er sich sicher war, dass der Erschrockene es gar nicht lesen würde. Immerhin war sein Mund wieder zu.

»Das sind meine Assistenten Herr Armbruster und Herr Fritz. Und wie ist Ihr Name?«

»Andreas Pork aus Kenzingen.« Weidner kramte in seinen Englischkenntnissen, schaute dann auf die Ohren und Speckrollen seines Gegenübers und verkniff sich ein sichtbares Lächeln. Der Name passte. Er nahm das Walkie-Talkie und meldete der Kollegin im Wagen, dass er nun mit Herrn Andreas Pork ein Gespräch führen werde. Dann nahm er die Personalien des Mannes auf und gab sie der Polizistin zur Überprüfung weiter.

»Nun erzählen Sie mal, wie es zu den Schulden von Herrn Deck gekommen ist.«

Es stellte sich heraus, dass Tobias alle paar Wochen auf Zechtour gewesen war. Er und Pork hatten sich vor einigen Jahren bei solchen Gelegenheiten kennengelernt und seitdem regelmäßig wiedergesehen. In letzter Zeit war Tobias öfter auf Tour gegangen. Meistens hätte er mehr eingenommen als investiert, wobei sich die Gewinne in der Regel meist zwischen fünfzig und hundertdreißig Euro bewegt hätten, nur einmal hätte er rund fünfhundert eingestrichen. Aber beim letzten Mal, vor genau zwei Wochen, hätte Deck einen rabenschwarzen Tag gehabt und über sechshundert Miese gemacht. Hundertfünfzig hätte er begleichen können, den Rest habe er heute bezahlen wollen.

»Führen Sie Buch über die Spielabende?«, wollte Weidner wissen.

»Natürlich! Dann weiß ich, mit wem ich besser nicht mehr spiele.«

»Das heißt, Sie schreiben alle Teilnehmer auf und notieren deren Gewinne und Verluste?«

Pork nickte devot: »Genau.«

»Ich hätte gerne Ihr Notizbuch!« Porks Kinnlade fiel wieder herunter. Wäre er nicht schon weiß wie die Wand gewesen, vor der er gerade saß, wäre seine Gesichtsfarbe spätestens jetzt im Eiltempo so geworden. Der Kommissar hatte einen ganz heiklen Punkt angesprochen. Bewegten sich solche Spielabende doch oft am Rande der Legalität und manchmal auch jenseits der erlaubten Grenzen. Der Kerl zappelt wie ein Fisch am Haken, dachte Weidner, aber er hätte nicht den Mut zu ernsthaftem Widerstand.

»Das, also, das geht nicht.« Pork ließ ein nervöses Hüsteln hören. »Da stehen nämlich auch private Dinge drin.«

»Wir unterliegen der Schweigepflicht.« Weidner hoffte, dass diese Bemerkung genügen würde.

»Ich habe es nicht dabei.« Der Dicke hob entschuldigend die Schultern. Pork standen die Schweißperlen auf der Stirn. Mit seiner Jacke war er sowieso zu warm angezogen, und die Aussicht auf eine Menge Ärger mit den

Spielfreunden tat den Rest. Der Kommissar schaute ihm in die Augen und schwieg, wie er es gerne tat, um sein Gegenüber mürbe zu machen. Dann biss er sich auf die Unterlippe und nickte dem Spielkumpanen Decks wie zur Bekräftigung zu. So wie ein strenger Lehrer, der im nächsten Moment die Strafe für ein Vergehen verkünden würde. Gerade, als sich die erste Schweißperle nach unten in Bewegung setzte, sprach Weidner weiter.
»Sie haben noch nicht von uns erfahren, wieso Sie hier auf uns treffen anstatt auf Ihren Schuldner.« Er machte eine Kunstpause, die Pork sekundenlang auf eine Antwort warten ließ. Sein Blick sprang in schnellem Wechsel hin und her, abwechselnd Weidners linkes und rechtes Auge fixierend. Schließlich war der Kommissar bereit, die Bombe platzen zu lassen. »Tobias Deck ist vor drei Tagen in diesem Haus einem Verbrechen zum Opfer gefallen.«
Der verängstigte Spieler schlug sich die Hand vor den offenstehenden Mund. Nach einer Sekunde nahm er sie wieder weg und fuchtelte mit dem Zeigefinger in einer verneinenden Geste in der Luft herum.
»Ich, ich habe damit aber nichts zu tun«, stotterte er. Weidner ließ ihn bewusst im Unklaren und riet ihm zur Kooperation.
»Darf ich in die Jacke fassen? Ich will mein Büchlein herausholen«, erklang die zittrige Stimme des Verängstigten. Doch Weidner dachte noch nicht daran, auf soft umzuschalten. Er erhob sich, baute sich vor Pork auf, fixierte den Verunsicherten und streckte dann langsam und fordernd seine Hand aus.
»Ich bitte darum!« Die Härte des Tonfalls kontrastierte mit der Höflichkeit der Floskel. Porks Hand fuhr schnell in die Jacke, nach wenigen Sekunden hielt er das gewünschte Objekt zwischen den nervösen Fingern. Weidner nahm das abgewetzte Notizbuch entgegen. Es könnte zu einem

wichtigen Baustein in seinem Mosaik werden. Der Kommissar heftete seine Augen auf die seines Gegenübers. Dieser traute sich nicht, ungefragt aufzustehen und richtete seinen Blick mit leicht zuckenden Lidern auf den Polizisten. Das Kaninchen vor der Schlange, dachte Fritz. »Sie hatten angekündigt, nicht allein zu kommen. Wann wird Ihr Freund im Auto unruhig und kommt nachsehen?«
»Wir hatten eine schnelle Übergabe eingeplant.«
»Dann müsste er gleich kommen.«
»Was passiert mit meinem Büchlein?« Pork hatte ein offensichtliches Interesse daran, das Ding so schnell wie möglich zurückzubekommen, sodass sich Weidner sicher war, darin auch einiges Ungesetzliches finden zu können. »Wie gesagt, Persönliches und Privates will ich nicht wissen. Mich interessieren nur illegale Dinge. Herr Pork, gehen Sie nun mit meinem Kollegen nach oben und erzählen ihm alles, was Sie im Zusammenhang mit dem unerfreulichen Vorfall wissen oder vermuten. Zum Schluss unterschreiben Sie Ihre Aussage. Und falls die Informationen aus Ihrem Buch zu einem juristischen Nachspiel für Sie führen sollten, dann wäre die gute Zusammenarbeit mit uns für jeden vernünftigen Richter ein gutes Argument, ein Auge zuzudrücken.«
Pork kam nicht auf die Idee, einen Anwalt hinzuzuziehen und Weidner wollte ihm den Tipp dafür auch nicht geben. Man musste dieses Eisen schmieden, so lange es heiß war. Armbruster, der das Gespräch vom Flur aus verfolgt hatte, nickte dem Geldeintreiber zu und verschwand mit ihm im oberen Stockwerk.
Er hatte die Türe zu Decks Schlafzimmer gerade geschlossen, als sich das Walkie-Talkie wieder meldete: »Der Fahrer hat das Fahrzeug verlassen und kommt auf das Haus zu!« Weidner bestätigte den Empfang der Nachricht und ergänzte, dass bisher alles nach Wunsch

liefe. Noch bevor der zweite Besucher geklingelt hatte, öffnete der Kommissar die Tür. Sein Gegenüber erschrak kaum merklich. Weidner ging es genauso, als er den Hünen mit äußerst unsympathischem Gesichtsausdruck vor sich erblickte. Und außerdem kam er ihm irgendwie bekannt vor, und sei es aus einer Fahndungsunterlage. Die Vorstellung mit diesem Menschen jetzt alleine im Haus ein Gespräch zu führen, war ihm sehr unangenehm.
»Was geht hier vor?«, wollte das derbe Gesicht wissen. »Wo ist Tobias und warum öffnet er nicht selbst?« Seine Augen hatten sich schlitzartig verengt und er suchte mit seinem Blick das Dunkel des Hausgangs hinter Weidner ab.
»Kommen Sie rein, ich erkläre es Ihnen.« Der Koloss setzte sich in Bewegung.
»Ich mag keine faulen Tricks!«, sagte er im Flur. Die Stimme hatte einen drohenden Unterton und Weidners Adrenalinspiegel stieg sprunghaft an. Hier war Vorsicht angebracht, denn solche Typen schlugen gerne ohne Vorwarnung zu. Der Ermittler hatte Mühe, seine Stimme unter Kontrolle zu halten und ganz abgeklärt zu wirken. Das Nervenkostüm eines 007 hatte er nicht!
»Wo ist Andreas?«, wollte der zweite Besucher wissen.
»Er ist im oberen Stockwerk in Tobias' Schlafzimmer und setzt einen Vertrag auf.«
»Dafür sind wir nicht gekommen. Was soll der Quatsch?«, fauchte der Riese.
»Wir sind von der Polizei und ermitteln im Mordfall Tobias Deck!«, kam eine Stimme aus dem Hintergrund. Nach dem ersten Satzteil sah Weidner, wie es den Gast wie bei einem Flucht- oder Angriffsreflex durchzuckte, aber dann entspannte er sich.
»Können Sie sich ausweisen?«, fragte er Weidner.
Der Kommissar holte seinen Dienstausweis aus der Ta-

sche. »Ich möchte Sie nach Waffen absuchen«, sagte er dann. Der Hüne bekam einen roten Kopf, beherrschte sich aber.
»Einfach so?«, fragte er betont freundlich und lächelte überheblich. »Das geht nicht.«
»Sie mögen keine faulen Tricks und ich mag keine faulen Überraschungen.«
»Ich habe ein Klappmesserchen in der Tasche, zu Ihrer Information.« Das Messerchen hatte rund zwanzig Zentimeter Länge und war die einzige Bewaffnung. Aber wer über solche Kräfte verfügte wie dieser Riese, der hatte nicht mehr nötig.
»Wie heißen Sie?«
»Berthold Dröscher.« Der Schrank von Mann machte überhaupt keinen nervösen Eindruck mehr, sondern war ganz ruhig. So, als hätte er nichts zu befürchten. Weidner war sich sicher, dass dieser Muskelprotz nicht zum ersten Mal in einer solchen Situation war.
»Setzen Sie sich bitte ins Wohnzimmer, Herr Dröscher, wir hätten ein paar Fragen.«
»Ohne Anwalt muss ich nicht aussagen », stellte er klar.
»Richtig, aber es würde uns beiden die Sache einfacher machen, wenn wir es hier statt auf dem Revier erledigen könnten.«
Dröscher atmete tief durch, dann gab er seine Entscheidung bekannt: »Wir können anfangen, verweigern kann ich immer noch.«
»Das klingt vernünftig.« Weidner setzte sich in den zweiten Sessel, wobei er auf einen größeren Abstand zu seinem Gesprächspartner achtete als bei dem Angsthasen Pork. Außerdem stand Fritz noch im Türrahmen.
Nach dem aufregenden Kennenlernen verlief das Gespräch verhältnismäßig harmonisch. Der Hüne holte ganz selbstverständlich seine Brieftasche heraus und übergab

dem Kommissar seinen Personalausweis, dessen Daten Weidner wie zuvor bei Pork an die Kollegin weitergab. Berthold Dröscher war wie Andreas Pork regelmäßiger Besucher von Spielveranstaltungen und bestätigte die Aussage seines Kumpels bezüglich Tobias Deck. Anscheinend hatte dieser seine Geldnot durch Spielgewinne beheben wollen und war dabei vor zwei Wochen richtig im Schlamassel gelandet. Dröscher war sicher, dass Deck keine nennenswerten Schulden bei anderen Spielern hätte, das wäre in der Szene bekannt. Inwieweit diese Spiele-Treffen legal waren oder nicht, war auch jetzt nicht klar und müsste andernorts geklärt werden. Auf jeden Fall gab es wenig Anlass zu der Annahme, dass man über die Glücksspielerei der Aufklärung des Mordes näher kommen würde. Einzig das Psychogramm des Opfers war um einige Facetten reicher geworden. Tobias Deck verkehrte also am Rande der Halbwelt mit zwielichtigen Gestalten, und seine Schulden hatten ihn zu unklugen Handlungen bewegt. Hatte er vielleicht an anderer Stelle die Grenzen der Legalität eindeutiger überschritten?

Als die beiden ihre Aussagen unterschrieben hatten und gegangen waren, setzten sich die drei Kriminalbeamten noch zu einem kurzen Vergleich der Protokolle zusammen. Es gab keine Widersprüche.

Ob Dröscher dem Tobias wohl eine platte Nase verpasst hätte, falls das Geld nicht da gewesen wäre, wollte Armbruster wissen. Die beiden Kollegen trauten dem Muskelmann so etwas zu.

»Mir reicht es für heute!«, beendete Fritz den Einsatz. »Drüben im Altenheim gibt es ein Café. Ich gebe einen Cappuccino aus.«

Am Nachmittag lief der Marathontrainierer die »speedunit« fünf Minuten langsamer als vorgegeben, aber die

fünf Minuten pro Kilometer beim Intervalltraining hatte er knacken können. Frischgeduscht stand Weidner in seiner kleinen Küche und überlegte. Sollte er sich etwas kochen? Hin und wieder bekam er große Lust dazu und manchmal lud er jemanden dazu ein. Aber dafür war es heute zu spät. Außerdem hatte er keine große Vorratshaltung und ein Blick in seinen Schrank machte ihm sofort klar, dass er noch einiges besorgen müsste, wenn er mehr als nur Spaghetti und vegetarische Bolognese aus dem Glas essen wollte. Ein kurzer Blick auf die Uhr bestätigte seine Vermutung, es war schon fast acht. Bis vor wenigen Jahren war eine solche Situation immer schwierig, denn das Ladenschlussgesetz war nicht für Polizisten gemacht worden – er wäre beim Kaufland vor verschlossenen Türen gestanden. Aber mittlerweile war alles besser, ausnahmsweise fand er einen Vorstoß der FDP sinnvoll, und im Gegensatz zur Partei erfreute sich das Gesetz einer großer Beliebtheit. Mit Änderung der Schließzeiten war ein Einkaufserlebnis nach den Acht-Uhr-Nachrichten möglich. Statt passivem Konsum eines schlechten Spielfilms stand nun die aktive Teilnahme am öffentlichen Leben im Alltagswarentempel am Emmendinger Festplatz an, von dem man nach einer guten Shopping-Performance entspannt nach Hause fuhr und viel besser schlafen konnte als mit den Alpträumen nach den billigen Retortenfilmchen der Privatsender.
Das Telefon riss ihn aus seinen Gedanken. Der Abend sollte ihm gehören! Bloß kein Anruf aus der Dienststelle. Oder noch schlimmer, von Hanni und Nanni.
»Hallo, Paul«, sagte Weidner nachdem er die Nummer des Anrufers erkannt hatte.
»Du klingst so erleichtert. Hast du jemand anders erwartet? Oder befürchtet? Man könnte, glauben, die Polizei sei hinter dir her.«

»Du triffst den Nagel ziemlich auf den Kopf«, erwiderte Weidner. »Ein Anruf von denen hätte mir den Abend verdorben.«

»Stress?«, fragte Pauls Stimme.

»Zwei Tote auf einmal, das ist in unserer Kleinstadt unüblich.«

»Nähert sich die Emmendinger Beschaulichkeit dem Ende?«

»Sagen wir lieber, wir erwachen aus dem Dornröschenschlaf. Das klingt besser.«

»Dann erzähl mal von deinen hochtrabenden Plänen für heute Abend«, forderte Paul ihn auf. Und so kam es, dass Chris Weidner zwar kein selbstgekochtes Abendessen mehr bekam, sich aber in einem einstündigen Gespräch den Frust von der Seele reden konnte. Paul Böcherer war ein alter Freund, einer aus der Anfangsclique, aus den Tagen der Ausbildung an der Polizeischule. Außer den beiden waren noch Gerd Kettler und Kuno Quartier dabei gewesen. Sie hatten damals einiges miteinander unternommen und es hatte sich gezeigt, dass sie einander vertrauen konnten und sich auch jenseits des Berufs nahestanden. Weidners Bruder hatte vorausgesagt, dass sie einmal eine Seilschaft bilden und in einer Großstadt die polizeilichen Fäden in der Hand halten würden. Aber dann kamen die Frauen! Pauls Freundin Jana wurde schwanger - der Zeitpunkt ließ nicht auf eine bewusste Lebensplanung schließen. Mit Hilfe seiner Eltern konnten beide ihre Ausbildung fertig machen und Jana stieg in die väterliche Arztpraxis ein. Als das zweite Kind kam und sich als Zwilling entpuppte, entschied sich Paul, den Dienst zu quittieren und Hausmann zu werden. Er hatte die drei Plagen gut erzogen, fand Weidner, der die Familie in den vielen Jahren regelmäßig besucht hatte. Der Freund war immer gut als Beichtvater und Seelenklempner gewesen, wenn Weidner beruflich oder privat einen Durchhänger hatte. Da die Kinder nun nicht mehr ganz klein waren, hatte sich Paul einen Jugendtraum erfüllt und das alte BMW-Motorrad seines verstorbenen Vaters wieder flott gemacht. Damit hatten sie im letzten Sommer einige Ausflüge unternommen, und Weidner war auch zweimal zu einer Straußenwirtschaft am Kaiserstuhl mitgefahren, in der sie als Clique vor vielen Jahren häufiger zu Besuch gewesen waren. Damals hatte sich Kuno in die Bedienung verliebt. Es hatte sich bald herausgestellt, dass die junge Dame die Tochter eines französischen Weinbauers war, der im nahen Elsass ein recht ansehnliches Weingut besaß. Und schließlich hatte sich Kuno dafür entschieden, selbst diesen Beruf zu erlernen und in das schwiegerväterliche Gut einzusteigen. Bei Weidner hatte damals die Liebe auch eingeschlagen, aber die daraus resultierende Beziehungskiste hielt er im privaten Keller sehr gut unter Verschluss!

»Ich sehe schon, eigentlich müsste ich dich mit meiner Maschine abholen und in die Strauße mit dir fahren, das würde deine Trübsal vertreiben.«

»Das wäre eine gute Idee.«

»Ich kann dir aber zurzeit nur einen Gutschein für die Sommersaison ausstellen« konkretisierte Paul sein Angebot. »Die Maschine ist noch nicht angemeldet.«

»Auch gut«, sagte Weidner, »ich hole mal schnell meinen Terminkalender.«

»Terminkalender ist ein gutes Stichwort und eigentlich der Grund für meinen Anruf. Wie wäre es, wenn wir uns einmal wieder mit Gerd und Kuno treffen würden? Ich könnte es organisieren. Schlag mir einmal ein paar Termine vor.«

Nachdem sie sich noch einige Zeit mit dem Terminkalender und dem Für und Wider der relevanten Tage auseinandergesetzt hatten, hielten sie drei mögliche Termine fest und kamen schließlich zum Ende des Gesprächs. Es war schon deutlich nach neun Uhr, als Chris Weidner den Hörer auflegte. Es ging ihm nun wesentlich besser als vor einer Stunde. Er erinnerte sich, dass er zu Beginn des Gesprächs noch wie ein Tiger im Käfig auf- und abgelaufen war. Nun hatte er das Telefonat aber entspannt auf dem Bett liegend beendet. Er beschloss, noch ein wenig in der »Zeit« zu lesen und dann früh die Augen zu schließen.

In der Nacht träumte er von einer Fahrt im Beiwagen eines Motorrades. Am Lenker saß nicht Paul, sondern Kuno. Sie fuhren durch Weinberge und kamen an eine Wirtschaft. Dort setzten sie sich hin und warteten auf die Bedienung. Plötzlich hörte Weidner eine Stimme von hinten. »Sie wünschen, bitte?« Er erschrak, denn die Stimme kam ihm bekannt vor. Aber es war nicht die Stimme seiner verflossenen Freundin oder die von Kunos späterer Frau. Als er sich umgedreht hatte, sah er in das Gesicht von Fabienne von der Heiden. Sie lächelte ihn an. Leider wurde er an dieser Stelle des Traumes wach. Aber das Gefühl war angenehm gewesen, sogar mehr als angenehm, also drehte er sich um und schlief entspannt wieder ein.

SONNTAG

Als Chris Weidner endgültig aufwachte, zeigte sein Wecker 8:05 Uhr: eine gute Zeit zum Aufstehen. Er fühlte sich ausgeschlafen und die Erinnerung an seinen Traum ließ ihn schmunzeln. Dann kam ihm sein Zeitungsstudium am vorigen Abend in den Sinn. Das Thema Klimawandel beherrschte die Schlagzeilen. Weidner war froh darüber. Er verzichtete schon seit Jahren auf Flugreisen, da ihm das Flugzeug als Beförderungsmittel zu umweltschädlich erschien. Auch das Ende seiner Beziehung hatte damit zu tun. Viele seiner Kollegen und Freunde hatten ihn für seine selbstgewählte Einschränkung belächelt. Inzwischen fühlte er sich rehabilitiert.

Passend zum Thema war sein Entschluss, mit dem Rad in den Nachbarort Vörstetten zu fahren und dort Frühstücksbrötchen einzukaufen. Er zog seine Fahrradkleidung an und ging zum Schuppen, wo sein Zweitausend-Euro-Renner mit einem dicken Schloss an einen Pfosten gekettet war. Da ihm der direkte Weg zu kurz war, nahm er zuerst den Radweg in Richtung Emmendingen, bog vor der Brücke über die Bundesstraße rechts ab in den Wald, folgte dem geteerten Weg bis zur nächsten Kreuzung und überquerte die Umgehungsstraße von Wasser über die Holzbrücke. Nun war er warm und trat für einen Zwischenspurt bis Denzlingen kräftig in die Pedale. Als er das Ortsschild passierte, ließ er es wieder langsamer angehen. Die kalte Morgenluft füllte seine Lungen, er spürte sein Herz kräftig und regelmäßig schlagen und fühlte sich frei, frei von den beiden unerfreulichen Vorfällen, deren Aufklärung ihm übertragen worden war. Seine Gedanken trugen ihn in die Vergangenheit, als er vor über zwanzig Jahren mehrfach die Woche im Training war und es als Leichtathlet bis zur badischen Juniorenmeisterschaft gebracht hatte. Das war lange her und mit Beginn seiner Ausbildung an der Polizeischule hatte er seinen sportlichen Ehrgeiz fast verloren. Schon nach kurzer Zeit stand seine kriminalistische Neugier im Mittelpunkt. Eine solche Radtour brachte ihm die Bilder und Gefühle aus seiner Jugend zurück und das baute ihn auf. Dass der angeblich geöffnete Bäckerladen keinen Sonntagsverkauf hatte, konnte er deshalb gut wegstecken. Zwanzig Minuten später stand er in einem Emmendinger Café in der Mundinger Straße und deckte sich mit fünf Teilchen ein: einer Salzbrezel, einem Croissant, einem Mohn- und einem Sesamweckle und schließlich ließ er sich noch ein Vollkornbrötchen einpacken. Zwar nicht Bio, aber noch leicht warm.

Nach einem ausgedehnten Frühstück machte sich Weidner an die Wochenendarbeit. Er fuhr dazu in sein Büro, denn zu Hause wurde dienstliche Arbeit von ihm strikt vermieden. Den Anruf seines Vorgesetzten im Nacken, sichtete Chris Weidner die DVDs und CDs aus der zweiten Reihe des Wohnzimmerregals. Es waren seichte Sexfilme, in denen eine mehr als dürftige Handlung die breitgetretenen Szenen mit viel weiblicher Haut locker verband. Klar, dass man solche Streifen weiter hinten im Regal aufbewahrte, wenn man gerade um eine Arbeitskollegin buhlte und sie einen zu Hause besuchen kommt, ging es Weidner durch den Kopf. In keinem der Filmchen zeigte sich eine ihm bekannte Person. Nach vier Stunden mit vielen Worthülsen, Plattitüden, zahlreichem Gestöhne und dummen Sprüchen, komprimiert aus sieben Scheiben durch ständiges Abwechseln von Suchlauf und Play, war er völlig geschafft. Er entschloss sich auf dem Rückweg zu einem kleinen Trainingslauf durch den Wald. Nicht zu viel nach der langen Unit am Vortag, eher ein

leichter »workout«. 1:35! Noch hatte er sein Ziel nicht aufgegeben. Es war jetzt fast 15 Uhr. Bis zum Einbruch der Dunkelheit wäre die Einheit geschafft.
Zu Hause angekommen, sah er den Anrufbeantworter blinken. Seine Aufregung - bloß kein dritter Mord oder ein fünfter Verdächtiger - legte sich schnell, als er die Stimme seiner Mutter erkannte. Er rief zurück, es nahm jedoch niemand ab. Sein Magen meldete Leere. Er aß einen Powerriegel und einige Vollkornbutterkekse, dann zog er vorsichtig die braune Schale von seiner letzten Banane ab. Er hatte Glück, denn das Innere der Frucht war bis auf eine kleine Verfärbung gleichmäßig hell und schmeckte köstlich. Einigermaßen gesättigt legte er sich für einige Minuten auf sein Bett. Beinahe wäre er eingeschlafen.
Es kostete ihn einige Überwindung, seine gemütliche Wohnung zu verlassen und ein zweites Mal ins Büro zu fahren. Dort angekommen, brühte er sich einen Kräutertee namens Abendtraum auf, nahm sich das Büchlein des Geldeintreibers Andreas Pork vor und blätterte es durch. Es enthielt alle Spieltage der letzten acht Jahre, an denen der Besitzer teilgenommen hatte. Akribisch wie ein karrieregeiler Finanzbeamter hatte der Spieler in sehr kleiner Schrift zu jedem Datum mehrere Namen und Summen inklusive den Vorzeichen plus und minus notiert. Nachdem Weidner das Büchlein kopiert hatte, entschied er sich, die für ihn wichtigen Daten herauszuschreiben und dadurch auf eine handliche Datenmenge zu reduzieren. Er schrieb sich nur die Daten ab, bei denen Tobias Deck erwähnt wurde. Die im Verhör genannten Zahlen über Gewinne und Verluste bestätigten sich. Auch eine Adressenliste war vorhanden; darüber würden sich die Kollegen der Glücksspielabteilung freuen. Porks übersichtliche Buchführung machte es ihm möglich, in knappen

zwei Stunden mit der Sichtung fertig zu sein. Die beiden Spieler waren in diesen acht Jahren genau 38 Mal aufeinander getroffen. Deshalb hatte Weidner am Schluss fünf DIN-A4-Seiten beschrieben anstatt der erwarteten zwei. Nun konnte er wieder nach Hause fahren.
Beim siebten Klingeln des zweiten Anlaufs nahm seine Mutter den Hörer ab. Sie telefonierten mindestens einmal pro Woche miteinander und redeten über alles, was sie bewegte. Seit Chris Weidner nicht mehr in einer Beziehung lebte - und das waren schon einige Jahre - hatten sich diese gegenseitigen Anrufe zu einer lieben Gewohnheit entwickelt. Heute ließ er sich wegen seinen Überstunden und der Wochenendarbeit von ihr bedauern. Auch wenn sie ihn nicht immer so ganz erwachsenengemäß behandelte und ihm noch genauso Ratschläge gab wie damals, als er dreizehn war, heute war das Balsam für seine gestresste Kommissarenseele. Von diesem Einfühlungsvermögen wünschte er seinem Vorgesetzten ein wenig. Er erzählte ihr, dass er zwei Gewaltverbrechen gleichzeitig aufklären sollte. Um ihn zu trösten, riet sie ihm, sich zuerst zu entspannen, um einen klaren Kopf zu bekommen - schließlich sei Wochenende.
Weidner beschloss, ihrem Rat zu folgen. Er setzte sich in seinen alten Berlingo und fuhr ins Keidel Mineral-Thermalbad südlich von Freiburg. In der Zeitung hatte gestanden, dass an diesem Tag besonders lange geöffnet sei. Nach einigen Runden im Außenbecken und einer mehrfachen Tour entlang der Massagedüsen legte er sich auf eine Liege. Als der Bademeister ihn schließlich weckte, hatte er es endlich: das wohlig-warme Gefühl von zufriedener Entspannung.

MONTAG

Die neue Woche begann mit Kleinarbeit. Weidner nahm sich das stoffgebundene Notizbuch von Tobias Deck, das Armbruster am Mordtag bereits ein erstes Mal analysiert hatte, noch einmal vor. Zuerst blätterte er schnell durch, um sich einen ersten Eindruck zu verschaffen. Immerhin gab es eine klare Struktur in Form von Datumsangaben sowie vielen wiederkehrenden Abkürzungen und Symbolen. Dann verglich Weidner die Daten des Geldeintreibers mit denen in Decks Buch. Was ihr gemeinsames Hobby betraf – Oder sollte man von Leidenschaft oder Sucht sprechen? – stimmten die Einträge oft überein. Im letzten Jahr war Deck relativ häufig beim Zocken gewesen, mit einem durchschnittlichen Gewinn von knapp hundert Euro pro Abend, wenn man von dem Reinfall vor Kurzem absah. Er hatte Gewinne und Verluste genau aufgeführt. Mit einem Rechteck, in dem eine Zahl stand, symbolisierte er sozusagen einen Geldschein. Zeigte der Pfeil darunter nach rechts, dann hatte er das Geld gewonnen, zeigte er dagegen nach links, dann wies er einen Verlust aus. Auch der Fünfhundert-Euro-Gewinn vor fast einem Jahr war in beiden Büchern angegeben, ebenso der Verlust von sechs »Hunnies« vor wenigen Wochen. Den letzten Eintrag dieser Art hatte er im Voraus getätigt, denn er stand für vergangenen Samstag, mehrere Tage nach seiner Ermordung. Und zeigte genau die Summe an, die der Dicke genannt hatte: 450 Euro. Dabei fanden sich AP und BD als Abkürzung für die Namen Pork und Dröscher. Die Geldeintreiber waren also pünktlich erschienen. Bei den Geldscheinen war fast immer eine Art von Spielkarte zu sehen und Buchstaben, die Weidner als Kürzel des Turnierortes deutete. In einigen Fällen ließ er sich durch

Vergleich der beiden Bücher identifizieren, manchmal wichen die Einträge voneinander ab. Vielleicht waren die beiden zeitgleich an unterschiedlichen Orten ihrem Hobby nachgegangen. Oder sie hatten verschiedene Namen für den gleichen Ort angegeben. Nachdem der Kommissar den Geldtransfer entschlüsselt hatte, versuchte er sich an den anderen Einträgen. Der erste stammte vom Februar des letzten Jahres - Fastnachtsmontag - also genau die Zeit, in der seine Frau ausgezogen war und er sich mit der temperamentvollen und eifersüchtigen Russin eingelassen hatte. Ein neues Buch für den neuen Lebensabschnitt? Wer seine Mitschriebe so durchorganisiert hatte, schrieb nicht sein erstes Büchlein voll. Ob er den Vorläufer noch finden würde? Vielleicht wüsste seine Frau etwas darüber, eventuell hatte sie es sogar mitgehen lassen, in weiser Voraussicht auf die kommenden Streitigkeiten.
Decks neue Bettgenossin war in Form ihrer Initialen KK regelmäßig Gast in den Niederschriften, bis etwa zum Jahreswechsel, da war die Beziehung auseinandergegangen. Danach kam einige wenige Male das doppelte M als Kürzel, das Weidner für die Abkürzung von Yvonne Müller-Meckel hielt. Somit bestätigten seine Einträge die Aussage von ihr, dass das Verhältnis der beiden noch in den Anfängen steckte. Zu den letzten Notizen gehörten ein Schraubenschlüssel am Fastnachtssamstag und der lokale Fastnachtsruf »Ajo« am 15.2., dem schmutzigen Donnerstag. Am Abend dieses Tages war halb Emmendingen mit den Hemdglunkern zuerst auf dem Umzug und anschließend zum Feiern in der Halle. Der Ruf aus drei Buchstaben legte den Besuch dieser Veranstaltung durch Deck nahe, zumal er gerne zu Events dieser Art gegangen war. Und dabei, so schätzte Weidner ihn ein, war dieser einem amourösen Abenteuer sicher immer

zugeneigt. Am Freitag war das Rathaus wie jedes Jahr in der Hand der Narren und so ließ sich die abgebildete Flasche als feuchtfröhliches Vorhaben interpretieren. An seinem Todestag standen wieder das doppelte M und ein 19:00 dahinter. Frau MM hatte von einer Verabredung gesprochen. Am Montag, also heute, war mit wenigen Strichen ein größeres Auto hinein gezeichnet. Schließlich gab es noch diverse Telefonnummern, beispielsweise eine aus Freiburg als Teil des letzten Eintrags oder eine aus den neuen Bundesländern am letzten Dienstag. Der Kommissar würde einen seiner Assistenten bitten, die Besitzer dieser Nummern herauszufinden und sie anzurufen. Gerade wollte er das Büchlein schließen und in die Schublade seines Schreibtisches legen, als sein Blick noch einmal auf das Rechteck des letzten Mittwochs fiel. Er hatte zuerst eine Hundert in dem Rechteck mit dem Gewinnerpfeil gelesen, aber da stand 10T. Gut, dass Armbruster jetzt keine Möglichkeit hatte, sich über Lesehilfen auszulassen. An einem Donnerstag waren bis dahin keine Spielveranstaltungen eingetragen gewesen. Und außerdem konnte er erst hinterher wissen, wieviel mehr sein Geldbeutel enthalten würde. Zehn Euro würde Deck wohl kaum aufgeschrieben haben. Bedeutete das T etwa Tausend? Frau Deck hatte erzählt, dass Tobias eventuell Geld von seinem Bruder bekäme. Aber der war, wie die Kollegen vor Ort mitgeteilt hatten, noch einige Tage an einem unbekannten Platz in Urlaub.
Weidner schaute auf seine Uhr. Er hatte fast eine Stunde mit den Aufzeichnungen verbracht. Nun musste er dafür sorgen, dass er die beiden Ex von Deck ein zweites Mal interviewen konnte.

Konstanza Kubischek öffnete ihre Wohnungstür erst nach mehrmaligem Klingeln. Sie sah aus wie nach einer durchgemachten Nacht. Ihr Gesicht war blass, und ungeschminkt wirkte es etwas verlebt, obwohl sie noch keine Dreißig war. Ihre schwarze Mähne war verstrubbelt, die Augen klein und verquollen. Sie trug einen Bademantel aus rosa Satin und ihre Füße steckten in rosa Plüschhausschuhen. Barbie ließ grüßen.

»Entschuldigung, ich habe den Wecker wieder ausgestellt.«

»Brauchen Sie noch ein paar Minuten, um sich anzuziehen?«, fragte Weidner.

»Kommen Sie gleich rein«, antwortete sie. Auch dieses Mal roch sie nach Alkohol, und ... nach Bett. Weidner hatte einen Moment gezögert, die junge Frau im Bademantel zu verhören, war ihr dann aber in die Essküche gefolgt, wo sie den beiden Polizisten wortlos einen Platz anbot.

»Ich heiße Peter Fritz«, stellte sich Fritz vor. Sie nickte ihm mit unbeteiligtem Gesicht zu, nahm zwei Haarsträhnen aus ihrem Gesicht und steckte sie sich hinter das rechte Ohr. Dann rieb sie sich beide Augen und holte mit einem rotlackierten Fingernagel ein wenig Schlafsand aus den Augenwinkeln. Ihr Blick war wacher als noch an der Wohnungstür – Zeit für die Ermittler zu beginnen.

»Frau Kubischek«, stieg Weidner in das Gespräch ein, »mein Kollege und ich haben noch einige Fragen an Sie. Zuerst würden wir gerne Genaueres über die Zeit wissen, als Sie mit Herrn Deck eng befreundet waren. Wir wollen uns ein möglichst umfassendes Bild von ihm machen, um seine Gedanken und Entscheidungen nachvollziehen zu können. Erzählen Sie einfach. Wie lernten Sie ihn kennen? Kannten Sie seine Frau oder seine Tochter? Spielte Nadine Deck eine Rolle in Ihrer Beziehung? Wie gesagt, sprechen Sie drauflos, ohne lange nachzudenken.«

Konstanza Kubischek griff nach einer Zigarette, steckte sie aber wieder in die Packung. Sie schluckte hörbar,

dann folgte sie der Aufforderung und berichtete, wie er sie mit Komplimenten überhäuft und schließlich auch die eine oder andere Andeutung eingestreut hatte. Auf Nachfrage berichtete sie von den vielen Unternehmungen, die sie zusammen gemacht hätten, wie Kinobesuche, Bowling, Eislaufen, zu Partys gehen oder eine Disko besuchen. Ihre Stimme war nun, da sie in ihren schönen Erinnerungen schwelgte, weich und sympathisch geworden. Das änderte sich abrupt, als Weidner andeutete, dass er im Rosenweg eine DVD mit ihr als Hauptperson gefunden hätte. Helle Empörung! In zwei Sekunden von null auf hundert! Was immer sie auf Russisch ausrief, es war nicht freundlich. Dann sank sie in sich zusammen und brach in Tränen aus. Weidner und Fritz schauten sich an. Beide hatten nicht den geringsten Zweifel an der Echtheit ihrer Gefühle, aber wie konnte man unter solchen Bedingungen mit der Vernehmung fortfahren?
Schneller als erwartet und zur Erleichterung der beiden Ermittler bekam sie ihre Tränen wieder in den Griff. Sie stand auf, holte zwei Blatt von einer Rolle mit Küchentüchern, schnäuzte sich ausgiebig und fragte dann mit vom Weinen nasaler Stimme: »Sie haben den Film angesehen?« Mit ihren nassen Augen schaute sie erst den einen und dann den anderen an.
»Wir wussten nicht, was auf der Scheibe sein würde.«
Während einer kurzen und eher peinlichen Pause zog sich ihr Mund zusammen und die Augen verengten sich zu Schlitzen. Noch starrte sie auf den Tisch, aber die beiden Besucher erwarteten eine erneute Eruption.
»Dieser Idiot! Dieses Schwein!!«, kreischte sie, trommelte mit den Fäusten auf den Tisch und sprang dann auf. »Er hat mich überredet, es zu tun, ich wollte es gar nicht. Es war nur für ihn, und jetzt kennt es die halbe Welt. Ich könnte ihn umbringen dafür!«

Die beiden Polizisten warfen sich einen schnellen Blick zu. Wie unbedacht ging sie in Gegenwart ihres Besuchs mit diesem Satz um. Nachdem die junge Dame ihren Ex-Lover mit einer Reihe russischer Schimpfwörter bedacht hatte - denn nur um solche konnte es sich in Anbetracht der Umstände und ihres eindeutigen Tonfalls handeln -, setzte sie sich wieder hin und begann erneut, hemmungslos zu heulen, minutenlang. Die zu Statisten degradierten Männer saßen schweigend am Tisch, fühlten sich zunehmend hilflos und begannen durch leises Hüsteln auf sich aufmerksam zu machen. Aber es dauerte dieses Mal länger, bis sie wieder ansprechbar war.
»Die DVD ist nur zugänglich für die Personen, die an den Ermittlungen des Falls beteiligt sind. Sobald sie keine Rolle mehr spielt, werden wir Sie Ihnen aushändigen. Versprochen.«
Weidner beobachtete sie: »Können wir das Gespräch fortführen, Frau Kubischek?« Sie bemühte sich deutlich, wieder die Kontrolle über sich zu bekommen. Nach einigen Schnäuzern wollte Weidner nicht mehr länger warten, sie hatten schließlich noch einen weiteren Termin, und nahm den Faden wieder auf. »Frau Kubischek, wir sind zum Stillschweigen verpflichtet, wir werden so vertraulich wie möglich mit dem Film umgehen. Ich möchte nun auf Ihr Alibi zurückkommen.« Sofort ging die Entspannung wieder verloren und ihr Gesicht zeigte Anzeichen von Panik. »Ihr Bruder war zur Tatzeit nicht bei Ihnen, sondern bis elf Uhr in seiner Firma. Ihr Bruder hat uns also nicht die Wahrheit erzählt, und Sie haben kein Alibi mehr.«
»Aber ich habe ihn nicht umgebracht!« Ihre Stimme klang trotzig wie bei einem kleinen Kind.
»Das haben wir auch nicht behauptet. Aber trotzdem müssen wir wissen, wo Sie am Aschermittwoch zwischen acht und zwölf Uhr gewesen sind! Sagen Sie es uns. Manchmal

haben wir eine gute Idee und können Verdächtigen helfen.«
»Ich sage nichts mehr.« Ihre Worte waren so leise, dass die beiden es kaum verstanden.
»Sie wollen nichts mehr sagen? Das ist Ihr gutes Recht, aber es hilft Ihnen nicht weiter. Außerdem hat Ihr Bruder wegen der Falschaussage ein Problem. Er hat das Protokoll unterschrieben!« Ihr Gesicht zeigte deutlich, dass sie den Ernst der Lage zu ahnen begann.
»Oh Gott! Was passiert nun mit ihm?«
»Das kann ich nicht sagen, im günstigsten Fall gar nichts. Im ungünstigsten Fall kommt er vor Gericht und Sie ebenfalls. Wenn wir für Sie ein Alibi hätten, wäre es sehr gut für Maxim.« Die junge Frau schaute ihn ratlos an. Ganz offensichtlich wurde ihr langsam bewusst, dass nicht nur sie selbst durch das geplatzte Alibi ziemlichen Schwierigkeiten entgegensah, sondern dass auch ihr Bruder in den Sog gerissen wurde. »Er wollte Ihnen helfen, aber jetzt sieht es so aus, als ob er Ihre Hilfe bräuchte. Wenn Sie die Tat nicht begangen haben, dann müssen wir nun an anderen Stellen nach dem Täter suchen und gleichzeitig Ihre Unschuld beweisen. Die Aufgabe der Polizei ist nicht, irgendjemanden zu verhaften, sondern die Wahrheit herauszufinden. Vielleicht haben Sie den Schlüssel zur Lösung in der Hand und wissen es nur nicht. Wenn Sie gut mit uns zusammenarbeiten, besteht die größte Chance, dass sich die Dinge schnell zu Ihren Gunsten wenden. Also, wo waren Sie zur Tatzeit?« Sie schaute Weidner mit großen Augen an und er sah an ihrem Gesicht, dass sie ihn zu verstehen begann und seine Worte als Angebot begriff.
»Ich war in Freiburg beim Einkaufen. Aber ich war allein. Ich habe niemanden getroffen, den ich gekannt habe.«

»Ich halte Sie nicht für die Täterin!«, tat Fritz kurz darauf kund, als sie Richtung Auto liefen. »Aber ein Alibi wäre gut, solange wir niemanden mit dringendem Tatverdacht an der Angel haben. Vielleicht kann sie unsere Hinweise nutzen und erinnert sich noch an etwas Nachweisbares.«

Auch Nadine Deck öffnete dem Kommissar und seinem Assistenten erst nach mehrmaligem Läuten. Die beiden Ermittler stutzten. Auch Frau Deck war ungekämmt und sah müde aus, aber nicht ganz so fertig wie Konstanza Kubischek. Vielleicht nur wie nach einer halb durchgemachten Nacht. Ihre Augen waren gerötet. Hatte sie geweint? Sie trug eine Hose aus grünem Frottee und ein Sweatshirt aus dem gleichen Material. Weidner fragte sich, ob dies ein Schlafanzug sei oder eine angesagte Evening-Leasure-Ware; so genau wusste man das heutzutage nicht. Zumindest nicht, wenn man ein ablehnendes Verhältnis zur Wegwerfgesellschaft im Allgemeinen und zu Saisonmode im Besonderen hatte wie er. Ihre Füße steckten in farblich passenden hellgrünen Socken. Wie der Laubfrosch auf dem Artenschutzplakat des BUND.
»Entschuldigung, ich bin wieder eingeschlafen. Ich habe mich nur kurz aufs Bett gelegt.«
Was für ein Déjà-vu. Nur nicht Peter anschauen, sonst muss ich lachen, dachte Weidner. Nur nicht Chris anschauen, sonst muss ich lachen, dachte Fritz. Stattdessen sagte der eine »Macht nichts«, während der andere murmelte: »Schon in Ordnung. Brauchen Sie noch ein paar Minuten, um sich anzuziehen?«
»Nein, ist schon ok. Kommen Sie herein«, antwortete sie. Sie roch nicht nach Alkohol, nur nach Bett.
»Frau Deck«, stieg Weidner in das Gespräch ein, »mein Kollege und ich haben noch einige Fragen an Sie. Zuerst würden wir gerne Genaueres über die Zeit wissen, als

Sie mit Herrn Deck befreundet und dann verheiratet waren. Wir wollen uns ein möglichst umfassendes Bild von ihm machen, seine Gedanken und Entscheidungen nachvollziehen können. Erzählen Sie einfach. Wie lernten Sie ihn kennen? Was hatte er für Hobbies? Kannten Sie seine Freunde? Wie stand er zu seiner Familie, seinen Eltern, seinen Geschwistern und Verwandten?«

Nadine Deck erzählte nun, zuerst stockend und dann immer flüssiger, wie er kurz nach ihr angefangen hatte im Rathaus zu arbeiten, wie er sie mit Komplimenten überhäuft und schließlich auch die eine oder andere Bemerkung bezüglich einer dauerhaften Beziehung fallen gelassen hatte. Sie berichtete auf Nachfrage von vielen Unternehmungen, die sie zusammen gemacht hätten, wie Besuche im Emmendinger Schlosskeller oder in einer Disko. Sie wirkte viel reifer als die Deutschrussin. Weidner fragte sich, wieso diese Frauen, die für ihn eine so unterschiedliche Ausstrahlung hatten, so ähnlich auf diesen unsympathischen Typen reagieren konnten.

Von seiner Familie berichtete Frau Deck wenig. Die Mutter lebe von einer kleinen Rente, von der ihr Tobias aber gelegentlich etwas abgeschwatzt hatte. Ein enger Kontakt hätte nie bestanden. Manchmal hätte sie gedacht, er schäme sich seiner Eltern ein wenig, da sie sehr einfache Menschen und mit sehr wenig zufrieden gewesen seien. Er hätte ja große Pläne gehabt, wie sie ihnen bereits berichtet hätte. Auch zu seinem Bruder bei Bremen seien die Kontakte eher locker gewesen. Nur als er den Geländewagen neu erstanden hatte, wäre er schon sehr bald nach Norden gefahren, um sein Schnäppchen vorzuzeigen. Die restliche Verwandtschaft, die aber nicht zahlreich sei, hätte sie bei ihrer Hochzeit gesehen und dann nie wieder. Seine Freunde kenne sie nur teilweise, denn er wäre regelmäßig alleine zu Verabredungen gegangen.

Er hätte gerne Billard und vor allem Karten gespielt. Dabei sei auch immer mal wieder Geld geflossen. Er hätte meist mit kleinen Gewinnen von einigen zehn Euro geprahlt, aber nie direkt von Verlusten geredet. So sei er in vieler Hinsicht gewesen: Das Positive herausstellen und das Negative für sich behalten. Abgesehen von den Gewinnen sei die Spielleidenschaft ein Tabuthema gewesen, sie kenne keine Namen oder Gesichter. Er hätte ihr aber hoch und heilig versichert, dass es sich nicht um illegale Zockerei handeln würde.

»Hat das eigentlich gestimmt oder hat er mich belogen?«, unterbrach sie ihre Erzählung.

»Aus dem, was ich weiß, würde ich nicht von strafbaren Handlungen ausgehen«, antwortete Weidner. Sie fuhr mit ihrer Erzählung fort. Zu Beginn ihrer Beziehung wäre er höchstens einmal monatlich zum Spielen gegangen, am Ende aber meist alle vierzehn Tage. Soweit sie es beurteilen könne, hätte er nie finanzielle Schwierigkeiten wegen der Spielerei gehabt.

»Führte er Buch über seine Spielabende?«, wollte Weidner nun von ihr wissen.

»Er hatte so ein kleines Büchlein, in das er viele Dinge reinschrieb. Ich durfte da natürlich nicht reinschauen. Aber ich weiß, dass er viele Symbole verwendete. Ich denke, es war eine Verschlüsselung, weil er mir nicht vertraute.«

»Da Sie das wissen, haben Sie also doch einmal hineingeschaut.«

»Gegen Ende unseres Zusammenlebens habe ich es getan. Ich konnte mit Vielem nichts anfangen und dachte deshalb, es würde nichts Negatives über mich drinstehen, was er im Falle einer Scheidung gegen mich verwenden könnte.«

»Ich würde gerne einen Blick in dieses Büchlein werfen. Wissen Sie, wo es sich befinden könnte?« Sie schaute ihn an und er hatte Zweifel ob ihr »Nein« ehrlich war.

»Gibt es in dem Haus Verstecke? Wir haben es bisher noch nicht bis in die letzte Ritze untersucht.« Ihr waren keine bekannt. Auch vom Verbleib der Lebensversicherung wusste sie nichts. Weidner machte bewusst eine kleine Pause.

»Nun müssen wir Ihnen noch einige sehr persönliche Fragen stellen, Frau Deck.« Entschlossen fokussierte der Kommissar die Angesprochene und verharrte so für drei Sekunden. »Hatten oder haben Sie nach dem Wegzug und der Trennung von Tobias Deck wieder eine feste Beziehung?«

»Nein, nicht wirklich. Die alte ist ja noch nicht richtig verarbeitet. Ich dachte, mit einer schnellen Trennung bekomme ich den Schutt weg und der Weg wäre dann wieder frei. Aber so einfach wäre die Scheidung nicht geworden. Nun, ich kenne zwar unsägliche Geschichten von meiner Arbeit im Sozialamt, hatte mir aber Hoffnungen auf eine relativ einfache Abwicklung gemacht. Sicher naiv, aber die Hoffnung stirbt zuletzt.«

»Hatten Sie während Ihres Zusammenlebens eine Beziehung zu einem anderen Mann?«

»Jetzt wird es allerdings persönlich, ich antworte aber trotzdem: nein.«

»Der Vollständigkeit halber: auch nicht zu einer Frau?«

»Was wollen Sie damit sagen?« Ihre Stimme hatte einen scharfen Beigeschmack.

»Wie schon gesagt: Der Vollständigkeit halber. Es war keine Unterstellung«, erklärte sich Fritz. »Die Erfahrung zeigt, dass diese Frage nicht so ungewöhnlich ist, wie sie vielen Menschen erscheint.« Weidner gab Fritz ein Zeichen und übernahm die Gesprächsführung wieder selbst.

»Wir müssen allerdings beim Thema Beziehung bleiben. Sie fühlten sich von Ihrem Mann betrogen, ich meine mit Frau Kubischek, die von Ihnen als Schlampe bezeichnet wurde.«

»Richtig, dazu stehe ich!«
»Hatte Sie Ihr Mann während ihrer Ehe vorher schon einmal betrogen?«
»Ich denke nicht, zumindest nicht mit einer echten Beziehung. Was ablief, wenn er bei seinen Zocker-Freunden war, das weiß ich nicht. Aber ich glaube nicht, dass die außer Spielen etwas anderes taten.«
»Kam es während Ihrer Ehe zu häuslicher Gewalt?« Ihre Lippen wurden schmaler. »Hat Sie Ihr Mann geschlagen, zum Beispiel wenn er alkoholisiert war oder Stress im Beruf hatte?« Ihre Kaumuskeln zuckten, sie schaute auf den Boden.
»Ich interpretiere Ihr Schweigen als Zustimmung«, sagte Fritz. Sie schaute zu ihm auf, Tränen standen in ihren Augen. »Auch wenn es schwer fällt, können Sie uns Näheres dazu erzählen?« Für einige Sekunden war es so still, dass man ihren schweren Atem hörte.
»Es kam einige Male vor, aber erst kurz bevor wir uns getrennt haben. Zuerst hatte er mir mehrfach zu wenig Haushaltsgeld gegeben. Dann sperrte er mich zwei Mal in das kleine Zimmer im Erdgeschoss ein. Ich bin aus dem Fenster geklettert und habe ihm anschließend eine Szene gemacht. Als Nächstes sperrte er mich in den Keller. ›Damit du nicht aus dem Fenster türmen kannst‹, hatte er mir hämisch zugerufen. Ich war so wütend, dass ich die Kellertür eintrat. Als ich sein unmögliches Benehmen dann deutlich thematisierte, passierte es zum ersten Mal. Ich hatte ihn verbal sehr heftig angegriffen, da gab er mir eine Ohrfeige.« Ihre Stimme war immer leiser geworden.
»Kräftig?« Sie schüttelte den Kopf. »Und dann?«, forderte Fritz sie zum Weitersprechen auf.
»Wir waren beide erschrocken, wie weit wir gegangen waren. Ich entschuldigte mich förmlich bei ihm, aber er tat das nicht. Weil es nur die Reaktion auf meine Ausfälle

gewesen sei, empfand er es als falsch, sich auch zu entschuldigen.« Sie kämpfte gegen das Weinen an.
»Was hat das bei Ihnen bewirkt?«
»Ich dachte zum ersten Mal über eine baldige Trennung nach.« Sie schnäuzte in ein Papiertaschentuch und knüllte es dann so fest zusammen, dass ihre Finger an den Knöcheln weiß wurden.
»Sie hatten gesagt, dass es einige Male vorgekommen sei«, versuchte Fritz, das Gespräch am Laufen zu halten. »Wurde es dabei heftiger als das, was Sie gerade beschrieben haben?«
Sie schien nicht zu bemerken, dass sie das Papiertaschentuch auch mit der anderen Hand ergriffen hatte. In der Stille konnte man hören, wie die Fasern auseinanderrissen. Fritz schaute für einen Augenblick hin, dann hielt er seinen Blick wieder fest auf ihr Gesicht gerichtet.
»Es ging wieder ums Geld. Als ich ihm zugerufen hatte, dass ich mit so einem Mann nicht länger zusammenleben wollte und mich lieber scheiden lasse, da ist er ausgerastet und hat mehrfach kräftig zugehauen. Ich habe mir die Blutergüsse von meinem Hausarzt bescheinigen lassen und ging in den nächsten Tagen zu einem Anwalt.« Eine Träne kullerte die Wange hinab, um dann auf ihren Ärmel zu tropfen. Als wäre damit ihre Scham abgefallen, nahm sie den Kopf nach oben und fuhr mit lauter Stimme fort. »Er bezeichnete mich als Schlampe, die nicht mit seinem Geld umgehen könnte, und behauptete, dass ich ihn durch mein egoistisches Verhalten ruinieren würde. Stellen Sie sich das einmal vor!« Ihr Blick war eine einzige Aufforderung nach Zustimmung.
»Das ist nicht nachvollziehbar«, tat ihr Fritz den Gefallen.
»Einige Tage später bin ich zu meiner Mutter gezogen. Ich musste von ihm weg, die Situation war unhaltbar ge-

worden. Dieser Vollidiot!« Sie schlug auf das Kissen neben sich.
»Gab es im Rahmen Ihres Auszugs erneut körperliche Auseinandersetzungen?«
»Ich wollte ihm keine Chance dafür geben und traf ihn deshalb entweder außerhalb unseres Hauses oder in Anwesenheit einer Freundin. Wenn sie aus dem Urlaub zurück ist, können Sie sie fragen.« Frau Deck schnappte nach Luft.
Fritz wollte ihr einige Sekunden Zeit lassen, um sich wieder zu beruhigen. Außerdem war ihm aufgefallen, dass sich Weidner seit einiger Zeit nicht mehr in das Gespräch eingeklinkt hatte. Als er zu ihm hinüberschaute, machte dieser einen abwesenden Eindruck auf ihn. Weidner war tatsächlich mit seinen Gedanken abgeschweift, denn die Beschreibung von Frau Deck über die Endphase der Beziehung hatte unangenehme Erinnerungen geweckt. Auch bei ihm hatte die Liebesbeziehung zu einer Frau mit körperlichen Auseinandersetzungen geendet. Wiederholt waren die Bilder während einer Vernehmung zurückgekehrt, aber dieses Mal waren sie stärker als sonst, trotz des Abstandes von vielen Jahren. Weidner erschrak, als Fritz ihn in einem Moment anstupste, in dem Frau Deck in Gedanken über das Scheitern ihrer Ehe auf den Boden starrte.
»Spielte Sexualität eine große Rolle für Herrn Deck?«, versuchte Fritz die Vernehmung wieder in Gang zu bringen.
»Warum sollte ich Ihnen das erzählen?«, fragte sie überrascht.
»Bei vielen Gewaltverbrechen haben sich Opfer und Täter schon lange gekannt. Außereheliche Beziehungen spielen dabei oft eine entscheidende Rolle, aber auch die unterschiedlichen Vorstellungen der Ehepartner zu wesentlichen Lebensfragen. Wie gesagt, wir versuchen

uns ein genaues Bild von Herrn Deck zu machen. Deshalb stellen wir auch zum Thema Sexualität einige Fragen.«
Sie wiederholte ihre Frage, aber der Ton war ein anderer, er war nun unwillig.
»Ich kann es auch anders erklären. Wir fanden in dem Haus eine DVD mit Filmsequenzen, die Herr Deck vermutlich selbst gedreht hat«, versuchte es Weidner. Ihre Miene veränderte sich und sie schluckte hörbar. Nach einer kurzen Pause fand sie die Sprache wieder: »Ein Sexvideo?«
»Ja, es zeigt den Strip einer Frau im Wohnzimmer Ihres Hauses im Rosenweg.«
»Sicher diese Kubischek!«, platzte es aus ihr heraus. »Diese Schlampe passt doch in einen Puff. Vielleicht kommt sie auch daher, es würde mich nicht wundern.«
Die Verachtung in ihrer Stimme war kaum zu überbieten.
»Wir fanden auch erotische Fotos, aber von einer anderen Frau.« Die Stärke ihrer Reaktion überraschte die beiden Männer. Sie zuckte heftig zusammen, hatte ihren Körper aber fast sofort wieder unter Kontrolle. Über ihre Gesichtsfarbe konnte man dies nicht sagen. Und die Hände ... »Was können Sie uns dazu sagen, Frau Deck?«
Ihr Körper begann leicht zu zittern. Als könnte sie sich selbst festhalten, presste sie ihre überkreuzten Arme an den Oberkörper und krallte die Hände in die Schultern. Doch das Zittern wurde stärker und wuchs sich zu einem regelrechten Schüttelfrost aus.
»Mir wird schlecht!«, stammelte sie und legte ihren Kopf auf die Tischplatte.
Die Frage, ob sie den Notarzt rufen sollten, wurde schnell beantwortet. Kaum hatten die beiden Nadine Deck auf den Boden gelegt, schlug sie die Augen wieder auf.
»Gehen Sie«, flehte sie mit zittriger Stimme.
»Wir werden Sie in diesem Zustand nicht allein lassen«, erwiderte Weidner.

»Der Puls ist einigermaßen in Ordnung«, stellte Fritz fest.
»Gut, dann rufen wir den Notarzt nicht an.«
»Gehen Sie!« Ihre Stimme war nun nicht mehr bittend, als vielmehr fordernd. Das Zittern hatte nachgelassen.
»Frau Deck, auch wenn Sie nicht mehr bewusstlos sind, können wir Sie nicht hier lassen. Die Schwäche ist doch nicht einfach weggeblasen. So etwas kann schnell wiederkommen und unter Umständen böse enden. Können wir jemanden informieren, der sich um Sie kümmert? Bevor das nicht organisiert ist, bleiben wir hier oder wir holen den Arzt oder einen Krankenwagen.« Sie schloss die Augen und seufzte.
»Wieviel Uhr ist es?«, wollte sie wissen.
»Es ist Viertel nach zwölf.«
»Oh Gott, meine Tochter müsste aus dem Kindergarten abgeholt werden!«
»Das können Sie in Ihrer Verfassung nicht machen.« Nadine Deck begann zu weinen und der Schüttelfrost wurde wieder stärker. Weidner überlegte kurz, wie er sie einerseits nicht so überfordern würde, dass sie ganz zusammenbrach und vernehmungsunfähig wäre, denn dann würde wertvolle Zeit verstreichen. Andererseits waren neue Informationen nötig, um die Ermittlungen weiterführen zu können.
»Ist es richtig, dass Sie niemandem von unserem Besuch und dem dazugehörigen Grund erzählen wollen?« Sie nickte und brach erneut in Tränen aus. »Ich mache Ihnen einen Vorschlag. Sie suchen eine Betreuung für Ihre Tochter für heute. Wir bringen Sie ins Krankenhaus, wo Sie zur Beobachtung bleiben. Dort haben Sie Ruhe. Von dort aus organisieren Sie die Versorgung Ihrer Tochter für die nächsten zwei Tage.« Weidner überlegte, dann nahm er eine kleine Dose aus der Tasche und reichte sie Frau Deck.

»Nehmen Sie zwei davon, die helfen bei schwachem Kreislauf.«
Sie schaute ihn dankbar an und griff nach der Dose. Es waren nur Placebos, rötliche Kügelchen aus einem Süßigkeitenladen in Freiburg, aber erfahrungsgemäß wirkten sie gut.
Eine halbe Stunde später waren sie in der Freiburger Uniklinik. Fritz hatte einen Rollstuhl organisiert, sodass sie nicht laufen musste. Weidner hatte ihre Ankunft mit Frau Deck telefonisch angekündigt und dabei bereits gebeten, den verantwortlichen Arzt sofort kurz sprechen zu dürfen. Dieser kam nun, kaum dass sie die Station betreten hatten, und stellte sich vor. Weidner erklärte ihm den Sachverhalt in wenigen Worten, wobei er ihren Zustand bewusst krasser darstellte, als er ihn einschätzte, und bekam dafür prompt eine Rüge, weil er nicht umgehend den Krankenwagen gerufen hatte. Schließlich könnte in Extremfällen ein Schock lebensbedrohlich werden. Weidner bat um eine regelmäßige Überwachung ihrer Anwesenheit, da ein Anfangsverdacht gegen sie vorliege und deshalb eventuell Flucht- oder Suizidgefahr bestehen würde. Der Arzt sicherte eine baldige Untersuchung zu, um die Vernehmungsfähigkeit abzuklären. In diesem Moment klingelte Weidners Handy.
»Gehen Sie dafür bitte aus der Station« sagte der Arzt. »Ich glaube sowieso, dass wir für den Moment alles besprochen haben.« Noch während der Kommissar durch die überbreite Glastür ging, drückte er die grüne Taste.
»Hier Jens. Erstens hat unsere schwarzhaarige Tänzerin angerufen. Sie hätte eine Idee für ein Alibi. Und zweitens kam ein Anruf aus dem Altenheim, wegen eines Zettels mit einer Autonummer.«
»Was?!«, rief Weidner so laut, dass sich mehrere Menschen nach ihm umdrehten und eine alte Dame entrüs-

tet ihren weißen Kopf schüttelte. »Lass mich überlegen. Hm ... Es ist besser, wir tauschen die Einsatzorte. Ins Altenheim sollte ich gehen, da kennt man mich schon. Dann fährst du nach Freiburg und überprüfst das Alibi. Hat sie dir gesagt, um was es genau geht? ... Warum hast du sie nicht gefragt? ... Warum wollte sie nur mit mir darüber sprechen? ... Weil ich der Chef sei? Wo käme ich denn ohne meine Assistenten hin. Also, pass auf. Gib mir ihre Nummer, ich rufe sie an und kläre sie über deine Kompetenzen auf. Sie soll dich anrufen und Näheres mit dir ausmachen. Wenn du die Lage überblickst, dann organisierst du alles Notwendige. Okay?«

Weidner bekam Frau Kubischek an den Apparat und ließ sich in wenigen Sätzen ihre Idee schildern. Dann erklärte er ihr, dass sein Assistent Armbruster die Überprüfung übernehmen würde.

Zurück auf der Station winkte er Fritz zu sich. Nochmals suchten sie den Arzt auf.

»Kann ich Sie noch einmal kurz sprechen?«, bat er. Sie gingen ins Behandlungszimmer, das gerade frei war. Der Kommissar sprach in gedämpftem Ton, um keine Mithörer zu haben.

»Das war eben ein Anruf wegen dieser Mordsache. Ich muss sofort los, würde aber meinen Kollegen hier lassen. Sobald Frau Deck wieder vernehmungsfähig ist, soll er damit beginnen. Wird sie durch die weiteren Ermittlungen be- oder entlastet, werde ich mich melden. Wir werden so diskret wie möglich vorgehen, damit keine Unruhe auf der Station entsteht. Wäre das möglich?«

Der Arzt überlegte und gab dann sein Einverständnis.

»Ich versuche es so zu handhaben«, versicherte er. »Aber ich muss natürlich meinen Vorgesetzten darüber informieren. Da ich ihn aber zurzeit nicht erreichen kann, muss ich die Entscheidung auf meine Kappe nehmen.«

Weidner registrierte, dass das Wort Hierarchie in der Freiburger Uniklinik ebenso wenig ein Fremdwort war wie in der Polizeidirektion!
»Danke für Ihre Mithilfe, das macht uns die Arbeit leichter. Peter, ich habe vorhin ausgemacht, dass nur der jeweils verantwortliche Arzt die genauen Umstände ihrer Einweisung kennt.« Er wandte sich wieder dem Arzt zu. »Wenn es Probleme geben sollte, hier ist meine Handynummer. Bei Bedarf bin ich rund um die Uhr zu sprechen.«
»In Ordnung. Kann ich die Nummer an den Oberarzt weitergeben?«
»Er kann mich zu jeder Zeit anrufen.« Sie gaben sich die Hand und Weidner hatte das Gefühl, sich auf ihn verlassen zu können.

Bevor der Kommissar auf die zweispurige Ausfallstraße Richtung Emmendingen einbog, musste er in Zähringen an der Ampel anhalten, um die Straßenbahn passieren zu lassen. Er nutzte die kurze Unterbrechung und versuchte mit seinem Handy Jens Armbruster zu erreichen. Es dauerte lange, bis sein Assistent das Gespräch annahm.
»Wo steckst du gerade?«
»Ich stehe an der letzten Ampel Emmendingens, da, wo die Umgehungsstraße von Wasser beginnt, an der Elzbrücke.«
»Ich fahre gerade am Real in Gundelfingen vorbei. Vorhin konnte ich leider nicht frei sprechen, da stand ich auf dem Gang in der Uniklinik. Wir mussten Nadine Deck dorthin bringen, weil sie uns während der Vernehmung umgekippt ist. Den Kollaps hatte sie, als wir das Gespräch auf die erotischen Fotos gebracht hatten, obwohl ich sie ihr weder gezeigt noch ihr mitgeteilt hatte, dass sie darauf zu sehen sei. Peter ist bei ihr geblieben. Sollte sie vom Arzt für vernehmungsfähig erklärt werden, wird er weiter mit

ihr sprechen.« Weidner warf einen kurzen Blick auf das riesige gelbe Hinweisschild am Straßenrand. »Ich könnte jetzt nach Reute abbiegen und zu Hause einen Kaffee aufgießen bis du von Frau Kubischek kommst. Dann kannst du mir in Ruhe alles erzählen.«

»Spaß beiseite, was war mit Konstanza bei eurem Verhör heute Morgen?«, fragte Armbruster.

»Sie war völlig aus dem Häuschen, als wir ihr von dem Film erzählt hatten. Wir konnten ihr klar machen, dass ihr Bruder nun auch in der Patsche sitzt, und haben ihr ein paar Hinweise gegeben, wie sie vielleicht noch zu entlastenden Aussagen kommen könnte. Ich dachte, so aufgedonnert wie die ist, muss sie jemandem auffallen. Was hat sie beim zweiten Telefonat gesagt?«

»Sie will einen Stadtrundgang mit mir machen. Sie meint, dass der Verkäufer beim Bäcker oder der in einer Boutique sie wiedererkennen würde.«

»Klingt gut, dann genieße die Tour mit der reizenden jungen Dame.«

»Du bist gut! Hoffentlich sieht mich meine Freundin nicht mit ihr.«

»Hilf ihr so gut du kannst. Fritz und ich glauben nicht, dass sie es war. Es wäre gut, wenn wir unsere Liste der Verdächtigen verkleinern könnten.«

»Wieso können wir denn eigentlich nicht die näherliegende Person aufsuchen? Die Alten hätten mir den Zettel doch auch geben können.«

»Ich habe ja bereits erzählt, dass die Omas etwas eigen sind. Zu mir haben sie Vertrauen gefasst. Was weiß ich, was wieder passiert.«

»Schade, ich hätte die Leiterin gerne kennengelernt«, meinte Armbruster. In diesem Moment begegneten sich die Fahrzeuge, und die beiden Fahrer blinkten sich zu.

Weidner bekam einen Parkplatz direkt gegenüber dem

Altenheim. Während seine eine Hand die Autoschlüssel in die rechte Hosentasche steckte, suchte die andere in der Jacke nach einer Packung Taschentücher. Zwei Dinge auf einmal machen, war für ihn ein Zeichen von Hektik, und er bemerkte es, als er das Schlüsseletui nicht gleich in die Hosentasche bekam. Im zweiten Anlauf war der Schlüssel dann verstaut und er konnte sich endlich die Nase putzen.

»Verdammt noch mal, bloß keine Erkältung!«, fluchte er leise vor sich hin. Er musste trainieren, noch hatte er die 1:35 nicht abgeschrieben. Die »smashing days«, der Höhepunkt der Trainingsintensität, standen bevor. Während er schnäuzte, streifte sein Blick über die Fassade des Altenheimes. Bewegte sich dort nicht etwas? Hatte ihm etwa jemand gewinkt? Weidner spürte eine freudige Erregung, als er erkannte, wer es war. Er wollte seinen Arm heben und den Gruß erwidern. Beinahe hätte er die Hand mit dem benutzten Papiertaschentuch genommen, doch im letzten Moment korrigierte er sein Vorhaben und hob die andere Hand.

Eine Minute später lächelte Frau von der Heiden ihn an: »Willkommen!«

Oh, dieser warme Tonfall ging ihm unter die Haut. Er bekam nur ein »Hallo« heraus und schaute ihr dabei einen Moment länger in die Augen, als bei einer förmlichen Begrüßung üblich. Was für Augen!

»Sie sind schnell gekommen. Ich hoffe, es wird sich lohnen.«

»Das wäre mir schon recht, denn der Fall ist überraschend anstrengend. Und Sie hätten dann endlich Ruhe im Haus und vor mir.« Was würde sie darauf sagen? Ihre Augenbrauen wanderten ein wenig nach oben. Umspielte da nicht ein Anflug von Lächeln ihren Mund? Warum musste es hier auf dem Flur auch so dunkel sein.

»Überschätzen Sie Ihre Wirkung nicht!«, sagte sie und schaute an ihm vorbei den Gang hinab. Weidner war verwirrt. Meinte Sie die Wirkung auf sich oder nur auf die Alten? War diese unpersönliche Bemerkung nur Spielerei? Hatte er die Lage falsch eingeschätzt?
»Wir sind schwierige Menschen gewöhnt«, sagte sie, während ihre Augen zu ihm zurückkehrten. Machte er sich hier gerade zum Narren? Sie gab ihm ungefähr drei Sekunden, um darüber nachzudenken und er wurde in dieser kurzen Zeitspanne von seiner Verunsicherung förmlich überrollt! »Aber Sie gehören nicht dazu.« Da war er wieder, dieser warme Tonfall, der ihm schon fast durch Mark und Bein ging. »Sie sind hier willkommen.« Ein wohliges Gefühl der Erleichterung durchströmte ihn. »Wenn es schnell geht, dann reicht es noch für einen kurzen Kaffee hinterher.« Vorfreude machte sich in ihm breit.
»Diese Einladung nehme ich gerne an«, antwortete Weidner, während er innerlich bereits eine Tasse dampfenden Kaffees mit einem Keks auf dem Unterteller vor sich stehen sah.
»Also gehen wir«, sagte sie und setzte sich in Bewegung. Das »wir« regte ihn schon gar nicht mehr auf, es war schon fast Routine. Der Kommissar wartete bewusst, bis Frau von der Heiden drei Schritte Vorsprung hatte, denn so konnte er ihr beim Gehen durch das Gebäude zuschauen. Aber da stoppte sie, drehte sich um und sah ihn fragend an. Hatte sie sein Zögern bemerkt?
»Ich komme schon!«, beeilte er sich zu sagen. Er hätte beinahe gestottert. Sie lächelte wieder und ging weiter. Weidner spürte, wie sein Gesicht ganz warm wurde. Jetzt kam ihm die Dunkelheit des Flurs gelegen und er hoffte, dass seine Gesichtsfarbe wieder einigermaßen normal wäre, bis es heller würde.
Als sie vor der Tür von Frau Ollwitz standen, dachte er,

sich wieder im Griff zu haben. Die berufliche Professionalität kehrte zurück, der Mordfall stand wieder im Mittelpunkt. Frau Ollwitz machte ein betroffenes Gesicht. Ohne die Begrüßung zu erwidern, begann sie zu klagen.
»Ich finde den Zettel nicht mehr!«
Wumm!!
Weidner fühlte sich wie von einem Keulenschlag getroffen. Ganz ruhig bleiben, tief durchatmen und den nächsten Satz gut überlegen, ging es ihm durch den Kopf. Aber Frau von der Heiden kam ihm zuvor.
»Wir kommen erstmal rein und dann schauen wir weiter«, sprach sie. Frau Ollwitz ging voraus. Im Gehen schüttelte sie den Kopf und als sie alle in ihrem Zimmer standen noch einmal. »Dürfen wir uns setzen, während Sie uns davon erzählen, was seit Herrn Weidners letztem Besuch geschehen ist?« Die Stimme der Heimleiterin war höflich und bestimmt. Weidner bemerkte, wie sie wieder die Führung übernahm. Vielleicht war es besser so, er konnte sich dadurch in Ruhe sammeln. »Setzen Sie sich doch auch hin«, forderte Frau von der Heiden die alte Dame auf. Als Frau Ollwitz widerstrebend Platz genommen hatte, legte die Leiterin ihr beruhigend die Hand auf den Unterarm. Die Greisin lehnte sich zurück und holte tief Luft.
»Also, wir haben hier alles auf den Kopf gestellt, und bei meiner Freundin auch, schließlich bin ich öfter bei ihr, und sie besucht mich auch regelmäßig. Zuerst haben wir nichts gefunden. In unserer Not haben wir dann den Papierkorb ausgekippt. Und tatsächlich war er drin. Keine Ahnung, wie er dort hineinkam. Wir waren so aufgeregt! Es kann ja sein, dass dieser Zettel der Schlüssel zu der furchtbaren Tat ist. Wir haben sofort Frau von der Heiden informiert«, sie schaute nun zu Weidner, »und dann haben wir angefangen aufzuräumen. Wir dachten, wenn der Herr Kommissar kommt«, sie drehte sich zu Frau von

der Heiden, »sollte es aufgeräumt sein. Was denkt der sonst von uns. Plötzlich fiel uns auf, dass der Zettel weg war. Wir haben ihn nirgendwo entdecken können, er war wie vom Erdboden verschluckt!« Sie legte die Hände auf ihre Wangen und schaute so traurig, dass sie Weidner leid tat. »Ich schäme mich so!«, kam es leise zwischen ihren Fingern hervor, während ihre Augen auf dem Muster des Teppichs entlangwanderten. Erneut legte Frau von der Heiden ihr die Hand auf den Unterarm und beugte sich etwas zu dem Häufchen Elend vor.

»Vielleicht hat der Herr Kommissar eine Idee. Es ist ja schließlich sein Beruf, Sachen zu finden und Menschen auszufragen.«

Das hat sie fein gemacht, sagte der Hoffnungsträger ironisch zu sich selbst. Jetzt habe ich wieder den schwarzen Peter. Allerdings war ihre Aussage zutreffend.

»Nun, Frau Ollwitz, so etwas kommt vor. Ich kenne da einige Geschichten, bei denen etwas Wichtiges abhandenkam und wieder auftauchte. Lassen wir uns nicht verrückt machen. Versuchen Sie einen kühlen Kopf zu behalten. Wo haben Sie den Zettel zuletzt gesehen?«

»Hier im Raum haben wir ihn gefunden.«

»Können Sie sich an die Größe oder die Farbe erinnern?«

»Es war so ein Blatt«, sagte sie und kramte nervös in ihrer Handtasche. »Hier!« Sie überreichte ihm ein kleines quadratisches Blöckchen. »Ich habe ihn stets in meiner Tasche, weil ich manchmal einen guten Einfall habe und ihn ohne Notizzettel wieder vergessen würde. Oder weil mir etwas einfällt, das ich auf keinen Fall bei den Besorgungen vergessen darf.«

»Mit was für einem Stift haben Sie auf den Zettel geschrieben?«

»Ich nehme immer einen kleinen Bleistift mit. Wissen Sie,

die kleinen von IKEA, die schreiben gut und passen in jede Tasche.«
Weidner schaute sich das oberste Blatt des Blöckchens genau an, aber der Stift hatte beim Schreiben nicht durchgedrückt.
»Wissen Sie noch, was auf dem Zettel stand?«
»Na, die Autonummer natürlich, und dass es ein Geländewagen war.«
»Können Sie sich aus dem Kopf an das Kennzeichen erinnern?«
Sie sah ihn verdutzt an. »Sie meinen, wir brauchen den Zettel vielleicht gar nicht?«
»Wer weiß, manchmal klappt es, nur Mut.« Da sich bei der Dame keine weitere Reaktion einstellte, beschloss Weidner, ihr zu helfen. »War es ein deutsches Kennzeichen?«
»Also, es war nur weiß mit schwarzen Buchstaben, da bin ich mir sicher.«
»Vielleicht erinnern Sie sich an die ersten beiden Buchstaben?«
»Ich glaube, es war kein Freiburger oder Emmendinger oder Offenburger Kennzeichen. Der kam von weiter her!«
»Oder wissen Sie noch, ob es zwei, drei oder vier Zahlen waren?
»Ich glaube es waren vier.«
»War es ein langes Schild oder ein fast quadratisches, bei dem die Zahl unter den Buchstaben steht?«
»Ja, so eines war es, eines mit zwei Zeilen.«
»Können Sie sich an die Farbe des Fahrzeugs erinnern?«
»Nicht genau, es war grau oder oliv oder so was, aber das konnte man wegen dem vielen Dreck nicht so gut erkennen. Auf jeden Fall war es nicht knallrot oder knallgelb. Und weiß war es auch nicht.«

»Tut mir leid!«, sagte Frau von der Heiden, als sie einige Minuten später in ihrem Büro saßen. »Ich hätte gleich nach Ihrem Anruf den Zettel abholen sollen. Aber ich dachte, es ist ihr wichtig, ihn selbst zu überreichen.« Sie schaute vor sich auf den Notizblock und malte Kringel und Linien. »So ein Anfängerfehler!«, fuhr sie fort. »Das wäre Ihnen sicher nicht passiert.«
Ihre Souveränität war wie weggeblasen. Stattdessen schämte sie sich für diese Dummheit.
Sie schaute vor sich auf den Tisch, wo sie mit ihrer Hand mechanisch in der Kaffeetasse rührte. Dabei hatte sie doch gar keinen Zucker genommen, der stand gar nicht in ihrer Reichweite.
»In meinem Beruf erlebt man die seltsamsten Sachen. Dinge verschwinden überraschend, Dinge tauchen unvermittelt auf. Bestimmt rufen Sie mich in ein paar Stunden an und berichten, dass Sie ihn in der Hand haben. Und überhaupt wollte ich ihn selbst abholen. Es hätte durchaus sein können, dass sich Frau Ollwitz mit dem Zettel in der Hand noch an ein paar Kleinigkeiten erinnert, die mir weiterhelfen könnten.« Und auch sonst gibt es noch einen Grund, dass du selbst herkommen wolltest, meldete sich eine innere Stimme. Aber diesen behielt er für sich.
Sie schaute ihn an und hörte mit dem Rühren auf.
»Wollen Sie mich nur trösten oder stimmt das wirklich?«
»Nun ja, es kommt natürlich nicht immer vor, dass gesuchte Dinge wieder auftauchen. Aber es dürfte in diesem Fall keine Absicht vorliegen, etwas zu vertuschen. Frau Ollwitz will doch unbedingt helfen. Da würde ich meine Chancen als recht hoch einstufen.« Mit einem tiefen Atemzug versuchte er sich selbst davon zu überzeugen. »Und trösten wollte ich Sie natürlich auch, die enttäuschte Miene steht Ihnen nicht gut.«
Sie lächelte kaum merklich und schaute wieder auf den

Kaffee in ihrer Tasse, der sich noch langsam im Kreis drehte. In seinem Bauch flatterten die Schmetterlinge.

Hildegard und Horst Leikamp gingen in ihr Haus und begannen auszupacken. Als sie den Briefkasten geleert hatten und die Post durchschauten, fand sich auch ein Umschlag der Polizei darunter: *Bitte melden Sie sich umgehend bei mir, wenn Sie wieder zurück sind. Mit freundlichen Grüßen Chris Weidner.* Unter der angegebenen Telefonnummer meldete sich der Hauptkommissar bereits nach dem zweiten Klingelton.
»Ah, Sie sind es. Danke für den prompten Rückruf. Sind Sie bereits informiert? ... Ja, dann wissen Sie schon das Wichtigste. Ist es richtig, dass Sie seit über zehn Jahren in diesem Haus wohnen? ... Wir müssten einen Gesprächstermin finden. ... Gut, einverstanden.«

Kurze Zeit später radelte Weidner die Rampe zum nördlichen Bahnhofsparkplatz hoch und drehte auf der fast leeren Fläche eine große Runde, bevor er kurz anhielt. Bagger und Bohrfahrzeug waren nicht mehr zu sehen, aber das Gelände war mit Gittern abgesperrt. Er schaute zum Fundort der Leiche und dann zum Haus über dem kleinen Brettenbach, dessen Bewohner er gleich befragen würde. Sie konnten vom oberen Stockwerk auf das ganze ebene Areal schauen. Hier am Tag einen Mord begehen und dann die Leiche von Hand vergraben? Sehr unwahrscheinlich, dass so etwas unentdeckt bleiben würde. Einen Bagger benutzen? Damit hätte der Täter die Aufmerksamkeit auf sich gezogen. Aber wie sah es hier im Hochsommer aus, wenn der Bewuchs auf der Brachfläche vielleicht einen Meter hoch wäre? Und wie hell war es hier in der Nacht? Diese Frage war nicht zu beantworten, dazu hätte er nach Einbruch der Dunkelheit einmal hierher kommen müssen. Er nahm sich vor, dies bei nächster Gelegenheit zu tun. Was könnte sich seit dem Mord alles verändert haben? Immerhin könnte er einige Jahre zurückliegen, der Gerichtsmediziner wollte sich wegen des Diesels nicht genau festlegen.

Weidner stand nun vor der Haustür und klingelte. Ein Mann, vielleicht Anfang sechzig, öffnete und sah ihn freundlich an.

»Herr Weidner?«

»Genau.«

»Horst Leikamp.«

Weidner streckte seine Hand aus und erhielt einen festen Händedruck.

»Dann treten sie ein.«

Eine Frau kam gerade die Treppe herunter und stellte sich als Hildegard Leikamp vor.

»Ich nehme an, Sie wollen ablegen?« Weidner zog seine Jacke aus, nahm die Packung Öko-purex aus der Tasche und überreichte das Kleidungsstück dem Hausherrn. »Bitte setzen Sie sich«, forderte dieser den Kommissar freundlich auf.

Weidner bedankte sich für den angebotenen Stuhl und nahm Platz. Das Wohnzimmer verbreitete eine angenehme Atmosphäre, und die Bewohner waren freundlich und hilfsbereit, ohne Berührungsängste gegenüber einem Kriminalkommissar. Gespräche mit solchen Menschen gehörten zu den angenehmeren Pflichten seines Berufs. »Trinken Sie Kaffee oder Tee oder etwas ganz anderes?« Weidner schaute dem sichtlich bemühten Mann ins Gesicht und lächelte.

»Ich hatte mich aber nicht eingeladen!«, stellte der Kommissar Weidner klar, während er entzückt feststellte, dass auf dem Küchentisch mehrere Stücke Käsekuchen standen. »Haben Sie einen Kräutertee?«

»Hibiskus mit Malve?« Weidner nickte. Er bemerkte, dass er sich eher privat als dienstlich fühlte. Es fiel ihm richtig schwer, nicht auf die gelbe Köstlichkeit zu schielen. Während er sich auf den Käsekuchen zu freuen begann, schaute er sich um. Die Wohnung war geschmackvoll eingerichtet, an der Wand hing ein Bild mit Sonnenblumen, deren frisches Gelb an einem tristen Novembertag sicherlich viel Sommergefühl verbreitete. Weidner kannte es vom Sehen. Wie hieß dieser holländische Maler noch einmal? Er konnte sich nicht daran erinnern. Außerdem spürte er seine Speicheldrüsen reagieren. Reiß dich zusammen, Chris!, sagte er zu sich, denn noch war es nicht ausgemacht, dass der Kuchen für diesen Anlass gedacht war. Um sich zu beschäftigen, schnäuzte er sich sachte und verstaute das Tuch umständlich wieder in der Hosentasche. Übersprunghandlung, dachte er.
Minuten später stand der Tee auf einem Stövchen, die Tassen waren verteilt, und auch der Kuchen war seiner Bestimmung nähergekommen: Er lag zu Weidners Entzücken vor ihm auf einem Teller. Jetzt fehlte nur noch ein wichtiger Aspekt für den Fall und er würde heute seinen Dienst zum ersten Mal seit Tagen zufrieden verlassen.
»Was wissen Sie schon über den Grund meines Besuchs?«, begann Weidner das Gespräch.
»Eigentlich nur, dass man eine Männerleiche ausgegraben hat, die wohl schon ein paar Jahre dort liegen könnte«, erwiderte der Mann.
»Niemand kann sich vorstellen, wie so eine Tat hier unbemerkt geschehen konnte«, ergänzte Frau Leikamp.
»Wir wissen nicht, ob die Tat hier geschehen ist«, übernahm nun Weidner die Gesprächsführung, »und dürfen deshalb keine voreiligen Schlüsse ziehen und uns innerlich auf Theorien oder bestimmte Fragen festlegen. Ist Ihnen dort oben irgendwann mal etwas aufgefallen, so

vor ein bis vier Jahren, eventuell auch früher?« Die beiden schauten sich an und dachten nach.

»Als man den Parkplatz gebaut hat, gab es dort Erdbewegungen. Dabei hätte man ihn fast finden müssen«, meinte der Mann.

»Wenn man dort überhaupt gegraben hat«, relativierte seine Frau.

»Stimmt. Aber du hast doch damals Bilder gemacht. Hast du die noch irgendwo?«

Bilder? Weidner ließ sich seine Überraschung nicht anmerken.

»Vielleicht sogar griffbereit!« Sie erhob sich und ging zu einem Schrank, wo sie in den Schubladen kramte. Zwei Minuten später legte sie ein Album auf den Tisch. »Wissen Sie, Herr Weidner, seit wir hier wohnen, gab es einen jahrelangen Kampf mit der Stadtverwaltung. Der alte OB wollte aus der Rheinstraße eine Durchgangsstraße machen. Schon im Rahmen der Erschließung dieses Baugebietes, also wo heute unter anderem unser Haus steht, versuchte er die Erbpachtverträge mit einer Klausel zu versehen, durch die die Hausbesitzer förmlich auf ein Einspruchsrecht verzichten sollten. Bei einigen Verträgen haben die Notare diese Passage mit der Begründung, sie sei sittenwidrig, gestrichen. Und jedes Mal, wenn er wieder einen Vorstoß machte, um sein Prestigeprojekt voranzubringen, regte sich der Widerstand der Anwohner. Es gab heftige Auseinandersetzungen im Gemeinderat. Schließlich hatte er die Sache so weit, dass sich eine Mehrheit in diesem Gremium fand, um eine Rampe für die gewünschte spätere Erschließung zu bauen. Natürlich waren das Vorwände für die Vorbereitung der Durchgangsstraße. Also, das Thema war hoch emotional, sonst hätte ich von dem kleinen Straßenbauprojekt auch keine Bilder gemacht. Übrigens, erst neulich waren wir Anwoh-

ner wieder beim Fastnachtsumzug dabei, wegen diesem überdimensionalen Studentenwohnheim. Und wir haben sogar den ersten Preis gewonnen!«
»In dem Album sind Aufnahmen unseres Kampfes gegen die Verkehrsflut vor unserer Tür, einschließlich mehrerer Zeitungsartikel«, ergänzte der Mann. »Aber für Sie ist wohl nur die Baumaßnahme interessant, bei der der Parkplatz in seiner jetzigen Form entstand.«
Sie blätterte suchend in ihrem Album. »So, die folgenden Seiten sind es«, sagte Frau Leikamp zufrieden und drehte das Album zu Weidner. Er überschlug die Zahl der Bilder, es waren etwa zwanzig. Die ersten zeigten den Zustand des Areals vor Beginn der Bauarbeiten, aufgenommen vom Ende der Rheinstraße, weshalb man nicht von oben auf den späteren Fundort der Leiche sehen konnte. Es folgten Aufnahmen von den Bauarbeiten, wie aus der Böschung eine Rampe gemacht wurde und wie eine Raupe die Fläche planierte und dabei am Nordende einen kleinen Hügel entstehen ließ. Leider war dabei nicht zu sehen, ob sich dieser bis zum Fundort erstreckte. Auf einem Bild waren Arbeiter zu sehen, vermutlich ausländische Gastarbeiter. Sie machten Pause und saßen vespernd im Schatten, einer winkte in die Kamera. Auf dem nächsten stand der Chef, wohl ein Deutscher, und gestikulierte von seinem Geländewagen aus zu den Männern hin. Er sah sehr unfreundlich aus.
»Falls Sie sich wundern, wieso ich die Arbeiter hier fotografiert habe: Der eine war sehr nett und wir haben miteinander geredet. Er konnte etwas deutsch, auf jeden Fall genug, um mir zu erzählen, dass er und die anderen aus dem Irak kamen. Als der Chef sah, dass wir redeten, bereitete er dem Gespräch auf äußerst rüde Art ein Ende. Ich habe selten einen so unverschämten Menschen erlebt. Am nächsten Tag war der junge Mann dann nicht

mehr hier, und die folgenden Tage kam niemand mehr zum Arbeiten. Ich konnte mir einen spitzen Kommentar nicht verkneifen und bekam zur Antwort, dass die Raupe kaputt sei und es mich ansonsten überhaupt ganz und gar nichts anginge, was mit seinen Arbeitern wäre. Er schraubte mehrere Stunden an der Maschine herum, aber für einige Tage gab es eine Baupause. Eine Woche später kamen andere Arbeiter, um den Auftrag zu Ende zu führen. Ich war froh, dass ich diesen Herrn dann nicht mehr sehen musste.«

»Darf ich mir die Aufnahmen in aller Ruhe anschauen?«, fragte Weidner. Sein Blick wanderte von Frau Leikamp zu ihrem Mann und zurück; beide signalisierten Zustimmung. »Ich versuche mich in die Gesamtsituation hineinzudenken und zu fühlen. Das dauert manchmal«, entschuldigte er sein intensives Anschauen der Bilder.

»Lassen Sie sich Zeit und essen Sie dabei Ihr Stück Kuchen. Der Tee ist auch fertig.« Herr Leikamp griff zur Teekanne und schenkte ihm ein. Weidner stach die Spitze des Kuchenstücks mit der Gabel ab und führte es zum Mund.

»Sehr gut«, war sein Kommentar zu der gebackenen Köstlichkeit. Dann widmete er sich den restlichen Bildern. Sie zeigten, wie Lastwagen Material herbeischafften und die Raupe es verteilte, wie alles gewalzt und verdichtet wurde und wie die Rampe schließlich eine Teerdecke bekam. Auf einem Bild sah man die Raupe hinter dem mannshohen Hügel stehen, die schwere Schaufel vor sich auf dem Boden gelegt. Es war ungefähr dort, wo vor wenigen Tagen die Leiche gefunden wurde. Weidner erinnerte sich daran, wie vor vielen Jahren nahe seinem Elternhaus eine ähnliche Raupe stand, in deren Schaufel sich ein wenig Wasser gesammelt hatte. Er und sein Freund hatten kleine Papierschiffe gefaltet, um dann eine Seeschlacht zu schlagen. Sie schossen dabei mit ihren selbstgemachten

Schleudern auf die gegnerischen Schiffe, bis einer keine Flotte mehr hatte. Das war sehr lustig gewesen, aber leider das einzige Mal geblieben. Denn normalerweise waren die Schaufeln schräg gestellt um das Regenwasser abfließen zu lassen. Und auch aus seiner Nase spürte er etwas abfließen, weshalb er sich mit einem Taschentuch dagegen rüstete.
»Wollen Sie noch eine Tasse Tee?«, hörte Weidner eine Stimme sagen.
»Leider habe ich heute noch einiges zu erledigen, deshalb muss ich das Angebot ablehnen«, sagte er. Er hob bedauernd die Schultern und gabelte sich das letzte Stück des Kuchens in den Mund. Das Kitzeln in der Nase war wieder weg. Entwarnung!! Nachdem er den letzten Bissen genossen hatte, wandte er sich an das Ehepaar.
»Auf einigen Bildern kann man den Fundort sehen. Ich würde das Album gerne mitnehmen und einem Spezialisten vorlegen.«
»Natürlich, wir brauchen es in den nächsten Tagen nicht«, stellte die Frau fest, und ihr Mann nickte zustimmend.
»Danke«, sagte Weidner erleichtert, denn manchmal wollten die Menschen ihm etwas nicht geben, und er musste sie dann darauf hinweisen, dass er von seinem Recht Gebrauch machen müsse, ein Beweisstück zu konfiszieren.
»Was sonst noch in dem Album ist, interessiert mich nicht und außerdem unterliegt es der Schweigepflicht.«
Beim letzten Wort musste Weidner unvermittelt niesen. Zwar konnte er den Luftdruck noch auf das Niveau alter Damen reduzieren, aber für das Hervorkramen eines Taschentuchs hatte es nicht mehr gereicht. Er hatte peinlicherweise seine Hand vor die Nasenlöcher halten müssen, sich aber noch von seinen Gesprächspartnern wegdrehen können.

»Gesundheit«, sagten beide gleichzeitig in wohlmeinendem Ton mit einem leichten Lächeln auf dem Gesicht.
»Entschuldigung, es kam ganz plötzlich«, bat er um Nachsicht.
»Wir haben die Möglichkeit, auf einigen Bildern sehr genau den Fundort zu markieren und damit eventuell einen wichtigen Aspekt herauszufinden. Sie bekommen das Album selbstverständlich in einigen Tagen unversehrt zurück und ich stelle Ihnen eine Empfangsbestätigung aus.«
»Das ist alles kein Problem«, bekräftigte der Mann.
»Hier fehlt ein Bild«, sagte der Kommissar und deutete auf die Klebstoffspuren auf dem Papier. »Haben Sie das noch?« Frau Leikamp war überrascht.
»Einen Moment«, sagte sie und nahm das Album zu sich hinüber. Sie schlug zuerst die vorderste und dann die letzte Seite auf und blätterte dann im Schnelldurchgang alle Seiten durch. Ohne Erfolg. »Ich schaue mal im Schrank nach«, sagte sie und erhob sich. Aber auch die Suche in der Schublade verlief ergebnislos. Es war ihr fast peinlich, dem Kommissar den Verbleib dieses Bildes nicht erklären zu können.
»Nun«, versuchte Weidner zu beschwichtigen, »erstens wissen wir nicht, ob auf diesem Bild etwas Relevantes zu sehen gewesen wäre, und zweitens haben wir keine Gefahr im Verzug. Vielleicht finden Sie das Bild bei genauerem Suchen oder Sie erinnern sich an den Verbleib. Sie haben meine Telefonnummer und können mich einfach anrufen, wenn es auftaucht.« Weidner machte eine kurze Pause. Oje, das Ungefühl in der Nase war wieder da! Er konnte gerade noch das Öko-purex aus der Tasche ziehen und zur Nase führen, bevor der Tropfen fiel. »Wissen Sie, ob noch jemand Aufnahmen gemacht hat?«
»Es wäre möglich, wir werden mal in der Nachbarschaft herumfragen.«

»Danke, das würde meine Arbeit erleichtern.«
Weidner erhob sich, zog seine Jacke an und verabschiedete sich von den Leikamps. Er stand noch vor dem Haus, als die Eingangstür einen Spalt weit aufging und eine gepflegte, rotgetigerte Katze heraussprang. Aha, das war also die Erklärung für das Niesen. Weidner hasste diese Tierart, denn er reagierte auf sie mit starkem Schnupfen. Und allergische Symptome wirkten sich negativ auf die Fitness aus. Am liebsten hätte er, stellvertretend für den Vierbeiner, den vor dem Haus stehenden Katzenfressnapf weggekickt. Stattdessen fluchte er leise vor sich hin und schnäuzte sich. Es war sein letztes frisches Taschentuch, ab jetzt musste er die benutzten Exemplare ein zweites oder sogar drittes Mal benutzen.
Weidner schob sein Fahrrad die kurze Strecke bis zu seinem Büro. In der frischen Mittagssonne ließ er das Gespräch mit dem Ehepaar Leikamp Revue passieren und befürchtete immer mehr, dass ihm die Bilder nicht weiterhelfen würden. Der Kuchen war dann wohl das Beste an diesem Besuch gewesen. Vielleicht gäbe es wieder etwas, wenn er das Album zurückbringen würde. Auf jeden Fall würde er sich lange genug vorher ankündigen. In zwei unauffälligen Momenten schnäuzte er auf den Bürgersteig der Neustraße, um sich sein letztes, nur einmal benutztes Papiertaschentuch für den Nieser zwischen der Eingangstür der Polizeidirektion und seinem Büro aufzusparen. Hoffentlich hatte ihn niemand beim Verschmutzen des Gehweges gesehen. Schließlich legte der Übervater viel Wert auf gutes Auftreten seiner Beamten in der Öffentlichkeit. Vielleicht hatte er noch von den homöopathischen Kügelchen in der Schublade seines Schreibtisches?
Im Büro machte sich Weidner ein paar Notizen. Der Schnupfen meldete sich zuerst nicht mehr, sodass er damit

leben konnte, in seiner Schublade keine Globuli gefunden zu haben. Als er das Wort Rheinstraße in sein Notizbuch schrieb, setzte der Kuli zweimal aus. Er stutzte. Rh...st..., das kam ihm bekannt vor. Rhst. Natürlich! Auf der DVD-Hülle im Deckschen Haus. Die hatte er liegen lassen, weil seine Aufmerksamkeit plötzlich auf den AB gerichtet gewesen war! Eigentlich ein Anfängerfehler! Wenigstens hatte es keiner mitbekommen. Also den Schlüssel eingesteckt und wieder auf das Rad. Aber nicht ohne zuvor noch zwei Päckchen Taschentücher eingesteckt zu haben und nicht ohne den Vorsatz, in einer Apotheke vorbeizuschauen und etwas gegen Schnupfen zu kaufen.

Es fühlte sich seltsam an, das verlassene Haus zu betreten. Es war immer bewegend, an den Tatort eines Mordes zu kommen, aber dieses Mal kamen zusätzlich die frischen Erinnerungen an das Treffen mit den beiden Geldeintreibern ins Bewusstsein. Die Vorstellung, Bertold Dröscher würde jetzt auftauchen, um sich das Geld mittels eines Einbruchs zu holen... Lieber nicht daran denken. Als Weidner die DVD eingesteckt hatte und sich zum Gehen wandte, bemerkte er erneut das kleine, rot blinkende Licht des AB. Jemand hatte wieder eine Nachricht hinterlassen. Sein Adrenalinspiegel stieg bei der Erinnerung an den Gesprächsmitschnitt von Freitag. Er drückte die Tasten und lauschte der digitalen Stimme.

»Montag, 1.3., 12:07 Uhr.« Und dann kam die Stimme des Anrufers: »Hallo Tobias, das Ding ist repariert. Du kannst es abholen. Ruf an, bis dann.«

Weidner hasste Anrufer, die ihren Namen nicht nannten. Und dieses ältere Modell von Telefon konnte keine Auskunft über den Anrufer geben. Bis man die Daten vom Provider bekam, dauerte es erfahrungsgemäß Tage. Obwohl längst veranlasst, hatten seine Kollegen die zuletzt angeforderten Informationen noch nicht bekommen, weshalb

sie noch im Dunkeln tappten, mit wem Tobias Deck in der Zeit vor seinem Tod telefonisch Kontakt gehabt hatte. Leider war diese Nachricht zu kurz, um ihm weiterzuhelfen. Was hätte Tobias Deck abholen können? Seinen Geländewagen oder seine Kaffeemaschine? Weidner war etwas genervt. Wenigstens konnte der Anrufer nichts von den Ereignissen der letzten Tage wissen und war deshalb zuerst einmal unverdächtig. Er würde sich wieder melden.
Mit den Gedanken bei der Meldung des AB machte sich Weidner auf den Rückweg. Am Kreisverkehr nahe der Elzbrücke hätte er beinahe persönlichen Kontakt mit einem aufgemotzten Opel Astra bekommen, der ihm die Vorfahrt nahm. Und das direkt neben der Emmendinger Polizeistation! Wäre er mit seinen Gedanken beim Straßenverkehr gewesen, dann hätte er die Situation frühzeitig erkannt und bemerkt, dass der Fahrzeuglenker gerade ein Handy am Ohr hatte. So aber fluchte Weidner lauthals über den Fahrer und ärgerte sich über seine Unaufmerksamkeit. Leider hatte die Ampel an der Bundesstraße Grün. Sonst hätte er sich den Fahrer vorgeknöpft und den Hauptkommissar raushängen lassen.
Im Büro angekommen, ließ er sich in seinen Schreibtischstuhl plumpsen und legte die silberne Scheibe auf den Schlitten des PCs. Irgendwie war er unlustig. Die Sache kam nicht recht voran, die Detailarbeit war ermüdend und der Chef saß ihm im Nacken. Aber am allermeisten schlug dieser Schnupfen zu Buche. Wenn es ihn jetzt richtig erwischen würde ... sehr ärgerlich wäre das, ausgesprochen ärgerlich. Dazu kam der Unmut über sich: Hatte er in seiner Wut über diesen Sonntagsfahrer den Gang zur Apotheke vergessen. Hoffentlich hatte ausschließlich der rotgebänderte Minitiger die Schuld an seinen Niesattacken. Dann wäre seine Nase nach Dienstschluss wieder okay und er könnte das Intervalltraining durchziehen!

Unterdessen zeigte der Bildschirm das Inhaltsverzeichnis der DVD an. Weidner beschloss, der Reihe nach vorzugehen und mit dem ältesten Ordner zu beginnen. Darin waren mehrere Dutzend Bilder des ihm bekannten Hauses zusammengefasst. Dann kamen im Ordner »1.Jahr« eine Reihe Bilder vom ersten Lebensjahr seiner Tochter, mit dem ersten Geburtstag als Abschluss: Damals schien auch seine Frau noch glücklich lächeln zu können. Nichtdestotrotz war der Vaterstolz auffällig, manche Bilder trieften geradezu davon und machten Tobias Deck für den Kommissar erneut unsympathisch. Ein Kind ist schließlich kein Statussymbol. Es folgte die Fortsetzung bis einschließlich des zweiten Geburtstags. Weidner wusste nun, was sich hinter dem Ordner »3. Jahr« verbergen würde und sah seine Annahme bestätigt. Der vierte Ordner enthielt deutlich weniger Bilder, die Probleme in der Beziehung wurden hier sozusagen quantitativ messbar und auch qualitativ fiel auf, dass Nadine Deck fast nicht mehr auftauchte. Besonders verwertbare oder neue Informationen enthielt diese Privatgalerie nicht.
Der nächste Ordner trug den Namen »car« und war ausschließlich dem silbernen Augapfel des Geländewagenbesitzers vorbehalten. Es waren Bilder wie aus einem Werbeprospekt, nur nicht so gut: der Geländewagen vor dem eigenen Haus, der Geländewagen vor dem Emmendinger Rathaus. Wenn jeder einen solchen Fototermin hätte, würde täglich mindestens ein Shooting vor dem öffentlichen Gebäude den Publikumsverkehr beeinträchtigen, dachte Weidner. Und schließlich der Geländewagen mit …
Beinahe hätte es Weidner vom Sessel gehauen. »Ist Jens hier?«, rief der Kommissar aus seinem Büro hinaus.
»Der ist doch in Freiburg, du hast ihn selbst hingeschickt!«, kam es zurück.
»Ach so, schade«, kommentierte Weidner. Dann schaute

er sich die ersten Bilder ausführlich an und sein Gesichtsausdruck veränderte sich.
»Was guckst du denn an? Deine Äuglein leuchten ja richtig«, kam es schnippisch aus dem Gang. Weidner erschrak angesichts dieser Worte von Olga Grammelspacher und spürte die Röte in seinem Gesicht hochsteigen. Wieso musste ausgerechnet sie jetzt vorbeikommen, um ihm Papierkram zu bringen? Die Kollegin trat mit einem leicht süffisanten Lächeln auf ihn zu, schob herablassend den Kopf nach vorne, zog die Brauen hoch, als wollte sie fragen, was ihr dummer Junge denn da wieder mache. Betont langsam streckte sie ihm die Papiere entgegen und als Weidner danach greifen wollte, zog sie die Kladde blitzartig zurück, während ihr Oberkörper sich nach vorne neigte und sie ihn mit strichschmalen Lippen und zusammengekniffenen Augen anschaute.
»Die bekommt der Herr Hauptkommissar nur, wenn ich auf seinen Bildschirm schauen darf.« Er musste grinsen, dann niesen. »Du willst aber nicht krank werden, gell!«
Er putzte seine Nase, schüttelte den Kopf und beförderte das zusammengeknüllte Papiertaschentuch in hohem Bogen in seinen Papierkorb.
»Und überhaupt kannst du jetzt wieder auf Grün umschalten!«, spielte sie auf seine Gesichtsfarbe an, und er musste lachen.
Langsam kam ihr Gesicht auf seines zu. »Erwischt, was?«
Er spielte nun mit und markierte den schuldbewussten Jungen: »Ja, Mama.«
»Dieses Mal lasse ich noch Gnade vor Recht ergehen, aber nur dieses Mal noch.« Ihr Blick wurde noch eine Spur strenger.
»Danke, Mama.«
Mit einer ruckartigen Armbewegung führte sie die Papiere in Richtung seiner Brust, wo sie als Gipfel der ge-

spielten Distanzlosigkeit gegen sein Hemd drückten und darauf warteten, von seiner Hand abgeholt zu werden.
»Aber nur, weil du dich so artig bedankt hast!«
»Wenn mir die Mama noch einen Pfefferminztee bringt, würde ich ihr auch sagen, was ich gerade gemacht habe.«
»Hast du vielleicht ein Glück, dass ich heute meinen liebenswürdigen Tag habe.«
»Bis dann schalte ich auch auf Grün um, versprochen.«
»Oh!«, sagte Olga Grammelspacher einige Minuten später mit Blick auf den Bildschirm. »So heftig habe ich mir das nicht vorgestellt.«
Als das Telefon klingelte, unterbrach Weidner die Bilderschau und Olga Grammelspacher verließ sein Büro, um wieder an ihren eigenen Arbeitsplatz zu gehen.
»Hallo, altes Haus« freute sich Weidner, als er die Stimme am anderen Ende der Leitung erkannt hatte. Es war Gerd Kettler, der in Lörrach in der gleichen Position wie er war.
»Mit mir hast du nicht gerechnet, was?«
»Nicht unbedingt«, gab Weidner zu. »Was gibt' s? Wie geht' s dir?«
»Ich habe etwas Luft, hier ist es in dieser Woche ruhig.«
»Alle Berichte geschrieben, alle Untergebenen gelobt, alle Vorgesetzten in Kenntnis gesetzt?«, hakte Weidner mit einem Ton nach, den man nur unter alten Freunden benutzen konnte, ohne sein Gegenüber zu irritieren.
»Ausnahmsweise bin ich diesbezüglich mal zufrieden.«
»Auch deine gewerkschaftlichen Aufgaben halten sich in Grenzen?«
»Ich halte sie in Grenzen, Chris! Die würden mich sonst glatt auffressen.«
»Lass mich raten: Du willst dir mit mir das nächste Spiel des SC anschauen?«
»Dein kriminalistischer Spürsinn hat dich nicht getäuscht.«

»Puh!«, machte es am Emmendinger Ende der Leitung, dann folgte ein seltsames und lautes Geräusch. »Entschuldigung, Schnupfen.« Weidner schnäuzte sich und versenkte das Taschentuch erneut im ersten Anlauf in seinem Papierkorb.
»Hast du deine Wunderkügelchen schon eingeworfen?«
»Fängst du auch schon mit dem Lästern an?«
»Nein, nein. Ich niemals. Also hast du nun Zeit oder nicht?«
»Im Moment ist es arg eng. Erstens würde ich am ersten Aprilwochenende gerne beim Freiburgmarathon mitlaufen und da die Halbdistanz in 1:35 schaffen. Dafür müsste ich aber endlich in die finale Trainingsphase einsteigen. Ich habe mehrere Wetten abgeschlossen. Und nun gibt es hier gleich zwei Fälle auf einmal. Ein Toter lag schon seit Längerem vergraben, bei dem brennt nichts mehr an. Aber die Routinen kosten halt auch Zeit, das weißt du ja selbst. Und zweitens haben wir in Emmendingen einen Mord, der auch noch kurz nach dem Ausbruch eines gewaltbereiten Forensik-Insassen geschehen ist. Du kannst dir vorstellen, was hier los ist und wie hoch der Adrenalinspiegel der Bewohner und der meines Vorgesetzten ist. Zumal es außer dem Flüchtling gleich mehrere Verdächtige gibt.«
»Oh, dann habe ich im Moment den ruhigeren Job«, stellte Gerd fest. »Ich sehe schon, du brauchst Bedenkzeit. Bist du zu Hause erreichbar?«
»Versuch es, Gerd. Aber bevor ich auflege, habe ich noch eine Frage zu eurem geliehenen Ermittler. Wieso habt ihr gerade Scheu geschickt?«
»Warum fragst du, gibt es Probleme?«
»Na ja, ein wenig verhaltensoriginell ist er schon«, stellte Weidner klar.
»Sonst alles klar mit ihm?«

»Bisher fehlerlos, nicht mehr und nicht weniger.«
»Dann ist ja alles im grünen Bereich. Sprich mich nach der Beendigung des Falls noch mal an.«
Wenn Gerd nichts sagte, dann sagte das trotzdem einiges über den Leihermittler aus.
»Toi, toi, toi mit ihm«, wünschte der Freund aus Lörrach, »und für den Fall.«
»Danke, und vermutlich bis heute Abend«, erwiderte Weidner und beendete das Gespräch.
Kaum hatte er aufgelegt, klingelte das Telefon erneut.
»Hallo, Jens.« Der erfreute Gesichtsausdruck wich aber sogleich einem fragenden und seine Augenbrauen zogen sich zusammen. »Nein, ich weiß von nichts. ... Du hast eine Nachricht hinterlassen? ... Wo sollte die sein? ... Auf meinem Schreibtisch? ... Einen Moment, ich schau mal nach. ... ach Mensch, ich habe eine Zeitschrift auf den Tisch gelegt, und sie lag zufällig genau so, dass man das Blatt darunter gar nicht mehr sehen konnte. Entschuldigung, war mein Fehler. ... Moment, ich lese. ... So. ... K.K. hat den Kassenzettel für einen Lederslip aus Sexshop. So, so ... Hast du das auch vor Ort überprüft?«
Weidner hatte seinen schuldbewussten Ton abgelegt und zu einem wichtigtuerischen gewechselt. Jens Armbruster konnte seinen Vorgesetzten mit der gespielt strengen Miene geradezu vor sich sitzen sehen. Und der wiederum konnte das breite Grinsen seines Assistenten quasi durch das Telefon hören.
»Ich kenn den Kassierer gut, ich bin dort Stammkunde!«, war die prompte Antwort.
Einen Augenblick überlegte sich Weidner, was er noch draufsetzen konnte, dann widmete er sich dem Kribbeln in seinem Riechorgan.
»Habe die Ware gesehen«, legte Jens Armbruster bereits nach.

»Die Frage, ob am Bügel oder wo sonst, verkneif ich mir jetzt«, neckte Weidner.
»Was macht man, wenn man seinen Chef gerne einen Hornochsen nennen würde und sich das nicht traut?«
»Dann muss man seine dummen Sprüche schlucken. Und ansonsten hilft es, ganz sachlich zu bleiben. Das finden Vorgesetzte immer gut.«
»Also, gemäß Auftrag zur Verdächtigen K.K. gegangen ... mit ihr gesprochen ... gesuchtes Objekt gefunden: Lederslip, Farbe: Signalrot, Größe: klein, Kassenzettel war mit Kunststoffclip an Waschzettel befestigt, Herkunft erfragt: Etablissement für den Verkauf von Unterwäsche, Herkunft und Preis überprüft.«
Weidner unterbrach den Kurzbericht seines Assistenten: »Streng genommen müsste man den Slip auf Passgenauigkeit an der vermeintlichen Käuferin überprüfen. Er könnte ja auch einer Freundin gehören, die ihn zu Alibizwecken ausgeliehen hat.«
»Soll ich das als dienstlichen Auftrag interpretieren? ... Gesundheit!«, kommentierte Armbruster das explosionsartige Geräusch aus dem Lautsprecher seines Telefons.
»Scheißschnupfen!«, schimpfte Weidner und schob ein »Danke« hinterher.
»Zuerst die Schilderung des weiteren Vorgehens ... Verkäufer in Etablissement befragt, hat K.K. eindeutig als Kundin identifiziert, ganz zum Schluss kaufte sie die rote Kleinigkeit.«
»Damit wäre K.K. entlastet. Sehr professionell!«, lobte Weidner.
»Zuerst wollte der Verkäufer nicht aussagen, die Sache war ihm suspekt. Aber ich hatte den richtigen Riecher, wie ich ihn packen könnte. Ich erklärte ihm, dass seine Aussage wichtig für die hübsche junge Dame auf der anderen Straßenseite sei, und dass, wenn ich seine Unter-

schrift in der Tasche hätte ... dann würde ich sie zu ihm in den Laden schicken, sie würde sich bei ihm bedanken. Er verstand den Wink mit dem Zaunpfahl, gab schließlich die Unterschrift und sie ging artig rein und quatschte minutenlang mit ihm. Danach wirkte sie sehr gelöst. Deshalb packte ich die Gelegenheit beim Schopf und habe anschließend noch sehr ausführlich mit ihr geredet.«
Weidner räusperte sich deutlich hörbar.
»Ich soll dir von deinem Vorgesetzten ausrichten, dass er gute Arbeit schätzt.«
»Danke.«
»Trotzdem ist die Dame noch nicht ganz außen vor. Ich war nämlich auch nicht untätig und habe unter anderem eine weitere DVD von Tobias Deck angeschaut, zumindest teilweise. Die zeige ich dir, wenn du wieder hier bist.«
Kaum war das Telefonat beendet, warf der kränkelnde Hauptkommissar den Wasserkocher an und begann in seinem Büro zu suchen. »Himmel, Arsch und Zwirn!«, presste Weidner halblaut heraus, als er keinen Beutel mit Erkältungstee mehr fand. Am besten wäre eine Nasenspülung, darauf reagierte er immer sehr gut, deshalb hatte er sich eine Packung Emsersalz aus der Apotheke holen wollen. Dann kam ihm eine Idee. Er ging zur Toilette und stellte sich vor den Spiegel. Außer ihm war niemand anwesend. Waren seine Augen nicht einen Tick kleiner als sonst? Eindeutig! Das war der Beweis, dass der Erkältungsvirus ihn wahrscheinlich bald in den Fängen haben würde. Aber den folgenden Gegenangriff würde er noch durchführen, bevor er sich dem unerfreulichen Schicksal ergäbe, mal wieder aus Erkältungsgründen einen Langstreckenlauf nicht erfolgreich mitlaufen zu können. Schnell hob er das Glas mit der selbst angesetzten Kochsalzlösung unter seine Nase und sog die lauwarme Flüssigkeit langsam ein, bis sie im Rachen angekommen war.

Nun pustete er sie aus der Nase ins Waschbecken. Er hob erneut das Glas. Nach dem dritten Mal, das Glas war erst halb geleert, geschah etwas Unerwartetes! Er sah es im Spiegel, und das brachte ihn so aus der Fassung, dass er sich verschluckte und beim Husten die Glasscheibe mit vielen kleineren und größeren Tropfen übersäte. Die Gestalt, die die Tür bisher nur einen Spalt geöffnet hatte und sich dann sprechend weiterhin im Flur aufgehalten hatte, kam herein.

»Alles in Ordnung?«, fragte der Leiter der Polizeidirektion.

»Ja«, stotterte Weidner, »ich habe mich nur verschluckt.« Er hustete mehrmals und verschaffte sich dadurch eine freie Luftröhre und Zeit zur Sammlung. Er sah den Spiegel mit den vielen glitzernden Tröpfchen und spürte die Röte ins Gesicht steigen.

»Ich habe eine medizinische Lösung angewendet«, sagte er dann etwas kleinlaut.

»Solange es kein Alkohol ist«, witzelte der Vorgesetzte in dem ihm eigenen Humor.

»Werden Sie mir nicht krank, ich hoffe die Gesichtsfarbe kommt vom Husten.« Er wusch sich die Hände und verabschiedete sich mit einem väterlichen »Machen Sie bitte den Spiegel noch ein wenig sauber.«

Weidner vermied einen Blick in den gläsernen Reflektor, das warme Kribbeln im Gesicht sagte ihm genug. Beim Putzen des Spiegels stellte er sich bewusst seitlich zur Scheibe.

Eine knappe Stunde nach ihrem Telefonat saßen Weidner und Armbruster vor dem Bildschirm und begutachteten die Bilderserie mit dem Geländewagen, wobei dieser die Nebenrolle spielte. Die Hauptrolle war der jungen Dame vorbehalten, deren Alibi Jens heute festgezurrt hatte. In allen möglichen Posen stand sie neben, lag sie auf oder räkelte sie sich in Tobias Decks silbernem Offroader. Es waren drei verschiedene Aufnahmeorte: im Wald, in einer Scheune und auf einer Baustelle beziehungsweise in einer Baugrube. Sie trug verschiedene Kleidungsstücke oder genauer gesagt, Winzigkeiten, die zu Beginn der jeweiligen Fotoserien einen kleinen Teil ihres Körpers verhüllten und derer sie sich dann gekonnt und aufreizend entledigte. Außerdem benutzte sie einen Wagenheber, einen Benzinkanister mit Einfüllstutzen und Zündkerzen für Posen, die der Playboy nicht abgedruckt hätte. Schließlich waren noch wenige Bilder aus einem Stall in dem Ordner, die den Anschein erwecken sollten, dass das fast nackte Modell Angst vor einer Person hatte, die immer nur am Bildrand auftauchte.

»Harter Stoff«, meinte Jens und atmete durch.

»Das ist die Grauzone zur Pornografie«, ergänzte Weidner. »Ich bin gespannt, ob wir noch härtere Sachen finden.« Dann musste er kräftig niesen. »Grauzone zur Erkältung, Scheibenkleister.«

»Und ich bin gespannt, ob sich auf dem Computer Hinweise für Kontakte zu entsprechenden Webseiten finden. Diese Bilder könnte er dort auch reingestellt haben. Das gäbe ein schönes Motiv für einen Mord. Aber bisher hat die Auswertung seines PCs in dieser Richtung nichts ergeben.«

»Konstanza ist aus dem Schneider und Maxim war beruflich unterwegs. Die bisher befragten Familienmitglieder haben Alibis, aber teilweise decken sie sich gegenseitig. Vielleicht haben wir noch nicht ernsthaft genug nachgehakt. So schnell wie die versucht haben Konstanza zu decken, und dann noch so stümperhaft, da könnten die Nerven blank liegen. Übrigens war Maxims Bruder schon mal polizeilich aufgefallen, wenn auch vor vielen Jahren. Vielleicht hatte sie Deck zu etwas gezwungen oder erpresst, und die Familie wollte ihr den Rücken stärken und

dabei ist dann, beabsichtigt oder nicht, sein Ableben herausgekommen.«
»Und ich dachte vorhin noch, der Kreis der Verdächtigen wird kleiner«, stöhnte Armbruster. »Also dann erzähle ich dir nun am besten von meinem Gespräch mit Konstanza. Sie war so schön entspannt und da dachte ich, jetzt sei die Gelegenheit, mit ihr zu plaudern.«
»Bis vorhin?« unterbrach Weidner, und Jens Armbruster nickte. »Dann hat sie ja heute richtig viel männliche Aufmerksamkeit bekommen.« Weidner schaute grinsend zu seinem Assistenten. »Dann mal los, ich bin gespannt.«
Armbruster begann zu erzählen. Ihre Familie sei vor ungefähr zwanzig Jahren aus Kasachstan nach Deutschland gekommen. Durch Fleiß sei die Familie mit der Zeit zu einem bescheidenen Wohlstand gekommen. Der Schulabschluss hätte ihr eine Ausbildung als Verwaltungsfachfrau ermöglicht. Wie viele andere Ostimmigranten wären ihre Eltern inzwischen einer christlichen Sekte beigetreten und regelmäßig zum Gottesdienst und zu Gemeindeveranstaltungen gegangen. Als sie Konstanzas Hang zum Alkohol bemerkt hätten, wären sie zu dem Entschluss gekommen, ihrer Tochter beizustehen. Ziel sollte eine feste Beziehung sein. Ein Freund von ihr hätte die Beziehung wegen der elterlichen Einmischung abgebrochen und zweimal sollte sie mit Kollegen ihrer Brüder verkuppelt werden. Mit Tobias Deck war man nicht zufrieden gewesen. Deshalb hätte sie mit ihrer Familie nicht mehr über ihn gesprochen.« Armbruster nahm einen Schluck Wasser. »Sie hat erzählt und erzählt und erzählt. Aber dann begann ich, ihr Fragen zu stellen. Es war ihr sehr peinlich über das Video zu sprechen. Sie wurde sehr leise und schaute immer in ihre Kaffeetasse.« Während Weidner die eigene Tasse mit zimmerwarmem Kräutertee auffüllte, berichtete Armbruster weiter.

»Nach den Angaben von Frau Kubischek hätte Tobias sie zu den Aufnahmen überredet, weil sie so etwas einfach gut gekonnt hätte. Zuerst hätte sie abgelehnt, aber schließlich sei sie vor die Kamera getreten und es hätte überraschend gut geklappt. Tobias sei ganz begeistert gewesen und danach völlig verrückt nach ihr. Sie hätte ihm das Versprechen abgenommen, hoch und heilig, dass er niemandem davon erzählen oder die Aufnahme gar zeigen würde. Vor allem ihre Familie dürfe das Video nie zu Gesicht bekommen, sonst gäbe es eine Katastrophe. Die regten sich schon über ihre Kleidung und über den Teil ihres Lebenswandels auf, den sie kennen würden. Tobias hatte ihr mehrfach vorgeschlagen, ihre tänzerische Begabung zu nutzen und sich etwas dazuzuverdienen zum Beispiel durch Auftritte bei Freunden. Er hätte aber keinen Druck ausgeübt und sie hätte es als Kompliment aufgefasst.«

»Das konnte er wohl gut«, kommentierte Weidner und nahm einen Schluck lauwarmen Kräutertee. »Und wann und warum hat er damit aufgehöhrt, unser Charmeur?«

Armbruster fuhr mit seinem Bericht fort. Konstanza Kubischek hätte schließlich eine Heirat ins Spiel gebracht. Nach einigen Tagen des Nachdenkens hätte er ihr dann ein Szenario vorgeschlagen, bei dem sie die Finanzierung des Hauses übernehmen sollte, so wie vorher die Ehefrau. Das hätte sie nicht gewollt, denn sie würde einen Teil ihres Einkommens an die Eltern bezahlen, weil die so viel für sie getan hätten und die Unterstützung für das eigene Haus bräuchten. Das wiederum wäre bei Tobias auf Unverständnis gestoßen. Aber sie hätten sich nach wie vor super verstanden. Bis plötzlich diese Kollegin ein Auge auf ihn geworfen hätte. Die Vision vom Eheglück und der Versöhnung mit ihrer Familie zerstört von diesem blonden Gift!«

»Eigentlich ist sie ein bedauernswertes kleines Mädchen, das die berechtigte Angst spürt, das Leben könnte an ihr vorbeigehen und sie als frustrierte alte Frau zurücklassen«, streute Weidner ein.
»Was würde ihre Familie sagen, wenn sie von den Bildern oder dem Video wüsste? Wären sie zu Deck gegangen, um ihn zu sprechen, ihn zu bitten oder ihm gar zu drohen?«
»Wir sollten uns noch einmal um diese Familie kümmern.«
Weidner schenkte sich ein Glas Wasser ein und trank in kleinen Schlucken. Noch einen kalten Kräutertee wollte er nicht und einen neuen aufbrühen dauerte ihm zu lange. Da klopfte es und Sekunden später erschien Olga Grammelspacher mit einer großen Tasse Tee, als hätte sie seine Gedanken gelesen.
»Hilft gegen Erkältung!«, erklärte sie und stellte das heiße Getränk vor Weidner auf den Schreibtisch. Dessen fragender Gesichtsausdruck ließ sie sofort die Erklärung folgen. »Unser geschätzter Vorgesetzter hat mir erzählt, dass sein Chefermittler eine Erkältung bekommt, gerade jetzt, wo der Fall so kompliziert wird. Er hat mich gefragt, ob ich dir nicht einen Erkältungstee brauen könnte. Da dachte ich, ich tue meinem Chris was Gutes.«
»Danke, das ist lieb von dir.« Mehr brachte der überraschte Kommissar nicht heraus. Es nervte ihn sehr, dass sich nun sogar der Direktionsleiter über Olgas Annäherungsversuche lustig machte.
»Ich mach dir gerne noch einen!« Sie warf ihm ein Handküsschen zu und ging. Armbruster grinste und zwinkerte Weidner zu.
»Wir haben zu tun, Jens«, sagte er in sehr sachlichem Ton. Armbruster grinste immer noch und zwinkerte Weidner ein zweites Mal zu: »Also, ich hätte keinen Tee bekommen!« Weidner beschloss, diese Anspielung auf Olgas

personengebundene Fürsorglichkeit zu überhören und das Thema zu wechseln.
»Jetzt bin ich gespannt, was uns die Bilder mit dem Kürzel ›Rhst‹ noch bringen.«
Es waren Bilder, die den Bau des Parkplatzes auf dem nördlichen Bahnhofsareal zeigten. Zuerst wurde die Rampe am Ende der Rheinstraße angelegt, dann auf der ebenen Fläche die oberste Schicht weggeschoben, neues Material herbeigefahren und dieses verdichtet. Schließlich war die Teerung der Rampe zu sehen. Weidner stutzte.
»Schau mal her«, sagte er zu Jens und reichte ihm das Album, das er erst vor wenigen Stunden durchgeschaut hatte.
»Die Bilder könnten vom selben Fotografen sein«, kommentierte dieser.
»Und nun kriegen wir durch beide Fälle fast die gleichen Motive. Ich telefonierte neulich mit meiner Mutter und sagte ihr, dass ich wegen zweier Todesfälle ziemlich viel zu tun hätte. Da wollte mich die Gute beruhigen und sagte mir voraus, ich würde bestimmt beide auf einmal lösen.«
»Dann hättest du aber bei unserem Übervater einen großen Stein im Brett!«, kommentierte Armbruster die ungewöhnliche Vorhersage.
»Warum hatte Deck so viele Aufnahmen von dieser Baumaßnahme gemacht, und warum hatte er diese DVD gerade am Tag seiner Ermordung im Player?«, fragte sich Weidner laut. »Es gab meines Wissens keinen Anlass auf dem Amt, sich mit diesem Thema so zu beschäftigen. Aber das werden wir nachprüfen. Jetzt schauen wir das Album noch einmal an. Vielleicht kriegen wir eine Info über den anderen Fall raus.«
Bild für Bild gingen sie durch. Es waren alle Schritte der

Arbeiten zu sehen, oft durch mehrere Aufnahmen illustriert. Die Aktionen der großen Maschinen waren vielfältig abgebildet, die Arbeiter waren auf wenigen Bildern zu sehen, und Weidner erkannte die drei angeblichen Iraker und ihren unfreundlichen Chef. »Mit dem ist wohl nicht gut Kirschen essen«, meinte Armbruster und deutete auf den hünenhaften Mann. »So ein Typ wie der Bertold Dröscher.«

Auf dem ersten Bild schien der Chef der Iraker den Fotografen entdeckt zu haben. Er machte eine Handbewegung, die Deck dazu bewegen sollte, mit dem Bildermachen aufzuhören. Auf dem anderen kam er gestikulierend, mit erhobener Faust und mit bedrohlicher Körperhaltung und Miene auf den Fotografen zu.

»Was wohl dafür der Grund gewesen sein könnte? Schließlich war Deck ein Vertreter des zuständigen Amtes«, sinnierte Armbruster.

»Vielleicht gab es wie in so vielen Fällen bei öffentlichen Baumaßnahmen Unregelmäßigkeiten und der hatte Angst wegen eventueller Beweise durch die Fotos. Zum Beispiel wenn er vier statt der vorhandenen drei Arbeiter abrechnen wollte oder so was«, spekulierte Weidner. »Oder die Arbeiter waren ohne Erlaubnis vor Ort.«

»Wieder was, das uns viel Arbeit macht und wohl nicht weiterbringt«, nörgelte Armbruster.

Weidner zappte weiter. »Schau dir dieses Bild an. Ich denke, die Raupe steht genau dort, wo wir die Leiche gefunden haben. Theoretisch könnte sie auf dem Toten stehen.«

»Aber wenn dem so wäre, dann müsste die Leiche Spuren des großen Gewichtes zeigen. Das scheint mir nach dem Obduktionsbericht nicht so zu sein.«

»Wir müssen herausbekommen, ob sie draufsteht und wie viel Erde darüber sein könnte. Die Kollegen von der Spurensicherung sollen sich damit beschäftigen. Und unser Mediziner soll sich zu der Frage der möglichen Gewichtsbelastung äußern. Vielleicht können wir dadurch den Todeszeitpunkt eingrenzen.« Weidner schaute seinen Assistenten an.

»Okay. Ich habe den Wink verstanden, ich kümmere mich darum«, erklärte sich Armbruster bereit.

»Und dann war auf mehreren Bildern noch etwas ganz nah im Vordergrund zu sehen, das waren wohl Frau und Tochter. Vielleicht kann sich Frau Deck noch daran erinnern.«

»Arbeit, ihr Süßen! Schluss mit dulce fare niente, oder wie das heißt.« Olga erschien mit guter Laune im Raum.

»Dolce far niente! Nur damit du dich bei deinem nächsten Urlaub in Griechenland nicht blamierst. Was bringt uns denn unsere gute Fee wieder?«, nahm Weidner den Faden auf und streckte seine Hand nach dem Papier aus, das sie ihm hinhielt.

»Italien, mein Lieber, du führst mich nicht aufs Glatteis.« Sie lachte kurz. »Lies mal. Ich denke, das hier heißt Arbeit!«

»Du hast schon darin gelesen? Willst du nicht auch gleich die dazugehörige Arbeit erledigen?«, fragte Weidner in strengem Ton.

»Ich dachte zuerst an einen Übertragungsfehler, weil der Absendername fehlt«, gab die Kollegin zurück. »Aber anscheinend will da jemand anonym bleiben.«

Weidner nahm das Papier entgegen.

»Noch ein Teechen gegen das Schnüpfelchen?«

Der Angesprochene schüttelte seinen Kopf.

»Du niest ja auch nicht mehr. Das erste Mal scheint gut gewirkt zu haben. Siehst du, ich weiß, was dich leistungsfähig hält.«

Weidner warf der besorgt-liebevollen Nervensäge ein gequältes Lächeln zu.

»Danke, dass du dich sooo lieb um uns kümmerst«, provozierte Armbruster.
»Gern geschehen«, flötete sie, schaute dabei aber zu Weidner. Doch dann drehte sie sich zu Armbruster: »Des duet mer ä so unter guede Kollege. Do luegt mer, dass im andere d'Arbet au nit iber de kopf wachse duet. Des het mer mi Mueder so bibrocht. Bi dir ischs doch sicher au so gsi - oder?«
Weidner rollte mit den Augen. Er kannte dieses Ritual. Olga auf Volldampf im original Emmendinger Dialekt, da hatte selbst er gelegentlich Verständnisprobleme.
»Ich hoff, des isch de in die Kopf ni gange, du Kommissar mit Migrationshindergrund«, spielte sie auf Armbrusters ostfriesische Wurzeln mütterlicherseits an.
Bevor die Diskussion grundsätzlich wurde, räusperte sich der leitende Ermittler hörbar.
»Bis bald!« Mit diesem gesungenen Gruß und einem Zwinkern ließ sie die beiden Männer zurück. Armbruster schaute etwas hilflos.
»Sie hat gemeint, dass man sich gegenseitig hilft, wenn man eine gute Kinderstube genossen hat.«
»Wenn du deine Olga nicht hättest ...!« Dafür erntete Armbruster einen Rippenstoß. Dann ging Weidner sehr schnell wieder zur Arbeit über.
»Sie hatte recht«, sagte er und schaute nach dem Überfliegen der wenigen Zeilen auf. »Ich lese: Vor wenigen Tagen gab es einen Streit zwischen Herrn Deck und seinem Vorgesetzten. Grund war dessen achtzehnjährige Tochter. Deck hatte sie in einer Disko getroffen. Er wusste wohl nicht, wer sie war und hat sie ziemlich angemacht. Die junge Dame stellte sich allerdings älter, als sie war und hat ein schwieriges Verhältnis zu ihrem Papa. Irgendjemand muss diesen Vorfall dem Vater mitgeteilt haben, denn er hat Herrn Deck zu einem Gespräch gebe-

ten, bei dem es recht laut wurde, sodass andere im Büro genug davon mitbekommen haben.«

»Halleluja, das hat uns noch gefehlt!« Weidner war sichtlich betroffen. »Ich dachte doch gleich, dass bei meiner zweiten Gesprächsrunde noch nicht alles gesagt wurde. Besonders der Herr Papa war sehr distanziert.«

»Juhu! Ring frei zur nächsten Runde mit einer vergrößerten Zahl von Verdächtigen.« Armbruster riss gekünstelt die Arme hoch und mimte den glücklich Jubelnden. »Zwei Dates geplatzt«, sagte er dann resignierend.

»Die Einladung zum nächsten Heimspiel des SC von Gerd kann ich mir auch abschminken!« Weidners Stimme wurde erregt. »Und ich kann mir den Marathon an den Hut stecken! Dafür dann eine Sondersitzung mit dem Alten in seinem Büro mit einem kleinen Forderungspaketchen und einem Bündelchen guter Ratschläge!« Weidner gab seinem Papierkorb einen so heftigen Tritt, dass er gegen den Schrank schleuderte und nach einem krachenden Geräusch zum Liegen kam. Der wütende Ermittler schaute ihn finster an, dann schlug er mit der flachen Hand auf den Tisch. Einen Kommentar zu dem langen Riss im milchigen Kunststoff des Altpapierbehälters verkniff er sich. Jens Armbruster schaute derweil ganz zufällig zuerst auf seine Fingernägel, dann auf seine Schuhe, um anschließend aus der Packung auf dem Tisch nach einem Taschentuch zu fischen und sich die Nase zu putzen. »Du kannst mich wieder anschauen, es ist vorbei«, meldete sich sein Vorgesetzter mit mühsam beherrschter Stimme. »Also an die Arbeit. Aber die restlichen Öko-purex lässt du hier.«

Weidner blickte auf die Uhr. Es war schon nach sechs Uhr und draußen sah man, wie die Abendsonne die Wolken in rötliches Licht tauchte. Seit mehr als zehn Stunden war er nun im Dienst. Aber immerhin hatte er seit zehn Minuten schon nicht mehr genossen! Was würde ihm der

Tag noch bringen? Das Highlight wäre jetzt ein Anruf vom Direktionspatriarch, der aus irgendwelchen Gründen schlechte Laune hätte und seine Erläuterungen statt mit einem Lob für die gemachte Arbeit mit der Bemerkung kommentieren würde, dass er sich über eine Entwarnung in Sachen Ausbrecher sehr gefreut hätte.

»Was fehlt uns noch zu unserem Glück, Jens?«

»Ob er krank geworden ist?«

»Oder nur den unpassendsten Moment abpasst?«

»Wetten wir um eine Butterbrezel beim nächsten Außeneinsatz?«

»So wie immer. Ich bin heute für Lob.«

»Optimist. Nein, er hat schlechte Laune, weil sein Lieblingsverein verloren hat. Tadel.«

Rriiiing ...

»Wer sagt's denn. Wenn man vom Teufel spricht ...« Jens hob mit einer übertriebenen Geste den Zeigefinger in die Luft, so als wolle er sagen, dass er es genau gewusst hätte.

»Kann man sich so einen Anruf durch die Kraft der Gedanken herbeiholen? Es gibt Menschen die behaupten so etwas von sich.« Weidner hatte seine gute Laune wieder.

Rriiiing ...

»So eine Art self fulfilling prophecy«, fuhr Weidner fort.

»Wenn es sich bestätigt, dann muss ich mich umgehend darum kümmern, wie ich diese verfluchte Fähigkeit unter Kontrolle bekomme.«

Rriiiing ...

»Andererseits könnte man vielleicht umgekehrt ersehnte Anrufe herbeiführen. Damit ließe sich unter Umständen sogar Geld verdienen. Vielleicht zuerst nur hier in der Direktion?«

Rriiiing ...

»Aller guten Dinge sind vier, Chris«, sagte Jens mit leicht erhobener Stimme und deutete auf den Telefonapparat.

Weidner aber hatte Gefallen daran, den Anrufer noch zappeln zu lassen. Er tat nur so, als nähme er den Hörer ab und hielt sich die Hand ans Ohr. Er sagte ein überfreundliches Hallo in den angedeuteten Hörer, das allerdings im fünften Rriiing ... unterging. Während Weidner seinen Assistenten angrinste, ging seine Hand langsam Richtung Hörer, um dann plötzlich vorzuschießen und ihn in einer schnellen Bewegung ans Ohr zu führen. Armbruster atmete hörbar durch. Anscheinend war der Chris jetzt völlig durchgeknallt, dachte er sich. Was ein geplatzter Halbmarathon aus einem ganz normalen Menschen machen konnte.

»Schade, dass du es bist, sonst hätte ich jetzt eine Butterbrezel gewonnen«, sagte der Kommissar bedauernd in die Sprechmuschel, während er das Telefon auf laut stellte.

»Endlich komme ich durch. Vorhin war zweimal besetzt, bei dir zu Hause meldet sich nur der AB und an dein Handy gehst du auch nicht ran.«

»Moment«, unterbrach Weidner und kramte nach seinem kleinen Kommunikator. »Tut mir leid, es war ausgeschaltet. Also, was geht?«

»Nichts wird' s mit der Fortbildung gegen Anfängerfehler, brauche ich nämlich nicht, ich beherrsche mein Metier. Hier die Nachricht des Abends: Nadine Deck war vor wenigen Tagen mit ihrem alten Hausschlüssel im Rosenweg, um nach den Fotos zu suchen. Unser Verdacht war richtig: Er hatte versucht sie zu erpressen. Sie sollte ihm gegenüber keine finanziellen Forderungen stellen, sonst würde er ihre Aktaufnahmen verschicken. Aber sie behauptet, nichts mit seinem Tod zu tun zu haben.«

»Kann ich zu euch kommen?«

»Ich gehe schnell hinein und frage sie.«

Nach einer halben Minute vernahm Weidner erneut Fritz' Stimme: »Sie ist einverstanden. Bis gleich.«

Weidner schaute Armbruster in die Augen. »Du brauchst nicht mit und kannst Schluss machen, wenn du zuvor noch eine Kleinigkeit für mich erledigst.« Armbrusters Gott-sei-Dank-Gesichtsausdruck verschwand und verwandelte sich beim nächsten Satz in eine Bitte-nicht-ich-Miene.
»Der Alte hat heute noch nichts von uns gehört.«

»Ich war es nicht!«, sagte sie, kaum dass Weidner das Krankenhauszimmer betreten und sie begrüßt hatte.
»Aufgrund der Sachlage sind sie aber verdächtig«, antwortete er noch bevor er sich gesetzt hatte. »Wir sollten die Dinge in Ruhe durchsprechen. Wenn Sie die Tat nicht begangen haben, dann müssen wir bei anderen Menschen suchen. Die Aufgabe von Polizisten ist nicht, möglichst bald jemanden zu verhaften, sondern die Wahrheit herauszufinden. Sie haben den Schlüssel zur Lösung vielleicht in der Hand, ohne es zu wissen. Wenn Sie uns nach Kräften unterstützen, lässt sich Ihre Unschuld am ehesten beweisen.« Was hätte sie wohl über sein Gespräch mit Konstanza Kubischek gesagt, bei dem er »diese Schlampe« mit dem gleichen Angebot aus dem Kreis der Verdächtigen geholt hatte? Hoffnung und zugleich Angst standen im Gesicht von Nadine Deck, als sie den Kommissar mit tränenunterlaufenen Augen anschaute.
»Sie helfen mir?«, fragte sie zögernd und mit deutlichem Zweifel in der Stimme.
»Wir sind dann zufrieden, wenn wir den wahren Täter überführt haben, Frau Deck. Ich habe kein Interesse, Sie in die Pfanne zu hauen, nur um schnell fertig zu werden. Dass Sie uns ein wenig angelogen haben, ist eher nebensächlich, wir sind nicht nachtragend. Aber einen Fall um jeden Preis schnell abschließen, das ist nicht unser Stil und ist rufschädigend. Wenn Sie wirklich unschuldig sind, dann sitzen wir im gleichen Boot.«

»Danke«, sagte sie und einige Tränen setzten sich in Bewegung.
»Darf ich mit den Fragen beginnen?«
»Je schneller desto besser, ich will zu meiner Tochter zurück.«
»Also wenn ich es richtig verstanden habe, dann wollten Sie sich scheiden lassen, dabei auf die Unterhaltszahlungen für ihre Tochter bestehen und diese mit Hilfe eines Anwalts zugesichert bekommen. Wann bekam Herr Deck den Brief von Ihrem Rechtsbeistand?«
»So ungefähr vor acht Wochen.«
»Wie hat er reagiert?«
»Er rief mich mehrmals an und wollte mich mit allen möglichen Argumenten davon überzeugen, dass dies der falsche Schritt sei. Manche seiner Behauptungen waren geradezu lächerlich. Schließlich habe ich die Gespräche nicht mehr entgegengenommen, sondern gleich wieder aufgelegt. Er hat mich regelrecht bedrängt.« Sie machte eine kleine Pause.
»Für ihn hätten Ihre Forderungen wahrscheinlich den Verlust des Hauses und des Geländewagens bedeutet. Deshalb war er bereit, alle Register zu ziehen. Und dabei fielen ihm schließlich die Fotos ein. Wann bekamen Sie das erste Mal zu hören, dass er die Bilder als Druckmittel benutzen wollte?«
»Vor ungefähr vier Wochen.«
»Wie haben Sie reagiert? Was ging in Ihnen vor?«
»Ich bekam Panik. Nach seinem Anruf, bei dem er sein Vorhaben in einem Nebensatz erwähnt hatte, saß ich zu Hause auf dem Sofa und hatte Schüttelfrost. Während des Gesprächs dachte ich noch ›Der spinnt!‹, aber danach erinnerte ich mich an Situationen, in denen er andere eiskalt abserviert hatte. Da kroch die Angst in mir hoch, dass er das mit mir auch so machen könnte. Und außerdem

hatte er mich ja erst kurz zuvor geschlagen. Ich rief ihn zurück, aber es endete nach zwei Minuten damit, dass ich ihn anschrie und beschimpfte, er auflegte und ich eine Stunde lang heulte. Meine Tochter bekam das teilweise mit und war danach ziemlich durch den Wind. Da schwor ich mir, mich nicht mehr so gehenzulassen.«

»Haben Sie ihn noch einmal in dieser Sache angerufen?«

»Ja, und dabei blieb ich ruhig. Er behauptete, ich sei eine schlechte Mutter, die ihrer Tochter den Vater wegnähme. Er wolle ja nur, dass ich zu ihm zurückkäme. Einen Erpressungsversuch wies er entschieden zurück. Vielleicht hatte er Angst, dass ich das Gespräch mitschneiden oder jemand neben mir stehen würde, um später als Zeuge auszusagen.« Sie schaute vor sich hin, und in Weidner stiegen wieder die Bilder hoch, als er sich mit seiner damaligen Freundin körperlich auseinandergesetzt hatte. Er musste dieses unerfreuliche Kapitel aufarbeiten, es war zu mächtig, um es einfach so zu verdrängen. Bisher hatte er niemandem in Emmendingen davon erzählt, aber wenn er bei Vernehmungen jedes Mal abschweifte, wenn dieses Thema im Mittelpunkt stand, würde irgendjemand mal seine Schlüsse daraus ziehen.

»Und dann?«, unterbrach Weidner ihr Schweigen nach einigen Sekunden, aber mehr um seine eigenen Erinnerungen zu verjagen.

»Er rief mich zwei Tage später auf der Arbeit an und teilte mir mit, dass er noch ein paar andere Fotos von mir gefunden hätte. Die wolle ich doch bestimmt haben, er würde sie mir gelegentlich schicken. Über die Motive der Bilder schwieg er sich aus, aber es war mir klar, dass er nicht wegen ein paar netten Urlaubsbildern angerufen hatte.«

»Wie kam es zu diesen Fotos?«

Nadine Deck senkte den Kopf und schaute auf den Boden. Sie atmete tief ein und schluckte hörbar. Weidner konnte

nicht genau sehen, ob sie errötete, denn eine Haarsträhne war nach vorne gefallen und beschattete ihr Gesicht.
»Nun«, begann sie zögernd, »das ist schon einige Jahre her. Wir kannten uns ein paar Monate und fanden alles an uns toll. Damals machte er mir noch ständig Komplimente wegen meines Aussehens.« Sie hielt einen Moment inne und rang sichtlich nach Worten. Ihre Hände hatten sich in die Bettdecke gekrallt. Weidner fürchtete schon, sie würde das Gespräch vor Scham abbrechen. Aber sie fuhr fort. »Eines Tages meinte er, es gäbe ein neues Gesetz: Frauen mit einem so schönen Körper wie meinem müssten in der Wohnung ihres Freundes nackt sein. Ich tat, was das Gesetz angeblich verlangen würde.«
Ihre Stimme war nun so leise, dass die beiden die Worte beinahe nicht verstehen konnten. Weidner beugte sich deshalb vorsichtig ein wenig nach vorne.
»Er war begeistert und holte seine Kamera. Er sagte, dass er nun keinen Playboy mehr kaufen müsse, schließlich habe er das hübscheste Häschen zu Hause. Wir machten den ganzen Abend Aufnahmen, stundenlang. Zuerst waren die Motive noch sanfter, zum Beispiel beim Nacktputzen oder Nacktspülen. Später, nach der zweiten Flasche Wein, entstand dann die Serie, die Sie kennen.« Sie verbarg ihr Gesicht. »Ach Gott, ist das peinlich!«, flüsterte sie in ihre Hände. Ein Zittern ging durch ihren Körper. Nadine Decks Körpersprache zeigte überdeutlich, wie sehr sie dieser unfreiwillige Einblick in ihr früheres Intimleben aufwühlte.
»Sie haben die erste Hürde geschafft, Frau Deck. Den Rest schaffen Sie nun auch.« Weidner versuchte seine Stimme so sanft wie möglich zu halten. »Es ist nicht das erste Mal, dass wir so etwas zu hören bekommen. Es darf Ihnen peinlich sein, aber Sie werden sich erleichtert fühlen, wenn Sie alles ausgesprochen haben. Reden Sie einfach weiter.«
Und das tat sie dann auch, mit leiser Stimme.

»Wir schauten uns die Bilder gemeinsam an und waren sehr zufrieden. Er lobte mich und zeigte sich über mein Talent überrascht und begeistert. Er versicherte mir mehrfach, dass er nach dem Anschauen der Bilder nicht mehr Herr seiner Taten sei und so benahm er sich dann auch.« Wieder machte sie eine Pause. »Als ich dann schwanger wurde, erlosch seine Begierde abrupt, und die Bilder verschwanden irgendwo im Schrank.«
»Dachten Sie bei Ihrem Auszug daran, die Bilder mitzunehmen?«, fragte Fritz.
»Natürlich, aber ich fand sie nicht alle. Er hatte die letzte Serie getrennt aufbewahrt. Irgendwann gab es wichtigere Dinge zu regeln, als diese Fotos zu suchen, meine Tochter sollte die Vorbereitungen unseres Auszugs ja nicht mitbekommen.«
»Und als er mit seiner Drohung kam, versuchten Sie die Bilder zu klauen.«
»Was hätte ich denn tun sollen?!«, sagte sie mit Verzweiflung in der Stimme. »Und dabei hatte er mir versprochen, dass er die Bilder niemals, niemals irgendjemandem zeigen würde. Dieses Schwein!«
Die letzten beiden Worte waren mit solcher Inbrunst gesprochen, dass Weidner ein Schauer überlief. Vielleicht war sie nicht seine Mörderin, irgendwie hoffte er es sogar, aber sie hätte es sein können. Hatte er etwa das Bedürfnis, sie zu entlasten? Ein gefährliches Gefühl für einen Ermittler!
»Verstehen Sie das?«, fragte sie die beiden Polizisten schließlich mit lauter Stimme. Weidner zuckte leicht zusammen. Hatte er schon wieder den Anschluss verpasst?
»Verstehen Sie das denn nicht?« Ihre Augen fixierten zuerst den einen und dann den anderen. Dabei neigte sich ihr Oberkörper leicht nach vorne, sie gierte förmlich nach Verständnis.

»Das ist gut nachvollziehbar, Frau Deck«, bestätigte ihr Weidner.
»Ich habe ihn nicht umgebracht, hören Sie? Aber ich weiß nicht, ob ich nicht dazu fähig gewesen wäre, wenn er mein Leben ruiniert hätte.«
Fritz schaute zu Weidner, und dieser erwiderte seinen Blick. Im billigen Fernsehkrimi kam jetzt das Geständnis, im wirklichen Leben aber meist nicht. Frau Deck suchte kurz nach Worten, dann fuhr sie fort.
»Ich weiß nicht, ob er sich anderen gegenüber auch so benommen hat. Aber wenn man Menschen so behandelt, dann muss man sich nicht wundern, dass es so endet.«
»Glauben Sie, er hätte es getan?«
»Ich hätte es ihm zugetraut. Er hatte mich oft genug unter Druck gesetzt und ich war oft genug weich geworden. Ich stellte mir vor, dass er die Aufnahmen an meine Arbeitskollegen verschicken würde. Ich könnte nicht mit Menschen zusammenarbeiten, die diese Bilder kennen und sich wer weiß was dabei denken. In ständiger Furcht vor zotigen Bemerkungen, oder von Männern deswegen angemacht zu werden – so hätte ich nicht mehr dort bleiben können. Und wie bekäme ich mit dieser Reputation eine neue Stelle?« Sie zuckte die Schultern und schüttelte leicht den Kopf. »Oder die Vorstellung, dass meine Tochter es erfährt oder deshalb schief angeschaut wird. ›Mit der Tochter von so einer lasse ich mein Kind nicht spielen, wer weiß, was bei denen noch geschieht.‹ Er hätte unser Leben damit zerstört, zerstört, zerstört!« Sie schrie das letzte Wort aus sich heraus und schlug dabei mit den Fäusten auf die Decke. Aber dann bekam sie sich wieder in den Griff. Wenige Sekunden später schaute sie die beiden Polizisten an. Weidner interpretierte dies als Aufforderung.
»Zurück zu Ihrem Versuch, die Bilder an sich zu bringen. Wie ging es weiter?«

»Ich hatte noch einen Schlüssel für das Haus. Ich hatte Roberta bei meiner Mutter übernachten lassen und war sehr früh am Morgen dort. Ich wartete, bis er mit seinem Wagen weggefahren war. Es war noch nicht ganz hell, deshalb hoffte ich unbemerkt hineinzukommen. Außerdem hatte er keinen Kontakt zu den Nachbarn, die würden ihm im Zweifelsfall nichts sagen. Ich suchte fast den ganzen Vormittag, aber ich fand die Bilder nicht. Dann musste ich zurück, um meine Tochter vom Kindergarten abzuholen.«
Sie schwieg und war mit ihren Gedanken nicht mehr im Raum. Erst jetzt bemerkte Weidner, dass sich auf ihrer Stirn eine größere Anzahl Schweißtropfen gebildet hatte. Er fragte sich, ob er an dieser Stelle das Gespräch beenden sollte. Die Entscheidung wurde ihm abgenommen, als der Arzt das Zimmer betrat. Er schaute Frau Deck an, runzelte die Stirn, setzte sich auf die Bettkante und nahm ihr Handgelenk. Nachdem er ihren Puls gemessen hatte, erklärte er den Besuch angesichts des erschöpften Allgemeinzustandes der Patientin für beendet und bat die Ermittler hinaus.
»Ich hoffe, Sie haben Verständnis für meine Entscheidung«, wandte er sich auf dem Flur an Weidner. »Sie braucht Ruhe.«
»Als Sie das Zimmer betraten, hatte ich mir gerade selbst die Frage gestellt, ob ich abbrechen sollte. Frau Deck hat uns Dinge aus ihrem Privatleben mit dem Ermordeten erzählt, so etwas ist anstrengend. Aber es ist natürlich in Ordnung, dass Sie als Verantwortlicher einschreiten. Es kann sein, dass Sie noch mehr loswerden will, dann würde ich wiederkommen.«
Der Arzt umfasste mit dem Zeigefinger sein eigenes Kinn und stützte den Daumen dagegen. Weidner grinste in sich hinein. Die klassische Geste des Nachdenkens bei Fernsehärzten, die nach zwei Sekunden ihrem Gegen-

über bedeutungsschwere Sätze mit auf den Weg geben.
»In Ordnung«, sagte der Arzt und nickte väterlich. »Auf Wiedersehen.«
Für Weidner war nichts in Ordnung. Er hatte sich entscheidende Informationen von diesem Gespräch erhofft und war nur mit kleinen Puzzleteilen abgespeist worden.
Der Kommissar saß in seinem Wagen und ließ in Gedanken den Tag noch einmal an sich vorbeiziehen. Auf seinem Schoß lag sein Notizbuch. Die Exgeliebte war als Verdächtige aus dem Rennen, die Noch-Frau stand dagegen verstärkt im Mittelpunkt, ebenso Tobias' Vorgesetzter und die Familie Kubischek. Er hatte dem Notizbuch des Opfers wichtige Informationen entlockt, aber vieles war noch rätselhaft oder unbestätigt. Und als Höhepunkt des Tages war der Zettel mit der Autonummer eines heißen Kandidaten aufgetaucht und gleich wieder verschwunden. Das war ein Vorkommnis, das man sich vielleicht noch in vielen Jahren am Stammtisch lachend erzählen würde, aber heute war es ein Stimmungskiller. Weidner kritzelte mit seinem Stift auf einem Blatt Papier herum und skizzierte dann ein Männchen, das ihm unglaublich ähnlich sah und entsetzt am Ufer stand, denn es beobachtete, wie eine alte Frau gerade ein großes Gewicht ins Wasser warf, auf dem das Wort Zettel stand. Das Gewicht war über ein Seil mit seinem Fuß verbunden.
Weidner erschrak, denn es klopfte an sein Fenster.
»Könnten Sie losfahren? Meine Frau sitzt im Rollstuhl und kommt nicht in unser Auto, solange Sie noch da stehen.«

DIENSTAG

Weidner wachte durch das Piepen des Weckers auf. Nach einer schlechten Nacht war er in den Morgenstunden endlich eingeschlafen, und jetzt holte dieser blöde Kasten ihn aus dem Schlaf. Nach Dienstschluss gestern um 22 Uhr hatte er einige Zeit benötigt, um wieder abzuschalten. Auf sonderbare Weise berührte ihn die Tätlichkeit von Deck gegenüber seiner Frau. Waren es die entfernten Ähnlichkeiten von Nadine Deck mit seiner früheren Lebensgefährtin, die diese Jahre zurückliegenden Auseinandersetzungen aus den Tiefen seines Gedächtnisses hervorzerrten? Er hatte, um vor dem Schlafen gehen noch runterzukommen, ein längeres Stück im leichten Trab zurückgelegt, einmal im Licht der Straßenbeleuchtung Reute rauf und dann wieder runter. Das war natürlich keine ernst zu nehmende Trainingseinheit gewesen, so wie es der Plan verlangte. Und das ärgerte ihn ziemlich. Seine hervorragende Frühform vom Februar blieb ungenutzt. Wenn es so weiterging, konnte er froh sein, den Marathon unter zwei Stunden zu laufen! Immerhin hatten Hanni und Nanni nicht mehr angerufen. Und der Schnupfen hatte sich auch nicht mehr gemeldet. Würde der heutige Tag besser werden?

Eine Dreiviertelstunde nach dem Piepen hatte er zumindest eine Antwort, schwarz auf grau. Auf seinem Schreibtisch in der Polizeidirektion lag ein Briefumschlag aus Recyclingpapier, liebevoll und exakt mittig auf der Schreibunterlage platziert. *Herrn Kommissar Chris Weidner* stand in einer ihm unbekannten Handschrift darauf. Olga hatte ihn schon mit einem Augenzwinkern und der Bemerkung empfangen, dass er Fanpost bekommen hätte. Zwar nicht von ihr, aber immerhin. Er legte das mitgebrachte Frühstück neben die verpackte Morgenüberraschung und ergriff den Umschlag. Kein Absender und nicht zugeklebt. Die Spannung stieg, und dann war er da, der Gedankenblitz: Es war Fabienne von der Heiden gewesen, die ihm den Zettel von Frau Ollwitz, beziehungsweise eine Kopie davon, vorbeigebracht hatte. Und ausgerechnet heute war er um diese Zeit nicht hier gewesen. Rasch fischte er den Inhalt heraus.

War eine gute Idee den Alten anzurufen / hatte gute Laune, weil seine Tochter den Führerschein bestanden hatte / hab mich fünf Minuten bestens mit ihm unterhalten / hat mir für die Aufmerksamkeit gedankt, ihn noch zu informieren stand da in wunderschöner Schrift, unterschrieben mit *J.A. P.S.: Du sollst ihn aber heute noch selbst anrufen.*

Echte Fanpost war das nicht. Aber immerhin keine Hiobsbotschaft.

Ring ...

»Chris Weidner«, meldete er sich.

»Guten Morgen, Herr Kollege, ich habe von Ihrem Wunsch gehört, mit mir einige Bilder anzuschauen und zu analysieren. Ich bin gerade auf dem Weg nach Freiburg und in der Nähe. Kann ich gleich kommen?« Weidner erkannte den anonymen Anrufer an der Stimme.

»Ich habe noch nicht mit der Arbeit angefangen, hätte aber sofort Zeit. Vielleicht ergibt sich auch etwas für die Besprechung.«

Wenige Minuten später saßen sie am Schreibtisch. Während der Gast die Bilder im Schnelldurchgang begutachtete, nahm Weidner den ersten Teil seines Kurzfrühstücks zu sich, die Bio-Vollkornschneckennudel. Sie war beim Kauf noch warm gewesen und schmeckte ihm so richtig gut. Nun erklärte er Stefan Guck die Örtlichkeit und die für ihn wichtigen Fragen. Vielleicht konnte der Spezialist etwas über den Tatzeitpunkt herausbringen.

Bei der zweiten Runde benötigte Guck für fast jedes Bild eine halbe Ewigkeit, sodass Weidner in Ruhe den nächsten Teil seines Frühstücks genießen konnte, dieses Mal eine Bio-Apfeltasche. Der Analyse-Experte hatte die Angewohnheit, eine Art Bildbeschreibung vor sich hin zu sprechen und diese gleich zu kommentieren. Er tat dies mit Absicht, weil er dann, nach seinen eigenen Angaben, nicht unbewusst Details beiseiteschob. Die Kleinigkeiten in einen ordentlichen Satz zu verpacken, hieß für ihn, sie nicht zu übersehen. Außerdem konnte so der eigentliche Nutznießer der Arbeit an den Gedanken teilhaben und eventuelle Fehleinschätzungen von Guck sofort berichtigen beziehungsweise die Wahrnehmungen und Ansichten des Spezialisten für sich übernehmen. Bei seinem allerersten Arbeitstermin mit diesem Kollegen hatte Weidner dieses Vorgehen befremdlich gefunden. Da Guck damals aber durch seine Analysen den spektakulären Fall gelöst hatte, war seine Fachkompetenz bewiesen und Guck immer wieder einen Anruf wert. Nach einer guten Stunde waren die knapp sechzig Bilder gesichtet, auf Herz und Nieren geprüft und bewertet. Weidner interessierte aber nur eines: Stand die Raupe zu irgendeinem dokumentierten Zeitpunkt auf dem Fundort, womöglich auf der Leiche?
»Wenn ein genauer Blick nicht genügt«, meinte Stefan Guck, »dann muss man ein wenig Geometrie anwenden. Wegen des unterschiedlichen Zustands der Vegetation ist genau zu überlegen, wie sich das Gebiet durch den Zuwachs über mehrere Jahre verändert haben könnte. Oder ob es vielleicht durch einen geplanten Eingriff verändert wurde. Nach deinen Schilderungen könnte seit der Aufnahme kein Eingriff mehr erfolgt sein, dann ließe sich eine Aussage relativ gut treffen. Wir müssen den Ort genau vermessen. Das entscheidende Foto ist dieses hier.« Er zeigte auf das Bild aus dem Album mit der

auffälligen Stellung der Raupenschaufel. »Es wurde von einem Fenster im oberen Stockwerk aufgenommen, das sich vielleicht genau identifizieren lässt. Eventuell haben wir auch zwei oder drei Fenster zur Auswahl, die aber dicht beieinander liegen dürften. Im Hintergrund sehen wir den Mast der Oberleitung sowie größere Büsche und Bäume. Sie werden eventuell alle noch am Platz sein und diese Holzpflanzen werden sich trotz der Belaubung dem zurzeit blattlosen Gestrüpp zuordnen lassen. Das Fenster, der Fundort und ein von uns bestimmtes Objekt im Hintergrund bilden unsere Bezugspunkte.« Guck fertigte mit wenigen Strichen eine Skizze des Geländes an. »Die eigentliche Herausforderung liegt in der Einschätzung, wie weit hinten damals die Raupe stand. Die Rechnungen sind eine Angelegenheit von nur wenigen Minuten. Also, ihr habt drei Aufgaben zu erledigen: Erstens den Plan vom Vermessungsamt zu beschaffen, zweitens das Fenster zu identifizieren, aus selbigem ein Foto mit dem Fundort der Leiche zu machen und die Höhe über Grund zu messen sowie drittens zuerst den Typ der Raupe und dann ihre exakte Länge herauszufinden. Ich kann dir aber nicht versprechen, dass du eine eindeutige Aussage bekommen wirst. Und selbst wenn die Raupe auf dem Fundort gestanden hätte, könnte es vor dem Vergraben der Leiche gewesen sein. Oder Monate später.«

Nachdem sie sich noch ein paar Minuten ausgetauscht hatten, machte sich Guck auf den Weg nach Freiburg. Weidner setzte Jens Armbruster auf die Raupe an und führte ein Telefonat mit dem Ehepaar, aus dessen Haus das Foto gemacht worden war. Er könne sofort oder später vorbeikommen. Nun folgte der erste schwierige Akt des heutigen Tages, der Anruf beim Chef. Nach der Gesprächsnotiz seines Assistenten könnte es einfacher werden als normalerweise.

»Guten Morgen, Herr Armbruster hat mir ausgerichtet, dass ich Sie anrufen solle.«

»Ja, ich habe mich gefreut über seine Meldung. Ich hatte ganz vergessen, mich selbst zu melden, wir hatten sozusagen eine kleine Familienfeier aus einem erfreulichen Anlass, da war mein Bewusstsein nicht mehr bei dieser unerfreulichen Sache.« Das klingt gut, dachte Weidner und entspannte sich.

»Aber gerade hatte ich einen Anruf vom OB und dann vom Lokalredakteur der BZ, also manchen Leuten brennt der Mord im Rosenweg sozusagen unter den Nägeln, die machen mir die Hölle heiß. Weidner, wir brauchen Ergebnisse. Es ist peinlich für mich, wenn ich Rede und Antwort stehen soll und bei allen entscheidenden Fragen nicht mehr als mit den Schultern zucken kann. Das wäre Ihnen doch auch unangenehm, oder?« Ohne die Antwort abzuwarten, sprach er weiter, und Weidners anfängliche Zuversicht über den Verlauf des Gesprächs verflüchtigte sich in rasantem Tempo. »Außerdem läuft es bei der Bahnhofsleiche so langsam, dass die Bauarbeiter nicht weitermachen können. Die Firma hat die Maschinen für drei Wochen auf eine andere Baustelle verlegt, die kommen erst wieder, wenn sie Planungssicherheit haben. Der Investor hat schon zwei Mal bei mir angerufen. Mir persönlich ist das egal, aber ich will deshalb nicht auch noch Ärger mit der Stadtverwaltung.« Der Alte seufzte in sein Telefon. »Wenn Sie wenigstens diesen Geländewagen gefunden hätten oder Fingerabdrücke an der Tatwaffe oder sonstige Spuren, die eindeutig den Flüchtling ausschließen. Aber so ist jeder Spekulation Tür und Tor geöffnet.« Weidner musste tief durchatmen. Als ob es seine Schuld war, dass der Täter keine brauchbaren Spuren hinterlassen hatte. Aber sein Gesprächspartner war noch nicht fertig. »Eigentlich wollte ich es nicht sagen, aber es muss jetzt raus, sonst frisst es mich noch auf. Ich habe eine Anfrage für ein Interview von einer überregionalen Zeitung zum Thema Forensik und Kriminalität. Die dachten sich wohl, wir Emmendinger seien bei diesem Thema besonders kompetent. Das finde ich natürlich auch, aber wenn ich nicht bald liefern kann, dann schreibt der Typ womöglich noch ohne Information aus erster Hand über uns. Oder er holt sich ein Interview bei einer anderen Polizeidirektion. Das muss unbedingt verhindert werden! Stellen sie sich mal vor, Emmendingen in den überregionalen Schlagzeilen mit dieser unaufgeklärten Geschichte. Weidner, tun Sie alles Mögliche, klären Sie die Sache so schnell als möglich auf! Sie halten mich bitte auf dem Laufenden, ich erwarte heute Abend den nächsten kurzen Bericht ... oder am liebsten eine Erfolgsmeldung. Bis dann.«

Weidner verspürte den Impuls, den Riss im Papierkorb zu vergrößern, unterdrückte ihn aber. Äußerst unschöne Worte bahnten sich einen Weg aus seinem Vokabelverzeichnis und fanden geflüstert nach draußen. Jens' Hüsteln brachte ihn wieder zu sich.

»Ähm, ich könnte jetzt zu dem Baumaschinenverleih nach Teningen fahren. Kann ich das Album haben?«

Weidner schaute seinem Assistenten ins Gesicht und atmete tief durch. »Jens, du bist ein Glückspilz. Dieser Anruf gerade war eine Sternstunde aus der Welt der hierarchischen Kommunikation!« Er zeigte nun auf den schöngeschriebenen Zettel, den ihm sein Assistent geschrieben hatte. »Dagegen diese Nachricht«, sagte er dann mit schmelzender Stimme, »wie wenn man eine besonders große Sternschnuppe zu Gesicht bekommt.« Abrupt änderten sich Tonfall und Gesichtsausdruck des leitenden Ermittlers. »Aber leider ist der bestandene Führerschein Schnee von gestern und die verständnisvolle Laune auch.

Heute assoziiere ich eher einen sich anbahnenden Meteoriteneinschlag.« Er straffte sich. »Weidner, wir brauchen Ergebnisse!«, äffte er seinen Vorgesetzten nach. »Es ist unangenehm für mich, wenn ich Rede und Antwort stehen soll und bei allen wichtigen Fragen nicht mehr als die Schultern zucken kann. Das wäre Ihnen doch auch peinlich.« Armbruster musste lachen. »Weidner, lachen Sie nicht, ich bin noch nicht mit Ihnen fertig. Wenn Sie wenigstens Fingerabdrücke an der Tatwaffe oder sonstige Spuren gefunden hätten, Sie Pflaume, Sie.«
»Sag mal, hatte der gestern zu viel getrunken? Wir haben doch gar keine Tatwaffe.«
»Eben!«, zischte Weidner mit verkrampftem Gesicht. Armbruster saß ganz still da, traute sich aber nach wenigen Sekunden und fragte noch einmal leise, ob er das Album haben könnte.

Der aufgebrachte Hauptkommissar radelte den geteerten Weg entlang des Waldes von Teningen nach Emmendingen und dann zurück. Diese kurze Bewegungspause hatte er sich gegönnt, denn mit heftigem Ärger im Bauch konnte man keine Gespräche führen und schon gar keine Vernehmungen. Wie hatte dieser Mensch mit seinen rudimentären Fähigkeiten in Sachen Menschenführung Polizeikarriere machen können? Langsam war Weidner wieder in den normalen Adrenalinbereich gekommen und als er sein Rad vor dem Rathaus abschloss, fühlte er sich ruhig genug für die kommenden Interviews. Er hatte sich und seinen Lörracher Begleiter telefonisch angemeldet, und wieder war ihm der ehemalige Vorgesetzte von Tobias Deck sehr abweisend gegenübergetreten.
Weidner fragte seinen stillen Mitarbeiter, wen sie als erstes interviewen sollten. Aber Scheu fand, es dränge sich niemand auf. Wie konnte man mit dieser Zurückhaltung

erfolgreiche Polizeiarbeit machen? Eigentlich unvorstellbar. Weidner entschied sich für die alphabetische Reihenfolge. Er holte einen Stadtplaner zur Vernehmung, mit dem er bisher noch nicht gesprochen hatte, weil dieser krank gewesen war. Er konnte den Streit am Rosenmontag nicht aus eigenem Erleben schildern, da er nicht gearbeitet hätte. Aber natürlich war die Sache für einige Tage Gesprächsthema gewesen, und so hatte auch er davon gehört. Außerdem hatte er eine zusätzliche Information: Däschner war am Tattag recht spät im Büro erschienen, was sehr selten vorkam. Er hatte nicht wie sonst mit seinen Mitarbeitern geredet, sondern sich gleich zurückgezogen. Ein geplantes gemeinsames Gespräch war mit dem Hinweis auf das Fehlen von Tobias Deck abgesetzt worden. Weidner wünschte den beiden Planern nicht, dass sie demnächst direkt gegen ihren Vorgesetzten aussagen müssten.

Nun war Höffner an der Reihe. Sein Händedruck war schlaff und schweißkalt, sein Blick kurz. Weidner setzte sich ihm gegenüber und schaute ihn an. Er schwieg, und sein Gegenüber wurde zunehmend unruhiger. Höffner tat ihm leid, aber der Kommissar konnte nicht anders. Er wollte bei diesem dritten Besuch alles erfahren, was es in dieser Sache zu wissen gab, da meldete sich deutlich spürbar sein Ehrgeiz. Außerdem hasste er solche Anrufe von seinem Chef und wollte ihm dazu so wenig Grund wie möglich geben. Weidner setzte zum Sprechen an, brach aber gleich wieder ab. Es vergingen Sekunden, dann nahm er eine andere Sitzposition ein. Er holte tief Atem, sagte aber immer noch nichts. Umständlich suchte er seine Packung Taschentücher, fand sie aber erst in der vierten Tasche. Er fischte eines heraus, ließ es absichtlich auf den Boden fallen. Er steckte es in seine Hose und holte erneut die Packung heraus, um ein sauberes Exemplar nutzen zu können. Scheu unterstützte die Zermürbungstaktik durch regungsloses Sitzen, wobei er seine Augen immer auf die des Stadtplaners gerichtet hatte. Nach für Höffner endlos langer Zeit ergriff der Kommissar plötzlich das Wort. »Sie können sich denken, warum ich komme?« Höffner nickte nervös. »Erzählen Sie einfach«, forderte Weidner ihn auf.

Nach wenigen Sätzen triumphierte der Ermittler innerlich. Höffner erzählte von sich aus über den Streit. Däschner hätte Deck in sein Zimmer gerufen und schon nach zwei Minuten sei es dort laut geworden. Da er, Höffner, am nächsten zur Tür säße, hätte er einiges verstanden. Er hätte es gar nicht vermeiden können, außer er wäre aufgestanden und rausgegangen. Inhaltlich hätte er sich aus den Wort- und Satzfetzen zusammengereimt, dass es um ein achtzehnjähriges Mädchen ginge und um einen Diskothekenbesuch. Den Namen der jungen Dame hätte er nicht verstanden. Deshalb hätte er auch zunächst keinen Zusammenhang herstellen können. Aber schließlich hätte Deck zurückgeschrien, dass er erstens in einer Disko ansprechen könne, wen er wolle, also auch die Tochter seines Vorgesetzten, er zweitens diesen Satz nicht gesagt hätte, sich drittens diese Einmischung in sein Privatleben verbitte und im Wiederholungsfalle beim OB beschweren würde. Dann sei Deck aus dem Zimmer gestürmt und für eine halbe Stunde nicht mehr zu sehen gewesen. Camillus Däschner sei ebenfalls wutentbrannt gegangen. Die Kollegen hätten noch überlegt, was passieren würde, wenn die beiden sich in dieser Erregtheit zufällig irgendwo auf dem Flur des Rathauses begegnen und ihren Streit dort öffentlich weiterführen würden, oder es gar zu einer weiteren Eskalation käme. Diese Auseinandersetzung sei am Rosenmontag gewesen. Einige Mitarbeiter hätten an Fasnacht frei genommen und deshalb nichts davon mitbekommen. Die Stimmung im Büro sei an diesem Tag, und auch am folgenden, natürlich etwas angespannt gewesen. Und als Deck am Mittwoch nicht mehr gekommen wäre, hätten sie zuerst vermutet, er sei krankgeschrieben oder beurlaubt. Einen Zusammenhang zwischen seinem Tod und dem Streit hätte man aber nicht offen diskutiert, dafür sei der Verdacht einfach zu ungeheuerlich.

»Haben *Sie* mich per Fax darüber aufgeklärt?« Höffner atmete schwer. Sein Blick war auf den Boden gerichtet.

»Denken Sie an die Schweigepflicht. Über den Streit weiß ich längst auch aus anderen Quellen.« Höffner wand sich, aber dann brach es aus ihm heraus.

»Ich konnte nicht anders, Herr Weidner, ich konnte nicht anders. Ich habe keine Ahnung, was nun wird, ob ich hier meine Arbeit verlieren werde oder so was. Ich musste es loswerden. Ich traue ihm die Tat nicht zu, er ist kein Choleriker und eher besonnen. Aber er war so wütend, wie ich ihn in vielen Jahren nicht erlebt habe. Und schließlich soll auch niemand fälschlich in Verdacht geraten. Ich will, dass die Wahrheit ans Licht kommt. Wer so etwas tut, soll hinter Gitter. Wir mochten den Deck alle nicht, aber es kann nicht sein, dass man Menschen einfach umbringt. Wenn sie den Täter nicht finden würden und hier keiner was sagt, dann wäre unser Vorgesetzter ewig im Verdacht. Das wäre unerträglich. Wenn Sie ihn entlasten könnten, dann wäre die Sache vom Tisch und wir könnten bald wieder in Ruhe arbeiten.«

»Das sehen Sie völlig richtig«, bestätigte Weidner.

»Aber verbreiten Sie um Gottes Willen nicht, dass ich etwas gesagt habe.«

»Das habe ich versprochen und daran werde ich mich halten. Übrigens bräuchte ich noch eine Kopie des Flächenplans vom nördlichen Bahnhofsareal. Können Sie mir die bis in einer halben Stunde beschaffen?«

Eine Viertelstunde später saß Camillus Däschner den beiden Ermittlern gegenüber. Weidner hatte ihm mitgeteilt, dass er noch ein paar wenige Minuten benötige, um nachzudenken, damit er beim Gespräch die richtigen Fragen stellen könne. Denn der Fall komme nun in eine entscheidende Phase! Mit der Andeutung, noch schnell ein Telefonat führen zu müssen, hatte er Emmendingens Chefplaner mit Scheu alleine gelassen. Obwohl sein Kollege durch eine große Schweigsamkeit aufgefallen war, hatte er ihm in Anwesenheit von Däschner explizit erklärt, vor seiner Rückkehr auf keinen Fall mit dem Verhör zu beginnen. Dann hatte er die beiden bewusst viel länger warten lassen, als angekündigt, sicher zehn Minuten. Plötzlich öffnete er die Türe und rief, noch fast auf dem Flur stehend, dass man nun beginnen könne. Er setzte sich gegenüber von Däschner und sah diesem in die Augen. »Ich habe gerade noch etwas Interessantes erfahren«, sagte er dann zu Scheu. Der Schweigsame spielte auf sein Art mit, zumindest interpretierte es Weidner so. Er nickte, machte ein sehr aufgeregtes Gesicht und ließ dann zwei Mal den Kugelschreiber fallen. Ein Kribbeln in seiner Nase unterbrach den leitenden Ermittler. Also noch einmal Nase putzen. Wieso lief die eigentlich schon wieder? Schließlich begann der Kommissar mit dem Gespräch.

»Herr Däschner, ich werde heute nicht allgemein bleiben, denn die bisher zusammengetragenen Erkenntnisse sowie äußeren Umstände« – dabei dachte er an seinen Vorgesetzten – »erfordern nun ein gezieltes Vorgehen.« Er schaute Däschner in die Augen, bis dieser nickte. »Aus mehreren Quellen, unter anderem schriftlich, weiß ich, dass es zwei Tage vor Aschermittwoch zwischen Ihnen und Herrn Deck zu einem Streit gekommen war.« Binnen Sekunden war der Angesprochene weiß wie eine Wand. »Ist Ihnen nicht gut?«, wollte Weidner schließlich wissen.

Zumindest in Däschners Augen kam nun Leben, sie wanderten hektisch hin und her. Dann begannen sich die Hände zu bewegen, als wolle er die Worte ergreifen, die es zu sagen galt. Und schließlich kam der erste Satz: »Wollen Sie mir den Mord an Tobias Deck unterstellen?«
Weidner schaute ihn an und atmete bewusst tief und hörbar durch. Wieder legte er eine relativ lange Pause ein und schaute dabei seinem Gegenüber ins Gesicht.
»Nein, ich möchte aber Aufklärung über diesen Vorfall.«
»Aber so fragt man nicht, wenn kein Verdacht vorliegt.«
»Ich bleibe bei meiner Aussage. Aber ich möchte ein paar Fragen geklärt wissen. Dabei können sich unter Umständen neue Aspekte ergeben.«
Natürlich war Camillus Däschner mit dieser Auskunft nicht zufrieden, das sah man ihm deutlich an, und genau das hatte Weidner beabsichtigt. Aber seine Äußerung entsprach der Wahrheit, mehr als ein Anfangsverdacht bestand noch nicht. Schon gar nicht angesichts mehrerer anderer verdächtiger Personen und eines Opfers, das es gut verstanden hatte, mit seinen Mitmenschen in Konflikt zu geraten. Doch das wusste Däschner nicht, und so wähnte er sich plötzlich in einer sehr schwierigen Situation, mit dem Rücken zur Wand.
»Erzählen Sie bitte selbst über den Streit und den Grund«, schaltete sich ausnahmsweise Weidners Begleiter ein.
»Also, es geht um meine Tochter Daniela. Die Auseinandersetzung hatten wir wegen eines Diskobesuches am Sonntag. Sie ist vor Kurzem achtzehn geworden und nutzt ihre neuen Freiheiten weidlich aus, was mir als Vater manchmal gar nicht gefällt. Am Montagmorgen kam sie erst nach Hause, als ich bereits aufgestanden war. Ich hatte mir Sorgen um sie gemacht, schließlich passieren gerade an Fastnacht oft unangenehme Dinge. Aber das wissen Sie sicher besser als ich.«

Er schaute Weidner an und dieser freute sich darüber, dass sein Gesprächspartner seine Zustimmung suchte. Also hatte Däschner sich entschlossen zu kooperieren. Der Ermittler fand diese Einstellung sehr unterstützenswert und nickte ihm sofort zu.

»Sie sind nicht der einzige Vater, den solche Sorgen speziell an Fastnacht umtreiben«, meldete sich Scheu überraschend erneut zu Wort. Die Freude über das Verständnis stand Däschner ins Gesicht geschrieben.

»Ich war deshalb einerseits unausgeschlafen und gereizt und andererseits froh, meine Tochter gesund zu sehen. Aber wir kamen mal wieder in Streit über ihre langen Ausgänge. Um mich zu provozieren, erzählte sie schließlich, dass ihr einer meiner Untergebenen, so waren ihre Worte, in der Disko den Hof gemacht hätte. Ich dachte zuerst an einen Scherz, schließlich ist sie gerade achtzehn, auch wenn sie geschminkt als deutlich älter durchgeht. Aber dann hat sie mir Herrn Deck beschrieben und mir seinen Vornamen gesagt. Den Nachnamen hätte er ihr erst gar nicht verraten. Das war für mich unfassbar. Dass ich Herrn Deck nicht mochte, ist eines, aber mir vorzustellen, dass dieser Frauenheld sich an meine unerfahrene Tochter heranmachen würde, das hat mich schockiert. Sie erklärte, dass sie ihm eine Ohrfeige verpasst hätte, als er ihr zu aufdringlich geworden wäre. Aber irgendwie sei er auch süß gewesen. Das sagte sie über diesen Schleimer und Macho. Ich war völlig fertig.« Däschner schaute zu Boden und raufte sich die Haare. Plötzlich schreckte Weidner ein heftiges Niesen auf.

»Entschuldigung.«

»Haben Sie eine Tochter in diesem Alter?« Weidner verneinte, und sein Begleiter schüttelte ebenfalls den Kopf.

»Aber vielleicht können Sie sich trotzdem vorstellen, was in mir vorging. Ich bin dann hierher und konnte keinen klaren Gedanken fassen. Als er am späten Vormittag kam, mit einer Pappnase und deutlichen Spuren seiner fastnächtlichen Eskapaden, stellte ich ihn zur Rede. Ich appellierte an seine Ehre als Erwachsener, aber er meinte nur, dass meine Tochter selbst erwachsen sei und für sich entscheiden könnte, mit wem sie in der Disko spricht. Da habe ich ihn angeschrien und er schrie zurück. Dann stürzte er hinaus. Es dauerte nur wenige Minuten. Ich weiß nicht, wie viel die Kollegen draußen mitbekommen haben, aber anscheinend sind sie im Bilde. So eine Katastrophe. Was soll ich denn jetzt tun?«

Däschner hatte sich in diesen wenigen Minuten völlig verwandelt. Aus dem abweisenden Verwaltungsbeamten war ein von Sorgen geplagter Familienvater und hilfesuchender Verdächtigter geworden. Wenn die Ermittler für ihn einen Strohhalm hätten, er würde ihn sofort ergreifen.

»Sie haben recht, dass Ihre Situation im Rathaus schwierig geworden ist. Die Mitarbeiter wissen um Ihr Streitgespräch mit Tobias Deck. Sie müssen schauen, dass die Sache schnell bereinigt wird, damit die Belegschaft wieder in Ruhe arbeiten kann. Wir werden gleich überlegen, welcher Weg dafür am besten wäre. Erzählen Sie zu Ende«, forderte Weidner ihn auf.

»Der Montag und der Dienstag waren schwierige Tage. Ich war wegen des Vorfalls alarmiert und deshalb völlig unkonzentriert. Gott sei Dank waren keine wichtigen Sitzungen angestanden, die hätte ich nicht mit ungeteilter Aufmerksamkeit wahrnehmen können. In der Nacht zum Mittwoch konnte ich kein Auge zutun. Es musste etwas passieren. Ich entschloss mich, einen langen Spaziergang zu machen, um nachzudenken. Deshalb kam ich erst um ungefähr 11 Uhr ins Rathaus.« Er machte eine Pause und Weidner überlegte, wie sehr er im Verdacht stehen wür-

de, falls kein Alibi vorhanden wäre. Noch bevor der Kommissar diese Frage für sich beantwortet hatte, fragte ihn sein Gesprächspartner bereits danach.
»Wenn Sie für Ihren Spaziergang Zeugen haben, wären Sie nicht verdächtig.«
»Ich war im Wald zwischen Wasser und Teningen, da ist um diese Zeit niemand.«

»Was machst du hier?«, ließ sich eine piepsige Stimme vernehmen. Sie gehörte einem kleinen Mädchen, das sicher noch in den Kindergarten ging. Während sein Kollege Scheu immer noch auf der Toilette weilte – anscheinend eine größere Sache – saß Weidner wieder in der Spielecke des Wartebereichs. Er hatte sich Notizen gemacht und dabei mehrfach laut niesen müssen. Es fiel ihm sehr schwer, seinen Ärger darüber zu unterdrücken. Auch wenn »Take the Challenge« für heute nur 75 Minuten »slowjog« empfahl. Aber nun blickte er auf.
»Was machst du hier?«, wiederholte sie ihre Frage. Weidner musste sehr überrascht gewesen sein und sein Gesichtsausdruck zu seinem Befinden gepasst haben, denn nun hörte er die Mutter: »Lass den Mann in Ruhe, er sieht aus, als sei ihm nicht gut.«
Alle anwesenden Erwachsenen schauten ihn an. Was sollte man auch sonst tun, wenn man in einer öffentlichen Institution als Bitt- oder Antragsteller wartete?
»Bei mir ist alles in Ordnung«, erwiderte Weidner. Endlich kam sein Kollege um die Ecke. »Aber jetzt muss ich gehen.«
Er packte sein Notizbuch ein, verließ das Rathaus und ging über den Platz, um sich gegenüber der Bibliothek ins »Emotion« zu setzen. Scheu ging noch kurz in die Stadt, um etwas zu besorgen. Sah er wirklich so schlecht aus, wie die Mutter es angedeutet hatte? Er beschloss, nicht in

einen Spiegel zu schauen, sondern nur gut in sich hineinzuhorchen. Er fühlte sich nicht so, dass man ihn anstarren müsste. Aber es machte sich auch eine Niedergeschlagenheit in ihm breit. *Weidner, tun Sie alles Mögliche, klären Sie die Sache so schnell als möglich auf. Sie halten mich bitte auf dem Laufenden, ich erwarte heute Abend den nächsten kurzen Bericht.* Und nun gab es einen weiteren Verdächtigen, ausgerechnet im Rathaus.

Er bestellte sich einen Cappuccino. Wie war die Frau darauf gekommen, dass es ihm nicht gut ginge? Seine Nase meldete ein Kribbeln, ein Niesen war im Anmarsch. Er griff sofort in seine Tasche, um ein Päckchen Öko-purex herauszunehmen und sich die Nase zu putzen. Als seine Hand in die Tasche glitt, stutzte er. Es fühlte sich anders an. Er schaute nach unten. Sein Hosenladen stand offen! Schnell machte sich Weidner an die Beseitigung dieses Ärgernisses. War er etwa so in der Spielecke gesessen? Ein erwachsener Mann sitzt mit offenem Hosenladen in der Spielecke und macht sich Notizen. Das war auffällig und aus der Sicht einer wachsamen Mutter vielleicht mehr als nur das.

Er spürte das Kribbeln der Nase nicht mehr, dafür ein sehr deutliches auf den Wangen. Er musste an die gelegentlichen Bemerkungen des obersten Polizisten von Emmendingen zum Thema Imagepflege der Polizei denken. Wie gut, dass sein Vorgesetzter ihn nicht gesehen hatte. Wie war es mit seinem Kollegen? Jens hätte es ihm natürlich gesagt, aber Scheu, dieser Schweiger? Würde der ihn den halben Tag so herumlaufen lassen? Weidner ging die Erwachsenen durch, die in der Nähe der Spielecke gesessen hatten. Er hatte alle angeschaut, bevor er sich hingesetzt hatte. Keiner war ihm bekannt vorgekommen, denn sonst hätte er sich erst gar nicht in die Spielecke begeben. Also dürfte ihn niemand erkannt haben und die-

se peinliche Situation würde wohl nicht bis in die Chefetage der Polizeidirektion vordringen. Uff!
Aber, hatte er das Verhör mit Camillus Däschner auch so offenhosig geführt? Hatte der Verhörte auf seine Hose geschaut? Das Kribbeln in seinem Kopf wurde nun von einem Druck überlagert. Doch dann fiel ihm ein, dass er nach dem Gespräch mit dem Referatsleiter auf die Toilette gegangen war - dort musste es passiert sein. Genau, es kam ein Mann mit einer deutlich wahrnehmbaren Alkoholfahne herein und hatte versucht, ihn in ein Gespräch zu verwickeln, was er durch ein schnelles Verlassen der Räumlichkeit zu umgehen versuchte. Dabei musste er wohl einen wesentlichen Handgriff vergessen haben!
»Ihr Cappuccino«, riss ihn die Bedienung aus seinen Gedanken und schaute ihm ins Gesicht, während sie die leicht dampfende Tasse vor ihn stellte.
»Danke«, sagte er zu der jungen Frau und dachte: Den habe ich mir jetzt verdient!
Wenig später saß er auf seinem Bürostuhl und versuchte, nicht an das erste Aprilwochenende zu denken. Zumal sich seine Nase wieder beruhigt hatte. Dieses geradezu rhythmische Auf und Ab der Rhinitis war irgendwie seltsam. In dieser Form hatte er noch nie Schwierigkeiten mit seiner Nase gehabt. Scheu tippte in einem anderen Raum die Berichte von ihren Vernehmungen im Rathaus ein. Weidner machte sich Notizen, damit er angesichts der vielfältigen Spuren nicht die Übersicht verlor. Dass er plötzlich noch einen heißen Kandidaten mehr hatte, war eine unangenehme Überraschung, außer diese neue heiße Spur würde schnell zum Ziel führen. Der Wahrscheinlichkeit nach müssten sich jetzt wenigstens die kasachischen Russlanddeutschen als untadelig entpuppen. Er wählte die Nummer des Ehepaars an der Ecke der Rheinstraße, besetzt. Dann versuchte er, Fritz an die

Strippe zu kriegen, aber er bekam nur eine jugendliche Frauenstimme zu hören, die ihm mitteilte, dass der gewünschte Teilnehmer zurzeit nicht erreichbar sei. Gleiches bei dem Gerichtsmediziner. Also kurz auf die Toilette und dann von vorne.
Ehepaar: besetzt.
Fritz: wie gehabt.
Mediziner: Würde gleich zurückrufen.
Spurensicherung: Wegen Krankheit eines Mitarbeiters und einer oberdringenden Angelegenheit, hatten sie den Mordfall gerade kurz auf die Seite gelegt, es könnte Abend werden.
Weidner beantwortete eine E-Mail und ging dann in die dritte Runde, mit Erfolg. Er konnte sofort in die Rheinstraße radeln, die Leikamps waren noch eine halbe Stunde zu Hause.

»Na, heute haben Sie es aber eilig«, meinte der Hausherr und lächelte ihn an.
»Ja, wir sind daran die Bilder auszuwerten und haben eine Idee. Aber dazu brauchen wir noch einen Messwert. Erinnern Sie sich, von welchem Fenster aus diese Aufnahme entstand?« Er kramte eine Kopie hervor und zeigte sie.
»Es lässt sich nur ein Fenster dort oben öffnen.«
Fünf Minuten später waren mehrere Bilder aufgenommen und die Messung mit Hilfe eines Maßbands unter Dach und Fach. Der Hauptkommissar verabschiedete sich. Er ging die Rampe hinauf und schaute sich im Bereich des Fundortes um. Soweit er es abschätzen konnte, hat es höchstens unerhebliche Erdbewegungen nach dem Zeitpunkt, an dem das Foto mit der Raupe aufgenommen worden war, gegeben. Auf jeden Fall stand der Mast der Oberleitung noch, und so alt wie der aussah, war er in den letzten drei Jahren nicht ausgetauscht worden. Da-

mit war das Bezugssystem gegeben. Zurück in der Direktion fand er Armbruster, der ihm fröhlich zuwinkte.
»Ich habe die Länge der Raupe. Und außerdem habe ich wegen der Schaufelstellung nachgefragt. Normalerweise ist sie so, dass kein Regenwassersee entstehen soll, weil der zu schnellerer Rostbildung führt. Außerdem besteht eine erhöhte Verletzungsgefahr, falls jemand gegen die Zähne der Schaufel rennt oder fällt. »
»Und ich habe die Höhe des Fensters über dem Grund abgemessen und zur Sicherheit noch ein Vergleichsfoto aus dem Fenster gemacht.«
»Dann kann sich der Guck an die Arbeit machen«, sagte Armbruster und war wie sein Chef froh, dass sie nicht auf der Stelle treten mussten. *Weidner, tun Sie alles Mögliche, klären Sie die Sache so schnell als möglich auf. Sie halten mich bitte auf dem Laufenden, ich erwarte heute Abend den nächsten kurzen Bericht.* Dieser anmaßende Satz ging ihm einfach nicht aus dem Sinn.
Kaum am Schreibtisch, klingelte das Telefon: Der Gerichtsmediziner rief wie versprochen zurück. Er berichtete von Kratzspuren am Hinterhauptbein, an den Rippen und den Dornfortsätzen der Wirbel. Diese Körperseite hatte oben gelegen. Außerdem waren zwei Rippen angebrochen und noch nicht verheilt, die Verletzung musste also kurz vor dem Tod passiert sein. Der Mediziner hatte diese Spuren zuerst übersehen und entschuldigte sich nun dafür. Weidner fragte, ob sie davon herrühren könnten, dass die Raupe über die frisch vergrabene Leiche gefahren sei. Es stellte sich aber dann die Frage, warum der Körper unter dem tonnenschweren Gewicht nicht zerquetscht worden war. Nach kurzem Nachdenken hatten sie eine plausible Idee. Die Leiche war in einer Grube verscharrt und mit Aushub bedeckt worden. Damit es nicht auffiel, achteten die Totengräber darauf, dass al-

les ganz eben war. Als die Raupe kurz darauf über das Grab fuhr, gab das lockere frisch aufgeschüttete Erdreich mehr nach, als das um die Grube. Dadurch lag das Gewicht des Fahrzeugs hauptsächlich auf dem verdichteten Boden um den Toten und nur in geringem Maße auf der Leiche, es kam nur zu unerheblichen Verletzungen. Aber vielleicht war es nur das Gewicht der auf dem Boden abgelegten Schaufel gewesen, das zu den Spuren am Skelett geführt hatte. Oder die Raupe war nicht direkt über die Leiche gefahren, aber beim Aufschieben des Hügels führten auftretende Scherkräfte zu Verschiebungen des Erdreiches um den Toten. Der Gerichtsmediziner müsste nachsitzen. Ob er die Fragen beantworten könnte? Weidner war skeptisch, hoffte aber auf die manchmal sensationellen Möglichkeiten der modernen Analyseverfahren.
Kaum war das Gespräch mit dem medizinischen Sachverständigen beendet, rief der Meister der ermittelnden Geometrie, wie Stefan Guck manchmal genannt wurde, schon an. Er hätte gerade eine kleine Pause, ließ er verlauten, aber Weidner glaubte ihm kein Wort. Guck war einfach neugierig. Der Anrufer hatte den Plan des Bahnhofsareals per Fax erhalten und bekam nun die beiden Messwerte nachgereicht. Guck versprach, umgehend wieder anzurufen. Weidner nutzte die Zeit, um den Wasserkocher anzuwerfen und anschließend noch auf die Toilette zu gehen. Kaum war der Tee aufgebrüht, trat sein Assistent ein.
»Was gibt es Neues, Jens?«
Ring ...
Weidner fiel ein Stein vom Herzen, als er erneut Gucks Stimme erkannte.
»Ich habe doch gesagt, dass die Rechnerei nur wenige Minuten benötigt. Also, ich bin mir sehr sicher, dass die Schaufel genau auf der Leiche lag. Dafür spricht auch,

dass die Körperachse der Leiche und die Querachse der Schaufel so gut wie parallel verlaufen. Es besteht also Grund für die Annahme, dass die Täter die Leiche vergraben haben und anschließend das Grab durch die Schaufel schützten. Sie machten die Raupe fahrunfähig und erhofften sich dadurch, dass das Grab nach der Reparatur nicht mehr beachtet würde. Durch Regen oder Austrocknung würde die aufgeschüttete Erde nicht auffallen, wenn schließlich die Raupe wieder die Schaufel heben könnte.«

Weidner bedankte sich und dachte laut nach.

»Das klingt nach Überlegung. Aber warum wurde die Leiche an diesem auffälligen Ort vergraben?«

Weidner saß vor dem dampfenden Tee, Malve-Hibiskus in Bio-Premium-Qualität, und dachte nach. Wo war etwas zum Nachhaken, das bisher unbearbeitet geblieben war? Zu der alten Leiche wollte ihm gerade nichts einfallen, sehr wohl aber zu der neuen. Wie war eigentlich das Verhältnis von Frau Müller-Meckel zu Tobias Deck? Sowohl Jens als auch ihm war bei dem Gespräch am Donnerstag aufgefallen, dass sie irgendwie nicht alles gesagt hatte. Und nachdem sie nun wussten, dass das Mordopfer ein sehr reges Sexualleben hatte, könnte es ja auch bezüglich dieser Frau noch etwas zu finden geben.

Er nahm den Hörer ab und rief im Sozialamt an.

»Weidner, guten Tag. Ich würde gerne Frau Müller-Meckel sprechen.«

»Am Apparat, Herr Weidner.«

»Oh, ich habe Ihre Stimme nicht erkannt, Entschuldigung.«

»Sie wollen mich noch einmal sprechen?«

»Genau, ich brauche noch ein paar weitere Informationen. Können Sie jetzt gleich bei mir vorbeikommen?«

»Jetzt gleich?«

Der leitende Ermittler versuchte sich an einem Tonfall, der keinen Widerspruch duldete: »Ich denke, Ihr Vorgesetzter wird nichts dagegen haben.«
Weidner überbrückte die Wartezeit mit einer Zwischenmahlzeit. In weiser Voraussicht hatte er mit einer spontan eingeschobenen Mittagspause gerechnet und sich beim Bäcker neben süßen Teilchen auch zwei Stücke Pizza mitgenommen – Margerita und Vier Jahreszeiten.
»Vollkornteig«, erläuterte er ungefragt, als Olga eintrat und ihm ein Blatt Papier reichte.
»Ernähre dich nur gesund, nicht dass du uns doch noch krank wirst«, neckte sie ihn.
»Ich tue mein Bestes, nicht dass du noch meine Fälle zu Ende führen musst.«
»Vom Verstand her kein Problem, aber deine Arbeitszeiten finde ich unattraktiv. Tschüss!«
Weidner schaute auf den Zettel vor ihm. Es war die Auflistung des Providers über die Festnetztelefonate von Tobias Deck in den vier Wochen vor seinem Tod. Endlich!
»Jens, Arbeit!«, schallte seine Stimme durch den Flur, nachdem er den letzten Bissen Pizza geschluckt hatte.
Der Gerufene kam prompt und setzte sich ihm gegenüber.
»Endlich haben wir die Liste von Decks Telefonaten. Was du machen sollst, ist klar, oder?«
»Im Wesentlichen. Ich werde die uns bekannten Personen farblich hervorheben.«
»Wenn du fertig bist, komme bitte gleich rüber zur gemeinsamen Auswertung.«
Weidner hatte gerade den Schreibtisch aufgeräumt und sich ein paar Fragen notiert, als Frau Müller-Meckel von Olga hereingeführt wurde. Er erhob sich, begrüßte sie und bot ihr einen Stuhl an. Sie wirkte deutlich verändert und er begann zu begreifen, warum Tobias Deck mit ihr anbandeln wollte. In Decks Kategorien war sie wohl eine

kesse Biene in ihren kniehohen Stiefeln mit den umgeklappten Stulpen, dem eng anliegenden, die Figur betonenden Pulli, den schwarz geschminkten, blauen Augen und den großen runden Ohrringen.

»Es geht Ihnen wieder besser?«, begann er das Gespräch.

»Sagen wir einmal, ich muss nicht mehr ständig daran denken.« Ihre Stimme war viel freier als beim letzten Gespräch.

Der Kommissar bot ihr einen Platz an und rief nach Armbruster. Sein Helfer kam kurz darauf in den Raum, begrüßte Frau Müller-Meckel und setzte sich auf den dritten Stuhl.

»Leider ist die Tat noch nicht aufgeklärt, und so muss ich weitere Auskünfte einholen, zum Beispiel von Ihnen. Wussten Sie etwas über die berufliche Arbeit von Herrn Deck? Erzählte er Ihnen von seiner derzeitigen Aufgabe?«

»Was er genau tat, hat er mir nicht gesagt. Aber ich wusste, dass die Innenstadt umgestaltet werden soll, um Emmendingen attraktiver zu machen, und dass er mit der Planung dieser Baumaßnahme beschäftigt war. Er erzählte mir, dass sie im Amt ganz gut klar kämen. Vorausgesetzt seine Kollegen arbeiteten schnell genug, würden sie im geplanten Zeitrahmen bleiben. Irgendwann im Frühjahr sollte eine Sitzung des Gemeinderats dazu dienen, die Pläne der Öffentlichkeit vorzustellen.«

»Hat er in diesem Zusammenhang die Rheinstraße oder das Bahnhofsgelände erwähnt?«

»Er sagte einmal nebenbei, dass der alte OB ihn sozusagen unter der Hand mit den Planungen zu diesem Gebiet betraut hatte, weil er große Stücke auf ihn gehalten habe. Aber die Sache würde unter seinem Nachfolger nicht mehr in dieser Weise verfolgt.«

»Herr Deck hatte zum Zeitpunkt seines Todes eine DVD

mit Aufnahmen von diesem Gebiet in seinem Player. Wir fragen uns, ob das ein purer Zufall war oder etwas zu bedeuten hat. Auf den Bildern sind die Baumaßnahmen zu sehen, die der alte OB dort veranlasst hatte. Die Motive sind für uns aber nicht in einen Zusammenhang mit der Tat zu bringen, vielleicht weil uns ein wichtiges Detail fehlt.« Weidner machte eine kleine Pause und schaute sie an, aber sie konnte sich anscheinend an keine weiteren Informationen zu diesem Thema erinnern. »Gut, dann etwas anderes: Sie kannten Herrn Deck zwar nicht sehr gut, aber Sie waren immerhin in den Tagen vor der Tat einige Male mit ihm zusammen. Vielleicht machte er eine Bemerkung, die uns weiterhelfen könnte. Eine Bemerkung, die Ihnen als seltsam aufgefallen war, die Sie nicht einordnen konnten. Solche Dinge vergisst man, aber wenn das Gespräch darauf gelenkt wird, kann man sich unter Umständen wieder daran erinnern. Schließlich wäre es erst einige Tage her.«
Sie schüttelte den Kopf. »Oder vielleicht lag ein Gegenstand herum, der Ihre Aufmerksamkeit vorübergehend auf sich zog? Zum Beispiel diese DVD?« Er kramte in einer Schublade herum und holte die Hülle heraus. Sie warf einen prüfenden Blick darauf und schüttelte erneut den Kopf.
»Oder hatte er Menschen erwähnt, die ihn kurz vor der Tat besucht hatten oder in diesen Tagen besuchen wollten?« Sie dachte nach und schaute den Kommissar dabei kurz an.
»Lassen Sie sich Zeit«, sagte er in ruhigem Ton. Sie führte den linken Unterarm an den Körper und stützte das Kinn auf die Hand. Sie schüttelte leicht den Kopf, hielt inne und schüttelte ihn dann stärker, während sie Weidner wieder in die Augen blickte.
»Nein, ich kann mich an nichts dieser Art erinnern, tut

mir leid.« Sie hatte sich ganz offensichtlich bemüht und ihr Gedächtnis gründlich durchforstet. Ihr Blick war offen. Ob er das nach der nächsten Frage bleiben würde?

»Ich will nicht indiskret werden, aber was machte Herrn Deck in Ihren Augen zu einem Mann, den man privat besuchen möchte? Erzählen Sie mir etwas über ihn, vielleicht etwas Schönes, etwas Positives.«

Sie zögerte und wandte den Blick ab, bevor sie begann: »Tobias konnte schöne Komplimente machen.« Eine Träne rollte über ihre rechte Wange. Sie holte ein Papiertaschentuch aus ihrer Handtasche und wischte die feuchte Spur von der Haut, der Tropfen hatte auf ihrem Pullover bereits einen kleinen Fleck hinterlassen. Weidner würde ihr Zeit lassen. Immerhin hatte sie auf der persönlichen Ebene geantwortet. »Also, zum Beispiel kam er zu mir ins Büro und bemerkte meine neuen Schuhe.« Eine zweite Träne fand ihren Weg auf den Stoff und irritierte dabei Yvonne Müller-Meckel für einen Sekundenbruchteil. »Oder er beneidete mich um meinen Arbeitsplatz, der eine so viel schönere Aussicht hätte als sein eigener. Oder er fand meine Arbeitskolleginnen viel interessanter als seine eigenen. Die seien so brav und kleinbürgerlich.« Weidner hätte die eher ruhigen und zuverlässigen Stadtplaner als Kollegen vorgezogen.

»Sie hatten angedeutet, dass Sie Herrn Deck durchaus sympathisch fanden. Und bei den Komplimenten, die er Ihnen gemacht hatte, ist dies verständlich.« Sie wischte sich mit dem rechten Zeigefinger über die tränenfeuchten Wangen. »Könnte man sagen, Herr Deck hat Sie umworben, Ihnen den Hof gemacht?« Sie vermied es ihn anzuschauen. »Da er zu dieser Zeit ein Single war, dachte er vielleicht an eine intensivere Bekanntschaft.«

Die junge Frau schaute immer noch auf ihren Schoß, nickte aber zustimmend. »Und Sie hätten es sich vorstellen können, zögerten aber noch?« Erneutes Nicken. Es machten sich zwei Tränen fast gleichzeitig auf den Weg zum Stoff, wo Weidner nun vier dunkelglänzende Flecken ausmachte. »Wussten Sie, ob Herr Deck ungebunden war?«

»Ich dachte, dass er mir kaum so den Hof machen würde, wenn er es nicht wäre. Und dass es mit Frau Kubischek nicht mehr gut lief, war sehr offensichtlich. Er deutete dies auch mehr als einmal an. Als schließlich die Eifersuchtsszene von ihr kam, war ich mir sicher, dass ich niemanden verdrängen würde.« Welch bemerkenswerter Unterschied zu den Anschauungen ihrer ehemaligen Arbeitskollegin.

»Sie hatten mir vor ein paar Tagen erzählt, dass Sie ihn beim ersten Besuch überrascht hatten und es nur Salzstängel gab. Wie war es bei den anderen Malen? Hatte er etwas gekocht?« Falls sie dies bejahen würde, war Weidner gespannt, was er in seiner Junggesellenküche für seine neue Flamme gezaubert hätte.

»Das letzte Mal hatte er Nudeln angebraten und auch ein paar verquirlte Eier. Die Nudeln waren mit Käse überstreut und die Eier mit Gewürzen.« Weidner sah seine Vorahnungen bestätigt und grinste ob der verführerischen Gaumenfreuden still in sich hinein. Er war kein großer Koch, aber bei einer solchen Gelegenheit konnte man sich mehr einfallen lassen. »Es hat geschmeckt, und dazu gab es einen guten Rotwein aus der Pfalz.«

»Wie viel trank Herr Deck an diesem Abend?«

»Zum Essen wurde die Flasche leer.« Es schien ihm, als wolle sie noch etwas sagen, das sie sich aber verkniff.

»Und danach schauten sie sich dann Titanic an?« Sie bestätigte durch ein Kopfnicken. Nun waren fünf Flecken auf dem Pulli. »Hat Herr Deck noch eine zweite Flasche geöffnet?« Dieses Mal war die Träne bereits unterwegs, als sie nickte. »Wie viel trank Herr Deck von dieser zwei-

ten Flasche?« Sie schaute ihn an und ihr Blick enthielt nun etwas Misstrauen.
»Müssen Sie das unbedingt so genau wissen?«
»Wenn man sich in einen Menschen hineinversetzen kann, kommt man in meiner Situation oft weiter. Deshalb interessiere ich mich durchaus auch für seine Ess- und Trinkgewohnheiten.« Er wusste nicht, ob sie ihm dies abnahm, aber sie antwortete.
»Er hat von beiden Flaschen das meiste getrunken. Ich wäre eingeschlafen bei dieser Menge.«
»War er dann lustig oder auch müde?«
»Er war aufgedreht.«
»Und machte Ihnen Komplimente?« Sie schaute ihn an und er wusste, dass sie den Braten roch.
»So wie auch im Büro«, war ihre eher ausweichende Antwort.
»Nicht ein bisschen mehr?«
»Aber nur ein bisschen«, bestätigte sie seine Vermutung.
»Sie saßen auf der Couch?« Ihre Unruhe wuchs. Sie erwiderte nichts und schaute auf ihre Hände. »Er legte sachte den Arm um Sie?« Wieder rührte sie sich nicht. »Und Sie ließen ihn gewähren?« Ihre Lippen pressten sich aufeinander. »Und er wertete dies als Aufforderung noch ein wenig näher zu rücken?« Ihre Fingerknöchel wurden weiß. »Dann kam es zum Austausch von Zärtlichkeiten.«
»Hören Sie auf!!«, schrie sie plötzlich und schlug auf den Tisch. »Wer gibt Ihnen das Recht, solche intimen Fragen zu stellen? Niemand. Also schweigen Sie. Sofort!«
Sie funkelte ihn an und er hätte sich nicht gewundert, wenn sie etwas nach ihm geworfen hätte.
»Ich werde Ihnen nichts mehr sagen. Gar nichts. Ich bin überhaupt nicht dazu verpflichtet.« Sie schnaufte heftig und Weidner konnte sehen, wie ihre Halsschlagader pochte.

Sie hatte seine Vermutungen nicht dementiert, was er als Bestätigung wertete.

»Frau Müller-Meckel, zur Deutung der Spuren in Herrn Decks Haus muss ich leider die Personen, die noch kurz vor der Tat dort gewesen sind, um sehr detaillierte Antworten bitten. Also auch Sie!«

»Haben Sie Beweise für Ihre Behauptungen? Eine versteckte Kamera vielleicht? Das haben Sie nicht. Also hören Sie auf!«

»Wir haben eine ganze Menge Spuren von verschiedenen Personen im Haus gefunden und analysiert. Wenn ich sie konkreten Menschen zuordnen kann, dann kann ich manche Hypothesen zum Tathergang oder zum Täterkreis abhaken.«

»Also, um was geht es? Sie wollen mich verdächtigen. Ich sage nichts mehr.«

Nun musste er die Karten auf den Tisch legen.

»Wir haben Haare von verschiedenen Frauen im Wohnzimmer gefunden. Ich würde gerne wissen, von wem sie stammen.«

»Haben sie auch solche blonden wie meine? Wenn nicht, dann hat sich die Frage doch erledigt.«

»Es handelt sich nicht nur um Kopfhaare, Frau Müller-Meckel.«

Einen Moment stutzte sie, dann schüttelte sie ungläubig den Kopf.

»Wollen Sie mir unterstellen, dass es solche anderen Haare von mir in dem Haus gibt?«

»Wenn wir einen genetischen Fingerabdruck machen lassen, dann können wir es mit Gewissheit sagen.« Sie schaute ihn entsetzt an. »Den Abdruck der Haare haben wir bereits, nur die Vergleiche fehlen noch. Es ist durchaus möglich, dass uns der Fortgang der Entwicklung zwingt, von bestimmten Personen den Abdruck zu verlangen. Wenn Ihre Haare nicht dabei sind, ist es auch in Ordnung für mich. Aber ich will wissen, wer ihn kurz vor seinem Tod besucht hat.«

»Das wissen Sie doch schon. Ich war dort.«

»Aber es kommt auch darauf an, wo sich die Haare finden lassen. Es macht einen großen Unterschied, ob sie auf dem Wohnzimmerteppich, in der Haarbürste oder in seinem Bett gefunden wurden.«

»Und wo glauben Sie, meine Haare gefunden zu haben?«

»Nochmals, ich glaube gar nichts in Bezug auf Ihre Haare. Es wäre mir auch recht, wenn ich Ihre dort nicht fände. Aber ich will den Beweis.« Ihre Hände verkrampften sich ineinander, die Fingernägel bohrten sich in die Haut. Dann sackte sie auf dem Stuhl zusammen und brach in Tränen aus. Weidner und Armbruster brauchten nur einen kurzen Blick, um sich mitzuteilen: Wir liegen richtig. Es dauerte relativ lange, bis die junge Frau sich wieder im Griff hatte. Genauer gesagt, verbrauchte sie in der Zeit eine Packung Taschentücher, und auf ihrem Pullover befanden sich nun mehrere teils große Tränenflecken. Sie vergrub ihr Gesicht in ihren Händen, dann begann sie stockend.

»Als wir ... die DVD anschauten ... wurde uns ganz ... ganz sentimental. ... Die Liebesgeschichte im Film ... ist einfach gut gemacht, da kann man ... da kann man sich nicht entziehen. Es blieb nicht ... nicht ... nicht bei oberflächlichen Zärtlichkeiten.« Sie machte eine Pause, als ob sie sich selbst erst wieder Mut machen müsste. »Irgendwann lagen wir auf dem Boden und haben uns geliebt ... Ach Gott, es ist mir so peinlich ... aber meine Mutter darf nichts davon erfahren! Versprechen Sie mir das.« Nun schaute sie zuerst den Kommissar und dann seinen Assistenten an. »Versprechen Sie mir das, bitte!!«

»Wir unterliegen der Schweigepflicht.«

»Ich weiß auch nicht, wie es passiert ist. Es ist einfach über uns gekommen. Ich hatte das eigentlich nicht gewollt.« Es trat eine längere Pause ein, bei der Yvonne Müller-Meckel ihren Gedanken nachhing. »Ich tue so etwas sonst nicht, glauben Sie mir. Es ist einfach passiert.« Sie begann wieder zu weinen.

Interviews wie dieses waren nicht gerade Weidners Lieblingsbeschäftigung. Aber er hatte ein weiteres, wenn auch wenig überraschendes Teil des Puzzles gefunden. Nachdem sie sich beruhigt hatte, konnten sie das Gespräch zu Ende führen. Die junge Frau erzählte ihnen, dass sie am nächsten Morgen bei ihm angerufen hatte, um ihm mitzuteilen, dass sie Zeit zum Nachdenken bräuchte und er sie deshalb nicht im Büro besuchen sollte. Sie hätten ausgemacht, dass sie sich am Abend des Todestages in aller Ruhe zusammensetzen wollten, um die Sache zu besprechen.

»Weidner hier, kann ich Frau Nadine Deck sprechen?«

»Wer ist am Apparat?«

»Weidner. Ich war gestern Abend bei Frau Deck zu Besuch.«

»Einen Moment.« Er schaute auf seine Uhr und beobachtete den Sekundenzeiger, der sich zuckend von der zwei wegbewegte und fast die elf erreicht hatte, als die Krankenschwester sich wieder meldete. In der Freiburger Uniklinik sind Momente ungefähr 45 Sekunden lang, dachte er. »Sie kommt gleich, sie zieht sich nur den Bademantel an. Und telefonieren Sie bitte nur kurz, damit die Leitung wieder frei wird. In einem Moment ist sie da.« Er schaute wieder auf die Uhr und war nicht überrascht, dass der zweite Moment noch länger war als der erste.

»Deck«, meldete sich ihre Stimme.

»Weidner. Guten Morgen. Ich hoffe, Sie haben gut geschlafen und sind ein wenig erholt?«

»Den Umständen entsprechend bin ich zufrieden.«
»Kann ich Sie noch einmal besuchen und Ihnen einige Bilder von den Bauarbeiten am Bahnhofsparkplatz zeigen?«
Sie sagte nichts und er fürchtete schon, sie würde sich für zu schwach erklären. Deshalb schob er nach: »Ich denke, es wird nicht so anstrengend wie gestern.«
»Gut, kommen Sie vorbei.«
Weidner hatte immer mehr das Gefühl, dass sie nicht die Täterin sein würde. Oder kam das nur von der unseeligen Verquickung mit seiner eigenen gescheiterten Beziehung?

»Ich kann mir noch keinen Reim darauf machen, dass diese DVD im Player war. Warum sollte Tobias Deck sich die Bilder zu diesem Zeitpunkt anschauen? Vielleicht können Sie mir etwas zu der Entstehung der Bilder sagen.«
»Ich werde es versuchen.«
Er fand eine freie Steckdose, klappte den Laptop auf und startete das Programm. Nach einer Minute war das erste Bild zu sehen. Nadine Deck wusste einiges über die Umstände zu sagen. Sie erklärte, dass Tobias Deck täglich zur Baustelle gegangen sei und Aufnahmen gemacht hätte. Dabei müsse er sich mit dem Vorarbeiter gestritten haben. Er wäre recht aufgeregt nach Hause gekommen und hätte die Vermutung geäußert, dass in der Firma nicht alles mit rechten Dingen zuginge. Er sei nicht ins Detail gegangen, aber er hätte durchblicken lassen, dass er die tatsächlich geleistete Arbeitszeit und die Zahl der anwesenden Arbeiter regelmäßig kontrollieren wolle. Die Fotos seien zur Beweissicherung gewesen. Falls er der Firma etwas nachweisen und dadurch die Stadtkasse vor ungerechtfertigten Zahlungen schützen könnte, würde das seiner Karriere sicher förderlich sein.
»Hat er seine Kontrollen dann auch durchgeführt?«
»Oh ja, er war sehr motiviert. Es wäre ihm eine Genug-

tuung gewesen, den Chef der Truppe anzuschwärzen. Er ging täglich mindestens einmal hin. Wenige Male war ich dabei, da habe ich Tobias vom Rathaus abgeholt und wir sind danach noch in die Stadt.«

»Der Chef war dieser Mann?«, fragte Weidner und zeigte auf dem gerade erschienenen Bild auf eine kräftige Person im Hintergrund.

»Genau, und nachdem ich diesen Menschen einmal erleben durfte, konnte ich Tobias gut verstehen.«

Weidner klickte zum nächsten Bild. Es erschien die Aufnahme, auf welcher der Vorarbeiter offensichtlich wütend auf den Fotografen zulief. Frau Deck erläuterte, dass sie in dieser Situation Angst bekommen hätte. Der Fremde sei zornentbrannt auf sie zugestürmt, nachdem er Tobias mit einer Kamera entdeckt hätte. Obwohl sie nicht die Adresse der Wut gewesen war, hätte sie danach so gezittert, dass sie ihre schreiende Tochter nicht zum Trösten auf den Arm nehmen konnte. Der Arbeiter hätte Tobias zuerst beleidigt und ihm dann Schläge angedroht, wenn er sich nicht schleunigst vom Acker machen würde. Daraufhin sei Tobias seinerseits wütend geworden, denn solche Worte vertrug das Ego des Planungssachbearbeiters nicht. Nadine Deck hätte ihren Mann angesichts der körperlichen Überlegenheit des Gegenübers weggedrängt. Der Beleidigte hätte den anderen von da an gehasst und ständig darüber nachgegrübelt, wie er ihm ordentlich eins auswischen könnte. Deshalb hätte er weiterhin regelmäßig Besuche auf der Baustelle gemacht und Bilder aufgenommen.

»Aber soweit ich weiß, verlief die Sache schließlich im Sand. Auf jeden Fall schwor sich Tobias, ein erneutes Engagement dieser Baufirma unter allen Umständen zu verhindern. Er erzählte den Vorfall allen in seiner Abteilung und war deshalb auch beim OB vorstellig.«

»Arbeitete die Firma noch einmal für die Stadt Emmendingen?«
»Das weiß ich nicht. Tobias hatte die so schlecht gemacht, dass das praktisch einen Ausschluss aus weiteren Vergabeverfahren bedeutete. Bestimmt können Sie dies auf dem Amt erfahren.«
»Wussten Sie, dass er diese DVD im Schrank aufbewahrte.«
»Ja, er wollte sie für alle Fälle zur Verfügung haben, vielleicht käme die Gelegenheit, diesem Typen eins auszuwischen.«

Weidner, tun Sie alles Mögliche, klären Sie die Sache so schnell als möglich auf. Sie halten mich bitte auf dem Laufenden, ich erwarte heute Abend den nächsten kurzen Bericht ... oder am liebsten eine Erfolgsmeldung. Bis dann.
Was Weidner nun tun musste, war der schwierigste Teil des Tages. Und alles Mögliche hätte er getan, um diesen Anruf nicht tätigen zu müssen. Aber es gab keine Ausrede, er hatte es schwarz auf weiß. Auf seinem Schreibtisch lag ein Zettel auf dem stand: »Tagesrapport nicht vergessen, er wartet bis ca. 20:00 Uhr.« Wäre er erst in einer halben Stunde eingetroffen, dann hätte sich die Sache bis morgen früh aufschieben lassen. Aber so gab es keine Ausrede. Er musste jetzt da durch. Weidner setzte sich in seinen Stuhl und kritzelte einige Stichworte vom heutigen Tag auf ein Blatt, damit er bei seinem Bericht nichts vergessen würde. Der Alte hatte es nämlich raus, seine Gesprächspartner zu verwirren. Vielleicht war diese Fähigkeit das Geheimnis seiner früheren Erfolge als Kommissar gewesen. Vorher noch ein Glas Wasser, dachte Weidner und erhob sich.
»Du siehst aus, als hättest du noch was Unangenehmes vor«, sagte Olga, die zu dieser späten Stunde ebenfalls noch anwesend war.

Er grinste sie gequält an. »Rat mal was?«
»Sollte es sich etwa um einen jener Anrufe handeln, bei denen man niemals im Voraus weiß, welche Laune der Gesprächspartner hat, weil diese erfahrungsgemäß äußerst wechselhaft ist?«
»Korrekt!«, gab Weidner knapp zur Antwort. Er seufzte tief und zog seine Augenbrauen hoch. Sie trat hinter seinen Stuhl und legte ihre Hände auf seine Schultern.
»Noch eine kleine Massage zur Entspannung vorher?« Sie begann, seinen Nacken sanft zu kneten. Einerseits wusste er, dass ihm das nun gut tun würde, andererseits war dieses Angebot sicher nicht ganz ohne Hintergedanken.
»Ist angenehm, hilft aber leider nicht ursächlich. Lass mal. Ich tue es jetzt.«
Die Kollegin munterte ihn auf: »Wird dich schon am Leben lassen, viel Glück!« Sie drückte den verspannten Nackenmuskel noch einmal besonders fest, sodass Weidner zusammenzuckte. Und fuhr dann fort: »Ansonsten tröste ich dich, schau mal vorbei!«
Weidner nickte äußerlich, während er innerlich bereits Abstand nahm, denn er wollte nicht wissen, was sie damit gemeint haben könnte. Er kritzelte einige weitere Stichworte auf das Blatt. Ein letzter Schluck Wasser und dann würde es losgehen. Er stellte das Glas mit einer bedächtigen Handbewegung auf den Tisch, da sah er ein Papier am Tischrand liegen. Er nahm es in die Hand, las es und beschloss es zu zerknüllen und in den Mülleimer zu werfen. Dabei fiel sein Blick auf den Riss, der sich seit seinem Tritt vom oberen Rand über rund zwanzig Zentimeter fast senkrecht nach unten zog. War er größer geworden? Er nahm den Eimer in die Hand und betrachtete ihn ausgiebig. Ich muss ihn kleben, sonst lebt er nicht mehr lange, dachte er. Oder ich gebe ihm nach dem Telefonat den

Rest. Ein letztes tiefes Durchatmen, dann wanderte seine Hand zum Telefonhörer und wollte ihn abheben.
Ring ...
Seine Hand erschlaffte. Bestimmt war ihm der Alte nun um zwei Sekunden zuvorgekommen. Mist, das hinterlässt immer so einen Nachgeschmack von Unzuverlässigkeit. Dem Weidner muss man immer hinterher telefonieren. Aber nun war es zu spät, und eigentlich war er selbst Schuld. Aber wenigstens mit frischem Tonfall melden. Der Alte sollte ihm nichts anmerken.
Ring ...
Es gelang ihm, das »Weidner« mit einem frischen Klang in den Hörer zu sprechen, aber die Antwort war eine ganz unerwartete.
»Guten Abend«, sagte eine ihm unbekannte Stimme. »Spurensicherung Freiburg.«
»Wie bitte?« Die Stimme wiederholte ihre Meldung. Im ersten Moment hatte er gedacht, jemand wollte ihn auf den Arm nehmen. »Jetzt habe ich verstanden. Entschuldigung, ich muss dringend einen anderen Anruf machen, kann ich in wenigen Minuten zurückrufen?«
»Klar, ich sage Ihnen die Durchwahl.«
Weidner notierte sich die Ziffernfolge, dann wählte er die Nummer des Alten.
Er wollte schon auflegen, als doch noch jemand abnahm.
»Guten Abend«, ließ sich eine leicht aufgekratzte Stimme hören. »Ich befürchtete schon, dass Sie nicht mehr anrufen würden, weil Ihnen etwas dazwischen gekommen sei. In fünf Minuten wäre ich weg gewesen. Also, heute Vormittag erzählten Sie mir von der Planierraupe und deren Stellung im Verhältnis zur Leiche. So ganz habe ich das nicht verstanden, aber es war ja auch noch nicht letztlich abgeklärt. Vielleicht könnten Sie mir noch mal Nachhilfe geben?«

Was war denn das? Um diese Zeit war der Alte doch sonst nicht so außergewöhnlich gut aufgelegt. Ob seine Tochter nun den Motorradführerschein auch noch bekommen hatte? Aber gute Laune eines Vorgesetzten hatte noch keinem Untergebenen geschadet, und so entspannte sich Weidner deutlich.

»Also der Kollege Guck erklärte mir heute früh, dass sich die Stelle, an der die Raupe auf dem Bild stand, mit großer Sicherheit rekonstruieren lässt. Das geht über die Geometrie des rechtwinkligen Dreiecks und über Dreisatzrechnung, ist also Stoff des Mathe-Unterrichts der gymnasialen Mittelstufe. Am Telefon lässt sich das schlecht erklären, dazu müssten wir uns einmal in Ruhe mit Bleistift und Geodreieck zusammensetzen.«

Hoffentlich nimmt der mich nicht beim Wort, dachte Weidner.

»Sind wir nicht so skeptisch und glauben dem Guck einfach. Also, was hat er rausgeguckt, äh rausgekriegt?«

Der Alte musste wegen seines Versprechers ins Telefon lachen. Er hatte wirklich eine Superlaune, bisher. Vielleicht war es sogar der Lkw-Führerschein?

»Er ist sicher, dass die Raupenschaufel genau über dem Fundort der Leiche platziert war, und das sieht natürlich nach Absicht aus. Allerdings bringt uns das den Tätern nicht wirklich näher, denn warum setzt man nachts an einem relativ öffentlichen Ort eine fremde Raupe in Gang und vergräbt eine Leiche?«

»Ist alles schön und gut, irgendwann werden Sie das aufklären. Aber mich interessiert jetzt der andere Fall. Gibt es Neuigkeiten?«

»Nun, die gibt es schon. Erstens hatte Herr Deck mit der Frau, die ihn fand, bereits ein Verhältnis. Zweitens gab es ein Gespräch mit der Frau des Toten über die Bilder, die Herr Deck von den Bauarbeiten am hinteren Bahnhofsparkplatz gemacht hatte. Auf jeden Fall geriet er mit dem Chef oder Vorarbeiter der Baufirma sehr heftig aneinander und hätte jede Gelegenheit genutzt, diesem kräftig eins auszuwischen. Die Fotos waren potentielle Beweismittel. Und drittens ging ich der Behauptung nach, die in dem anonymen Fax aufgestellt wurde. Es gab den Vorfall in der Disko tatsächlich, und der Vater der jungen Frau, gleichzeitig der Dienstvorgesetzte von Herrn Deck, stellte diesen in seinem Dienstzimmer zur Rede. Es kam zu einem lauten Wortgefecht, das die Kollegen zumindest stimmungsmäßig mitbekommen haben, aber sich inzwischen ihren Reim darauf machen. Da der Vater kein Alibi hat, ist er folglich verdächtig.«

»Der? Das kann ich mir nicht vorstellen. Den kenne ich vom Tennisspielen. Der fiel doch noch nie durch unüberlegtes Handeln auf.«

Das ist ja nett, dachte sich Weidner. Der Alte kennt einen Verdächtigen persönlich und vergisst sofort alles, was er in seinem Polizistenberuf über Unvoreingenommenheit gelernt hat. Falls Däschner sich zum Hauptverdächtigen entwickeln würde ...

»Das war's schon?«, hörte der Kommissar seinen Vorgesetzten fragen.

»Das waren die Ergebnisse der Arbeit seit unserem Telefonat am Vormittag«, bestätigte Weidner und versuchte dabei mit fester Stimme zu sprechen.

»Das ist fast enttäuschend.« Kurze Pause. »Verstehen Sie mich nicht falsch, Herr Weidner, Sie arbeiten sehr viel, das sehe ich an Ihren Informationen deutlich. Aber letztendlich sind wir endergebnisorientiert, und in einem solchen Fall zweimal. Und jetzt noch ein neuer Verdächtiger, dazu aus dem Rathaus selbst. Das würde Emmendingen erschüttern, und meinen Tennisclub auch. Bitte tun Sie alles, um den Herrn Däschner schnell zu entlasten. Gehen Sie das morgen als erstes an. Sie haben im Fall dieser Konstanze oder wie sie heißt auch das Alibi gefunden, vielleicht klappt das noch einmal so gut. Das Interview konnte ich übrigens noch etwas hinausschieben. Ich hoffe, dass ich Sie dann als strahlenden Sieger präsentieren kann. So, jetzt aber Schluss. Jetzt wird mich meine Tochter in ihrem neuen gebrauchten Auto abholen und mir zeigen, dass sie den Führerschein zu Recht bekommen hat. Wünschen Sie mir Glück für diese Jungfernfahrt, Weidner. Bis morgen.« Klick.

Wäre der Abfalleimer ein vernunftbegabtes Wesen, dann hätte er nun eine höllische Angst bekommen. Aber so stand er nur schicksalsergeben in der Ecke und konnte sich nicht einmal wundern, dass er nichts abbekam. Denn Weidner war in Gedanken bei den Worten seines Chefs. Zwar war diese Vorgabe seines Vorgesetzten ein unerhörter Eingriff in seine Arbeit, ohne jeden Zweifel. Aber es sprach wenig dagegen, dem neuen Verdächtigen zu einem Alibi zu verhelfen. Auch er würde froh sein, wenn er einen weniger auf seiner Liste hätte. Der Kommissar beschloss, ihn sofort zu Hause anzurufen und einen Termin mit ihm auszumachen. Es war jedoch besetzt.

Kaum war Chris Weidner zu Hause, klingelte auch schon das Telefon. Es war seine Mutter, das sagte ihm das Display. Und er wusste, dass sie sich nach ihrem Sohn im Allgemeinen und dem Fortgang in seinen aktuellen Fällen erkundigen würde. Eigentlich wollte er abschalten, aber vielleicht tat ein wenig darüber reden auch gut. Nach einer halben Stunde legte er entspannt den Hörer auf. Sie hatte es wieder einmal geschafft. Er war froh, dass er sie hatte. Und schon klingelte das Telefon erneut. Die Lörracher Vorwahl ließ auf Gerd Kettler schließen.

»Hallo, Chris, gestern hat es nicht mehr gereicht. Also

hattest du einen Tag Zeit den Fall zu lösen ... du antwortest nicht sofort? ... dann ist es dir nicht gelungen? ... du hast trotzdem noch Zeit, denn ich wollte die Karten erst übermorgen kaufen ... sag schon was.«
»Du hast etwas mit meiner Mutter gemeinsam.«
»Was, geht die jetzt auch regelmäßig ins Stadion? Da bin ich mal gespannt, ob ich sie erkenne, wenn ich sie dort sehe.«
»Leider liegt auch ein erfolgreicher Kriminaler mit seinen Annahmen manchmal fürchterlich daneben. Ich habe gemeint, du kannst mich auch gut ablenken.«
»Da bin ich fast froh, dass deine Mutter nicht ins Stadion geht, denn dort braucht man heutzutage Nerven. Nichts für Herzkranke. Ich wollte dir vom letzten Heimspiel vorschwärmen. Das war ein sensationelles Spiel, ich kann mich nicht daran erinnern, wann die Stimmung auf den Rängen so war wie dieses Mal.«
Nach diesem Gespräch war Weidner sehr entspannt. So entspannt, dass er Lust auf ein Gläschen Rotwein verspürte, was eher selten vorkam. Ob er noch ein Fläschchen von dem Merlot finden würde, den ihm Kuno vor einiger Zeit geschenkt hatte?

MITTWOCH

Kurz nach Tagesanbruch setzte sich Weidner seinen kleinen Rucksack auf. Er hatte sich dafür entschieden, an diesem Tag nicht mit dem Auto zu fahren. Stattdessen würde er in die Direktion joggen. Eigentlich gab es die Anweisung, dass man diensttauglich gekleidet zur Arbeit zu kommen hatte. Aber der Alte würde ihm schon nicht über den Weg laufen. 106 Minuten Tempotraining schrieb »Take the challenge« für heute vor, davon zwei mal 14 Minuten Intervall. Naja, er würde diese Zeiten halbieren und auch den »longjog« um eine halbe Stunde kürzen. Aber besser als nichts.

Nachdem er durch Wald und Felder bis hinter Teningen gejoggt war, kehrte er auf dem Elzdamm zurück. Um diese Zeit waren die Schüler schon durch und die Einkäufer und Spaziergänger meist noch nicht unterwegs, sodass er ungehindert Sprints einlegen konnte.

Kurz nach acht Uhr erreichte er mit einem guten Gefühl die Direktion. In seinem mit Spritzern übersäten Laufdress stand er gerade vor der Tür, als eine große, schwarze Limousine vorfuhr. Der Fahrer hob jovial den Arm zum Gruß, sein Gesicht aber brachte Erstaunen zum Ausdruck. Welchen Satz der Übervater im gleichen Augenblick aussprach, konnte Weidner nicht von seinen Lippen ablesen. Er erwiderte die Handbewegung und war sehr erfreut, dass die Eingangstür freigegeben wurde. In genau dem Moment, als das Seitenfenster der Fahrertür herunterzufahren begann, wurde der Läufer vom Treppenhaus verschluckt.

Die nächste unliebsame Überraschung folgte zwei Minuten später. Seine sauberen Kleidungsstücke waren nicht da! Es fiel ihm ein, dass er sie zwar ins Auto gelegt, aber dann nicht ausgeräumt hatte. Wenigstens konnte er sich vom deutlich größeren Armbruster eine Jeans leihen. Den zu weiten Bund hielt der Gürtel zusammen, die zu langen Hosenbeine ließen sich durch einen Umschlag kaschieren. Von einem anderen Kollegen bekam er eine Sporttasche. Daraus nahm er sich ein T-Shirt, eine Sportjacke und die Schuhe.

Wer den Schaden hat ...

»Einen schönen Mann entstellt nichts.« Olgas Bemerkung war noch eine der harmloseren.

»Stehst du nicht mehr auf Bio-Baumwolle?«, fragte Bilfinger. Oder »Du hast ja die gleichen Schuhe wie der Maier, so ein Zufall.«

»Gehst du Kleider containern?«, fragte Fritz.

Endlich saß er auf seinem Stuhl, bereit zum Arbeitsbeginn. Jens Armbruster kam herein und grüßte: »Weißt du, was ich geträumt habe?«

»So wie ich dich kenne von einer Schießerei, bei der du den Täter schließlich kampfunfähig geschossen hast.« Weidner kannte die Vorliebe seines durchtrainierten Assistenten für ein handfestes Finale.

»Nein, diesmal war es eine Verfolgungsjagd, bei der ich den Verdächtigen gejagt habe, bis er die Karre in den Acker setzte und schließlich mit erhobenen Händen aus dem völlig zerstörten Geländewagen von Tobias Deck stieg. Ich stand lachend mit der Knarre in der Hand am Straßenrand«, er formte aus seiner linken Hand eine Pistole, so wie es Kinder machen, »und warf ihm die Handschellen zu, die er sich dann selbst anlegen musste!«

»Welchen Orden hat dir der Alte dafür dieses Mal angesteckt?«

»Ich bekam eine lobende Eintragung in meine Personalakte und einen Empfang beim OB. Weil ich den Mörder dingfest gemacht habe, der die Große Kreisstadt tagelang in Atem gehalten hatte. Es gab eine große Party im Rathaus mit mir als Ehrengast.«

»Also für Hollywood reicht das noch nicht«, frotzelte Weidner.

»Na ja, vielleicht das nächste Mal«, gab sich Armbruster optimistisch. Dann fuhr er mit sachlicher Stimme fort: »Spaß vorbei, was gibt es Neues? Was soll ich tun?«

»Also, da gab es gestern Abend noch ein Telefonat«, begann Weidner etwas nebulös, aber sein Gegenüber wusste sofort, wer der Gesprächspartner gewesen war. »Und das verlief in gewisser Hinsicht unerfreulich. Unser neuer Verdächtiger aus dem Rathaus ist nämlich im gleichen Tennisclub. Und da meinte sein Freund, dass ich ihm unbedingt so schnell wie möglich ein Alibi verschaffen sollte, denn er könne sich ihn als Täter rein gar nicht vorstellen.« Weidner betonte seine Botschaft durch ein Auf und Ab seiner Stimme, dass es klang wie bei einer Mutter, die zu ihrem kleinen Jungen spricht. Armbruster dagegen waren die Überraschung und die Empörung deutlich anzuhören.

»Habe ich richtig gehört? Das ist ja eine nicht unerhebliche Beeinflussung! Man glaubt es nicht.«

»Langer Rede, kurzer Sinn«, wiegelte Weidner ab und nahm das Gespräch wieder an sich, »du wirst mit ihm ein penibles Verhör führen und anschließend nachprüfen, ob sich was draus machen lässt. Ich hoffe es, denn dann wird unsere Liste kürzer, und zwar um den heißesten Kandidaten.« Armbruster nickte. »Ich werde ihn jetzt anrufen, bleib so lange hier.« Weidner wählte die Rathausnummer und bekam den gewünschten Gesprächspartner. Er stellte das Gerät auf laut, sodass Armbruster die Antwort hören konnte.

»Ich müsste mindestens einen Termin verlegen«, erwiderte Däschner. »Aber was soll ich dem OB sagen? Er muss von der Sache ja nichts mitbekommen.«

»Eine Anmerkung von meiner Seite: Solche Sachen verbreiten sich oft wie ein Lauffeuer und entwickeln dann ein Eigenleben. Also, ich kann mir nicht vorstellen, dass es in Ihrem Fall anders sein dürfte. Eventuell weiß er schon davon, in welcher Version auch immer. Wenn Sie wollen, dann rufe ich an und mache die Sache offiziell und gebe die nötige Information aus erster Hand, vielleicht brauche ich auch nichts Näheres über einen Anfangsverdacht gegen Sie zu sagen. Würde Ihnen das helfen?«
Nach zwei Sekunden kam ein leises »Ja« aus dem Lautsprecher.

»Guten Morgen«, hörte man eine freundliche Männerstimme.
»Weidner, guten Morgen, ich bin der leitende Beamte im Mordfall Deck. Ich rufe Sie an, weil ich den Vorgesetzten von Tobias Deck dringend zu einem Gespräch brauche. Herr Däschner sagte mir, dass es am heutigen Vormittag einen Termin mit Ihnen gäbe. Ich würde Sie bitten, diesen zu verschieben.«
»Ja, das geht. Die Aufklärung dieses Falles ist ja nicht unwichtig für die Atmosphäre in Emmendingen. Aber, wenn ich Sie schon am Apparat habe, könnten Sie mir in wenigen Sätzen den Stand der Dinge mitteilen?«
»Wir haben unglücklicherweise mehrere Personen, gegen die ein Anfangsverdacht besteht, und das lässt unsere Arbeit sehr ausufern. Ich würde sagen, dass wir vor diesem Hintergrund gut vorangekommen sind.«
»Das war sehr diplomatisch ausgedrückt. Und nun brauchen Sie ganz dringend den Vorgesetzten von Herrn Deck? Ich rede nicht länger um den heißen Brei, Herr Weidner. Es ist mir ein Gerücht zu Ohren gekommen …« Aber auch ein OB kann einen erfahrenen Kriminalkommissar nicht aufs Glatteis führen.

»Sie müssten es mir mitteilen, dann kann ich etwas dazu sagen«, entgegnete Weidner.
»Nun, es wird gemunkelt, dass es einen Diskobesuch von Herrn Deck gegeben haben soll, der Kreise zog.«
»Welche Kreise waren dies?«
»Ich finde es gut, dass Sie so verschwiegen sind«, lobte der OB und erzählte seine Version der Geschichte.
»Dann sind Sie sehr gut informiert. Genau das ist der Stand der Dinge. Es ist dem guten Mann so peinlich, dass Sie von dieser Sache Wind bekommen könnten, deshalb habe ich den Anruf für ihn übernommen. Ich ging im Übrigen davon aus, dass das Gerücht schon bis zu Ihnen vorgedrungen sein würde. Ich bin froh, dass es immerhin noch der Lage der Dinge entspricht.«
»Also, besprechen Sie so lange wie nötig. Ich hoffe, Sie können den Nachweis seiner Unschuld erbringen, denn solange er im Fadenkreuz der Ermittlungen steht, wird er für nichts zu gebrauchen sein, und ich schätze seine Arbeit. Gerade jetzt, da dieses Studentenwohnheim so hohe Wellen schlägt und sich deutlich Bürgerprotest regt, brauche ich ein zuverlässiges Planungsamt. Die paar Tage Verzögerung wegen dem Mordfall sind dagegen Peanuts. Einen Bagger zu transportieren ist doch keine Hexerei. Ich würde Sie bitten, dass Sie mich persönlich auf dem Laufenden halten, auch um gegebenenfalls die Gerüchteküche zu beeinflussen.«
»Versprochen. Ich danke für das offene Gespräch.«
»Keine Ursache. Und bis bald.«
Weidner legte zufrieden auf: »Es tut immer gut, wenn man seine Lageeinschätzung bestätigt bekommt, was Jens? Da lag ich richtig mit dem Gerücht. So, und jetzt wieder bei Däschner anrufen.«
»Sie können sofort kommen. Der OB hat meinem Wunsch entsprochen.«

Die beiden Ermittler hatten ihre Überlegungen über die Vorgehensweise gerade beendet, da stand der Erwartete schon in der Tür - bleich und unsicher. Weidner begrüßte ihn, stellte seinen Assistenten vor und entließ die beiden dann in einen kleinen Besprechungsraum. Keinen Moment zu früh, denn schon kam der nächste Besuch. Als er sie über den Hof kommen sah, schaute Weidner schnell um sich und stellte zu seiner Überraschung fest, dass es in seinem Büro relativ aufgeräumt aussah. Vielleicht noch diese Akte in die Schublade und den Papierkorb so drehen, dass man den Riss nicht sehen konnte? Da stand sie auch schon mit einem Lächeln in der Türe und klopfte an den Rahmen. Weidner reichte ihr die Hand. Er bot ihr einen Platz an, entschuldigte sich wegen fehlender Kekse und wollte dann wissen, ob sie einen Kaffee trinken würde. Sie zögerte, atmete tief ein, schaute ihn mit strahlenden Augen an und nickte dann. Kaum gehört, kam er ihrem Wunsch auch schon nach und gab einem Kollegen den Auftrag. Dann setzte er sich wieder auf seinen Stuhl und blickte ihr für Sekunden in die Augen. Als er die Schmetterlinge in seinem Bauch bemerkte, gab er sich einen Ruck und begann das Gespräch mit einer Frage, die er noch während des Aussprechens gerne wieder umformuliert hätte:
»Was verschafft mir die Ehre eines so frühen und unangemeldeten Besuchs?« Wieso musste er ausgerechnet bei ihr so altbacken reden? Wenigstens schien sein antiquierter Redestil das Strahlen ihrer Augen nicht zu beeinflussen.
»Ist das eine rhetorische Frage?«
»Eigentlich nicht.«
»Ich dachte, Sie hätten es mir an der Nasenspitze angesehen. Man sagt mir nach, dass ich Geheimnisse nicht verstecken könnte. Ich ging davon aus, dass ein Profi wie Sie mit einem Blick im Bilde ist«, neckte sie ihn.

»Ich hätte da so eine Idee«, mutmaßte er bescheiden und grinste. Sie zog einen zusammengefalteten Umschlag hervor und überreichte ihn dem Ermittler. Dieser entnahm den sich darin befindenden Zettel, faltete ihn auseinander und las ihn schließlich. Es war das Objekt seiner Begierde: Ein kleiner Notizzettel mit einer darauf notierten Autonummer. Den Land- oder Stadtkreis wusste er nicht zu benennen, aber auf jeden Fall lag er in den neuen Bundesländern.

»Endlich, endlich!«, sagte er mit ruhigem Ton, aber eigentlich wäre er am liebsten wie ein Torschütze mit einem Urschrei auf die Knie gesunken und hätte dabei den Zettel triumphierend in die Höhe gereckt! »Jetzt bin ich gespannt, ob uns die Nummer weiterführt. Oft werden nämlich Kombinationen notiert, die es gar nicht gibt oder es sind gestohlene Kennzeichen oder das zugehörige Fahrzeug kann es definitiv nicht gewesen sein. Wo war denn dieser Zettel versteckt?«

»Die beiden Damen durchsuchten noch einmal oder auch zweimal ihre Schränke und dabei fanden sie ihn schließlich. Er war beim ersten Mal vermutlich am hinteren Rand der Schublade gelegen, hatte sich dann senkrecht aufgerichtet, war in dem Schlitz zwischen Boden und hinterem Brett gerutscht und dort hängengeblieben. Es hatte nur noch ein kleiner Zipfel herausgeschaut, deshalb hatten sie ihn übersehen. Beinahe wäre er also ganz weg gewesen. Sie hätten die beiden sehen sollen, wie sie ihn mir heute Morgen präsentierten. Sie sind fast geplatzt vor Stolz. Natürlich glauben sie nun, dass der Herr Weidner bis heute Abend den Fall mit Hilfe ihres Notizzettels lösen wird. Ich wünsche Ihnen, dass es keine falsche Nummer ist.«

»So, der Kaffee!«, riss sie eine sehr sachliche Stimme aus dem Zwiegespräch. Olga brachte zwei Tassen mit damp-

fendem Inhalt. Wieso gerade sie und nicht der Kollege?
»Hast du 'ne neue Hose? Steht dir gut«, provozierte sie. Weidner fand den Hinweis auf seine zusammengestoppelte Kleidung mehr als nur unpassend, zumal er sein bemerkenswertes Outfit über seinem Besuch völlig vergessen hatte. Du eifersüchtige Schlange, dachte er und spürte ein Kribbeln im Gesicht.
»Das ist die Autonummer, auf die ich seit Tagen gewartet habe!«, lenkte Weidner ab und schwenkte den kleinen Zettel triumphierend.
»Na, dann kannst du ja wieder ruhig schlafen und wirst sicher bald wieder der ausgeglichene Kollege, den wir so schätzen.« Ein gewisser Unterton in ihrer Stimme war unüberhörbar und brachte ein Grinsen auf das Gesicht der Besucherin, während Olga abdampfte. Weidner fand die Situation weniger lustig, aber er musste gute Miene zum bösen Spiel machen. Zu seiner Erleichterung fing er sich schnell.
»In meinem Beruf lebt man von der Hoffnung, und dieses Stück Papier könnte uns immerhin den Fall schnell lösen helfen.« Er nahm einen Schluck Kaffee und sie tat es ihm nach. »Aber es macht auch keinen Sinn, sich daran festzuklammern«, fuhr er fort. »Man lernt in meinem Beruf die Erwartungen zu zügeln.«
»Wird man dabei ein ganz rationaler Mensch, der alles ganz neutral sieht und nur Fakten anerkennt?«, fragte sie ihn.
Bevor er ihr antwortete, schaute er nach draußen, ob jemand in Hörweite wäre.
»Es gibt Kollegen, die diesen Weg gegangen sind«, sagte er mit etwas leiserer Stimme. »Aber nicht alle werden gefühlskalt und abgebrüht. In meinem Team lassen wir uns bewusst etwas Raum für Humor, damit wir nicht so enden.« Er nippte ein zweites Mal am Kaffee und schaute

sie dann wieder an. »Lachen ist gesund, sofern man weiß wann es genug ist.«

»Ich mag auch lieber fröhliche Menschen«, bestätigte sie seine Ansicht. »Mit guter Laune arbeitet es sich leichter.« Sie saßen nun für wenige Sekunden Auge in Auge da, bevor sie beide gleichzeitig ihre Tassen für einen Verlegenheitsschluck in die Hand nahmen. Als sie es bemerkten, mussten beide darüber lachen.

»Ich glaube, dass ich Sie nun lieber Ihrer Arbeit überlasse. Wenn wir uns festplaudern, läuft die Zeit davon.« Sie leerte ihre Tasse und erhob sich. »Wann kommen Sie uns besuchen, um sich bei den beiden alten Damen zu bedanken?«

»Im günstigsten Fall ist die Sache heute noch in trockenen Tüchern, dann könnte es schon morgen so weit sein. Aber wenn es jetzt erst richtig rund gehen sollte, dann dauert es vielleicht noch ein paar Tage. Ich werde mich melden, in beiden Fällen.« Sie schaute ihn an. Was für ein Blick! »Versprochen!«, setzte er schnell hinzu, und spürte wieder die Schmetterlinge im Bauch.

»Danke, Sie werden den beiden zu einem bedeutenden Tag in ihrem Leben verhelfen.«

Weidner musste lächeln. Er schaute sie an, sie schaute ihn an. Dann wurde sein Lächeln zu einem Grinsen.

»Und bei Ihnen gibt es wieder einen Kaffee und versteckte Süßigkeiten?«

»Stimmt, da muss ich mir ja noch etwas überlegen. Mal sehen, was mir einfällt«, sagte sie und zwinkerte ihm zu. Sie griff nach ihrem Mantel. »Wenn ich Sie weiter von der Arbeit abhalte, dauert es länger bis zum Kaffee, deshalb gehe ich jetzt.«

»Also, dann bis bald.« Er stand auf und gab ihr die Hand zum Abschied.

»Ich finde den Weg hinaus.«

Er stand im Türrahmen und schaute ihr hinterher. Würde sie sich noch einmal umdrehen? Sie tat es und deutete dabei ein Winken an.
»Kann ich den Kaffee abräumen oder soll das Arrangement der Tassen und Löffel aus Gründen der Nostalgie so bleiben?« Weidner hatte Olga nicht kommen gehört. Er schaute sie an und versuchte sich zu sammeln. »Ist schon gut, ich komme wieder, wenn du auf der Erde zurück bist.«
Und noch ehe er etwas sagen konnte, hatte sie kehrt gemacht und war verschwunden. Vielleicht war es besser so, bevor er etwas Falsches sagen würde. Denn er spürte, wie er erneut errötete. Dieser kurze Auftritt von Fabienne würde Gesprächsstoff sein. War deine Schwester hier? Bekommst du eine Praktikantin? Und hinter seinem Rücken könnte es heißen, der Weidner hätte sich auf seine alten Tage doch noch verliebt, gerade bevor er graue Haare bekommt und eine Brille braucht.
Drei Telefonate später, darunter ein interessanter Anruf von der Spurensicherung, kam er dazu, sich den Zettel aus dem Altersheim anzuschauen: ZI-OO 123. In Kürze würden sie wissen, wem das Fahrzeug gehört oder ob es vielleicht gestohlen war. In diesem Fall könnte die Spur auch im Sand verlaufen. Er gab den Zettel an Olga weiter, die ihn augenzwinkernd entgegennahm. Dass ausgerechnet sie diesen kurzen Besuch mitbekommen hatte! Olga, die Oberverschwiegene in Sachen Tratsch!
»Kannst du dich um die Daten des Fahrzeughalters und sein Führungszeugnis kümmern?«
»Für dich tu ich doch alles.«
Endlich kam er dazu, sich mit Fritz zusammenzusetzen. Der hatte einen Arzttermin gehabt und war gerade erst eingetroffen.
»Also, meine Vermutung war wohl richtig«, kam Weidner

gleich nach der Begrüßung zur Sache. »Im Haus von Tobias Deck fanden sich einige Fingerabdrücke von Nadine, und zwar an Stellen, wo sie mit allerhöchster Wahrscheinlichkeit nur kurze Zeit erhalten bleiben. Anders gesagt, wir müssen davon ausgehen, dass sie das Haus nicht nur an dem von ihr genannten Datum betreten hatte, sondern auch noch sehr kurz vor der Tat, vielleicht sogar am Tattag. Sie könnte ihre Suchaktion wiederholt haben und dabei dummerweise auf Tobias Deck getroffen sein, der am Aschermittwoch aus einem für uns unbekannten Grund wieder in sein Haus zurückgekommen war. Es kam zu einem Gespräch, vermutlich sehr emotional von ihrer Seite aus, während er in der Sache hart blieb. Vielleicht provozierte er sie. Irgendwann brannten ihre Sicherungen durch und sie schlug zu. Das klingt nachvollziehbar. Allerdings wäre es bemerkenswert, dass sie in dieser Gefühlslage nur zweimal draufschlug und recht gut traf. Wo hatte sie aber die Tatwaffe her? Sie hatte bestimmt keinen Holzknüppel mitgebracht. Lag der Prügel zufällig im Wohnzimmer? So ganz rund scheint mir die Sache noch nicht. Aber du wirst mir die Dame heute weichkochen, oder?«

»Mit Leichtigkeit. Allerdings bräuchte ich noch die Stellen, an denen sich ihre Fingerabdrücke befanden.«

Weidner kramte in einer Ablage und überreichte dem Kollegen mehrere Blätter. »Mach bitte eine Kopie. Falls ich wichtige Neuigkeiten habe, melde ich mich.« Weidner wollte ihm gerade Glück für die Vernehmung wünschen, da fiel ihm ein, dass er Fritz noch nichts über das gerade laufende Gespräch von Armbruster gesagt hatte, und last but not least wollte er ein wenig Mitgefühl für die Einmischung des Alten, also erzählte er von dessen Anruf.

Fritz war kaum aus der Tür, da kam auch schon der nächste Besucher. Es war das Ehepaar aus dem Haus an der Ecke der Rheinstraße. Sie hatten das fehlende Foto gefunden und wollten es ihm vorbeibringen. Der Kommissar ließ sie jedoch gar nicht erst in sein Büro, sondern fertigte sie freundlich im Vorraum ab.

»Nehmen Sie es mir nicht übel, dass ich Sie nicht hereinbitte, aber ich bin gerade sehr beschäftigt. Ich kam noch nicht einmal dazu, Ihre Fotos zu kopieren, Entschuldigung.«

»Keine Ursache, wir waren, soweit ich weiß, auch nicht zum Kaffee eingeladen!« Herr Leikamp grinste ihn freundlich an. »Sie haben das Album ja erst wenige Tage.«

»Auf jeden Fall vielen Dank für das fehlende Foto und Ihre Liste mit den Hundehaltern. Ich bitte Sie, auf die Rückseite Ihres Bildes Namen und Adresse zu schreiben, und noch eine Telefonnummer. Dann geht es bestimmt nicht verloren.«

Das Foto zeigte, wie der Chef des Bautrupps mit seinen drei ausländischen Arbeitern sprach. Obwohl man ihn eher von hinten sah, wirkte er unfreundlich, fast bedrohlich. Neben ihm stand schräg sein Geländewagen, er hatte die geöffnete Tür in seiner Hand und würde wohl gleich wieder einsteigen. Das Bild enthielt nichts, was ihm wichtig vorkam. Als die Beiden das Foto beschriftet hatten, bedankte sich Weidner ein zweites Mal und verabschiedete das Ehepaar. Er steuerte sein Zimmer an, ging dann aber zu einem Kollegen, der ihm durch die geöffnete Tür zuwinkte. Er begann ein Gespräch und legte dabei das nachgelieferte Bild auf den Tisch. Als er wenige Minuten später wieder auf seinem Stuhl Platz nahm, kam Armbruster herein.

»Also, ich denke das Alibi für Däschner müsste zu schaffen sein. Er hat mir sehr genau erzählt, welche Strecke er im Wald gelaufen ist und was er dabei alles gesehen hat. Für diese Strecke würde ich zwei Stunden veranschlagen, wenn man richtig zügig losgeht, aber du kennst die Verhältnisse vom Joggen besser als ich.«

Weidner nickte: »Das können wir später überprüfen, falls es dann noch notwendig sein sollte.«

»Nun, auf dem Weg beobachtete er mehrere bemerkenswerte Situationen, die sich im Prinzip nachprüfen lassen müssten. Am einfachsten wäre wohl der Schwertransport, der gerade die Bundesstraße bei der Ausfahrt Wasser entlangfuhr. Es handelte sich um eine Fahrzeuglänge von deutlich über den normalen achtzehn Metern, er geht von fast dreißig aus. So ein Konvoi müsste sich mit Hilfe der Kollegen von der Verkehrspolizei identifizieren lassen, und die haben dann auch einen Zeitplan der Fahrstrecke für uns. Und als er zurückkam, fuhr gerade die Emmendinger Feuerwehr zu einem Einsatz, das lässt sich ebenfalls schnell nachprüfen.«

»Aber diesen Einsatz kann er auch von seinem Arbeitsplatz beobachtet haben oder auf dem Weg von der Tat zurück zum Rathaus.«

»Okay, aber weiter. Im Wald gegenüber von Emmendingen-Wasser gab es Waldarbeiter, und er konnte mir das Waldstück genau beschreiben. Der Eigentümer lässt sich auf dem Rathaus erfahren und der wird wissen, ob er an diesem Tag und zu der fraglichen Uhrzeit Holz gemacht hat. Auf einem Feld pflügte ein Bauer, das Feld konnte er genau beschreiben. Letzter Punkt: Das Vereinsheim des Tennisclubs wurde mit Getränken beliefert. Wenn sich diese Dinge bestätigen, dann muss er die Strecke zu der fraglichen Zeit abgelaufen haben.«

»Gut, du gehst mit ihm die Strecke ab und schaust dabei auf die Uhr. Er kann seine Beschreibung des Wegs hier vor Ort selbst niederschreiben, nach dem Spaziergang, während ich oder später du die ersten Erkundigungen einziehen. Aber kein Wort davon zum Alten. Also, los.«

Olga bekam den Auftrag, Kontakt mit dem Tennisclub, der Feuerwehr und der Verkehrspolizei aufzunehmen.

»Noch habe ich die 1:35 nicht aufgegeben!«, zischte Weidner mit verkniffenen Lippen und ballte die rechte Hand zur Faust. Aber schon nach wenigen Sekunden kamen ihm unerfreuliche Gedanken. Deck war unbeliebt und hatte Feinde, vielleicht noch mehr, als ihm bekannt waren. Der Disput mit seinem Vorgesetzten hatte sicher sofort die Runde gemacht. Was, wenn jemand die Situation ausgenutzt und seine Rechnung mit Deck beglichen hatte, wohlwissend, auf wen der Verdacht schnell fallen würde? Angesichts des besonnenen Charakters von Däschner und seines Ansehens im Rathaus wäre das besonders fies, aber Mörder sind nun mal keine rücksichtsvollen Menschen. Wer über so viel Berechnung verfügt, verrät sich nicht so schnell. Dem Hauptkommissar graute angesichts der Vorstellung weiterer Befragungen und Vernehmungen im Rathaus. Er könnte wieder bei fast Null anfangen und die alles überschattende Frage nach der Beteiligung des Ausbrechers wäre damit nach wie vor nicht zu beantworten.
Wo war eigentlich das Bild? Er schaute sich um, fühlte an seiner Brusttasche, hob ein paar Papiere hoch, öffnete mehrere Schubladen. An allen in Frage kommenden Plätzen war es nicht zu finden. Er biss die Zähne zusammen, dass es knirschte. Das durfte nicht wahr sein! Angestrengt dachte er nach. Er hatte das Bild an der Tür entgegengenommen. Dann war er ins Zimmer seines Kollegen gegangen. Genau. Nichts wie hin. Aber der Kollege war nicht anwesend. Weidner schaute sich um. Sollte er im fremden Zimmer in den Unterlagen schauen? Naja, die oberste Lage würde man ihm zugestehen.
»Haben Sie seit Neuestem eine Zweigstelle hier?«, hörte

er die Stimme seines Vorgesetzten hinter sich. Weidner stoppte. Das Kribbeln in seinem Gesicht nahm mit noch nie da gewesener Geschwindigkeit zu. Es breitete sich bis auf den Hals aus. Er beschloss so mutig zu sein und sich nicht herumzudrehen.

»Ich habe vorhin etwas abgelegt, es könnte hier gewesen sein. Ich brauche es dringend.«

»Vielleicht ziehen Sie sich noch Ihre Dienstkleidung an und kommen zurück, wenn der Kollege wieder hier ist. Schönen Tag noch und erfolgreiche Arbeit.«

Weidner hörte den sich entfernenden Schritten nach und spürte einen wachsenden Druck im Kopf. Er hätte im Boden versinken können.

»Ist dir nicht gut?«, fragte die Stimme des Kollegen, auf dessen Schreibtisch Weidner sich gerade abstützte.

»Ich suche ein Bild. Habe ich es vielleicht vorhin hier abgelegt?«

»Das lag da, ich wollte es dir noch bringen. Aber dann läutete das Telefon und jetzt sehe ich es nicht mehr.«

Weidner musste sich setzen. Welche Katastrophe!!! Er fühlte, wie ihm der Schweiß ausbrach. »Ich schaue mal nach«, meldete der Kollege und durchsuchte seinen Schreibtisch sowie den Papierkorb. »Nichts. Aber bist du sicher, dass es dir gut geht?«

»Hauptkommissar Chris Weidner?«, ertönte in diesem Augenblick Scheus Stimme.

»Der sitzt hier«, antwortete der Kollege mit besorgtem Blick auf den Gesuchten. Einen Moment später stand die Lörracher Leihgabe vor dem leitenden Ermittler und hielt ihm das Objekt der Begierde entgegen..

»Ich fand es auf diesem Tisch. Das gehört doch zu unserem Fall.«

Einige Sekunden betrachtete Weidner das Bild reglos, nur die Augen wanderten von einem Detail zum ande-

ren. Aber plötzlich kam Leben in seinen Körper. Er bat um eine Lupe. Mit der Sehhilfe betrachtete er kurz eine bestimmte Stelle des Bilds, dann legte er das Vergrößerungsglas beiseite, rannte in sein Zimmer und griff zum Telefonhörer.
»Wenn das stimmt ...«, sagte er vor sich hin, während er seinen PC hochfuhr und gleichzeitig darauf wartete, jemand an die Strippe zu bekommen.

»Guten Tag, Herr Oslowsky.«
»Guten Tag. Was verschafft mir die Ehre?«, sagte dieser mit sächsischem Akzent. Walter Oslowsky sah die beiden Männer mit fragendem Blick an. Sie wirkten irgendwie nicht wie Kunden, die die Leistungen seiner Firma in Anspruch nehmen wollten. Der ältere stand vorne, seine Ausstrahlung war eindeutig autoritätsgebietend. Bevor er sich eine Meinung zu dem Besucherpaar gebildet hatte, fuhr dieser fort.
»Hauptkommissar Marco Nottler, und dies hier ist Kommissar Philip Waibel. Wir sind Kriminalpolizisten, dies sind unsere Ausweise.« Walter Oslowsky erschrak sichtlich. Er sagte nichts und stand wie angewurzelt da. Nur seine Augen bewegten sich kurz, sie blickten auf die gezückten Dienstausweise. Aber der Hauptkommissar war sich sicher, dass Oslowsky sie nicht wirklich angeschaut hatte. Seine polizeiliche Erfahrung sagte ihm, dass dieser Mann ihn sozusagen erwartet hatte. Zumindest war er nicht überrascht gewesen. Nottler war sich sicher, dass Oslowsky wusste, warum sie ihn besuchten. Er hatte eindeutig Muffensausen. Ob er alles wusste, was sie von ihm wissen wollten? Das würde sich zeigen. Der Hauptkommissar war gespannt. Schließlich war Oslowsky kein unbeschriebenes Blatt. Bei solchen Individuen brauchte man wenig Rücksicht zu nehmen, da konnte man richtig

in die Vollen gehen – das könnte ein Verhör nach seinem Geschmack werden. Jetzt hieß es am Ball bleiben. Vielleicht könnte man dem Kollegen aus dem Westen einmal zeigen, wie man zielgerichtet arbeitet. Wie hieß der Tatort noch mal? Endingen? Nein. Effringen? Auch nicht. Egal, er hatte es notiert. Wieso stand der Oslowsky eigentlich immer noch an der gleichen Stelle? »Wir würden uns gerne setzen, Herr Oslowsky«, übernahm Nottler wieder das Kommando. Der Angesprochene stand weiterhin wie angewurzelt da. »Vielleicht auf die Stühle da hinter Ihnen?«, fuhr der Hauptkommissar fort. Selbst Nottler war nun etwas verunsichert. Sein Auftreten hatte in der Regel zur Folge, dass man seinen Vorschlägen zeitnah Folge leistete, außer natürlich die ganz harten Knochen. Warum rührte der Kerl sich nicht? War da irgendetwas im Raum hinter ihm, das sie nicht sehen sollten? Er schaute dem Angewurzelten über die Schulter, aber er gewahrte nichts Besonderes. Es war auch nichts zu hören.

»Ist Ihnen nicht gut?«, fragte Philip Waibel nun von hinten.

»Doch, doch«, stotterte Oslowsky. »Ich hatte nur jemand anderen erwartet. Sie haben mich sozusagen auf dem falschen Fuß erwischt.« Er drehte sich um und ging in sein Büro. Die beiden Polizisten folgten ihm. Im Vorbeigehen ließ Nottler seinen Blick in das offenstehende Klo fallen. Ich hoffe, da muss ich nicht hin, dachte er und rümpfte die Nase. In seinem Arbeitszimmer ließ sich Oslowsky kraftlos in den Stuhl fallen und zeigte wortlos auf die beiden Sitzgelegenheiten jenseits seines Schreibtisches. Dann legte er seine Unterarme auf den Tisch. Nachdem sich die beiden Polizisten vergewissert hatten, dass man sich auf diesen Stühlen keine Flecken holte und keine vorstehenden Nägel die Kleidung beschädigen würden, nahmen sie Platz. Dabei rückten sie die Stühle sehr weit auseinander. Zwar war Oslowsky nicht wegen eines Gewaltdeliktes vorbestraft, aber man konnte nicht wissen, ob er eine Waffe in der Schublade hatte. Vielleicht hatte er vorhin nur gemimt und den Überraschten gespielt, um Zeit zu gewinnen, während er in Wirklichkeit über seine Verteidigungsfähigkeit nachgedacht hatte. Dann wäre er ein ganz Abgebrühter. Man hatte als erfahrener Kriminaler gelernt, die Menschen einzuschätzen, aber eben auch immer wieder gesehen, wo die eigene Menschenkenntnis an Grenzen stößt. Oslowsky könnte sich mit dem Rücken an der Wand wähnen. Sie wollten in diesem Fall keine Fehler machen. Nottler hatte sich in seinen Anfangstagen bei der Polizei ein Mal überrumpeln lassen und sich geschworen, dass ihm das nie wieder passieren würde. Er hatte die Hände des Gegenübers genau im Blick. Sie lagen auf dem Schreibtisch, und das war gut so.

»Also, kommen wir nun zum Grund unseres Besuches«, begann der Kommissar das Verhör. »Es gibt konkrete Hinweise, dass Sie mit sehr unerfreulichen Ereignissen in Südwestdeutschland in Verbindung stehen.« Nottler machte eine kurze Pause, um seinem Gegenüber eine Sekunde zur Sammlung zu gönnen. Dann bewegte er seinen massigen Oberkörper leicht nach vorne auf Oslowsky zu. »Um ganz konkret zu werden, es geht um illegale Beschäftigung – für Sie kein neues Phänomen.« Nottler beugte sich noch weiter über den Tisch und Oslowsky wich wenig, aber für den seitlich sitzenden Waibel deutlich sichtbar, um einige Zentimeter zurück. Der ist mit den Nerven fertig, der singt heute noch, dachte der Assistent, während sein Chef seinen Satz mit bedeutungsschwerer Betonung zu Ende brachte »... und um Mord oder Totschlag!«

Oslowsky atmete schwer: »Könnten Sie etwas genauer werden?«

»Oh ja, es geht um den Mord an Herrn Tobias Deck, Mitarbeiter des Planungsamts der Stadt Emmendingen in Baden-Württemberg.« Nottler hatte die Angaben aus seinem Notizbuch abgelesen und schaute jetzt wieder auf. Was würde ihm das Gesicht von Oslowsky sagen? Es sagte ihm wenig. Der Beschuldigte schwieg, dann rückte er sich im Stuhl zurecht. Er schien seine Fassung wieder zu gewinnen.

»Und ich soll diesen Mann umgebracht haben?«

Immerhin ist seine Stimme doch etwas zittrig, dachte der Kommissar. »Nun ja. Vielleicht nicht selbst, wir könnten uns auch einen anderen Täter vorstellen. Aber wir denken, Sie können uns einfach mal erzählen, was Ihnen zu dieser Sache einfällt.«

Oslowsky änderte erneut seine Sitzposition und seine Stimme war weiterhin etwas zittrig.

»Sie sagen einen Namen, den ich nicht kenne und sprechen von einer Stadt, in der ich vor zwei Jahren, glaube ich, das letzte Mal war.«

»Und am letzten Aschermittwoch?« Waibel war seinem Chef einen Sekundenbruchteil zuvor gekommen und erntete dafür einen irritierten Blick.

»Da war ich auf einer Baustelle ungefähr zehn Kilometer von hier.« Oslowsky genoss es sichtlich, diesen Schlag pariert zu haben. »Zuerst am Vormittag, und dann am Nachmittag noch einmal.«

Dieses Mal ließ Nottler seinem Assistenten keinen Vortritt. Oslowsky hatte das letzte Wort noch nicht vollendet, da schickte er bereits die nächste Frage los.

»Gibt es dafür Zeugen, Herr Oslowsky?«

Dieser zeigte nun einen leicht überlegenen Gesichtsausdruck.

»Natürlich, Herr Kommissar. Es gab mehrere Anwesende, darunter der Bauherr.«

Oh, dachte sich Waibel, solche Überheblichkeit mag der

Chef aber nicht. Wenn das mal gut geht. Da sollte der Herr Baufirmenbesitzer aufpassen.
Aber Nottler blieb äußerlich die Ruhe in Person: »Haben Sie seine Adresse?«
»Selbstverständlich, Herr Kommissar. Einen Augenblick …« Er hob beim letzten Wort die Stimme, als seien sie gerade bei einem freundlichen und eher belanglosen Gespräch, kramte in seinen Unterlagen auf dem Schreibtisch, zog einen Brief hervor, schaute Nottler gespielt unschuldig an und vollendete seinen Satz mit einem überfreundlichen und in die Länge gezogenen »Bitte!«, während er dem Kommissar das Papier reichte. »Sie können sofort versuchen, ihn zu erreichen. Nehmen Sie ruhig mein Telefon. Ich müsste sowieso einmal auf die Toilette, Ihr Besuch schlägt mir auf den Darm. Darf ich gehen?«

Der Geländewagen raste den Feldweg entlang. In seiner Staubfahne folgte mit etwa hundert Metern Abstand ein Kombi. Das vordere Fahrzeug näherte sich dem Ende des Weges. Der Fahrer schaute nach links, er konnte gerade über den etwas höher liegenden Acker auf die Landstraße schauen. Er bremste im letzten Augenblick ab, sodass die Reifen über den unbefestigten Weg rutschten und kleine Steinchen wegschossen. Dann verringerte er den Druck auf das Bremspedal und riss das Steuer nach rechts herum. Die Vorderräder rollten über den hohen Teerwulst der befestigten Straße, der Geländewagen machte einen Satz auf den Asphalt. Der Fahrer hatte das leicht schlingernde Fahrzeug sofort wieder unter Kontrolle und trat heftig auf das Gaspedal. Mit quietschenden Reifen und aufjaulendem Motor jagte er davon.
»Verdammt!«, entfuhr es dem Verfolger. Vor der Einmündung bremste er stark ab. Im Gegensatz zu seinem Vordermann im höheren Auto konnte er nicht über den

Acker schauen. Erst direkt an der Einmündung war es ihm möglich, auf die Landstraße zu blicken. Und der hohe Teerwulst wollte vorsichtig überfahren werden, seine Bodenfreiheit konnte sich nicht mit der des Vorausfahrenden messen. Langsam fuhr er über das Hindernis, einen abgerissenen Auspuff wollte er nicht riskieren. Als das dritte Rad endlich auf dem Asphalt angekommen war, drückte er den rechten Fuß nach vorne. Der Geländewagen verschwand gerade um die nächste Kurve. Sein Vorsprung hatte sich deutlich vergrößert. Noch einige solche Situationen und er hätte gute Chancen, die Verfolger erfolgreich abzuschütteln. Der Kombi passierte die nächste Kurve und der Geländewagen war ... verschwunden. Der Fahrer des Verfolgerautos bremste, sein Beifahrer schaute in den Waldweg der schräg nach rechts abbog. »Dort!« Der Verfolgte tauchte mit hoher Geschwindigkeit aus einer Bodenwelle auf. Er raste mit deutlich über hundert Sachen die kurvige Landstraße entlang. Das Tempo war tollkühn, und die Verfolger bezweifelten, dass sie Schritt halten könnten. Der Abstand wuchs. Der Fahrer des Geländewagens hatte nicht nur den Vorteil der besseren Übersicht in dem leicht welligen Gelände. Er fuhr auch, als hätte er nichts zu verlieren. Wenn ihm jemand an einer unübersichtlichen Stelle entgegenkommen würde ... Aber als nächstes war das Glück auf Seiten der Verfolger. Gegenverkehr verhinderte das rasche Überholen eines dahinzuckelnden Kleinwagens, der Kombi konnte Boden gut machen. Hinter dem nächsten Hügel wartete für beide Wagenlenker eine Überraschung. Die Bahnschranke war geschlossen, die Ampel blinkte, ein Güterzug näherte sich im Schritttempo und war schon kurz vor dem Bahnübergang. Den Verfolgern stockte der Atem, als sie den Vordermann mit ungebremstem Tempo weiterrasen sahen. Wollte der noch vor dem Zug durch? Doch plötzlich schien diesem das Risiko zu groß zu werden, er stieg voll in die Bremse.

Theofil Holzer saß in einem spärlich besuchten Café am Platz des Breisacher Münsters. Zu viele Menschen konnte er im Moment nicht um sich haben, er brauchte Distanz. Sein Blick schweifte immer wieder unruhig nach draußen. Im Nieselregen liefen nur wenige Menschen über die gepflasterte Fläche, und jeder schaute nur in die Richtung, in die er gehen wollte. Vor ihm stand eine leere Tasse Cappuccino. »Breisach«, sagte er leise in sich hinein. Er hatte nicht gedacht, dass er auf diese Weise zurückkehren würde. Zum ersten Mal seit Tagen fühlte er sich ein wenig entspannt. Er war sich sicher, dass er seine Verfolger fürs Erste abgehängt hatte. In ein paar Wochen wäre keiner mehr hinter ihm her, dann wären andere Ermittlungen wichtiger. Er hatte sich gedacht, dass die Flucht aus Emmendingen das größte Problem sein würde, weil die Polizei dort über erprobte Fahndungsstrukturen verfügte und genau wusste, nach wem sie suchen müsste. Schließlich waren Ausbrüche aus dem ZfP ein Politikum. Und da die Suche bereits anlief, wenn sich irgendein wirklich harmloser Freigänger wenige Minuten verspätete, sollte das alles Routine sein. Nun, er hatte Glück gehabt.
Ohne Verzögerung war er aus der Kleinstadt wegkommen. Der Zug war gerade eingefahren, als er den Bahnhof erreicht hatte. Schon dreißig Minuten nach dem Ausbruch war er in Freiburg gewesen. Freunde aufsuchen, empfand er als zu gefährlich. Deshalb hatte er sich auf die Suche nach einem Fahrzeug gemacht, das er sich für den nächsten Abschnitt seiner Flucht leihen wollte. Alles hatte wie am Schnürchen geklappt, sogar der Tank war voll. Nicht einmal der Anschluss war zum Problem gewor-

den. Allerdings hatte sein zweiter »Leihwagen« über wenig Sprit verfügt. Doch der Zufall hatte ihm einen kleinen Bargeldfund im Handschuhfach beschert. Damit wollte er die Reise nach Köln mit dem Zug beenden, nicht in diesem Geländewagen. Aber dann war es doch noch einmal knapp geworden. Normalerweise war es kein Risiko, in einem unauffälligen, gestohlenen Auto in größerer Entfernung von der Einbruchstelle unterwegs zu sein. Warum hatte ausgerechnet an diesem Tag und zu dieser Stunde, als er einmal in seinem Leben dort vorbeifuhr, eine Straßenkontrolle der Polizei sein müssen? Vielleicht weil an diesem alten Güterbahnhof so ein schöner, versteckter Parkplatz für die Bullenkarren gewesen war? Nun, er war schon immer bereit gewesen, ein Risiko einzugehen. Eigentlich suchte er sogar das Wagnis und das Verbotene, das gab ihm den Kick, dieses prickelnde Gefühl, das ihn in die Lage versetzte, Höchstleistungen zu vollbringen.
Da er natürlich keine Papiere dabei hatte, war er mit Vollgas an dem Kontrollpunkt losgerast, hatte seine Verfolger aber nicht wirklich abschütteln können. Als er den anfahrenden Güterzug gesehen hatte, war ihm sofort klar gewesen, welchen Wagen er nehmen müsste. Er hatte seinen ganzen Mut zusammengenommen und war aufgesprungen! Zu seinem Glück hatte der Zug schon kurz darauf an einem roten Signal gestoppt, weshalb er nicht allzu lange in der kühlen Vorfrühlingsluft stehen musste. Es war noch einmal gut gegangen. Da aller guten Dinge drei sind, hatte er sich ein drittes Mal einen fahrbaren Untersatz besorgt und war damit erfolgreich durchgekommen. Eigentlich war er etwas stolz auf sich. Das sollte ihm erst mal einer nachmachen! Aber leider konnte man mit der Geschichte zurzeit bei niemandem punkten, denn solch spektakuläre Vorkommnisse machten die Runde und kamen vielleicht in die falschen Ohren.

In der Zwischenzeit hatte er sich äußerlich etwas verändert. Haarfarbe war heutzutage in jedem Supermarkt zu bekommen. Und die Brille aus dem Discounter, die er sich zum Lesen gekauft hatte: Sie sah scheußlich aus, aber mit einer Dioptrie konnte er genauso gut sehen wie ohne Lesehilfe. Niemand würde ihn erkennen. Für einige Tage konnte er hier Unterschlupf finden. Ein Bekannter aus seiner früheren Freiburger Zeit hatte ihm, wenn auch nur widerstrebend, ein Bett zur Verfügung gestellt. Darko, so hieß der Bekannte, war auch ein Bildersammler wie er. Allerdings wusste Theofil nicht, wie weit die Loyalität unter Gleichgesinnten reichen würde. Darko war ein Hasenfuß, aber bis er einen sicheren Unterschlupf hätte, würde dieses Weichei stillhalten. Er hatte ihm durch die Blume erklärt, was er mit Verrätern machen würde.
Dummerweise hatte er kein Adressbuch mehr und ob die wenigen Internetanschriften, die er noch im Kopf hatte, aktuell wären, wusste er nicht. Der Fahndungsdruck erforderte gelegentlich neue Briefkästen.

Ungefähr vierhundert Meter vom Bahnübergang entfernt endete die motorisierte Flucht.
Die Polizisten stiegen schnell aus dem Fahrzeug und gingen dahinter in Deckung. Der Fahrer holte den Hörer des Funkgeräts vom Halter und funkte die Zentrale an, während sein Kollege den Feldstecher herauskramte und das Maisfeld absuchte.
Aus irgendeinem Grund war hier der Mähdrescher noch nicht vorbeigekommen. Die übermannshohen Pflanzen zogen sich in endlos langen Reihen über die Anbaufläche und endeten irgendwo hinter der leichten Erhebung. Der Polizist konnte den Flüchtigen nicht sehen. Es wäre tollkühn gewesen, sich in das Maisfeld zu begeben, das wollten sie beide nicht riskieren.

Sie wussten nicht, ob der Kerl bewaffnet war, aber bei einem potentiellen Mörder konnte man davon ausgehen, dass er Gewalt anwenden würde, um sich der Festnahme zu entziehen. Sie forderten Verstärkung an, ein Hubschrauber wäre ideal.
»Hallo, Zentrale?« Die Verbindung war nicht gut, es rauschte stark. »Bist du es, Ekki? Also, wir brauchen Verstärkung. ... Hörst du mich? Okay. Wir brauchen Verstärkung. Der Verfolgte ist ziemlich risikofreudig ... ri-si-ko-freu-dig. Er fuhr wie eine gesenkte Sau, hatte uns fast abgehängt. Aber an einem Bahnübergang war die Schranke unten. Zuerst sah es so aus, als ob er versuchen wollte, vor dem verlangsamten Zug den Gleiskörper zu passieren. Mir stockte der Atem, so fährt nur einer, der nichts zu verlieren hat. ... nichts zu ver-lie-ren hat. Dann machte er eine Vollbremsung. Ich dachte einen Moment, er würde aussteigen und versuchen auf den Zug zu springen, so wie in den Cowboyfilmen. Aber dann kurvte er mit quietschenden Reifen vor den beiden wartenden Fahrzeugen durch in einen schmalen und unbefestigten Landwirtschaftsweg und trat wieder aufs Gas. Wir nichts wie hinterher. Es war eine Verfolgung wie im Film. ... Was? ... wie im Film ... Natürlich komme ich zur Sache. Also, er den Weg entlang und wir hinterher, vielleicht vierhundert Meter. Dann war der Weg zu Ende. Da hat er angehalten und ergriff das Hasenpanier. ... Hä? ... wie? ... die Flucht eben. Ab ins Maisfeld. Wir sind jetzt dort und sichern. Wahrscheinlich rennt er gerade durch die Pflanzenreihen ans andere Ende. Aber wir wissen ja nicht, ob er bewaffnet ist, da trauen wir uns nicht rein. Wir bräuchten Unterstützung, ein Helikopter wäre das Beste. Ne Streife, die zum anderen Ende des Felds fährt, wäre auch gut. Und die Spurensicherung für das Geländefahrzeug. ... Wie bitte? ... Geländefahrzeug. ... nein, natürlich

kein Traktor, du Scherzkeks, ein Offroader. Ich gebe dir unsere Koordinaten durch.«

»Dort!«, unterbrach der Fahrer das Gespräch des Kollegen und zeigte am Rand des Maisfelds entlang. Dieser schwenkte das Fernglas und blickte angestrengt hindurch.

»Ich sehe nichts. Keine Bewegung.«

»Doch, als ob jemand davonschleicht.«

»Jetzt hab ich es. Es ist ein Reh. Er muss es aufgescheucht haben, normalerweise würde es sich nicht aus der Deckung trauen.«

»Siehst du das Ende des Feldes?«

»Nicht genau, es befindet sich hinter einer Bodenwelle. Er könnte auf der anderen Seite heraus, ohne dass wir ihn sehen.«

»Ich renne zu seinem Fahrzeug und schaue, ob ich was darin finde.«

»Ich gebe dir Deckung. Verwische aber keine Spuren.«

Hauptkommissar Weidner saß in seinem Büro und war völlig fahrig. Der Fall Deck hatte eine unerwartete Wendung genommen. Aber da die Spur in die neuen Bundesländer führte, konnte er nur warten, was ihm die dortigen Kollegen mitteilen würden. Er hatte mit einem Hauptkommissar Nottler telefoniert, der ihm eine schnelle Aufnahme der Ermittlungen zugesichert hatte. Er schien ein recht tatkräftiger Mensch zu sein und hatte Weidner versprochen, noch heute zurückzurufen. Immerhin hatte der Emmendinger bereits in der Akte Oslowsky lesen können. Der Kleinunternehmer hatte vor einigen Jahren illegal in Deutschland lebende Männer beschäftigt und zum branchenüblichen Niedrigstpreis von einem Euro die Stunde entlohnt. Nachgewiesen wurde ihm im Vergleich zur ursprünglichen Annahme der Anklage nur wenig. Es hatte für eine höhere Geldstrafe gereicht. Dann hatte sich der Unternehmer erfolgreich um einen Auftrag der Stadt Emmendingen beworben und einen Vertrag für die Herrichtung des hinteren Teils des Bahnhofsgeländes erhalten. Das Brachland war planiert und zu einem unbefestigten Parkplatz umgewandelt worden. Vermutlich war Oslowsky der billigste Anbieter gewesen, was für manche Kenner der Materie allein schon verdächtig ist. Seither hatte die Firma nicht mehr für die Stadt gearbeitet, das hatte er von Däschner erfahren. Ob es weitere Gründe dafür gab als nur diejenigen, die er bereits kannte? Er musste das bei der Stadtverwaltung erfragen, vielleicht hatte Deck dabei seine Hände im Spiel.

Das Telefon klingelte. Es war Gerd Kettler. »Wie lange braucht ihr den Scheu noch?«

»Wenn du Glück hast, geht unser Fall gerade auf die Zielgerade. Warum?«

»Wir haben was Größeres und können jeden Kollegen gebrauchen, zumindest für ein oder zwei Tage. Wie hat er sich denn angestellt?«

»Na ja, sehr schweigsam. Wieso fragst du danach? Ihr habt den doch nicht ohne Grund zu uns geschickt. Raus mit der Sprache.«

»Das siehst du richtig. Also das war so: Der Schwager unseres Oberpolizisten ist ein etwas extravaganter Modeschöpfer. Er hat eine teure Rassekatze als Haustier. Wegen eines Einbruchs kam er zur Aussage in die Direktion, in Begleitung seines Vierbeiners. Der ist dann plötzlich von seinem Schoß gesprungen und ins Treppenhaus gelaufen. Dort traf er Scheu. Der ist ein Katzenhasser. Entsprechend rüde sprach er das Rassetierchen an und wollte es rauskicken. Wir hatten an diesem Tag ein Sauwetter. Derweil war das Herrchen seinem Schmusekater hinterhergelaufen und hatte diese Aktion mitbekommen.

Es kam zu einem heftigen Wortwechsel zwischen Scheu und ihm und schon lief der Modefuzzi zur Lokalredaktion. Die Zeitung druckte die Geschichte ab, der Oberpolizist war begeistert von der positiven Publicity und rüffelte Scheu richtig, richtig heftig. Da kam eure Anfrage gerade recht, um eine räumliche Distanz zu schaffen. Aber eigentlich müsste er als Katzenhasser ja einen Stein bei dir im Brett haben.«

»Lieber Gerd, da hast du recht. Danke einstweilen. Aber ich muss leider Schluss machen, ich brauche die freie Leitung. Ich melde mich. Tschüss.«

Kaum war der rote Knopf gedrückt, klingelte das Telefon erneut.

»Hier Fritz. Chris, es gibt Neuigkeiten. Frau Deck war am Tattag im Haus und hat noch einmal nach den Erpresserfotos gesucht!«

»Also doch!«, entfuhr es Weidner.

»Kannst du rauskommen, sie will persönlich mit dir sprechen«, wollte sein Assistent wissen.

»Bin schon unterwegs.«

Weidner war irritiert. Sollte er sich geirrt haben? Es war in ihm die Überzeugung gewachsen, dass sie nicht die Mörderin sei. Sollte er doch größere Schwierigkeiten haben, Privates aus dem Dienstlichen herauszuhalten?

Der Fahrer des Geländewagens hatte, so schnell er konnte, das Maisfeld durchquert. Als er etwas in der Nähe rascheln hörte, spürte er allmählich Panik aufsteigen, denn in Maisfeldern trieben sich gerne Wildschweine herum, und die konnten sehr aggressiv werden. Die wären weitaus gefährlicher als die beiden Bullen, die ihn verfolgt hatten. Er hatte vor keinem Menschen Angst, aber nun spürte er seine wackligen Knie. Er rannte etwas langsamer weiter, er wollte nicht wegen seiner Wabbelbeine stürzen. Im Rennen begann er seine Lage zu überdenken. Es war nicht schwer gewesen, den Polizisten zu entwischen. Sie waren jung und unerfahren und hatten nicht damit gerechnet, dass er durch das Toilettenfenster seiner Wohnung abhauen würde. Aber nun, da man ihn mit mehreren Streifen und vielleicht Hunden suchen würde ... Er kam an das Ende des Feldes und schaute sich um. Weder sein Geländewagen noch die Polizeikiste waren zu sehen. Und mit Sicherheit waren die Verfolger ihm nicht ins Maisfeld gefolgt. Also konnten sie nicht sehen, was er nun tun würde. Das war seine Chance! Vor ihm schlängelte sich ein kleiner Bach entlang, gesäumt von Erlen und Büschen. Er musste durch das Wasser waten, da konnten ihn die Hunde nicht riechen. Vielleicht konnte er am anderen Ufer noch eine falsche Fährte legen. Er atmete tief und stieg mit dem rechten Fuß hinein. Es war saukalt, er würde sich die Flossen abfrieren. Schnell durchquerte er den Bach, stieg am anderen Ufer aufs Trockene und schaute sich um. Die Stelle, an der die Bullen wohl auf Verstärkung warteten, war auch von hier aus nicht sichtbar. Er lief einen Kreis auf dem angrenzenden Feld. Der Boden war völlig ausgetrocknet und trug ihn, ohne dass seine Stiefel auffällige Spuren hinterließen. Als er den Kreis geschlossen hatte, lief er vorsichtig zurück zum Bach. Er wusste nicht, ob die Hundeführer diesen Trick schnell durchschauen würden. Ihn hatte es nur eine Minute gekostet, vielleicht würden sie deutlich länger aufgehalten, dann könnte er seinen Vorsprung vergrößern.

Die beiden Polizisten warteten an ihrem Wagen auf Verstärkung und die Spurensicherung. Ein Hubschrauber würde frühestens in einer Stunde da sein. Sie vermuteten, dass der Flüchtige seine Chance genutzt hatte. So kompromisslos, wie er mit seinem Geländewagen davon-

gerast war, würde er seine Flucht fortsetzen. Schlechte Karten für Verfolger. Aber vielleicht wären die Kollegen ja schon zur anderen Seite des Felds unterwegs.
Unterdessen war der Flüchtige einige hundert Meter den Bach entlang gewandert und sah ein Gebäude. Er schaute zurück. Wenn die Bullen nichts riskieren wollten, und so schätzte er sie ein, dann wären sie bei ihrem Fahrzeug geblieben und hätten Verstärkung angefordert. In diesem dünn besiedelten Gebiet würde das dauern. Und von ihrem Fahrzeug aus konnten sie nicht bis zu ihm sehen. Also konnte er ohne übertriebene Eile zu diesem Bauernhof gehen. Dort müsste er ein Fahrzeug organisiert bekommen. Im günstigsten Fall konnte er im Vorbeigehen auch Stiefel und eine trockene Hose mitgehen lassen. Er lief den Weg entlang auf den Hof zu. Niemand schien ihn zu bemerken. Vor allem bellte kein Hund, obwohl der Wind den Geruch des Fremden auf den Hof wehte.
Nun hatte er die Gebäude erreicht. Vorsichtig schaute er um die Ecke. Auf dem Platz zwischen dem Wohnhaus und einer großen Scheune stand ein alter VW Passat. Eine Frau mittleren Alters kam aus dem Haus und trug eine große Kiste in den Händen, die sie in den Kofferraum des Wagens stellte. Dann ging sie zur Scheune. Wollte sie etwa wegfahren? Das träfe sich gut. Aber was sollte er mit ihr machen? Am besten mitnehmen und sie auf einem freien Feld aussetzen. Bis sie sich irgendwo gemeldet hätte, wäre er schon viel weiter. Entschlossen trat er um die Ecke und ging auf die Scheune zu. In diesem Moment kam sie bereits wieder heraus, einen Korb in den Händen. Sie blieb stehen und blickte ihn an. Ihre Haltung verriet ihm, dass er ihr nicht freundlich erschien. Hoffentlich rannte sie nicht schreiend weg.
»Was wollen Sie hier?«, rief sie mit leicht hysterischer Stimme.

»Ich suche Sie!«, rief er zurück.
»Ich kenne Sie nicht«, erwiderte sie, stellte den Korb hektisch ab und machte Anstalten zum Wohnhaus zu laufen.
»Verdammt!«, entfuhr es ihm. Sie rannte los und er versuchte ihr den Weg abzuschneiden. Für seinen Plan hatte sie etwas zu früh Lunte gerochen, denn nun musste er sie einfangen, um an den Autoschlüssel zu kommen. Seine Beine waren schwer nach der eiligen Flucht durch das Maisfeld und durch das kalte Wasser. Er würde kaum mit ihr Schritt halten können. Wenn sie gut zu Fuß wäre, könnte sie ihm davonlaufen. Aber das wusste sie nicht. Vor Angst war sie gestolpert, rappelte sich jedoch schnell wieder auf und erkannte, dass das Haus noch zu weit weg war. Deshalb drehte sie um und lief in die Scheune. Dort packte sie eine Heugabel und stellte sich ihrem Gegner. Er konnte sie nicht einschätzen. Bisher hatte sie nicht geschrien, vielleicht war sie alleine. Dann hatte er Zeit und musste nichts überstürzen.
»Geben Sie mir den Autoschlüssel«, forderte er. Sie schüttelte entschlossen den Kopf. Verdammt, die hat doch keine Chance gegen mich, wieso gibt sie nicht klein bei?, fragte er sich und lies seinen Blick durch die Scheune schweifen. Zu seiner Überraschung stand noch eine Heugabel am Eingang der Scheune. Das würde seine sein. Nun herrschte Waffengleichheit. Vielleicht wäre sie jetzt vernünftiger.
»Ich will den Autoschlüssel und sonst nichts!«
»Er steckt«, sagte sie mit einer heiseren Stimme.
»Sie kommen mit, dann können Sie mich nicht gleich verpfeifen.« Er versuchte zu grinsen und sie damit einzuschüchtern. Sie stand nur stumm da und schaute sich hektisch um. Er war sehr erfreut über ihre aussichtslose Lage. Plötzlich hielt sie inne, ihr Gesichtsausdruck veränderte sich und sie starrte ihm in die Augen.

»Nein!« Und mit den Worten »Sie tun mir nichts an!« ging sie zum Angriff über.

»Er wirkt nicht wie ein kaltblütiger Killer«, flüsterte Waibel, der froh war, dass sein Vorgesetzter die kleinen Provokationen von Oslowsky so gut weggesteckt hatte. War Nottler am Ende unsicher geworden? Waibel bekam die Antwort sofort.
»Richtig, aber er hat Dreck am Stecken. Das Thema illegale Beschäftigung von Ausländern scheint ihn seit seiner letzten Verurteilung nicht losgelassen zu haben.« Nottler schaute sich nach der Toilettentür um, hinter der Oslowsky verschwunden war.
»Philip, schau schnell nach Waffen in der Schublade. Es wäre mir wohler, wenn ich diesbezüglich Sicherheit hätte«, wies der Hauptkommissar seinen Assistenten an. Waibel stand sofort auf, denn der Gedanke an eine brenzlige Situation war auch ihm unangenehm, und durchsuchte die Schublade schnell, aber gründlich. Er fand nichts. Er hatte sich gerade wieder hingesetzt und wollte seinem Chef das Wort Entwarnung zuflüstern, als man die Wasserspülung hörte und die Toilettentür entriegelt wurde. Oslowsky kam mit finsterer Miene in sein Büro zurück.
»Sie haben mich gerade behandelt wie einen kaltblütigen Killer. Ich werde das mit meinem Anwalt besprechen. Und überhaupt muss ich nicht aussagen ohne meinen Anwalt.«
Nottler setzte für zwei Sekunden ein Grinsen auf, das Waibel als herablassend empfand. Als Oslowsky wieder auf seinem Platz saß und den Hauptkommissar anblickte, hatte der zu einem neutralen Gesichtsausdruck zurückgefunden. Seine Stimme war sachlich, als er sagte: »Natürlich können Sie von diesem Recht Gebrauch machen. Aber je nachdem, wie die Sache liegt, wird es durch Ihr

Schweigen nicht besser. Ihr Mitarbeiter und gleichzeitig Ihre rechte Hand, Herr Heinz Kumpf, ist für uns auch kein unbeschriebenes Blatt, und ...«
»Für dessen Taten bin ich aber nicht verantwortlich!«, unterbrach Oslowsky den Kommissar.
Nun wurde Nottler lauter, denn sich unterbrechen zu lassen, war in dieser Situation nicht nach seinem Geschmack. Jetzt war er am Reden! Er neigte sich in Oslowskys Richtung und dieser reagierte wie beim ersten Mal: Er wich um einige Zentimeter zurück. Manchmal fragte sich Waibel, ob sich sein Chef bewusst dieser Körpersprache bediente, und ob es nicht schlau wäre, sie sich auch anzueignen. Im Moment bewunderte er Nottler, wie dieser den Verdächtigen damit unter Druck setzte.
»Aber als Mitwisser oder Anstifter drinhängen, ist auch nicht ohne. Wenn der Kumpf wegen Ihres Schweigens nicht gefasst wird und Unsinn macht, dann wird Sie ein Richter nicht mit mildernden Umständen durchlassen. Zum Beispiel, weil Sie als treu sorgender Arbeitgeber Ihre marode Firma durchbringen wollten, um die legalen Mitarbeiter nicht entlassen zu müssen. Ich glaube, wir verstehen uns.«
Oslowsky verstand die Anspielung auf sein letztes Strafverfahren nur zu gut. Er fühlte die Zornesröte in seinem Gesicht hochsteigen, aber er beherrschte sich und schwieg. Waibel war froh, dass er vor wenigen Minuten in die Schublade geschaut hatte.
»Ich denke, wir gehen jetzt zusammen aufs Revier!«, kommentierte Nottler das Schweigen des Beschuldigten und stand auf. Er schaute auf Oslowsky herab.
»Sie bekommen Handschellen für die Fahrt, da gehe ich kein Risiko ein.«
»Sie können mich nicht einfach festnehmen!«, schrie Oslowsky. »Ich habe ein Alibi!«

»Aber Ihr Auto hat keins. Es wurde am Tattag und zur Tatzeit in Emmendingen gesehen!«, schrie Nottler zurück. Waibel bemerkte bei solchen Gelegenheiten, dass sein Vorgesetzter zu Zeiten der DDR sozialisiert worden war. Wenn Oslowsky nun nicht mitkommen würde, könnten sich leicht Handgreiflichkeiten entwickeln. Er hatte keine Lust, diese dann im Nachhinein durch einen beschönigenden Bericht rechtfertigen zu müssen. Deshalb brachte er sich nun mit betont ruhiger Stimme in den Konflikt ein.

Weidner war ziemlich aufgeregt, als er vom Parkplatz des Uniklinikums endlich Richtung Krankenstation laufen konnte. Mehrfach war er im Kreis gefahren, um einen Abstellplatz für sein Auto zu finden. Außerhalb der ausgewiesenen Parkplätze war nicht daran zu denken, schließlich konnte er nicht die Anfahrtswege für Einsatzfahrzeuge blockieren oder sich auf den Radweg stellen. Es gab in Emmendingen Autofahrer, die über mangelnden Parkraum klagten. Die sollten einmal in der nahen Großstadt auf Suche gehen. Nun gut, es bestand keine Gefahr in Verzug, Fritz war ja da.
Die Treppe im Gebäude ging Weidner bewusst langsam nach oben. Er wollte nicht außer Atem im Krankenzimmer ankommen und dadurch Aufgeregtheit in die Vernehmung bringen. Die Sache war in diesem Stadium schon aufregend genug. Gemessenen Schrittes ging er den Gang entlang, als der Stationsarzt aus einem Zimmer trat.
»Ach wie schön, dass Sie kommen«, flötete er mit affektierter Stimme, noch bevor Weidner ihn begrüßen konnte. Und schon ging es weiter. »Dann können Sie die Sache ja nun selbst in die Hand nehmen.« Der Weißkittel wirkte richtig aufgebracht. »Falls Sie Ihren Mitarbeiter suchen, er wird sicher gleich wieder hier sein.« Irgend-

etwas Größeres musste vorgefallen sein. »Sie können ihn gleich mitnehmen!«
Weidner schwante Schlimmes, auch wenn er nicht den Hauch einer Ahnung hatte, in welche Richtung er mutmaßen sollte.
»Er wird hier ja sowieso nicht mehr gebraucht!«
»Könnten Sie mir das erklä...«
»So ein Chaos zu veranstalten, dieser Tölpel!«
Eigentlich war Peter Fritz ein zuverlässiger Mitarbeiter und nicht als Chaot bekannt. Es war eher Jens Armbruster, der gelegentlich ein Fettnäpfchen fand, vor allem im Zusammenhang mit dem anderen Geschlecht.
»Wenn ich meine Arbeit so dilettantisch machen würde, dann wäre ich schon lange in die Geriatrie versetzt worden!«
»Ich verstehe leider immer noch nicht.«
»Wie soll ich das meinem Chef erklären. Wenn der schlechte Laune hat, dann faltet der mich zusammen!« Erst jetzt bemerkte der Hauptkommissar die roten Flecken im Gesicht seines Gegenübers. Und er ahnte, dass dieser Vorfall auch in Emmendingen ein Chefgespräch nach sich ziehen könnte. »Dann gibt es einen Eintrag in die Personalakte, verstehen Sie?!«
Ein flaues Gefühl bemächtigte sich des Polizisten. Personalakten waren ihm ein Begriff.
»Karriereknick wegen eines depperten Polizisten!« Gerade als sich Weidner entschlossen hatte, dem Stationsarzt gegenüber deutlicher aufzutreten, sah er eine Bewegung am anderen Ende des Ganges. Eine männliche Person trat aus einer Tür, gekleidet mit dem hier üblichen weißen Kittel, allerdings ohne Beinkleid und Schuhe. Der Mann mit den nackten Unterschenkeln schaute in seine Richtung und blieb stehen. Weidners Augen weiteten sich. Er war sprachlos.

»Da ist er ja, dieser Ausbund an Professionalität!«, höhnte der Stationsarzt. »Ich gehe jetzt lieber, sonst werde ich noch ausfällig!« Und weg war er.
Die beiden Ermittler standen sich für Sekunden regungslos gegenüber, der eine weiterhin verblüfft, der andere deutlich betroffen. Und beide sahen nicht die neugierigen Blicke zweier Pflegerinnen, die die Szene aus dem Türrahmen des Schwesternzimmers heraus beobachteten. Weidner fasste sich als erster und ging auf seinen Assistenten zu. Der schien im Boden versinken zu wollen. Schließlich rang er sich ein leises »Das ist mir ja so peinlich« ab.
»Wie siehst du denn aus?«, wollte der Hauptkommissar wissen.
»Es ist mir ja so peinlich.« Fritz war auffallend blass.
»Wie kommst du denn in diese Kleider?«, wollte Weidner nun wissen und zeigte mit einer großen Geste auf den Kittel. Plötzlich vernahm er ein Prusten und Kichern hinter sich. Er hatte sich noch nicht ganz umgedreht, da schlug die Tür des Schwesternzimmers zu.
»Wieso lachen die beiden?«
»Ich habe mir meinen Anzug versaut.«
»Und warum ist das so peinlich? Hab ich auch schon mal.« Fritz wand sich wie ein Aal, es musste etwas absolut Krasses passiert sein.
»Aber sicher nicht so, ich meine, so blödsinnig.«
»Dann red halt mal!« Auch Weidners Geduld war erschöpflich.
Fritz wrang die Hände und beugte sich zuerst nach rechts und dann nach links.
»Es war der Inhalt einer Bettpfanne!«, flüsterte er und schaute auf den Boden.
»Wie das?«, fragte sein Vorgesetzter ungläubig.
»Ich bin mit der Pflegerin zusammengestoßen, die das Ding zur Toilette trug.«

»Hat die nicht aufgepasst?«
Tiefes Einatmen, dann tiefes Ausatmen: »Sie schon!«
»Und warum hast du sie nicht gesehen?«
Fritz schaute auf wie ein ungezogener Zehnjähriger, der seinem strengen Papa beichten sollte, dass er einen Kratzer in Vaters heiliges Blechle gemacht hatte.
»Ich habe der anderen nachgeschaut.«
Da sein Vorgesetzter immer noch sehr fragend blickte, schob Peter Fritz das entscheidende Detail nach: »Die ist dermaßen attraktiv.«
Tiefes Einatmen, dann tiefes Ausatmen. Aber dieses Mal war es Weidner. »Du willst also sagen, während du der attraktiven Pflegerin nachgeschaut hast, hast du die mit der Bettpfanne übersehen?«
Fritz hielt den Kopf tief gesenkt und nickte mehrfach leicht. Weidner zauste sich nun die Haare. Die Frage nach dem Inhalt der Bettpfanne und dem Verschmutzungsgrad der Kleidungsstücke stellte der Hauptkommissar ohne Ironie oder Sarkasmus. Er bekam gesagt, dass die Stationsoberschwester die aus dem Gefäß entwichene Flüssigkeit als bakteriell weitestgehend unbedenklich eingestuft hatte, relativ gesehen. Der ausscheidende Patient sei diesbezüglich gesund. Die festen Bestandteile hatten die Pfanne ohnehin nicht verlassen.
»Egal, wir gehen jetzt rein und reden mit Frau Deck!« Der Hauptkommissar wollte dieses unerfreuliche Ereignis fürs Erste abhaken und wieder zum eigentlichen Grund seines Besuchs kommen. Hatte der leitende Fahnder geglaubt, nun würde zumindest für einige Zeit wieder Routine einkehren, so sah er sich angesichts des leeren Bettes und der offenstehenden Nasszelle schnell eines Besseren belehrt. Frau Deck war nicht im Raum. Sekunden später klopfte er am Schwesternzimmer und trat ein, noch bevor er eine Reaktion gehört hatte. Dem Aussehen

nach war die rechts stehende bestimmt der ursächliche Grund für Fritz' Panne. Sofort nahm Weidner ihre erotische Ausstrahlung wahr. Aber dann war es auch schon vorüber. Den beiden jungen Damen gefror das Lachen, als Weidner plötzlich mit grimmigem Gesichtsausdruck vor ihnen stand. Wenige Sekunden später hatte der Hauptkommissar Gewissheit: Frau Deck war nicht mehr auf der Station! Sie hatte die chaotische Situation wohl sofort als Einladung zur Flucht interpretiert, auch wenn sie das ursprünglich nicht vorgehabt hatte! Um seinen geschockten Assistenten zu bedauern, hatte der Hauptkommissar keine Zeit. Es musste sofort gesucht werden! Dazu war leider auch der ungnädige Weißkittel notwendig, denn als diensthabender Arzt musste er ein medizinisches Statement über ihren aktuellen Zustand abgeben. Mit der verschärften Sachlage konfrontiert, nahm dessen Gesicht immer mehr die Farbe seines Kittels an. Er deckte die Augen sekundenlang mit der linken Hand ab, während er heftig schnaufte.

»Beruhigungsmittel, eher starke Dosierung. Urteilsfähigkeit vorhanden, Verkehrstauglichkeit deutlich eingeschränkt.«

Seine Hand gab die Augen frei, aber sein Blick war noch immer auf den Boden gerichtet. Weidner wollte gerade »Das war's?« fragen, als der Arzt seine Ausführungen ergänzte: »Wenn sie die Tabletten wie verordnet eingenommen hat, dann hält die Wirkung noch eine Stunde voll an, um dann innerhalb von zwei weiteren Stunden ganz auf Null zu gehen. In Verbindung mit ihrem sonstigen Zustand kein gutes Gemisch.« Und nach zwei Sekunden setzte er hinzu: »Schauen Sie, dass Sie Frau Deck heil festnehmen.«

»Wo könnte sie sich im Krankenhaus verstecken? Und was müssen Sie als Krankenhaus in solchen Fällen tun?«, wollte Weidner vom Stationsarzt wissen.

Der Arzt riss die Augen auf. Nach einer Schrecksekunde rief er entgeistert »Ach so, die Hausfahndung!« und huschte ins Schwesternzimmer. Kurz darauf sausten die beiden Damen aus dem Raum und überprüften im Eilschritt die verschiedenen Räume der Station. Vergeblich. Die Patientin konnte damit offiziell als aus ihrer Obhut entwichen eingestuft werden. Daraus resultierte ein Adrenalinstoß, den man der Stationsmannschaft deutlich ansah. Welchen Eindruck er selbst in dem Moment machte, wollte Weidner gar nicht wissen.

»Zieh Schuhe und Mantel an und komm!«, befahl der Hauptkommissar seinem Assistenten. Es folgte der nächste Schreck. »Der Mantel ist weg!« meldete ein entsetzter Fritz, um dann noch hinzuzufügen: »Mein Ausweis war drin.«

»Vielleicht auch noch die Pistole?«, fuhr Weidner ihn an.

»Natürlich nicht!«, war die entsetzte Antwort.

Der leitende Ermittler atmete auf. Wenigstens der Super-GAU war vermieden. Weidner verabschiedete sich von dem gleichzeitig verängstigten und wütenden Stationsarzt. Dann stürmte er die Treppe hinunter. Fritz folgte ihm. Nachdem der Hauptkommissar die Freiburger Kollegen mit den Daten für die Fahndung versorgt hatte, stand eine Entscheidung an. Sollten er und Fritz, Letzterer mit dem von ihm geliehenen Mantel, dem weißen Kittel darunter, nackten Beinen und leicht feuchten Schuhen, zusammen auf dem Klinikgelände suchen? Ja!

Weidner und Fritz liefen durch den großen Innenhof der Uniklinik. Wenn Frau Deck ein normales Verhalten an den Tag legte, dann würde sie von niemandem bemerkt werden. Das bedeutete, dass sie durch die hausinterne Fahndung - was immer das bedeutete - nicht entdeckt werden würde. Wenn sie zielstrebig geflüchtet war, dann hatte sie das Gelände sowieso bereits verlassen. Wenn sie mangels Ortskenntnissen oder wegen blanker Nerven noch hier herumlief, dann bestand eine Chance, sie schnell zu fassen. Als kaltblütig schätzte Weidner sie nicht ein, aber immerhin hatte sie die Möglichkeit einer Flucht sofort erkannt und genutzt. Warum eigentlich? Es war noch gar keine Zeit gewesen, die Gründe mit Fritz durchzusprechen. Ungefähr eine halbe Stunde vor ihrer Flucht hatte sie eine Aussage gemacht, die man sehr zu ihren Ungunsten interpretieren könnte. Der Hauptkommissar hoffte, dass ihre Flucht nicht zu negativen Folgen führte, weder für sie noch für ihn oder seinen Assistenten.

Während Weidner seinen Part einigermaßen unauffällig spielte, sorgte sein auffällig gekleideter Assistent für Aufsehen. Fritz stand nach seinem überaus peinlichen Fehler augenscheinlich unter gehörigem Druck. Seine Bewegungen waren hektisch. Eine Reihe von spazierenden Patienten und Passanten schauten ihm nach, wie er ständig nach rechts und links schauend, nacktbeinig durch den parkähnlichen Innenhof eilte. Aber sie liefen in verschiedene Richtungen, und so verlor ihn Weidner aus den Augen. Als Treffpunkt hatten sie den Friedrich-Ebert-Platz ausgemacht, vielleicht wartete Frau Deck dort auf eine Straßenbahn. Weidner wollte Fritz an der Haltestelle mit dem Wagen abholen.

Gerade als er sein Fahrzeug gegenüber der Augenklinik erreicht hatte, summte sein Handy.

»Guten Tag, Herr Hauptkommissar, hier Hauptwachtmeister Bodo Olbricht, Fahrer einer Streife. Wir haben eine verdächtige Person, die mit Ihnen reden möchte.«

»Vielen Dank für Ihre Hilfe!« Weidner zwinkerte dem Streifenpolizisten Olbricht zu.

»Gerne«, antwortete dieser und grüßte grinsend. Dann schloss er die Tür des Streifenwagens und fuhr davon.

Nun gab es für Weidner kein Halten mehr. Zuerst prustete er, dann musste er laut loslachen. Schließlich klopfte er seinem Assistenten auf die Schulter.
»Du armer Lurch, ich hoffe du kannst in einigen Monaten auch darüber lachen!«
Doch derzeit war Fritz noch weit davon entfernt.
»Soll ich mit dir weitersuchen oder riskiere ich dann eine erneute Festnahme?«
»Solange du bei mir bleibst, kann ich dich Kraft Amtes und Ausweises schützen. Aber beruhig dich und halte dich ein bisschen im Hintergrund!«
»Hallöchen«, und nochmal »Hallöchen.« Weidner fuhr herum. Die beiden hatten ihm gerade noch gefehlt. »Gibt es noch einen Hemdglunkerball?«, fragte die eine mit Blick auf Weidners Assistenten.

»So, Herr Oslowsky«, sagte Nottler und setzte sich auf den Chefsessel in seinem Büro im Polizeipräsidium, »jetzt warte ich auf Ihre Aussage.«
»Ich war nicht in Emmendingen und ich habe diesen Mann auch nicht umgebracht.«
»Und Sie glauben also immer noch, den Namen Deck nicht zu kennen?«
»Nun, er ist nicht so besonders, dass man ihn sich merken müsste oder er automatisch im Gedächtnis bleibt.«
»Aber wenn man erst vor Kurzem mit diesem Menschen in einer sicher nicht ganz alltäglichen Angelegenheit telefoniert hat, dann sollte man sich auf sein Gedächtnis verlassen können.«
»Ich habe aber nicht mit ihm telefoniert.«
Waibel beobachtete nun seinen Chef. Würde er noch einen Satz in Ruhe aussprechen oder würde ihm bald der Kragen platzen? Die Gesichtsfarbe legte das Letztere nahe.
»Ich erzähle Ihnen gleich, was mit dem letzten Beschul-

digten passiert ist, der sich so uneinsichtig zeigte wie Sie!«, polterte der Kommissar los. »Ihre Geschäftsnummer war im Notizbuch des Toten notiert, und zwar am Tag vor seinem Tod. Deck hat die Nummer angerufen, das hat uns der Provider mitgeteilt. Es ist bekannt, dass er Ihre Firma nicht mochte, das gibt es schwarz auf weiß. Außerdem befand sich im DVD-Player von Herrn Deck eine Disk mit Aufnahmen der Baumaßnahme auf dem hinteren Bahnhofsareal, die Ihre Firma vor einigen Jahren in Emmendingen ausgeführt hat. Und alles passiert zufällig, direkt nachdem auf eben diesem Gelände eine fast verweste Männerleiche ausgegraben wurde. Und zum ungefähren Tatzeitpunkt steht Ihr Firmenwagen zufällig ganz in der Nähe von Herrn Decks Haus. Alles Zufall, zweifellos alles Zufall. Wie kann der Herr Nottler nur so kleinlich und spitzfindig sein? Da wird ihm der Herr Staatsanwalt aber die Ohren für lang ziehen, oder?«

Nottler machte eine Atempause, sodass es für drei Sekunden in dem Raum fast still war. Aber der Kommissar war noch nicht am Ende seines Monologes. »Wissen Sie, was ich tun würde, wenn ich der Staatsanwalt wäre? Ich würde dafür plädieren, dass Sie eine Weile gesiebte Luft zum Atmen haben.«

Waibel war diese Äußerung zu weitgehend. Es war nicht ihre Aufgabe, die Position der Staatsanwaltschaft einzunehmen. Hoffentlich machte sein Chef damit Schluss. Der aber wollte seine versprochene Information noch loswerden.

»Wie angekündigt, nun die heutige Situation eines Mannes, der wie Sie wider besseren Wissens und entgegen dem gesunden Menschenverstand und der Beweislage handelte. Der sitzt nun bei maximalem Strafmaß. Fünfzehn Jahre. Bei guter Kooperationsfähigkeit wäre er mit der Hälfte davongekommen. Aber jedem, wie er es wünscht.

Es gibt auch Menschen, denen gefällt es im Knast. Tägliche Rundumversorgung. So wie damals in der DDR. Keine Rechnungen im Briefkasten, keine keifende Ehefrau, keine nörgelnden Kinder.«

Oslowsky kochte, das sah ihm Waibel an. Aber er ließ sich nicht von Nottler provozieren, weder zu einem Wutausbruch, noch zu einer Tätlichkeit, noch zu einer Aussage.

Der Kommissar erhob sich, lief um seinen Stuhl und schob ihn unter den Tisch.

»So, Sie können nun wieder in Ihre Zelle. Ich habe keine Lust, meine Zeit zu verschwenden.« Er zog sein Jackett an und schaute Waibel an.

»Den Feierabend haben wir uns verdient. Ich lade zu einem Bier in der Kneipe um die Ecke ein.«

Die beiden Fahnder saßen noch einige Minuten in Weidners Fahrzeug, in der Nähe des alten Haupteingangs zum Innenhof und besprachen die Situation. Was hatte Frau Deck eigentlich sagen wollen? Oder schon gesagt? Fritz konnte nur wenig berichten. Sie war im Haus gewesen! Aber sie wollte mit den Details warten, bis Weidner anwesend sein würde. Also konnte nur spekuliert werden. Waren es Informationen, die sie selbst belasteten?

Aus der Zentrale gab es diesbezüglich auch keine neuen Nachrichten. Wenn sie planvoll handelte, wo ginge sie dann hin? Vielleicht in ihre Wohnung, vielleicht zu ihrem Kind? Sich ein paar Dinge für eine Flucht besorgen, sich ihr Kind bringen lassen, um sich von ihm zu verabschieden? Oder war sie suizidgefährdet? Der Hauptkommissar bat die Freiburger Kollegen, ihre Wohnung beschatten zu lassen. Wo war das Kind? Bei der Großmutter, in der eigenen Wohnung, bei einer Freundin? Sie baten die Zentrale um die Adresse der Mutter. Es war ein Reihenhaus in Denzlingen.

Fritz fuhr, Weidner hielt die Verbindung. Sie wollten den Hauptfriedhof passieren und die vierspurige Ausfallstraße nach Norden erreichen. Aber bereits am Friedrich-Ebert-Platz, der nächsten Straßenbahnhaltestelle vom Haupteingang der Uniklinik in Richtung Innenstadt, trat Fritz heftig auf die Bremse. Der überraschte Weidner, noch nicht angegurtet, konnte ein Zusammentreffen seines Kopfes mit der Windschutzscheibe nicht vermeiden.

»Au, was soll denn das?«

»Schau, dort drüben, hinter der Straßenbahn!«

Weidner drehte seinen summenden Kopf in die angegebene Richtung – gerade noch rechtzeitig, um eine blonde Frau im grauen Mantel zu sehen, die als Letzte in das offene Schienenfahrzeug einstieg. Sie hatte kurz in ihre Richtung geschaut und dann ruckartig den Kopf nach vorne zur Straßenbahntür gerichtet.

»Das könnte sie gewesen sein!«, stellte Fritz fest.

»Wo fährt die Bahn hin?«, wollte Weidner wissen.

»Hauptbahnhof, dann Innenstadt!« Fritz sprach sehr laut und aufgeregt.

»Hinterher!« Weidners Entschluss konnte aber nicht sofort in die Tat umgesetzt werden. Vor ihnen blockierten zwei Fahrzeuge die Abbiegespur, und da sprang die Ampel auch schon auf Rot.

»Scheiße!!« Fritz schlug mit beiden Fäusten auf das Lenkrad.

»Soll ich losfahren?«, erkundigte er sich dann bei seinem Vorgesetzten.

»Bloß nicht! Du hast heute schon einen Bock geschossen, das reicht. Warte, bis das Blaulicht auf dem Dach sitzt.«

Die Straßenbahn war bereits an der nächsten Kreuzung in die Breisacher Straße eingebogen, als die Ampel endlich grün wurde und Fritz mit einem Kavalierstart losfuhr und die beiden anderen Fahrzeuge überholte. Aber schon nach wenigen Metern, er hatte gerade im zweiten Gang die viertausend Motorumdrehungen geschafft, musste er erneut abbremsen. Die nächste Ampel war wieder rot, eine in Richtung Friedhof fahrende Straßenbahn kreuzte ihre Fahrbahn.

»Ich hab's gleich«, versuchte Weidner seinen Kollegen zu beruhigen.

Fritz versuchte, seine Ungeduld durch lautes Fluchen zu besänftigen, was seinen Beifahrer sowohl nervte als auch amüsierte. Es war seinem Assistenten offensichtlich außerordentlich wichtig, die Scharte von vorhin wieder auszuwetzen. Endlich saß das Licht auf dem Dach. Dann ging es weiter. Fritz ließ den Motor aufheulen, was Weidner zu einem tiefen Seufzer bewegte. Hoffentlich hatte der Fahrer genügend Ruhe, das Fahrzeug sicher zu führen. Die Straßenbahn war bereits um die nächste Kurve in die Fehrenbachallee eingebogen. Als sei dies nicht genug, blockierten weiß-rot gestreifte Absperrungen die Abbiegespur. Die Baustelle für die neue Stadtbahnlinie war, nach monatelangen Verkehrsbehinderungen, vor wenigen Tagen aufgehoben, aber nun für die Markierungsarbeiten kurzfristig wieder errichtet worden.

»Steig aus und mach die Absperrung weg«, forderte Fritz seinen Vorgesetzten auf, Weidner schnaufte. Der Alte würde die Übertretung der Dienstvorschriften ja nicht mitbekommen. Also rannte er aus dem Auto, wobei er am Kabel des Blaulichts hängenblieb und es ausriss. »Scheiße!« Weidner schlug mit beiden Fäusten auf das Wagendach und warf das nutzlose Teil ins Fahrzeuginnere. Nun verschob er die Barriere so, dass man hindurchfahren konnte. Während Fritz nicht verstand, warum Weidner keinen sofortigen Spurt an das andere Ende der Baustelle hinlegte, stellte dieser die Absperrung wieder an ihren Platz. Nur keinen gefährlichen Eingriff in den Straßenverkehr! Während immer mehr Passagiere in der Tram den beiden hektischen Männern zuschauten, beschleunigte der Fahrer und das Schienenfahrzeug entfernte sich schnell. Immerhin konnten die beiden Ermittler so schauen, ob Frau Deck aus der Straßenbahn ausgestiegen war. Aber sie war nicht zu sehen. Als die Barriere auf der anderen Seite der Baustelle klemmte, fluchte Weidner wie ein Fuhrknecht. Schließlich hatte das Auto die Baustelle erfolgreich verlassen und Weidner konnte wieder einsteigen. Kopfschüttelnd schauten einige Passanten dem Fahrzeug mit Emmendinger Nummer nach, das mit quietschenden Reifen und zügig bis weit jenseits der erlaubten Geschwindigkeit beschleunigte.

»Vielleicht hat sie uns gar nicht gesehen und sitzt ahnungslos da drin!«, versuchte Fritz das Motorengeräusch zu überschreien. Weidner grinste über seinen rührigen Assistenten.

Der rasende Fritz fuhr bei Blutorange über die Kreuzung mit der Lehener Straße. Ungefähr dreihundert Meter weiter hielt das Schienenfahrzeug an und öffnete seine Türen. Die Ampel an der Haltestelle zeigte Rot, um der Straßenbahn freie Bahn für das Abbiegen Richtung Innenstadt zu gewähren. Weidner gab eine Anweisung an den Kollegen. Fritz bremste stark ab und schaute konzentriert nach vorne. Als die letzten Fußgänger die Straße überquert hatten, bog er wenige Meter weiter kurzerhand nach rechts ab. Auf den Schienen kamen sie zum Stehen. Der Straßenbahnfahrer ließ seine Klingel ertönen und das gerade angefahrene Schienenfahrzeug demonstrativ knapp vor den blockierenden Pkw rollen; er ruderte wild mit seinen Armen. Seinem zornigen Gesichtsausdruck nach, dürfte es sich bei seiner Wortwahl nicht um Hochsprache gehandelt haben.

In der Einsatzzentrale der Polizei klingelte das Telefon. Ruhig nahm die diensttuende Person den Hörer ab. Am anderen Ende der Leitung war es weniger ruhig. Eine äußerst aufgeregte, fast schrille Stimme ertönte aus dem Lautsprecher.

»Schicken Streife zu Rathaus! Sofort!! Entführung!«

»Wer sind Sie?«

»Schicken Streife zu Rathaus! Sofort!! Entführung!«

»Ich muss zuerst wissen, wer spricht.«

»Ah so. Ömer Öztürk, ich Ömer Öztürk, Türkei!«

»Welches Rathaus?«

»Nicht Zentrum, Baustelle!«

»Sie meinen das Technische Rathaus?«

»Früher Rathaus mit eine Stock, nicht Zentrum!«

»Verstanden. Erzählen Sie. Was haben Sie gesehen?«

»Auto Straba anhalte, Mann aussteige, hat Pistole!«

»Pistole?!«

»Pistole Fahrer zeige, Tür aufmache, in Straba reingehe!«

»Weiter!«

»Andere Mann in Auto bleibe, Mann in Straba jemand suche!«

»Herr Öztürk, ist nur ein Mann in der Straßenbahn?«

»Nur eine Mann.«

»Können Sie das Auto erkennen? Was ist es für ein Auto.«

»Nix Golf! Nix Porsch, nix Benz! Nummer nix Freiburg!«

»Bleiben Sie noch dran, ich schicke einen Streifenwagen!«

Bereits zwei Minuten später traf die erste Streife ein. Sie raste von der Uniklinik kommend die Fehrenbachallee entlang. Von Weitem sahen die Polizisten, dass sich die Straßenbahn Richtung Innenstadt in Bewegung setzte. Als das Hinterteil um die Kurve fuhr, wurde die Sicht auf einen Pkw frei, der nicht ganz regelkonform auf den Schienen abgestellt war. Daneben stand ein Mann, der mit einem Handy telefonierte und mit dem freien Arm in

der Luft wedelte. Nach Entführung sah das nicht aus. Als sie dem verdächtigen Fahrzeug nahe gekommen waren, erkannten sie ein Emmendinger Kennzeichen.
Die Streifenpolizisten konnten sich eines Schmunzelns nicht erwehren, standen sie doch wieder ihrem unpassend gekleideten Kollegen und dessen Vorgesetzten aus der nördlich gelegenen Großen Kreisstadt gegenüber. Nachdem die Wagenbesatzung Entwarnung an die Zentrale gefunkt hatte und sich die Details schildern ließ, erfolgte umgehend ein Rückruf. Der Freiburger Polizeipräsident persönlich wollte sich nach den unkonventionellen Methoden der Kollegen aus Emmendingen erkundigen.
»Vielleicht können wir noch etwas von Ihnen lernen«, bemerkte er spitz.
Weidner konnte ihn zumindest insofern beruhigen, als er den Zustand der Flüchtenden als verwirrt oder eventuell suizidgefährdet schilderte und folglich ein resolutes Eingreifen angebracht sei. Dass die Frau in der Straßenbahn zwar eine entfernte Ähnlichkeit mit Frau Deck hatte, aber letztendlich doch nicht selbige war, das musste der Hauptkommissar zu seinem übergroßen Bedauern einräumen. Eine wortreiche Entschuldigung wegen des unkonventionellen Einsatzes folgte. Das ungefähr fünfminütige Gespräch endete damit, dass ein leicht zitternder Daumen die Taste mit dem roten Telefon drückte und eine schweißige Hand das Handy in der Hosentasche verschwinden ließ.
»Alle Achtung, unserem Chef gegenüber haben Sie sich teuer verkauft!«, bemerkte Hauptwachtmeister Olbricht und legte ihm anerkennend die Hand auf die Schulter.
»Hatten Sie die Beule vorhin schon?«, wollte der Streifenpolizist noch wissen.
Nach der erfolgreichen Beschwichtigung des Freiburger Polizeipräsidenten nahmen die beiden Emmendinger ih-

ren ursprünglichen Plan wieder auf. Sie fuhren stadtauswärts gen Denzlingen. Der Tag hatte so erfolgversprechend ausgesehen. Vor gerade einmal 90 Minuten hatte Fritz angerufen und Weidner mitgeteilt, dass Frau Deck eine wichtige Aussage tätigen wolle. Es hatte wie ein halbes Geständnis geklungen. Und nun gleich zwei peinliche Pannen innerhalb einer Stunde. Eigentlich entwickelte man als Kriminalbeamter Mechanismen zur Verdrängung belastender Bilder und Geschehnisse. Jedoch musste Weidner nun die Erfahrung machen, dass diese im Falle eigenen Versagens und eines zu erwartenden Rüffels vom Chef nur bedingt wirkten. Auf jeden Fall versuchte er während der Fahrt nach Denzlingen nicht, eine blonde, gehetzte Frau im grauen Mantel zu entdecken.
Nach einer Viertelstunde erreichten sie die Wohnung von Frau Decks Mutter. Um kein weiteres Aufsehen zu erregen, blieb Fritz im Auto. Weidner stieg aus und klingelte. Nach recht langer Zeit, er hatte bereits das dritte Mal den Knopf gedrückt, wurde im Erdgeschoss neben dem Eingang ein Fenster geöffnet. Eine ältere Frau, dem Gesicht nach eindeutig die Mutter der Gesuchten, fragte den Besucher, was er wolle. Mit leiser Stimme, um etwaigen Mithörern nicht seine Identität zu verraten, stellte er sich vor. Die Frau schaute ihn einige Sekunden an, dann bat sie um Geduld, um sich noch fertig anziehen zu können. Schließlich summte es an der Tür und Weidner trat in das Treppenhaus.

In der Einsatzzentrale der Polizei klingelte das Telefon.
»Allo?«, rief eine weibliche Stimme mit deutlich französischem Akzent.
»Wer sind Sie?«, wollte der Polizist wissen.
»Isch bin Yvette Chantal Schwarzer, Studentin aus Frankreisch!«

»Wo sind Sie gerade?«
»Isch bin in meine Wohnung und schaue auf die Aus gegenüber. Da passiert was!«
»Wo ist das genau? In Denzlingen, schließe ich aus der Vorwahl?«
»Rischtisch, Denzlingen.«
»Wie heißt die Straße und welche Nummer hat das Haus?«
»Kandelstraße 95.«
»Ich habe verstanden. Erzählen Sie. Was haben Sie gesehen?«
»Junge Frau springt von die Balkon, erste Etage. Eine Mann kommt aus eine Auto heraus, das vor die Aus steht. Der Typ hat keine Ose an, olala, das ist eine Sexualdelikt!« Die Stimme stoppt.
»Weiter?!«, forderte sie der Polizist auf.
»Das kann doch nischt wahr sein, oder? Jetzt springt eine zweite Mann von die Balkon! Die beide nehmen die Frau mit in das Auto, das ist eine Entführung, mon dieu, helfen Sie, schnell!«
»Können Sie das Auto erkennen? Was ist es für ein Auto?«
»Isch kenne misch nischt aus mit diese Sachen!«
»Bleiben Sie noch dran, ich schicke einen Streifenwagen!«
Eine Minute später traf die erste Streife ein. Die beiden jungen Polizisten waren gespannt, die Meldung hörte sich nach mehr als Routine an. Vor dem von der Zentrale angegebenen Haus stand ein Fahrzeug mit Emmendinger Nummer. Daneben stand ein Mann, der mit einem Handy telefonierte. Nach Entführung sah hier nichts aus. Der Telefonierende schien den Streifenwagen bemerkt zu haben und gab ein Handzeichen. War etwa in dieser kurzen Zeit bereits eine Zivilstreife eingetroffen? Dann waren sie den Oberbefehl in dieser Aufsehen erregenden Fahndung los, bevor die Sache angefangen hatte.
Als sie hinter dem Emmendinger Fahrzeug zum Stehen

kamen, bemerkten sie, dass in dem Pkw eine blonde Frau saß, die weinte. Und wo war der Entführer?

Der Mann mit dem Handy stellte sich vor und zeigte seinen Dienstausweis. Nachdem er von den Streifenpolizisten die Ursache ihres Kommens erfahren hatte, schaute er zuerst völlig überrascht, aber dann erklärte er mit bestimmtem Ton, was es mit der Entführung auf sich hatte.

»Verbinden Sie mich bitte mit dem Freiburger Polizeipräsidenten«, sagte er kurz darauf mit hochrotem Kopf in das Mikrofon des Polizeifunks.

Als das schwierige Telefonat beendet war, ging es Weidner besser. Der Herr Polizeipräsident gratulierte wegen der erfolgreichen Personenergreifung. Er ließ es ansonsten dabei bewenden, den halbnackten Ermittler aus Emmendingen und seinen Vorgesetzten zu einer Audienz in seinem Büro einzuladen. Korrekt gekleidet! Außerdem wies er den Kollegen Weidner auf die Polizeifastnacht hin, bei der man ja immer über kleine Missgeschicke von anderen froh sei. Der Hauptkommissar hoffte nur, dass der Freiburger Chef seine Meinung nicht ändern würde. Damit war nun Zeit für ein Gespräch mit Frau Deck, die neben ihm auf dem Rücksitz saß.

Weidner wusste nicht, wie er sie ansprechen sollte, er entschied sich dann aber ohne Umschweife nach dem Motiv für ihre Flucht zu fragen. Zuerst starrte sie nur vor sich hin, dann hob sie langsam den Kopf.

»Ich bekam es plötzlich mit der Angst zu tun. Ich bin nun die Hauptverdächtige. Ich sah mich für Jahre im Gefängnis, getrennt von meiner Tochter. Das war ein unerträglicher Gedanke. Ich habe überhaupt nicht nachgedacht, als das Missgeschick auf dem Flur passierte. Ich hatte so etwas wie einen Geistesblitz und sah von einem Moment auf den anderen die Fluchtmöglichkeit ganz klar vor mir. Ich war wie ferngesteuert.«

»Das war ziemlich unüberlegt«, kommentierte Weidner
»Ich war es nicht!«, schrie sie und begann hemmungslos zu heulen.
Da Weidner kein passendes Wort des Trostes einfiel, besann er sich auf seine Ermittlerroutine. Er wartete, bis sie sich endlich beruhigt hatte.
»Frau Deck, Sie haben meinem Assistenten gesagt, dass Sie am Tattag im Rosenweg gewesen waren?« Sie nickte schwach mit dem in die Hände gestützten Kopf. »Erzählen Sie bitte den Ablauf des Tages noch einmal so genau, wie es Ihnen möglich ist.
»Ich habe ihn nicht umgebracht!« Ihre Stimme war nun wieder fester, aber auch ein wenig flehend.
»Das habe ich auch nicht behauptet. Aber das Protokoll muss gemacht werden. Auch Ihre Unschuld muss bewiesen werden. Wenn Sie nun nicht den nächsten Schritt machen, dann sitzen Sie in der Klemme. Vielleicht haben Sie ein Detail für uns, das uns anderswo weiterhilft. Ihre Flucht war nicht gerade ein Pluspunkt, ich denke, das ist Ihnen klar. Aber Sie sind nicht die einzige Verdächtige.« Sie schaute ihn mit großen Augen an. Auch Fritz schaute überrascht, schließlich war er von Weidner noch nicht über den neusten Stand informiert worden. »Sie haben richtig gehört, Frau Deck, es gibt noch andere Verdächtige. Auch mein Assistent weiß noch nichts von den neusten Entwicklungen. Aber nun will ich zuerst Ihren Bericht hören.«
»Wenn ich alles zu Protokoll gegeben habe, darf ich dann zu meiner Tochter?« Die Spannung in ihrem tränennassen Gesicht entlud sich in Zuckungen. Die Vorfreude und die Angst vor einer enttäuschenden Antwort des Kommissars rissen sie schier auseinander.
»Wenn sich der Tatverdacht aus der Welt schaffen lässt, dann können Sie natürlich gehen. Aber ob das schon in

einer Stunde sein wird, da bin ich im Moment skeptisch. Tut mir leid, Frau Deck. Aber fangen Sie nun mit Ihrem Bericht an.«

Während Theofil Holzer aus seinem Gedächtnis heraus Namen und Adressen auf ein Blatt Papier kritzelte, begann sich das Café zu füllen. Er bemerkte, wie sich seine Anspannung wieder verstärkte, ein unangenehmes Gefühl. Keine Gefahr, sagte ihm sein Verstand, aber seine Unruhe wuchs trotzdem. Er steckte das fast leere Papier genervt ein und wollte sich erheben, da erschrak er plötzlich.
»Guten Tag!« Er drehte ruckartig seinen Kopf nach links, in Richtung der Stimme mit dem unfreundlichen Ton. Eine vorgestreckte Hand hielt ihm einen Dienstausweis vor die Nase. Noch bevor er sich richtig sortiert hatte, und das ging bei ihm in solchen Situationen schnell, standen mehrere der vor Kurzem eingetretenen Gäste auf und schauten ihn an.
»Stopp!« Der Anführer hatte wieder das Wort ergriffen. »Die Hände bleiben auf dem Tisch! Sind sie Theophil Holzer?« Die unfreundliche Stimme war nun kalt wie Eis und scharf wie eine Rasierklinge. Theofil sackte zusammen. Er wusste, dass er einem kompromisslosen Profi gegenübersaß. »Haben Sie die Frage verstanden?«, durchschnitt die Stimme die im Café eingetretene, angespannte Stille. Er hatte keine Chance. Einen Moment wurde ihm schwarz vor den Augen. Er atmete zwei Mal tief durch. »Wir kontrollieren Ihre Taschen, die Hände bleiben auf dem Tisch! Sie sehen, dass wir mehrere sind. Sie haben keine Chance zu fliehen!«
Theophil ließ sich abtasten.
»Wie haben Sie mich gefunden?«, wollte er von dem Eisklotz wissen.

»Betriebsgeheimnis.«
Dann kam ihm die Erkenntnis.
»Dieses Schwein!« presste er hervor und dachte an Darko. Den mach ich alle!, ging es durch seinen Kopf und er wollte es herausschreien, aber ein Klicken irritierte ihn. Eine Handschelle war zugeschnappt.

»Also ich hatte Ihnen schon berichtet, dass ich die Bilder wollte. Er sollte mein Leben nicht durch diese Erpressung ruinieren. Am Aschermittwoch startete ich einen erneuten Versuch. Ich hatte mir zu Hause eine Liste von möglichen Verstecken gemacht, die wollte ich an diesem Morgen durchsuchen. Ich hoffte, dass er sich nach Fastnacht keinen blauen Tag gönnen würde, sondern die Gelegenheit nutzte, um den fleißigen Mitarbeiter heraushängen zu lassen. Ich war schon früh am Haus. Sein Geländewagen war aber bereits weg. Ich wunderte mich, weshalb ich noch einmal durch die angrenzenden Straßen lief, um zu schauen, ob er irgendwo anders geparkt hatte. Als ich das Fahrzeug nicht finden konnte, ging ich davon aus, dass er an diesem Mittwoch eben früher als üblich zur Arbeit gefahren sei. Ich klingelte. Nichts. Ich hatte freie Bahn, öffnete mit meinem Schlüssel die Haustür und begab mich ins Schlafzimmer. Dort begann ich sofort zu suchen. Nach wenigen Minuten hörte ich jemanden die Haustür aufschließen und erschrak dabei fast zu Tode. Wenn er mich hier finden würde! Ich hatte Angst, dass er gewalttätig werden könnte. Ich blieb mucksmäuschenstill. Mein Herz hämmerte. Tobias kam nicht herauf. Ich hörte seine Stimme, er führte Selbstgespräche. Das kannte ich von ihm. Er stellte sich dabei immer sehr positiv dar. Aber an diesem Tag war er zu weit von mir weg, ich konnte ihn nicht richtig verstehen. Er schien auf jemanden zu warten und war dabei sehr nervös. Schließlich klingelte es.

Tobias öffnete die Tür und begrüßte jemanden. Der Gast brummte eine Begrüßung. Seine Stimme kam mir nicht bekannt vor. Tobias bat ihn mit leicht gespielter Freundlichkeit ins Wohnzimmer. Dort unterhielten sie sich kurze Zeit, aber so leise, dass ich nichts vom Inhalt mitbekam. Dann siegte meine Neugier und ich öffnete die Schlafzimmertür mehr als nur einen Spalt. Außerdem wurden ihre Stimmen etwas lauter, sodass ich sie teilweise verstehen konnte. Tobias fragte schließlich den Mann, ob der etwas dabei hätte. An das Wort »etwas« kann ich mich noch genau erinnern. Der Besucher antwortete ihm, dass er ja nachschauen könne. Dann hörte ich ein Geräusch, als ob die Schlösser eines Koffers geöffnet würden. Tobias sagte, dass das fürs Erste stimmen würde. Der Gast antwortete sofort mit erregter Stimme, es gäbe keine zweite Rate, das sei nicht abgemacht gewesen. Tobias erwiderte nun in seiner überheblichen Art, dass er das anders sehe. Dann schien der Aktenkoffer, oder was immer es war, auf den Boden gefallen zu sein, und kurz darauf hörte ich ein Geräusch, das ich nicht kannte und nicht einordnen konnte. Es war eine Art Schlag, ein oder zwei Mal.« Sie erschauderte und atmete tief durch. Die Hände, mit denen sie ihre Knie hielt, hatten weiße Knöchel. Sie stierte auf die Sitzlehne vor sich. Dann flüsterte sie: »Das muss das Geräusch von dem Schlag gewesen sein, der Tobias tötete.« Ein Frösteln ließ sie erzittern.
Hätte sie die Kraft, ihre Erzählung in Ruhe fortzusetzen?
»Irgendetwas fiel um. Ich hatte entsetzliche Angst, obwohl ich keine Ahnung hatte, was da unten gerade passiert war. Mein Herz schlug bis zum Hals. Ich dachte, ich würde umkippen. Ich rückte von der Tür weg und lehnte mich mit dem Rücken gegen das Bett. Ich bekam deshalb nicht mehr genau mit, was unten vor sich ging. Als nächstes hörte ich die Tür zum Hinterhof zuschlagen. Aber

sie war schon nicht mehr ganz in Ordnung, als ich noch dort gewohnt hatte. Sie schloss im Winter nicht gut, man musste sie zudrücken. Ich hörte, dass sie nicht ins Schloss gefallen war. Ich verhielt mich absolut ruhig, keine Ahnung, wie lange ich da oben saß. Nur langsam kehrten meine Kräfte zurück. Von unten war kein Geräusch zu hören. Waren die beiden etwa gemeinsam aus dem Haus gegangen? Irgendwann beschloss ich aufzustehen. Es gelang. Ich lauschte angestrengt und konnte absolut nichts hören. Da entschloss ich mich zur Flucht.
Ich schlich so leise es die Holztreppe zuließ hinunter und verließ das Haus durch die Vordertür. Ich hatte Mühe, meine Beine unter Kontrolle zu haben. Um nicht erkannt zu werden, hatte ich mir den Schal über den Kopf gezogen. Ich war froh, als ich dann in meinem Auto saß, stellte das Radio an und versuchte mich mit Musik abzulenken. Ich zitterte und war schweißgebadet. Nach einer Weile fühlte ich mich wieder in der Lage, das Auto fahren zu können. Aber ich fuhr über Kollmarsreute und Sexau. Ich hatte Angst vor der hohen Geschwindigkeit auf der Bundesstraße. Ich traute mich nicht, schneller als vierzig zu fahren, einige Autofahrer hupten deshalb. Hinter Sexau, an der Brücke über die Elz, machte ich sogar noch einmal eine Viertelstunde Pause. Dann fuhr ich über die Bundesstraße nach Denzlingen und durch den Ort Richtung Freiburg. Ich war noch nie in meinem Leben so fertig gewesen wie an diesem Tag. Am Nachmittag hatte ich mich gefasst und schwor mir, wie schon nach meiner Auseinandersetzung mit Tobias, mich vor meiner Tochter nicht gehen zu lassen.«
Sie machte eine kleine Pause. Auch jetzt stand der Schweiß auf ihrer Stirn und ihre Finger zuckten. Die Erinnerungen taten ihre Wirkung. Als sie fortfuhr, war es so leise, dass Weidner und Fritz sich unwillkürlich ein wenig nach vorne beugten.

»Als ich am nächsten Tag nichtsahnend die Zeitung aufschlug, da war mir ...«, sie schluckte, »da war mir sofort ...«, sie schluckte ein zweites Mal, »sofort klar, was passiert sein musste.« Sie schaute zuerst Fritz und dann Weidner mit verängstigtem und hilflosem Blick an. »Ich hatte solche Angst, dass es an mir hängenbleiben würde!« Das letzte Wort ging in einem tiefen Einatmen unter. »Ich war mir unschlüssig, was ich machen sollte. Und dann kamen schon Sie und wollten Fragen stellen. Da hatte ich noch keine Entscheidung getroffen, deshalb schwieg ich.«

Weidner fand ihre Geschichte zu schlüssig, um erfunden zu sein. Eine Art von Erleichterung wollte in ihm aufsteigen. Aber da meldete sich bereits der professionelle Skeptiker. Frau Deck hätte ihren Mann erschlagen können, um sich das Schweigegeld unter den Nagel zu reißen, sozusagen als Entschädigung. Bevor er diesen Gedanken weiterspinnen konnte, rüttelte etwas an seinem Arm. Es war Frau Deck. Ihr Blick war verzweifelt.

»Verstehen Sie das?«

Als sie nicht sofort eine Antwort bekommen hatte, wiederholte sie ihre Frage, noch drängender, noch verzweifelter. Das Kopfnicken von Weidner und sein »Ja« bekam sie aber nicht mehr mit, denn sie wurde von einem Weinkrampf geschüttelt.

Der Krankenwagen fegte die Allee entlang. Schon oft waren die beiden Sanitäter hier im Einsatz gewesen. Vor allem kurz nach der Wende war es immer wieder zu schweren Unfällen gekommen, wenn ein Fahrzeug wegen überhöhter Geschwindigkeit von der Fahrbahn abgekommen und gegen einen der dicken Baumstämme geschleudert war. Dann hatten die Einheimischen gelernt, mit den gut motorisierten Fahrzeugen umzugehen. Und inzwi-

schen war der Sicherheitsstandard der Pkw viel höher als damals zu Zeiten der alten gebrauchten Westwagen. Im ganzen letzten Kalenderjahr hatten sie nur einen Fahrer gehabt, den die Kollegen von der Feuerwehr mit Schere und Spreizer aus seinem am Baum zerschellten Uraltwagen bergen mussten. Das war an der unerwartet starken Biegung kurz vor ihnen. Der ebene Fahrbahnbelag trug ebenfalls zur Sicherheit bei. Rumpelte man damals über eine unebene Piste mit manchmal tiefen Schlaglöchern selbst in der Straßenmitte, so schwebte man seit der Sanierung der Fahrbahndecke vor einigen Jahren förmlich zum Einsatz. Aber heute war ihr Ziel kein Verkehrsunfall.
»Weest du wo det is?«, fragte der Beifahrer.
»Ick denke ja«, antwortete der Fahrzeuglenker. »Demnächst rechts, wenn ick richtich informiert bin.«
»Meenste da vorne?«
»Jenau!«
Der Fahrer ging vom Gas, stieg kurz darauf kräftig in die Bremse und bog mit quietschenden Reifen von der baumgesäumten Landstraße auf einen kleinen, geteerten Weg. Blinkend schaukelte das Einsatzfahrzeug zwischen den riesigen Feldern hindurch. Das Martinshorn war abgeschaltet, denn hier begegnete man selten jemandem – das Land war dünn besiedelt und übersichtlich. Ihr Einsatz war etwas merkwürdig beschrieben worden. Auf dem Hof war eine Person mit Stich- und Hiebverletzung, letztere am Kopf. Sie waren schon öfter abgelegene Bauernhöfe angefahren, aber die Verletzungen waren in der Regel entweder das eine oder das andere. Nun bremste der Fahrer erneut und bog nach rechts auf einen Feldweg ein. Das Fahrzeug wackelte den schmalen Weg entlang, den ein Wegweiser angezeigt hatte. Je nach Verletzung war eine solche Straßenbeschaffenheit eine Folter für den Menschen auf der Liege. Der Fahrer war froh, wenn

er nicht auf Teufel komm raus schnell sein musste. Aber Rasen kam eher selten vor, höchstens bei einer Frau in den Wehen oder wenn jemand am Verbluten war. Jetzt waren sie auf der Kuppe des Hügels angekommen, vor ihnen tauchten die Gebäude des Gehöfts auf. Auf dem Platz zwischen Scheune und Wohnhaus stand bereits ein Polizeifahrzeug.

Die Bäuerin, der Bauer und die beiden jungen Streifenpolizisten saßen am Küchentisch und entwarfen das Protokoll. Man kannte sich. Die Staatsdiener stammten beide aus dem Nachbarort. Sie waren mit der Tochter der Bauersleute zur Schule gegangen, der Blonde sogar in die gleiche Klasse. Die Bäuerin erzählte, dass sie gerade ihren Passat beladen hätte, als der Fremde aufgetaucht wäre. Sie hätte sofort ein ungutes Gefühl gehabt und an den Fernsehtatort vom Abend zuvor gedacht. Sie sei davon ausgegangen, dass ihr Gatte bereits mit seinem Fahrrad losgefahren wäre, und hätte deshalb nicht geschrien. Ihren alten Passat hätte sie geopfert. Vielleicht wäre sogar eine Versicherungsprämie zu holen gewesen. Zumindest hätte sie diesen Gedanken kurz gehabt. Aber mit so einem im Auto mitfahren? Nie! Nie im Leben! Da hätte sie plötzlich eine Idee gehabt. Hinten in der Scheune war eine Klappe im Heuboden, auslösbar durch einen Zugmechanismus. Sie hätte den Unhold dorthin locken wollen, um dann am Seil zu ziehen. Sie wäre am Vormittag noch oben gewesen und hätte einen großen Ballen auf der Klappe deponiert. Der wäre dem Eindringling auf den Kopf gefallen. Aber leider hätte sich der Ballen verklemmt. Immerhin hat es ihn abgelenkt, sodass sie kurzentschlossen auf ihn losgegangen sei. Eigentlich könnte der Bösewicht froh darüber sein, denn der Ballen hätte ihm vielleicht das Genick gebrochen.

Die Streifenpolizisten nickten beeindruckt und nippten

an ihren Gläschen. Dienst ist Dienst und Schnaps ist Schnaps, so lautete ein besonders geistreiches Sprichwort. Aber gelegentlich gingen beide eine Symbiose ein. So heute nach diesen bemerkenswerten Ereignissen in der ansonsten eher beschaulichen Gegend. Denn eigentlich hatten sie schon Dienstschluss, und dass sie den Streifenwagen noch übergeben sollten war in der ganzen Aufregung untergegangen.
Nun erzählte der Bauer. Er sei gerade losgefahren gewesen, als ihm noch etwas eingefallen wäre: Da hätte er doch fast die Zange und den Hammer vergessen. Also umgedreht und zurückgestrampelt. Von Weitem hätte er den Fremden so verdächtig an der Gebäudeecke stehen sehen und deshalb fester in die Pedale getreten. Als er dann um die Ecke auf den Hof gebogen sei, da wäre seine Frau gerade in der Scheune verschwunden, der Unbekannte kurz dahinter. Zuerst hätte er sich an den Film erinnert von vorgestern Abend und sich dann was ganz Unromantisches gedacht. Aber wofür bräuchte der dann eine Gabel? Nach Heumachen hatte es irgendwie nicht ausgesehen. Wenige Sekunden später sei ihm dann der richtige Gedanke gekommen. Der wollte seine Erna entführen, seine treue Erna. Er hätte sich umgeschaut und den abgebrochenen Heugabelstiel an der Wand neben ihm gesehen. Dann sei er schnurstracks zu dem Wüstling gelaufen. Weil der aber nur Augen für seine Erna gehabt hätte, sei seine Annäherung unbemerkt geblieben, er hätte ihm in aller Ruhe das Holz überziehen können. Aber seine Erna müsse er loben. Wie die mit der Gabel auf den Kerl zugestürmt wäre, das sei sehenswert gewesen. Und hätte sie nicht so umsichtig zugestochen, dann wäre der Bösewicht jetzt vielleicht tot und hätte nicht nur je ein Loch im rechten und im linken Oberschenkel und noch eines dazwischen.

Die Streifenpolizisten nickten erneut, dieses Mal sogar sehr beeindruckt. Und wieder gingen Dienst und Schnaps in dieser sonst eher ereignisarmen Gegend gemeinsame Wege. Das Brennen der Speiseröhre war noch nicht völlig abgeklungen, da begann es bei einem der jungen Beamten in der Hose zu vibrieren. Er fasste in seine Tasche und fischte nach seinem Handy. Kaum hatte er den Kontakt mit der Außenwelt hergestellt, da rötete sich sein Gesicht.
»Mensch, Jan. Wir müssen den Wagen noch zurückbringen!«, sagte Jonas leise zu seinem Kollegen, während er die Sprechmuschel zuhielt.
»Scheißjob«, erwiderte Jan fast flüsternd. »Hatte ich glatt vergessen.«
Ernüchtert, aber nicht mehr nüchtern, erhoben sich die beiden Gesetzeshüter.
»Bevor ihr geht, sagt mir noch eines«, unterbrach der Bauer den Aufbruch. »Kriegt die Erna oder ich die Belohnung?«

»So, Herr Oslowsky, leider hat uns eine unerwartete Aufgabe um unseren Feierabend gebracht.« Waibel, der hinter Nottler stand, verdrehte die Augen. Diese Äußerung war gelinde gesagt geschwindelt. Sie hatten sich einen Kaffee genehmigt, Nottler hatte eine Rolle Kekse spendiert. Solche Anwandlungen von Spendierfreude waren bei ihm sehr selten. Sie hatten die Verhöre durchgesprochen und vergeblich versucht, den Kommissarskollegen in Emmendingen zu erreichen. »Da dachte ich, wir schauen noch mal in Ihrer Zelle vorbei, ob sich die Situation irgendwie verändert hätte?«
Nottler schaute dem Untersuchungshäftling in die Augen. War er in der Zwischenzeit einsichtiger geworden? Nottler fand das nicht. Oslowsky saß auf seiner Pritsche und schaute zu dem Gesicht des Kommissars im quadra-

tischen Loch der Zellentüre. Nach einer erneuten Pause legte Nottler nach. Den krieg ich heute noch zum Reden!, schwor er sich dabei.
»Ich habe zwei Neuigkeiten«, sagte der Kommissar mit Betonung auf dem ersten Wort und einer klitzekleinen Sprechpause dahinter. »Die erste: Ich erreiche den Menschen, der Ihnen ein Alibi geben soll, einfach nicht. Es nimmt niemand ab, kein AB. Dumme Sache. Ich hätte das nämlich gerne heute abgehakt.« Wieder rollte Waibel mit den Augen und atmete tief ein, aber nur so, dass es sein Chef nicht hören konnte. Das war beim besten Willen nicht mehr geschwindelt, denn Nottler hatte es absichtlich erst gar nicht versucht. »Also müssen Sie wegen dringenden Tatverdachts hier bleiben!« Das gespielte Bedauern war sehr wohl dosiert, manchmal war Nottler durchaus einfühlsam, zumindest äußerlich. »Die zweite Neuigkeit: Wir haben Heinz Kumpf gefasst!«
Wieder machte der Kommissar eine Pause und schaute den Zelleninsassen an. Zwar konnte Waibel ihn nicht sehen, aber er hatte eine genaue Vorstellung vom Gesichtsausdruck seines Chefs. »Aber, ...« Nottler drehte sich zu Waibel um. »Wem ging er auf den Leim?«
Waibel spielte das Spiel mit und sagte leise: »Einer Bäuerin«. Nun schaute der Kommissar wieder in die Zelle.
»Haben Sie es gehört?«, fragte er scheinheilig.
Er wusste natürlich, dass Oslowsky das leise gesprochene Wort nicht verstanden haben konnte. Waibel sah, dass der Befragte innerlich kochte und sich größte Mühe geben musste, seinen Kopf ganz sachte nach rechts und dann nach links zu bewegen. Es musste für Nottler ein großes Vergnügen sein, den Kerl so zappeln zu lassen, dachte der Assistent.
»Also, dann wiederhole ich es für Sie, Herr Oslowsky. Ihr fähiger Mitarbeiter wurde von einer Bauersfrau übel zu-

gerichtet, mit der Mistgabel abgestochen. Keine Angst, er lebt. Aber er liegt im Krankenhaus und ist völlig fertig mit den Nerven. Er will singen! Haben Sie es gehört: Er will singen.« Nottler machte eine kurze Pause, um seine Worte wirken zu lassen. »Er will singen, und er wird singen! Und ich wette, dabei kommen Sie schlecht weg.«
Noch immer saß der Untersuchungshäftling scheinbar ungerührt auf seiner Sitzgelegenheit. Würde er Nottler diese Geschichte abkaufen?
»Noch eine letzte Anmerkung, Herr Oslowsky. Wenn Sie uns heute noch etwas mitzuteilen haben, dann sagen Sie es jetzt. Denn sonst gehe ich nun endgültig nach Hause und von dort zu einer lieben Bekannten, die mich zum Essen eingeladen hat.« Waibel rollte erneut die Augen und musste fast lachen: Nottler und Frauen. Wenn sein Chef wüsste, was die Kollegen zu diesem Thema spekulierten!
Die Sekunden verstrichen. Nottler blieb geduldig stehen, verdeckte seinem Assistenten dabei aber die Sicht durch das kleine Türfenster. Gerade als Waibel sich fragte, ob der Alte jetzt eingeschlafen sei, hörte er die Stimme aus der Zelle.
»Ich will eine Aussage machen!«

»Frau Deck, können Sie uns irgendetwas zu diesem Mann sagen? Haben Sie ihn gesehen?«
»Nein, ich traute mich kaum zu atmen. Ich wusste ja nicht, was vorgefallen war. Tobias sollte mich auf keinen Fall in seinem Schlafzimmer finden!«
»Sie schauten also nicht aus dem Fenster?«
»Nein. Ich blieb sitzen. Ich war so zittrig, ich hatte Angst ein Geräusch zu machen.«
»Können Sie sich an seine Worte erinnern?«
»Am Anfang sprach er zu leise, ich konnte ihn nicht verstehen. Erst als Tobias die Ratenzahlung erwähnte, wur-

de die Stimme lauter. Ganz genau kann ich den Wortlaut nicht wiedergeben, nur ungefähr.« Sie überlegte kurz. »›Wir bezahlen keine zweite Rate. Das war nicht ausgemacht.‹ Ich glaube, das könnten seine Worte gewesen sein.«

»Sagte er wir? Nicht ich?«

»Da bin ich mir sicher.«

»War seine Stimme hoch oder tief oder sonst wie auffällig?«

»Die Stimme war tief. Sie hätte zu einem großen und kräftigen Mann gepasst.«

»Glauben Sie, dass es sich um einen Ausländer gehandelt haben könnte?«

»Nein.«

»Hatte er einen Akzent?«

»Er war nicht aus der Emmendinger oder Freiburger Gegend. So genau kenne ich die Dialekte in Deutschland nicht.«

»Klang er vielleicht so?«, fragte Fritz und wiederholte die beiden Sätze mit einem leicht sächsischen Akzent.

Oslowsky hatte es nun sehr eilig. Zwei Mal hatte er bereits gefragt, ob er anfangen könnte. Aber die Kriminaler waren noch nicht fertig gewesen, obwohl sie sich nun mit der Vorbereitung beeilten. Der Verdächtige wollte seine Aussage loswerden, der Damm schien gebrochen. Endlich saßen Nottler und Waibel auf ihren Plätzen und das Aufnahmegerät lief.

»Also in Emmendingen war das so«, begann Oslowsky, »dass wir den Auftrag bekamen wegen dem Preis. Ich wollte expandieren und in meiner Kundschaft auch Gemeinden aus dem Westen haben. Deshalb war ich sehr froh über die Zusage der Stadt. Ich konnte so billig anbieten, weil ich seit einem guten Jahr drei Illegale aus dem

Irak hatte. Zumindest hatten sie behauptet, dass sie von dort kämen. Ich möchte deshalb noch eine Selbstanzeige tätigen. Also, die drei arbeiteten gut und zwei von ihnen stellten keine Fragen und waren mit den Bedingungen zufrieden. Aber der dritte war ein kluges Kerlchen, der lernte im Handumdrehen so viel deutsch, dass er sich verständigen konnte. Ich denke, der hatte in seiner Heimat keine Schafe gehütet. Leider nutzte er seine Deutschkenntnisse und sprach mit den Anwohnern der Baustelle. Das gefiel uns nicht, und Kumpf stellte ihn zur Rede und machte ihm deutlich, was er zu tun und zu lassen hatte. Aber er war nicht so einfach abzustellen. Kumpf nahm ihn zur Seite und sprach noch einmal mit ihm. In seiner bodenständigen Art wollte er ihm klarmachen, wie es bei uns zu laufen hat. Schließlich kam es zum Streit und zu Handgreiflichkeiten. Dabei stolperte der Araber und fiel mit dem Hinterkopf gegen die Zacke der Raupenschaufel. Heinz sagte, er sei sofort tot gewesen. Aber davon erfuhr ich erst später, denn Heinz handelte vor Ort eigenständig und informierte mich hinterher. Und auch dann erst auf eindringliche Nachfrage. Also, ich hatte mit dem Hergang absolut nichts zu tun, ich kann nur die Schilderungen von meinem Mitarbeiter wiedergeben.«
Nottler und Waibel schauten sich kurz an. Sie waren auf die Version von Heinz Kumpf gespannt. Würde er alle Schuld auf sich nehmen? Der Redner schaute seine Zuhörer an und hoffte auf eine zustimmende Geste oder Äußerung. Nottler war sich der Wichtigkeit dieses Feedbacks bewusst und nickte ihm zu. Daraufhin nahm Oslowsky seinen Monolog wieder auf.
»Was sollte er mit der Leiche tun? Er reagierte sofort und deckte sie mit einer Plane zu, dann grub er mit der Raupe eine flache Grube. Es war wohl schon fast dunkel und die Chance für eine zufällige Entdeckung gering. Kumpf

rollte den Körper hinein, füllte das Grab wieder auf und senkte die Raupenschaufel darüber. Dadurch konnte niemand an den Toten kommen, auch kein Hund. Er hatte Zeit gewonnen. Zuerst versuchte er den beiden anderen zu erklären, dass ihr Kumpel abgehauen sei. Ob sie das geglaubt haben oder aus Angst den Mund hielten, weiß ich nicht. Sie arbeiten nicht mehr bei mir. Nachts kam Kumpf zurück und fuhr kurz mit der Raupe. Er wischte alle Stellen ab, die auf ihn als letzten Fahrer hindeuten würden. Wäre es dennoch zu polizeilichen Ermittlungen gekommen, dann hätte er behauptet, dass Unbekannte die Raupe in Gang gebracht hätten, um die Leiche loszuwerden. Damit wären wir vielleicht aus dem Schneider gewesen. Außerdem schüttete er Diesel über das Grab. Das hält angeblich Hunde fern. Dann beschädigte er die Raupe ein wenig, indem er die Zündkerzen rausnahm und ein Kabel entfernte. So was kommt gelegentlich auf Baustellen vor. Gegenüber der Stadt und einem Anwohner sprach er von einer Panne. Er wollte nicht von Vandalismus sprechen, denn dann hätten wir am Schluss noch die Polizei da gehabt. Nach wenigen Tagen setzte er die Maschine wieder in Gang und flachte den Berg mit dem Abraum so ab, dass er bis über die Leiche ging. Aber davon wusste ich zu diesem Zeitpunkt noch nichts, das erzählte er mir erst einige Tage später.«
Der Redner schaute seine Zuhörer wieder an und Nottler ließ sich zu einer zustimmenden Geste herab und nickte ihm zu. Aber er hatte erhebliche Zweifel an der Beteuerung, dass Oslowsky von alledem gar nichts gewusst haben sollte.
»Und wie kam Tobias Deck ins Spiel?«, wollte der Kommissar nun wissen.
Nach einer kurzen Pause setzte der Verdächtige seine Aussage fort.

»Dann war da dieser Typ vom Planungsamt. Kumpf erzählte, dass er ständig zum Schauen und Fragen gekommen sei. Einmal war ich bei einer solchen Gelegenheit anwesend, das war bei einer Ortsbegehung vor den Bauarbeiten. Es waren alle dabei, die mit der Planung der Baumaßnahme zu tun gehabt hatten. Der Deck hatte sich furchtbar wichtig getan, um dem Oberbürgermeister zu gefallen. Und nun tauchte der ständig auf. Wir bekamen Angst, dass er die Sache mit den Illegalen rauskriegen könnte. Deck erschien uns als Risiko. Außerdem fürchtete ich, Kumpf könnte ihm gegenüber einmal ausfällig werden. Das wäre mir nicht recht gewesen. Deshalb musste er mir hoch und heilig versprechen, sich zurückzuhalten. Ich erhoffte mir für die Firma weitere Aufträge aus Emmendingen, und später aus anderen Gemeinden in Westdeutschland. Da hätte ich aber einen anderen Vorarbeiter hingeschickt. Deck schaute aber nicht nur einfach zu jeder möglichen Zeit vorbei, sondern machte Aufnahmen mit seiner Kamera. Kumpf hätte die Sache am liebsten auf seine Art geregelt, aber ich hielt Gewalt nicht für die richtige Methode in diesem Zusammenhang.«

Und in welchen Zusammenhängen dann?, fragte sich Waibel.

»Aber nach dem Unfall war Heinz wohl sehr nervös geworden. Als Deck kurz darauf wieder auf der Baustelle auftauchte, wäre es beinahe doch zu Handgreiflichkeiten gekommen. Er wollte unbedingt herausfinden, warum unsere Arbeitsunterbrechung mehrere Tage dauerte. Und er fragte, warum die Arbeiter alle weg seien und nicht wenigstens die Dinge erledigten, die man ohne die Raupe machen könne. Er musste sehr penetrant gewesen sein. Aber Decks Frau konnte ihren Mann davon abhalten, den Heinz weiter zu provozieren. Ein paar Tage nach dem Unfall bemerkte ich, dass etwas nicht stimmte. Auf mein Drängen hin erzählte mir Heinz dann, was passiert war. Ich hatte riesige Angst, dass die Sache auffliegen würde. Ich konnte nachts kaum mehr schlafen und tags kaum arbeiten. Aber was hätte ich tun sollen? Es war passiert und ich konnte nichts mehr daran ändern. Ich war in einen Totschlagfall verwickelt, von einem Moment zum anderen. Verdammte Scheiße, das ist ein Schwerverbrechen! Ich war froh, als dieser Auftrag erledigt und das Geld von der Stadt überwiesen war. Meine Firma gab keine weiteren Gebote für Emmendinger Baumaßnahmen mehr ab.«

Es trat eine Pause ein. Oslowsky nahm sein Glas vom Tisch und stürzte es in einem Zug hinunter. Er schluckte hörbar. Nottler und Waibel rührten sich nicht.

»Und dann kam plötzlich dieser Anruf von Deck. Es sei eine Leiche gefunden worden. Genau dort, wo die defekte Raupe gestanden habe. Er hätte damals Bilder gemacht und diese mit dem Fundort verglichen. Er glaube nicht an Zufälle. Was ich davon halten würde.«

Oslowsky war die Bestürzung bei der Erinnerung an diesen überraschenden Anruf deutlich anzumerken. Er wrang seine Hände. Er schwitzte, obwohl es, gemäß einer Anweisung von oben, in den Amtsstuben des Präsidiums nicht über zwanzig Grad warm sein durfte.

»Der Kerl hatte mich so auf dem falschen Fuß erwischt, dass ich ihm sofort Geld anbot. Im Nachhinein denke ich, dass er nur geblufft hat. Aber hätte ich das Risiko eingehen sollen? Ich war zu überrascht, um mir erst mal Beweise zeigen zu lassen. Ich erzählte es Kumpf, der rasend vor Wut auf diesen Giftzwerg war. Wer sollte am nächsten Tag den Kurier spielen? Ich betrank mich am Abend so sehr, dass ich nicht fahrtauglich war. Also musste Kumpf hin. Ich fürchtete eine tätliche Auseinandersetzung, aber ich hatte keine andere Wahl. Als er am Nachmittag aus

Emmendingen zurückkam, behauptete er, die Sache sei erledigt. Ich hatte keine Ahnung, wie er das gemeint hatte. Am Tag danach versuchte ich Deck telefonisch zu erreichen. Damit er mir zuhören müsse und nicht viel selbst sagen könne, rief ich ihn im Amt an. Da erfuhr ich dann, dass er tot war. Ich war entsetzt und stellte Heinz zur Rede. Er erklärte mir, dass Deck die Zehntausend nur für eine Anzahlung gehalten hätte. Er hätte die Scheine noch nicht einmal gezählt, sondern gleich von der zweiten Rate gesprochen. Da hätte er Rot gesehen. Glauben Sie mir, ich hatte keine Ahnung!«

Oslowsky hatte sich nach vorne gebeugt. Entweder hatte er wirklich keine Ahnung gehabt und war von den Ereignissen überrollt worden oder er war ein begnadeter Schauspieler. Waibel tippte auf das Erstere, Nottler war sich noch unsicher.

»Aber er hatte die Tatwaffe vermutlich dabei. Und das würde ich Vorsatz nennen«, gab der Kommissar zu bedenken.

»Fragen Sie ihn selbst. Ich war von der Sache überfordert. Ich habe nicht viel mit ihm darüber gesprochen. Fragen Sie ihn selbst. Ich habe ihm nicht gesagt, dass er Deck umbringen soll. Ich habe damit nichts zu tun. Es war allein seine Idee. Sie wissen doch, dass er sehr cholerisch ist, deshalb ist er doch auch vorbestraft. Fragen Sie ihn selbst!«

Hattrick der Kriminalpolizei:
Zu einem überraschenden Ende kam es gestern sowohl im Fall des Mordes vom Aschermittwoch als auch im Fall des Leichenfundes auf dem Emmendinger Bahnhofsareal. Beide Straftaten wurden vom selben Täter begangen. Er konnte nach einer Verfolgungsjagd in Sachsen gefasst werden und zeigte sich geständig. Es handelt sich bei ihm nicht um den entlaufenen Insassen des ZfP. Doch auch dieser wurde wieder gefasst (siehe Seite 3).

»Gratulation!«, freute sich Gerd Kettler für seinen Freund.
»Vielen Dank«, erwiderte Weidner.
»Wie baust du nun deine Überstunden ab?«
»Erstens werde ich mein Training intensivieren und meinen Dienstplan danach ausrichten. Drück mir die Daumen, dass nicht wieder was dazwischen kommt. Und zweitens werde ich versuchen, bei meinen Wettpartnern einen höheren Wetteinsatz herauszuschlagen, falls ich angesichts der widrigen Umstände die 1:35 doch noch schaffe.«
»Ich drück dir die Daumen. Da ihr ab heute nicht mehr so viel Arbeit habt, kann der Scheu ja wieder ins Dreiländereck kommen. Unser Oberpolizist hat sich etwas beruhigt. Er hat ja nichts gegen Scheu, es war seine Angst ums Image. Er will ihm sogar ein Versöhnungsgeschenk machen. Seine Tochter hat Nachwuchs bei ihren Meerschweinchen bekommen. Und Scheu hat eine Schwäche für die kleinen Nager.«
»Scheu hat Meerschweinchen? Ich dachte, er hasst Kleintiere?«
»Er hasst Katzen. Vor Längerem hat ihm eine Katze eines seiner Schmusetiere totgebissen, davon ist er bis heute traumatisiert. Ich glaube, er hält sich drei oder vier als Haustiere.«
»Jetzt wird mir klar, warum ich in letzter Zeit solche rätselhaften Niesanfälle hatte. Es waren immer die Vernehmungen, bei denen er neben mir saß. Das hat mich tierisch genervt! Ich dachte, ich würde deswegen meine Wetten verlieren. Na, dem erzähl ich was! Ich ruf dich zurück Gerd.«
»Herr Scheu aus Lörrach, bitte demnächst im Büro von Herrn Weidner vorbeikommen!«, dröhnte die Stimme des Direktionsleiters durch das Gebäude.
Und schon stand Emmendingens oberster Polizist vor

Weidner: »Ich warte gerade hier, bis er kommt. Ich habe nämlich noch was für ihn. Wissen Sie, meine Tochter zieht demnächst zum Studieren weg. Da wäre ihr Haustier ein Klotz am Bein.«
»Ich wurde gerufen?« Scheu kam in Weidners Büro.
»Genau«, übernahm der Übervater gleich das Gespräch. »Also das mit meiner Tochter geht in Ordnung, Herr Scheu. Sie ist einverstanden, dass Sie ihr Meerschweinchen zu sich nehmen. Betrachten Sie es als ein Geschenk für Ihre gute Arbeit hier.«
Weidner schluckte. »Sie haben die ganze Zeit von seinen Haustieren gewusst?«
»Natürlich. Man schwätzt halt miteinander. Als er sich bei uns vorstellte, sah er das Bild von meiner Tochter auf meinem Schreibtisch, da hatte sie ihr Tierchen auf dem Schoß. Herr Scheu hat sich gleich als Tierliebhaber geoutet und danach erkundigt.«

»Sie haben den beiden einen besonderen Tag geschenkt. Dafür möchte ich mich bedanken«, sagte Fabienne von der Heiden zu Chris Weidner. Sie saßen in ihrem Büro, vor sich jeweils eine Tasse Kaffee. Die drei Kekse, die sie ihm auf seinen Unterteller gelegt hatte, waren bereits genussvoll verspeist worden.
»Sie haben ebenfalls maßgeblich an der Aufklärung mitgewirkt«, erwiderte der Kommissar und nahm einen Verlegenheitsschluck aus seiner Tasse.
»Seien Sie nicht so bescheiden«, forderte sie ihn freundlich auf. »Es war die Art und Weise, wie Sie die beiden angesprochen haben.« Weidner wich ihrem liebenswerten Blick aus und schaute auf den Boden. Er nahm noch einen solchen Schluck.
»Es ist schön, Menschen eine Freude zu machen«, sagte er schließlich. »Ich muss in meinem Beruf oft Druck

auf Menschen ausüben und bin mit allen Niederungen konfrontiert, in die ein Mensch in unseren Breiten abrutschen kann. Da freue in mich über solche Momente. Das setzt ein Gegengewicht.«
Sie strahlte ihn an, ihre Augen blitzten förmlich. Er schaute in seine Tasse und nahm einen dritten Schluck.
»Darf ich noch etwas zu dem Fall fragen?«
»Natürlich!« Er war fast froh über den Themenwechsel, denn nun würde er wieder auf sicherem Terrain sein. Nicht dass ihm das Kompliment nicht gefallen hätte, aber es hatte ihn merklich verlegen gemacht.
»Habe ich das richtig verstanden, dass die Bäuerin den Täter mit der Heugabel attackiert hat?«
»Richtig«, bestätigte er ihre Annahme. »Und etwa zeitgleich schlug ihr Mann von hinten auf den Kopf des Täters. Sie hatte ihren Gatten kommen sehen, allen Mut zusammengenommen und den Bösewicht mit dem Angriff ablenken wollen. Und das scheint ihr gelungen zu sein.«
Weidners Gesprächspartnerin dachte einen Moment nach.
»Wo hatte sie ihn verletzt?«, ließ sie ihrer Neugier nun freien Lauf.
Weidner beschloss, einen sehr sachlichen Ton an den Tag zu legen: »Die eine Zinke drang in den rechten, die andere in den linken Oberschenkel, jeweils sehr weit oben.«
Er zeigte mit seinen Händen an die beiden Stellen wenige Zentimeter unter der Leiste. Dann schaute er ihr direkt in die Augen, um nach einer kurzen Pause fortzufahren.
»Die dritte traf dazwischen!«
Sie atmete bei dieser Vorstellung tief ein. Es schien sie ein kleiner Schauer zu durchlaufen.
»Dazwischen?«, fragte sie und versuchte nun ein Lachen zu unterdrücken.
»Neutraler kann man es nicht ausdrücken«, sagte er mit gespielt ernstem Ton. Sie schaute ihn an, und ihre Mund-

winkel gingen nach unten. Sie hatte nicht bemerkt, dass er nur spielte und senkte ihren Blick. Weidner musste beinahe lachen.

»Sie dürfen ruhig darüber grinsen«, löste er ihre Verlegenheit auf. Ihr Blick hob sich wieder. Als sie sein Gesicht sah, begriff sie, war aber für einen Moment sprachlos.

»Was glauben Sie, was mir in diesem Zusammenhang seit der Lösung des Falls schon alles zu Ohren gekommen ist.«

Sie grinste ihn an und schüttelte leicht den Kopf. Und sie war leicht errötet.

»Sie sind mir einer«, fügte sie noch hinzu, bevor sie erneut den Kopf schüttelte.

»Die Polizei ist zwar kein Männerverein mehr, aber wenn man gelegentlich kräftig hinlangen muss, dann färbt das auf den Humor ab. Der Fall ist für unsereins ansonsten nicht übermäßig spektakulär, aber dieses Detail dürfte sich an den Stammtischen halten.«

Sie schaute ihn an und ihr Gesichtsausdruck hatte wieder die Offenheit, die er an ihr mochte.

»Noch einen Kaffee oder einen Keks oder was aus meinem geheimen Sortiment?«, fragte sie ihn und deutete nacheinander auf die Kanne, die Keksdose und ihren Schreibtisch.

»Von Berufs wegen interessiere ich mich immer stark für Geheimnisse.«

»Dann schaue ich mal, welche Geheimnisse heute preisgegeben werden können«, sagte sie und erhob sich von ihrem Stuhl. Sie ging von der kleinen Sitzgruppe, an der sie Platz genommen hatten, um ihren Schreibtisch herum und kniete sich vor den kleinen Rollwagen mit den Schubladen. Nachdem sie eine davon geöffnet hatte, warf sie einen Blick hinein. Sie sagte »Hm!«, schaute kurz auf und ihm in die Augen und fragte: »Für feierliche Anlässe und sehr besondere Anlässe?« Sie lächelte ihn an.

Er nickte wohlwollend: »Einverstanden.«
Sie breitete nun eine rote Serviette auf der linken Handfläche aus und legte mit der rechten etwas hinein. Er konnte nicht sehen, was es war, denn die Tischplatte verdeckte ihm die Sicht. Ob sie dies mit Absicht so macht?, fragte er sich.
Mittlerweile hatte sie die Serviette an den vier Zipfeln gepackt und auf den Schreibtisch gelegt. Mit der rechten Hand holte sie ein kurzes goldenes Bändchen aus der Schublade, schlang es um die Zipfel und knotete es dann mit einer kleinen Schleife zu. Schließlich überreichte sie ihm das kleine Päckchen mit einer scheuen Bewegung. Er nahm es mit einem artigen Dank entgegen, legte es auf seine Handfläche und schaute es an.
»Darf ich das erst an Ostern öffnen?«, fragte er scheinbar unbedarft. Ein Blick auf ihr Gesicht gab ihm die Antwort. »Dafür wäre ich auch zu neugierig«, kommentierte er seine Frage und zog die Schleife auf. Die vier Serviettenzipfel fielen auseinander ... und kaum hatte er den Inhalt gesehen, da spürte er das bekannte Prickeln auf seinem Gesicht. Kein langer Flur, der ein wohlmeinendes Halbdunkel über ihn gebreitet hätte. Im Gegenteil! Goldene Sonnenstrahlen fielen in das Büro von Fabienne von der Heiden und erfüllten es mit hellstem Licht. Was sollte er nun sagen, angesichts des kleinen Schokoherzens in seiner Hand. Er schaute ihr in die Augen und atmete zuerst einmal tief durch.
»Also, wenn man es genau nimmt, dann ist der Fall noch nicht abgeschlossen.« Zeit gewinnen, schoss es ihm durch den Kopf. Sie zog verwundert die Augenbrauen zusammen und über ihrer Nasenwurzel zeigte sich eine hübsche Falte. Die Schmetterlinge meldeten sich bei ihm ziemlich deutlich. »Also, mit dem Geständnis oder der Sicherung der nötigen Beweise ist ein Fall nicht wirklich

abgeschlossen«, bekräftigte er. »Als Leiter der Ermittlungsgruppe muss ich zum Beispiel alle Berichte zu Ende schreiben, die Pressemitteilung vorbereiten helfen oder die Statistik bedienen. Außerdem habe ich die ehrenvolle Aufgabe, mich bei den Beteiligten zu bedanken, zum Beispiel bei Ihnen, Fabienne.«
Der Vorname war ihm nicht versehentlich herausgerutscht, und ihr Lächeln verstärkte sich. Die Schmetterlinge in seinem Bauch flatterten jetzt wie wild. Ich glaube ich sollte den nächsten Schritt tun!, dachte er sich und redete weiter. »Das kann man auf die unterschiedlichsten Arten und Weisen tun.« Oh je, was für ein furchtbar banaler Satz, peinlich! Wie mache ich das in ihrem Fall? »Bei den Kollegen im Osten wird es eine E-Mail sein, die ich schreiben werde. Kommissar Nottler rufe ich an.« Ich denke, jetzt weiß ich wie! »Ins Rathaus werde ich persönlich gehen.« Soll ich jetzt schon? Ich bringe es fertig und vermassle es wieder. »Meine Assistenten lade ich zu einem oder zwei alkoholfreien Bier nach Dienstschluss ein.« Vielleicht doch noch eine kleine Überleitung? Bei Vernehmungen konnte er doch auch schnell auf den Punkt kommen. Wieso klappte das hier mal wieder nicht? »Dann gibt es noch Menschen, die nicht zum Apparat im weiteren Sinne gehören.« Oh Gott, meine Handflächen werden schon schweißig! »Zu einem Ehepaar in der Nachbarschaft des Bahnhofsparkplatzes werde ich hingehen. Denen muss ich sowieso noch etwas zurückbringen.« Los jetzt Chris! »Und last but not least wärst da noch du!«

Im Gasthaus Post am Emmendinger Marktplatz gab es noch einige freie Plätze. An den besetzten Tischen saßen mehrere kleinen Gruppen. Von den Lampen kam gedämpftes, warmes Licht und die brennenden Kerzen taten ein Übriges für eine angenehme Stimmung. Die Grüppchen waren alle mit Reden beschäftigt. Alle? Nein, ein Pärchen hatte damit aufgehört. Sie waren wohl beide Ende der Vierziger. Er hielt ihre Hand und schaute sie an. Sie erwiderte seinen Blick mit feuchten Augen.

»Ich bin so froh, dass die Sache aufgeklärt ist!«, sagte Camillus Däschner zu seiner Frau. Minutenlang saßen sie so da und schienen die Welt um sich herum vergessen zu haben. Irgendwann trat dezent die Bedienung an den Tisch.

»Möchten Sie noch etwas zu trinken?« Beide bestellten sich einen Cappuccino. Gerade als die Bedienung wieder gegangen war, fiel Däschners Blick auf die Eingangstür. Eine Person betrat gerade den Raum und ließ ihren Blick über die unbesetzten Tische schweifen, um sich einen freien Platz auszusuchen.

»Mensch Dagmar«, sagte Camillus Däschner zu seiner Frau, »das ist der Kommissar Weidner, der sich so um mein Alibi gekümmert hat.«

Seine Frau wandte sich um und schaute den Hereingekommenen an.

»Du«, erwiderte Dagmar Däschner, »ich glaube, ich kenne seine Begleiterin. Sie leitet das Altenheim am Rosenweg.«

DANKSAGUNG

Es soll ja Autoren geben, die haben eine Idee, schließen sich dann (bildlich oder real) in ihr Arbeitszimmer ein und kommen mit der fertigen Geschichte wieder raus. Ich gehöre nicht zu diesen lonely writern. Auf dem jahrelangen Weg zu diesem Buch begleitete mich meine Familie mit wohlmeinender Geduld, vor allem gegen Ende, als gesetzte Termine einzuhalten waren und alles viel länger dauerte als gedacht.

Heike Hähnel und mein Bruder Stephan haben an der Rohversion geraspelt, die beiden Lektorinnen dann gefeilt und poliert.

Schließlich möchte ich noch meinen Autorenkollegen Thomas Erle nennen, der mir Mut gemacht hat, das Skript bei einem Verlag einzureichen.

Allen ein herzliches Dankeschön!

Und nun freue ich mich auf die ersten Lesungen!